LA PAREJA PERFECTA

La pareja perfecta

Título original: *The Perfect Match, Blue Heron 2*

Por acuerdo con Maria Carvainis Agency, Inc. y **Julio F. Yañez, Agencia Literaria.** Traducido del inglés **THE PERFECT MATCH.** Copyright © **2013 by Kristan Higgins.** Publicado por primera vez en los Estados Unidos por **Harlequin Books, S.A.**

© ,de la traducción: María José Losada

© de esta edición: Libros de Seda, S.L.
  Paseo de Gracia 118, principal
  08008 Barcelona
  www.librosdeseda.com
  www.facebook.com/librosdeseda
  @librosdeseda
  info@librosdeseda.com

Diseño de cubierta: Salva Ardid
Imagen de cubierta: ©Fernando Madeira/Shutterstock
Maquetación: Nèlia Creixell

Primera edición: mayo de 2016

Depósito legal: B. 12.595-2016
ISBN: 978-84-16550-24-1

Impreso en España – Printed in Spain

KRISTAN HIGGINS

LA PAREJA PERFECTA

Libros de seda

Este libro está dedicado a María Carvainis,
mi maravillosa amiga y agente.
Gracias desde el fondo de mi corazón, *madame*.

Prólogo

El día de su treinta y cinco cumpleaños, Honor Grace Holland hizo lo mismo que siempre que cumplía años.

Ir al médico para que le hiciera una citología.

Por supuesto, Honor era consciente de que un examen ginecológico no era precisamente algo digno de celebrar. Pero le resultaba más fácil programar la temida cita en esa fecha en concreto. Se trataba básicamente de una cuestión práctica, y ella destacaba justo por eso, por ser práctica. Faith y Prudence, sus hermanas, y Dana Hoffman, su mejor amiga, habían planeado llevarla por ahí, pero el fin de semana anterior había habido una tormenta de nieve y tuvieron que cancelarlo. La familia se reuniría ese fin de semana para tomar la tarta, así que la citología no sería la única forma que tendría de celebrarlo.

Adoptó la posición adecuada en la camilla mientras el médico desviaba amablemente la vista, y se puso a practicar la respiración profunda de la que el insoportablemente flexible monitor de yoga había hecho una demostración hasta que Dana y ella se echaron a reír como dos niñas pequeñas en la iglesia. No había funcionado entonces, y no funcionó ahora. Se quedó mirando al techo, salpicado de pintura como si fuera una obra de Jackson Pollock, y trató de pensar en algo alegre. Tenía que actualizar la página web, diseñar una etiqueta para el nuevo pinot gris que estaba lanzando Viñedos Blue Heron y comprobar los pedidos del mes.

Se dio cuenta de que sus pensamientos alegres no deberían referirse al trabajo y trató de pensar en algo no relacionado con él. Le quedaban algunas trufas Lindt en casa. Estaban buenas.

—Entonces, ¿cómo va todo, Honor? —preguntó Jeremy, que estaba entre sus piernas.

—Liada con el trabajo. Ya me conoces. —Y así era. Jeremy Lyon era amigo de la familia desde hacía mucho tiempo, y también el exprometido de su hermana. Además, era gay, aunque eso no quiere decir que resultara menos asqueroso que le palpara los ovarios.

Jeremy se quitó los guantes y sonrió.

—Listo —dijo.

Honor se sentó rápidamente, aliviada por haber terminado, a pesar de que Jeremy era maravilloso y famoso por sus manos suaves. El buen doctor le entregó una toallita que había calentado previamente: solía tener esos detalles. Nunca miraba a los ojos cuando examinaba los senos y el espéculo lo calentaba en una almohadilla térmica. Con aquella clase de medidas no era de extrañar que las mujeres de Manningsport estuvieran enamoradas de él aunque a él le gustaran los hombres.

—¿Qué tal está Patrick? —le preguntó ella, cruzando los brazos.

—Muy bien —respondió Jeremy—. Gracias por preguntar. Ya que hablamos de eso, ¿estás saliendo con alguien, Honor?

La pregunta la hizo ruborizarse, no solo porque las famosas manos de Jeremy hubieran estado por sus partes bajas, sino también porque... bueno... era introvertida.

—¿Por qué lo preguntas? —¿Quería arreglarle una cita? ¿Debería aceptar si fuera así? Tal vez sí. Brogan nunca...

—Es necesario que te haga algunas preguntas sobre... eh... ciertos aspectos personales de tu vida.

Honor sonrió. A pesar de ser médico, Jeremy seguía siendo el buen tipo que había salido con Faith durante tanto tiempo, y no podía olvidar que ella era unos años mayor que él.

—Si es secreto profesional, entonces la respuesta es... —Sí, eso: ¿cuál era la respuesta?— sí. Más o menos. Y si se lo dices a alguien de la familia, te mato.

—No, no, claro que no —dijo él, sonriendo—. Pero me alegra oírlo. Porque... uhm...

Se sentó un poco más derecha.

—¿Porque qué, Jer?

Él esbozó algo que se quedó a medio camino entre una sonrisa y una mueca.

—Es solo que... tienes treinta y cinco años.

—Sí, lo sé. ¿Y eso qué tiene que ver...? Ah... —Notó un peso en el estómago, como si fuera en un ascensor y subiera muy deprisa.

—No hay de qué preocuparse, por supuesto —se apresuró a añadir él, sonrojándose de nuevo—. Pero los años pasan con rapidez... Y ya sabes, los óvulos envejecen...

—¿Qué? ¿De qué estás hablando? —Se quitó la diadema y se la volvió a poner. Un tic nervioso—. ¿Tengo algún problema?

—No, no. Es solo que a partir de los treinta y cinco se considera una edad avanzada ya para la maternidad.

Ella frunció el ceño, pero luego se detuvo. Esta mañana se había visto una arruga entre las cejas —¡maldita luz natural!— que hubiera jurado que no estaba allí la semana pasada.

—¿En serio? ¿Ya?

—En serio. —Jeremy hizo una mueca—. Lo siento. Es que la calidad de los óvulos comienza a disminuir a partir de tu edad. Desde el punto de vista médico, la mejor edad para tener un hijo es sobre los veintidós o los veinticuatro años. Es el momento indicado.

—¿Veinticuatro? —De eso ya hacía ¡diez años! De pronto, se sintió mayor. Tenía una arruga en la frente y sus óvulos habían envejecido. Se movió en la camilla y le crujió la cadera. ¡Jolines! ¡Era vieja!—. ¿Debería preocuparme?

—¡Oh, no! No, pero podría ser el momento de pensar en eso. —Jeremy hizo una pausa—. Lo que quiero decir es que, aunque estoy seguro de que no será un problema, sí, las posibilidades de defectos de nacimiento y de infertilidad comienzan a aumentar. Todavía son pocas y existen tratamientos de fertilidad increíbles en esta época. Un médico en Nuevo Hampshire acaba de conseguirlo con una mujer de cincuenta y cuatro años.

—Jer, ¡no tengo pensado tener un bebé a los cincuenta!

Jeremy le agarró la mano y se la acarició.

—Estoy seguro de que no llegarás a eso. Pero soy tu médico y estoy obligado a decírtelo, eso es todo. Igual que debo indicarte que te alimentes bien. Tienes la tensión alta, pero seguramente será por la ansiedad que te provoca mi bata blanca.

No tenía ansiedad. Al menos, no la tenía cuando entró en la consulta. «¡Estupendo!». Así que también tenía la tensión alta, además de arrugas y óvulos seniles.

—Tienes un aspecto fantástico —continuó Jeremy—. Por lo que es probable que no haya motivo de preocupación. —«¿Es probable?». Que un médico diga «es probable» no augura nada bueno—. Pero, si estás saliendo con alguien, quizás este sería un buen momento para empezar a pensar en el futuro. Quiero decirte que tampoco necesitas un hombre. Existen buenos bancos de semen.

Ella quitó la mano de la suya de un tirón.

—Está bien, Jeremy, déjalo ya.

—Lo lamento —dijo él, sonriente.

Intentó volver a respirar hondo para relajarse.

—Así que es mejor que me plantee tener ya un bebé, ¿es eso lo que quieres decir?

—Exacto —replicó Jeremy—. Estoy seguro de que no tienes de qué preocuparte.

—Solo de defectos de nacimiento e infertilidad.

—Cierto —convino él con una sonrisa—. ¿Alguna pregunta?

Honor llamó a Dana desde el aparcamiento de la consulta de Jeremy una vez a salvo en el vientre de su Prius. No era de extrañar que todo estuviera tomando un cariz obstétrico.

—Casa del Pelo —respondió Dana, lo que hizo que Honor se estremeciera como cada vez que la oía.

—Soy yo —dijo.

—¡Gracias a Dios! Acabo de terminar de ponerle a Phyllis Nebbins la permanente mensual y el tinte azul. Estaba a punto de gritar. ¿De verdad se cree que quiero oír hablar de su nueva cadera? Y, ya que estamos, ¿qué te pasa?

—Acabo de salir de la consulta de Jeremy. Soy vieja y necesito tener bebés ya.

—¿Tú? —preguntó Dana—. No sé si soportaría perder a otra amiga por culpa de la maternidad. Todas esas historias de gritos, cólicos y preciosos angelitos...

Honor se rio. Dana no quería tener hijos: decía que eran la principal causa de divorcio y la llamaba a menudo para describir los comportamientos que veía en la peluquería con todo lujo de detalles.

Pero ella adoraba a los niños. Incluso a los adolescentes. Bueno, para ser exactos, adoraba a su sobrina Abby, de diecisiete años, y a su sobrino, Ned, que mentalmente todavía tenía catorce a pesar de que ya había cumplido veintidós.

—Aparte de eso, ¿qué te pasa? —insistió Dana—. ¿Quieres salir esta noche y tomamos unas copas en tu honor ahora que eres una vieja bruja?

Ella guardó silencio durante un minuto. El corazón se le aceleró.

—Estaba pensando que, visto el panorama, quizá debería tener una charla con Brogan.

—¿Una charla?

—«La» charla...

Se quedaron calladas.

—¿En serio?

—Pues... sí.

Otra pausa.

—Claro, creo que te entiendo. Óvulos seniles, útero en proceso de encogimiento...

—Para que conste en acta, nadie ha mencionado que mi útero esté encogiéndose. Pero ¿qué opinas?

—Mmm... pues... sí, a por ello —la animó Dana con una evidente falta de entusiasmo.

Honor se ajustó la diadema.

—No pareces segura.

—¿Estás segura tú, Honor? Es decir, si me preguntas a mí quizá sea porque no lo estás tú. Incluso aunque lleves años acostándote con ese hombre.

—Calla, no grites, ¿de acuerdo? —No había muchas mujeres llamadas Honor en Manningsport, Nueva York, con una población de setecientas quince personas, y Dana y ella tenían diferentes opiniones sobre qué se podía mencionar en público y qué no.

—Da igual. Es rico, atractivo, y estás loca por él. Además, ya lo tienes todo. ¿Por qué no también a Brogan?

Había un deje de envidia en su voz. Honor sabía que su amiga pensaba que su vida era de color rosa, y sí, en algunos aspectos era maravillosa. Pero, como todo el mundo, también tenía problemas. La soltería, por ejemplo. O el envejecimiento de óvulos.

Honor suspiró y se miró en el espejo. Otra vez tenía el ceño fruncido.

—Creo que me preocupa que me diga que no —admitió—. Somos amigos desde hace mucho tiempo. No me gustaría poner eso en peligro.

—Entonces, no le preguntes.

«Cuando se trata de óvulos, los años cuentan.» Iba a tener que hablar con Jeremy sobre esa frasecita. Aun así, si Dios hubiera querido enviarle una señal, habrían sido precisamente esas palabras.

—Imagino que quien no se arriesga, no gana —sugirió con la esperanza de que su amiga la animara.

Dana suspiró y ella supo que su paciencia estaba acabándose. No podía culparla.

—Honor, si quieres preguntarle, hazlo. Y si te responde algo como «qué narices, sí, me casaré contigo, eres la estupenda Honor Holland», puedes ir a la joyería de Hart y apartar ese pedrusco que llevas un año admirando.

Era una buena idea.

—No adelantemos acontecimientos —dijo. Pero sí, había un anillo en el escaparate de la joyería al que le tenía echado el ojo, y había admitido (solo ante Dana) que si alguna vez se comprometía, sería el anillo que querría. A la vista era simple, una alianza de platino con un solo diamante de sencillo corte esmeralda. No se consideraba una mujer que adorara las joyas. A fin de cuentas, solo llevaba las perlas de su madre. Ni la ropa, ya que vestía trajes grises o azules de Ann Taylor con blusas blancas, rosas cuando se ponía sentimental. Pero aquel anillo le parecía muy especial.

—Tengo que colgar —dijo Dana—. Acaba de entrar Laura Boothby para que le lave el pelo. Atrévete y hazle la pregunta, a ver qué dice. O no. Eso sí, no seas sosa, ¿de acuerdo? Hasta luego. —Y colgó.

Honor permaneció sentada un minuto más. Podía llamar a alguna de sus hermanas, pero... bueno, ninguna de las dos sabía que salía con Brogan. Estaban al tanto de que eran amigos, por supuesto, aunque no tenían ni idea de la parte romántica. De la parte del sexo. Prudence, la mayor del clan Holland, podría decirle cualquier cosa. Después de todo, últimamente se comportaba como una salida por culpa de una rara consecuencia de la menopausia o lo que fuera. Pero Pru no sabía guardar un secreto y solía anunciar cosas inapropiadas en cenas familiares o en la Taberna de O'Rourke, el *pub* local.

Faith, la más joven de las tres hermanas Holland... quizá podría ayudarla. Nunca habían mantenido una relación demasiado estrecha, aunque había mejorado mucho desde que su hermana había vuelto de San Francisco —ya que era la única Holland de ocho generaciones que había vivido fuera del estado de Nueva York—. Estaba segura de que a Faith le encantaría la idea... Adoraba el romance. Estaba recién casada y era una sentimentaloide, solía dejarse llevar por las emociones.

Y luego estaba Jack, su hermano. Pero era un hombre, y odiaba más escuchar historias que confirmar la sospecha de que sus hermanas fueran mujeres de carne y hueso y que, peor aún, tenían vida sexual.

Así que no disponía de más oídos comprensivos que los de Dana. No estaba mal. De todas formas, había llegado el momento de regresar al trabajo. Puso en marcha el automóvil y cruzó el pueblo.

Manningsport era la joya de Finger Lakes, una famosa región vinícola del estado de Nueva York. El invierno era la época más tranquila del año, porque las vacaciones habían terminado y la temporada turística no empezaba de nuevo hasta abril. Las vides ya habían sido podadas y la nieve cubría los campos. El lago Keuka, «el lago Torcido», brillaba negro a lo lejos, demasiado profundo para helarse por completo.

Viñedos Blue Heron era la granja más antigua de los alrededores, y su símbolo —una garza dorada sobre un fondo azul— siempre la hacía sentirse orgullosa. Situada en lo alto de una zona conocida como La Colina, la tierra de los Holland abarcaba más de doscientos acres de campos y bosques.

Honor pasó por delante de la Casa Vieja, una edificación colonial construida en 1781 donde sus abuelos —casi tan viejos como la casa— vivían y se peleaban; por delante de la Casa Nueva, levantada en 1873, una instalación de estilo federal donde vivía con su querido padre y la señora Johnson, el ama de llaves de toda la vida y gobernanta suprema de la familia Holland, y se metió en el aparcamiento de las bodegas. El único automóvil que había aparcado era el de Ned. Pru, que se ocupaba del cultivo de las viñas, estaría en uno de los graneros de almacenamiento de los equipos o en los campos; su padre y Jack, y seguramente Pops, estarían comprobando los enormes toneles de acero en los que almacenaban el vino o tal vez jugando al póker. Honor era la única que trabajaba en la oficina todos los días, aunque Ned también, a tiempo parcial.

Lo cual estaba bien. Le gustaba encargarse del área comercial de la bodega. Y además, después de la bomba que Jeremy le había soltado, necesitaba pensar. Hacer listas. Necesitaba recurrir a un código de colores.

Hacía falta un plan, pues los años eran preciosos.

En el edificio principal, atravesó la hermosa sala de degustación, la tienda de regalos y se dirigió a la zona de oficinas. La puerta de Ned estaba abierta, pero él no estaba allí. Eso era bueno: pensaba mejor cuando estaba sola.

Se sentó delante de su enorme y ordenado escritorio y abrió un nuevo documento en el ordenador.

Los hombres eran un campo en el que ella no tenía demasiado... garbo. Hacía negocios con montones de ellos, pues la industria del vino seguía siendo un campo mayoritariamente masculino, y si hablaban de la distribución, de la cobertura de los medios de comunicación o de los cultivos no tenía problema.

Pero en el terreno sentimental no tenía habilidad. Faith, que poseía una constitución tipo Marilyn Monroe y tenía el pelo rojo, los ojos azules y un aire inocente tipo Bambi, provocaba casi una estampida con solo salir del automóvil. Pru, a pesar de haberse comportado como un marimacho toda su vida y gustarle ponerse ropa masculina, no había tenido problemas para casarse. Carl era su novio desde Secundaria. Los dos eran bastante efusivos (incluso en público) y felices en su matrimonio. E incluso Dana, que era muy exigente con el sexo contrario, tenía siempre a alguno pidiéndole una cita, cosa que solía fastidiarle.

Pero ella no tenía tacto. Sabía que no era mal parecida. Estatura media, constitución media, aunque no muy bien dotada. Ojos castaños. Pelo largo, lacio y rubio... Pensó que podría haber sido una belleza. Incluso tenía hoyuelos, como su madre. Sí, tenía una cara agradable, pero en general era normalita.

No como Brogan Cain, que parecía un dios griego hecho carne. Ojos azules —en realidad turquesa—, pelo castaño y ondulado, más de metro ochenta y cinco, delgado, fuerte y elegante.

Eran amigos desde cuarto de primaria, cuando el profesor los eligió para el programa Mathlete. Entonces los demás niños se habían burlado un poco de ellos, los dos cerebritos de la clase, pero había estado bien.

A lo largo de su vida escolar habían mantenido una amistad fácil. Se sentaron juntos en las asambleas, se saludaron en los pasillos, mantuvieron una amistosa rivalidad en los distintos cursos. Hicieron el «truco o trato» juntos hasta que fueron mayores, después se quedaban en la Casa Nueva y veían películas de terror.

La noche del baile de graduación cambió todo. Brogan le pidió que fuera su pareja, que sería más divertido que ir con una cita de verdad, de las que daban tanta importancia al acontecimiento. Parecía un buen plan. Pero cuando lo vio aparecer de esmoquin y con un ramo de flores... sucedió algo. A partir de ese momento, le temblaban las piernas, se mareaba un poco y se sonrojaba cuando él la miraba.

Ya en el instituto, bailaron con naturalidad, y cuando el DJ puso una lenta, Brogan la tomó en brazos.

—Es divertido, ¿verdad? —preguntó sonriente, besándola en la frente.

Y, ¡zas!..., se enamoró de él.

Y ese amor creció. A veces pensaba que como un virus. Porque Brogan no sentía lo mismo.

Oh, le «gustaba» mucho. Incluso la quería, a su forma. Pero no como ella lo amaba a él... Y no se lo pensaba decir. No era tan tonta.

La primera vez que durmieron juntos fue durante las vacaciones de Pascua del primer año en la universidad, cuando Brogan le sugirió que perdieran juntos la virginidad «porque es mejor con un amigo que con alguien que ames». La misma teoría que cuando el baile de graduación, pero apostando más.

Por supuesto, ella no se creyó que fuera virgen, pero a fin de cuentas lo amaba. Así que si era una estratagema para meterse en su cama, no sería ella quien lo diría. El hecho en sí de que quisiera acostarse con ella era un milagro, puesto que podría haber elegido a cualquiera. Así que aceptó, y la pérdida de su virginidad fue estupenda. Unas noches después fueron al cine, y él se comportó como siempre, amable y divertido, aunque ella sintió una cierta incertidumbre. ¿Estaban juntos? ¿Juntos, «juntos»?

No, al parecer no. La besó en la mejilla cuando se despidió y se mantuvo en contacto por correo electrónico cuando regresaron a sus respectivos colegios mayores.

La siguiente vez que se acostaron fue en segundo curso, cuando lo visitó en la Universidad de Nueva York. Entonces la abrazó y le dijo lo mucho que la echaba de menos, y ella sintió que le explotaba el corazón. *Pizza*, unas cervezas, un paseo por la ciudad antes de regresar a casa, y sexo. Honor regresó a casa como en una nube rosa de amor y esperanza..., pero la siguiente vez que la llamó fue solo para ponerse al día. Ni una palabra de amor... ni de sexo.

Lo hicieron cuatro veces en la universidad. Dos en posgrado. Sin duda era una relación de amigos con derecho a roce... aunque el roce ocurriera muy de tarde en tarde.

Sin embargo, la amistad se mantuvo constante.

Una vez que comenzó a trabajar en Viñedos Blue Heron como directora de distribución, lo llamaba cuando iba a tener una reunión en Manhattan... o dado el caso, una reunión falsa. Aunque se avergonzara ante tal mentira.

—Hola, tengo un almuerzo en el SoHo —decía con un nudo en el estómago, incapaz de soltar simplemente «Hola, Brogan, te echo de menos, me muero de ganas de verte»—. ¿Te apetece quedar para tomar una copa o cenar? —Y él siempre se ponía más que contento de cambiar sus planes si podía verla y, quizá, dormir con ella. O no.

Honor se solía sermonear a sí misma. Se recordaba que no era el único hombre del mundo. Que si seguía colgada por Brogan se cerraría a otras posibilidades. Pero muy pocos se podían comparar con Brogan Cain, y tampoco tenía una larga cola de hombres dispuestos a luchar por el privilegio de tener una cita con ella.

Él acabó siendo fotógrafo de la revista *Sports Illustrated*, el trabajo que podía ser el sueño húmedo de todos los estadounidenses que no podían ser deportistas profesionales ni Hugh Hefner, el dueño de *Playboy*. Él era así, un suertudo, un afortunado, el tipo de persona que podía tomarse una cerveza en un partido de béisbol mientras charlaba con el tipo de al lado, hacerse su amigo y media hora después darse cuenta de que estaba hablando con Steven Spielberg (que luego lo invitaría a una fiesta en Los Angeles). ¿Fotógrafo deportivo de *Sports Illustrated*? Perfecto.

Brogan se reunió con el poderoso Jeter, fotografió a los hermanos Manning, que tenían sus raíces en Manningsport (o eso reclamaba el pueblo), tomó copas con Kobe Bryant y Picabo Street y fue a hacer el recorrido Harry Potter de los Estudios Universal con las medallistas olímpicas de gimnasia.

Pero, de alguna manera, todo eso le importaba poco, y esa era seguramente la razón para que pudiera considerar a Tom Brady y a David Beckham como amigos. Recorría el mundo entero, iba a los Juegos Olímpicos, a la copa Stanley, a la Super Bowl. Incluso la invitaba a ella —solo a ella y a ningún amigo más— al estadio de los Yankees y la sentaba a su lado en el box de *Sports Illustrated* para ver las World Series.

Y así estaban las cosas. Brogan Cain era un buen tipo. Un tipo excelente. Iba a casa a visitar a sus padres, cenaba en la Taberna de O'Rourke, compró la casa familiar cuando sus padres se mudaron a Florida. Preguntaba por su familia y si faltaba a la noche del sexagesimoquinto aniversario de sus abuelos porque se le olvidaba, bueno... eran cosas que pasaban.

Cada vez que lo veía, se sonrojaba. Cada vez que la besaba, sentía que flotaba. Cada vez que su nombre aparecía en su correo electrónico o en su móvil, su útero se estremecía. Y hacía poco, él le había dicho que tenía la esperanza de acortar sus viajes, de estar más tiempo juntos.

Quizá fuera el momento adecuado. Sus óvulos y las ganas de sentar la cabeza de Brogan... Quizá el matrimonio fuera la respuesta.

Sí. Tenía que hacer una lista. Abrió su Mac y comenzó a escribir:

· Provocar su sorpresa y admiración para conseguir que lo veamos bajo el mismo prisma (pensar algo memorable).
· Hacer que el matrimonio parezca un paso lógico desde la amistad.
· Hacerlo pronto: pillarlo por sorpresa es primordial.

Tres horas después, Honor se bajó del automóvil, se apretó el cinturón de la gabardina, tragó saliva y subió los escalones de la casa de Brogan. Tenía la boca seca y las manos húmedas. Si eso no funcionaba...

«Cuando se trata de óvulos, los años cuentan.»

Suspiró.

No, no podía suspirar. ¡Adelante, equipo! Eso era más adecuado. «¡Queremos compañía!», imaginó que exigían sus pequeños óvulos seniles. En su imaginación estaban empezando a engordar por la cintura, llevaban gafas de lectura y habían desarrollado cierta afición por los juegos de cartas.

«No os hagáis viejos —les susurró—. Mamá tiene un plan.»

Durante un segundo, se permitió disfrutar de una imagen mental del futuro. La Casa Nueva una vez más llena de niños (o al menos uno o dos). Críos retozando por los campos y los bosques con su padre, capaces de distinguir una uva riesling de una chablis antes de entrar en el jardín de infancia. Criaturas con los increíbles ojos de Brogan y su propio cabello rubio. O quizá el espeso pelo castaño de Brogan. Sí. Mejor con el de él.

Con esa imagen en mente, llamó a la puerta. El olor a ajo flotaba en el aire. El estómago le rugió de repente. Además de todo lo anterior, Brogan era un buen cocinero.

—¡Hola, On!

Bueno, parece que sí tenía un defecto (no todo lo veía de color rosa), y era acortar un nombre de cinco letras para dejarlo solo en dos. Siempre se imaginó que se escribiría *On*, porque *Hon* hubiera sido la abreviatura de *honey*, «cariño» en inglés, y él jamás la llamaría así.

—¡Qué agradable sorpresa! —añadió él, inclinándose para besarla en la mejilla—. Pasa.

Ella entró con el corazón acelerado. Recordó que debía sonreír.

—¿Cómo estás? —preguntó, con una voz que sonaba forzada incluso para ella.

—¡Estoy muy bien! Permíteme remover la comida para que no se pegue. Espero que puedas quedarte a cenar. —Él se dirigió a los fogones.

Ahora o nunca. Se desató el cinturón, cerró los ojos, se abrió la gabardina y dejó que cayera al suelo. ¡Mierda! Estaba de pie frente a la mesa, por lo que Brogan no la veía entera. Rodeó el mueble y esperó.

En pelotas. «Sorpresa y admiración... Sorpresa y admiración...». Hacía frío. Tragó saliva y esperó un poco más.

El padre de Brogan asomó la cabeza por la puerta de la cocina.

—¡Qué bien huele! Oh, hola, Honor, querida...

El padre de Brogan.

¡El padre de Brogan!

¡Dios mío!

Honor se metió debajo de la mesa, tiró una silla con las prisas y gateó unos metros para recuperar la maldita gabardina. Se la puso delante. Se dio cuenta de que el suelo no estaba precisamente limpio.

—Querida, ¿estás bien? —preguntó el señor Cain.

—¿Está Honor aquí? —dijo la señora Cain.

«¡Por favor, tierra, trágame!», pensó Honor al tiempo que se ponía la gabardina sobre los hombros.

—Mmm... un segundo —dijo con la voz más aguda de lo normal.

Brogan se inclinó, perplejo.

—On, ¿qué estás haciendo ahí abajo...? ¡Ay, Dios!

—Hola —dijo ella mientras intentaba meter el brazo en una manga.

—Papá, mamá, tenéis que salir un momento, ¿de acuerdo? —Resollaba tratando de contener la risa.

¿Dónde estaba la maldita manga? Brogan se puso en cuclillas junto a ella.

—Venga, sal —se las arregló para decir él, secándose los ojos—. Por el momento estás a salvo.

Se arrastró hacia fuera, se levantó y se envolvió en la gabardina.

—Sorpresa... —dijo con la cara ardiendo—. Lo siento. No volveré a intentar ser espontánea.

Él le levantó la barbilla y allí estaba, con la sonrisa traviesa, un poco lujuriosa, y la mirada juguetona. Se le tensó la piel, la lujuria se mezclaba con la mortificación.

—¿Estás de broma? A mi padre le vas a gustar más todavía de lo que ya le gustas.

Esas palabras le dieron esperanza. Sonrió —no le resultó demasiado fácil, pero lo hizo— y se colocó la diadema... que había querido dejar en casa. Las diademas con dibujitos de perritos y la desnudez no van precisamente de la mano.

—Pues... hola.

Él se rio y la abrazó con un solo brazo antes de volverse hacia la sala.

—Papá, mamá, ¡ya podéis volver! —llamó.

Y regresaron. La señora Cain, enfurruñada; el señor Cain, sonriente.

Afronta la situación, Honor.

—Lo lamento —dijo ella.

—No es necesario que pidas disculpas —aseguró el señor Cain, que se quedó sin aliento y soltó un «¡ay!» cuando su esposa le dio un codazo en las costillas.

—Mis padres están de visita —dijo Brogan, con los ojos brillantes de risa.

—Ya veo —murmuró Honor—. ¿Qué tal en Florida?

—Es una maravilla —aseguró el señor Cain amablemente—. Quédate a cenar, querida.

—Oh, no. Es que... no puedo. Pero gracias.

Brogan le dio otro apretón.

—Claro que puedes. Que te hayan visto desnuda no es motivo para que te sientas incómoda. ¿Verdad, mamá?

—Deja de reírte —murmuró Honor.

La señora Cain parecía haber chupado un limón.

—No sabía que estabais... juntos. —Nunca le había caído bien a la madre de Brogan. Ni ninguna otra mujer que se interesara por su hijo, puede suponerse.

—Por favor, quédate, Honor —pidió Brogan—. Tendremos que hablar de ti si te vas. —Le guiñó un ojo, completamente imperturbable por el espectáculo que había dado.

Él le prestó unos pantalones de chándal y una camiseta, y ella se los puso en el cuarto de baño de la planta baja, evitando mirarse en el espejo. Muy bien, echaría un vistazo rápido. Sí, estaba completamente avergonzada. Pero si quería ser su esposa, tendría que superar ese desastre lo antes posible. Sería algo que acabaría convirtiéndose en parte de la leyenda de la familia Cain. Podrían reírse de ello en el futuro. Muchas veces, sin duda.

Brogan se hizo cargo de la incomodidad que reinó durante la cena y la disimuló con su charla. Les informó sobre la próxima temporada de béisbol, los entrenamientos de primavera y las lesiones de los jugadores mientras ella trataba de olvidar que el señor Cain la había visto desnuda.

Por suerte, los padres de Brogan estaban de paso, camino de Buffalo para ver a la hermana del señor Cain. Después de todo, quizá la noche no sería un desastre total.

Cuando por fin se fueron, en el mismo segundo en que su automóvil salió del garaje, Brogan se volvió hacia ella.

—Quizá haya sido el mejor momento de mi vida —aseguró.

—Sí, ya. De nada —replicó ella, sonrojándose de nuevo. Pero también sonriendo porque ahí estaba, de nuevo, aquel hormigueo. Aquella gratitud —odiaba pensarlo, pero era cierto. Brogan Cain, el más atractivo fotógrafo deportivo, acababa de felicitarla.

—Así que vamos a fingir que la noche acaba de empezar, ¿de acuerdo? —dijo él, empujándola hacia atrás al tiempo que le brindaba una sonrisa—. Sales, oigo que llaman a la puerta y ¿quién es? Oh, la hermosa Honor Holland. —La llevó hacia la puerta y la empujó al exterior, a pesar de que la lluvia se había convertido en aguanieve.

Así lo hicieron de nuevo, y esta vez las cosas fueron un poco más acordes con el plan. Salvo que la mesa de la cocina estaba llena de platos, así que se fueron al dormitorio.

Después, cuando lo hubieron hecho, cuando ella notó que tenía acelerado el corazón, no por el esfuerzo sino, seamos sinceros, por el terror, trató de aspirar lentamente para relajarse.

«Tranquilízate —se dijo—. Es tu amigo.»

Sí. Lo era. Se incorporó lentamente. Brogan parecía estar durmiendo. Estupendo. De esa manera, podía mirarlo. Era muy guapo: pestañas negras dignas de un anuncio de rímel, nariz recta, boca perfecta. Una barba incipiente daba a su hermoso rostro un aspecto viril. Le resultaba difícil creer que estaba en la cama con él, incluso después de todos esos... encuentros.

Sabía que Brogan había tenido un par de amigas aquí y allá. Durante esos períodos no dormían juntos, por supuesto, y ella trataba de ser neutral las raras ocasiones en que él le hablaba de esas mujeres. Al final siempre rompía con ellas (lo cual era una gran señal, pensó).

En cuanto a los demás hombres, bueno... había tenido otras cuatro relaciones, de una duración que oscilaba entre cinco y veintitrés días. Aunque, a decir verdad, solo se había acostado con otro hombre. Nada comparable a esto.

«Ahora o nunca, Honor.»

—¿Estás durmiendo? —susurró.

—No. Solo dejo que me comas con los ojos —dijo él, abriendo los párpados con una sonrisa.

Ella se la devolvió.

—Gracias. —Se lamió los labios mientras notaba que le temblaban las rodillas—. Así que...

—Así... —Él se acercó y le puso un mechón de pelo detrás de la oreja. Eso la animó.

—¿Sabes qué pensaba el otro día? —preguntó como quien no quiere la cosa. Aunque apretó los puños.

—¿Qué?

—Se me ocurrió que deberíamos casarnos.

Ya estaba. Lo había dicho. De pronto, casi no podía respirar con normalidad.

—Sí, claro. —Brogan resopló. Se estiró, bostezando—. Caray, en esa sí que no me pillan. —Entonces la miró—. Ah... eh... ¿lo decías en serio?

«Es tu oportunidad», aconsejó su cerebro.

—Pues sí. Quiero decir... se me ocurrió...

Él la miró fijamente, luego arqueó las cejas, desconcertado.

—¿De veras?

Su voz no indicaba que acabara de escuchar una idea maravillosa, sino... desconcierto.

—Es solo que, ya sabes, somos buenos amigos. Muy, muy buenos amigos. Los mejores... —«Oh, venga, cállate ya. Pareces idiota»—. Ya sabes, hace años que somos amigos. Mucho tiempo. —Su lengua se había convertido en un trozo de cuero viejo, y no daba una imagen atractiva de sí misma.

«¿Te gustaría besar mi arrugada, seca y correosa boca, Brogan? Es que, en el caso de los óvulos, los años cuentan, ya sabes, los óvulos envejecen.»

Se obligó a soltar una risita incómoda, aunque luego deseó no haberse reído.

—Solo ha sido una idea. Ya van ¿cuántos? ¿Diecisiete años juntos?

—¿Juntos? —repitió él, sentándose bruscamente.

—Eh... algo así. Siempre hemos... eh... recurrido el uno al otro. —Ella se sentó también y se apoyó en el cabecero tapizado de cuero. Le picaban los ojos por las lágrimas e inmediatamente se obligó a retenerlas. Se aclaró la garganta—. Quiero decir que siempre hemos sido buenos amigos. Y luego está esto. El sexo.

—¡Sí! Cierto. No, somos grandes amigos, eso seguro. Te considero mi mejor amiga, de verdad. Pero... mmm... —Brogan respiró hondo—. Nunca nos he visto como una pareja. —Lo vio tragar saliva mientras la miraba.

«Tranquila, tranquila...»

—No, tienes razón. Solo se me ocurrió que estábamos llegando a cierta edad, y que ibas a viajar menos... —Hizo una pausa—. Y ninguno de los dos ha encontrado a nadie... permanente. Quizá eso quiera decir algo.

«Por favor, di que estás de acuerdo. Por favor, date cuenta de que es una gran idea.»

Él no respondió, pero su mirada era amable. Terriblemente amable, y eso era respuesta suficiente. Se le oprimió el corazón y, a continuación, se marchitó como papel quemado. Para evitar mirarlo, trazó con el dedo la costura del edredón. Ahora que había sufrido el rechazo inicial, podía perder la cabeza. Ella era una persona racional, calmada. Salvo que podía estar sufriendo un ataque cardíaco. Casi lo deseaba.

Brogan permaneció en silencio durante un minuto.

—¿Sabes lo que pienso de ti, On? —Ella se volvió para mirar su rostro—. Pienso en ti como en un viejo guante de béisbol.

Ella parpadeó. ¿Estaba bromeando? ¿Una analogía deportiva? Él solía emplearlas, pero ¿incluso ahora?

Lo vio asentir con la cabeza.

—Como un viejo amigo, algo que está a tu lado cuando lo necesitas.

—Un guante de béisbol. —¿Podría asfixiarlo con la almohada o eso solo funcionaba en el cine? ¿Y si lo estrangulaba con los pantis? Lástima que no se los hubiera puesto.

Él le agarró la mano y se la apretó, y ella dejó que lo hiciera como si fuera un pez muerto.

—Es como lo que dijo Jeter una vez. O quizá fue Pujols. Sí, fue él, porque fue cuando regresó para jugar en St. Louis. Espera, ¿o fue Joe Maurer? No, porque ese es receptor, así que no hablaría de un guante. De todas formas, fuera quien fuera, estaba hablando sobre cómo estaba cuando tenía una depresión o cuando no se sentía bien con un partido. Entonces se ponía su guante viejo. El que tenía desde hacía años, ¿sabes? Ese que cuando te lo pones es como un viejo amigo y sabes que tendrás un buen día gracias a él. —Se volvió hacia ella, inclinándole la barbilla. Honor parpadeó, pero sentía los ojos calientes, duros como piedras—. Pero no es necesario usarlo todos los días.

Sin duda, era el peor discurso de ruptura de la historia.

Él hizo una mueca.

—Tienes razón, no ha sido una buena comparación —reconoció, y ella tuvo que reírse, porque o se reía o se echaba a llorar—. Lo que trato de decirte, On, es que...

—¿Sabes qué? —lo interrumpió ella, y su voz sonó normal, gracias a Dios—. Olvídalo. No sé de dónde salió la idea. Quizá fue porque tus padres me vieron desnuda.

Él sonrió.

—Pero tienes razón —insistió ella con más firmeza—. ¿Por qué arruinar algo que funciona?

—Exacto —convino él—. Porque funciona. ¿No te parece?

—Absolutamente. No, no, casarse ha sido una idea estúpida. Olvídalo.

Entonces la besó y casi le rompió el corazón por completo. ¿Un viejo guante de béisbol? ¡Santo Dios! Sin embargo, cuando él le encerró la cara entre las manos, dejó que la besara como si nada hubiera cambiado.

—¿Preparada para la segunda ronda? —susurró.

«¿Estás de broma? Te ha comparado con un viejo guante. Lárgate.»

—Claro —dijo. Porque nada había cambiado. Seguía siendo el mismo guante viejo de siempre.

Si se fuera, él se habría dado cuenta de que hablaba muy en serio, y si lo supiera, no le quedaría orgullo. Y puesto que su corazón había sido destrozado, el orgullo era, de pronto, muy importante.

Se presentó en casa de Dana una hora después, y nada más llamar a la puerta las lágrimas hicieron su aparición y se deslizaron por su rostro como rayas calientes.

Dana abrió la puerta, la miró y parpadeó. Una expresión a medias entre sorpresa y otra cosa apareció en su cara.

—Bueno, imagino cómo ha terminado todo —dijo después de tomar aire—. Lo siento, cariño.

Dana le dejó un pijama limpio para que se cambiara de ropa. Antes se lavó la cara en el cómodo y acogedor cuarto de baño.

—Por lo menos sabes dónde te encuentras —intentó animarla Dana, apoyada en la puerta—. Creo que es necesaria una copa, ¿no crees?

Su amiga hizo unos martinis muy cargados y le entregó una caja de pañuelos de papel. Los diálogos de *Sharknado*, una pasión compartida por ambas, sonaba de fondo. De alguna forma, era el escenario perfecto para confesarlo todo.

—Me siento idiota —dijo Honor cuando terminó de relatar aquella miserable noche—. Y la cosa es que no sabía lo mucho que lo amaba hasta que todo se fue al garete, ¿sabes? ¿Tiene sentido?

—Claro, claro que sí. —Dana vació la copa—. Escucha, no me gustaría ser insensible, pero cuéntame la parte de los padres una vez más, ¿de acuerdo? —dijo con una sonrisa maliciosa, y Honor resopló y lo hizo, porque Dana juró que jamás se lo contaría a nadie y que, como peluquera, veía y sabía todo de todos y era lo suficientemente liberal para compartirlo con ella.

—Comparar tu vagina con un viejo guante de béisbol es ir un poco lejos, ¿no crees?

—No se refería a mi vag... No importa. Hablemos de otra cosa. Anda, mira eso... no pienso nadar en el mar nunca más. —Se echó hacia atrás y se apoyó en la gabardina. Estúpida gabardina. ¿Dónde estaban ahora la sorpresa y la admiración, eh? Recogió la prenda y la tiró al suelo.

—Eh... no es culpa suya. Y es una Burberry —protestó Dana recogiéndola—. Pero entiendo tu punto de vista. Ahora la odias, así que haré un último sacrificio por ti y me la quedaré. Me comprometo a no ponérmela en tu presencia. —Abrió un armario, metió la gabardina y cerró la puerta.

Dana podía ser muy arisca, pero sin duda tenía sus momentos.

—¿Y ahora, qué? —preguntó mientras el hombre de la tele describía lo que había sentido al notar que un gran tiburón blanco le clavaba los dientes en el brazo.

Honor se tragó el nudo que tenía en la garganta.

—No lo sé. Pero supongo que no puedo volver a acostarme con él. Tengo cierto orgullo, sea guante o no.

—Bien. Ya iba siendo hora —aseguró Dana—. Ahora siéntate ahí y pensemos en el siguiente ataque mientras tomamos otra ronda.

Capítulo 1

Para ser un tipo que enseñaba ingeniería mecánica en una universidad de cuarta categoría en medio de la nada, Tom Barlow tenía mucho éxito.

En la universidad donde enseñó por última vez había una escuela de ingeniería de verdad, y los estudiantes estaban realmente interesados en su asignatura. Allí, sin embargo, en la minúscula Wickham College, cuatro de los seis alumnos originales se habían visto obligados a asistir, pues habían dejado la inscripción para el último momento, hasta que fue demasiado tarde, y la disciplina de ingeniería mecánica era la única que tenía el cupo abierto. Los otros dos habían parecido interesados en serio, hasta que uno, la muchacha, se trasladó a Carnegie Mellon.

Pero de pronto, al final de la segunda semana, había treinta y seis estudiantes hacinados en la pequeña aula. Todos sus nuevos alumnos eran del sexo femenino y tenían entre dieciocho y cincuenta y cinco años. De repente, una sorprendente cantidad de mujeres había decidido que la ingeniería mecánica —o lo que fuera— era la nueva pasión de sus vidas.

La ropa era un problema. Ceñida, de mala calidad, escotes generosos y cinturas bajas, poco apropiadas. Tom solía dar clase a la pared del fondo del aula, sin establecer contacto visual con las miradas hambrientas del setenta y ocho por ciento de su alumnado.

Intentaba no dejar tiempo para preguntas. Aquella «horda bárbara», como él la llamaba, solía interesarse por cuestiones inadecuadas.

«¿Está soltero?». «¿Cuántos años tiene?». «¿De dónde es?». «¿Le gustan las películas extranjeras?», «¿el sushi?», «¿las mujeres?».

Aunque necesitaba ese trabajo.

—¿Alguna pregunta? —dijo a su pesar.

Se alzaron docenas de manos.

—Sí, señor Kearns —indicó, agradecido de que aquel estudiante estuviera allí porque le interesaba el tema.

Según su expediente, Jacob Kearns había sido expulsado del MIT, el Instituto Tecnológico de Massachusetts, por traficar con drogas. Ahora parecía ir por buen camino, aunque el Wickham College estaba unos cien escalones académicos por debajo del MIT.

—Doctor Barlow, en el proyecto del aerodeslizador, me preguntaba cómo se puede calcular la velocidad de escape.

—Buena pregunta. La velocidad de escape es la velocidad que imprime la energía cinética a un objeto, que se contrapone a la energía gravitatoria para dar cero. ¿Tiene sentido? —La horda bárbara (los que escuchaban) parecía perdida.

—Sin duda —repuso Jacob—. Gracias.

Treinta segundos para que sonara la campana.

—Atención —pidió—. Los deberes consistirán en leer los capítulos seis y siete de sus libros y responder a todas las preguntas que hay al final de ambos textos, así como empezar a plantear sus propuestas para los proyectos finales. Aquellos de ustedes que respondieron mal a las de los aerodeslizadores tienen que intentarlo de nuevo. —Con suerte, podría deshacerse de la horda poniéndoles una cantidad absurda de deberes—. ¿Algo más?

Vio una mano levantada. Una de las bárbaras, por supuesto.

—¿Sí? —dijo bruscamente.

—¿Es británico? —preguntó. Provocó una oleada de risitas de un tercio de la clase, cuya edad mental parecía ser de doce años.

—Ya he respondido a esa cuestión en una clase anterior. ¿Alguna otra pregunta relacionada con la ingeniería mecánica? ¿No? Excelente. ¡Hasta la vista!

—¡Oh, Dios mío, ha dicho «hasta la vista»! —dijo una rubia que iba vestida como una prostituta *cockney*.

Sonó la campana, y las hordas bárbaras se dirigieron a su mesa.

—Señor Kearns, por favor, quédese un minuto —dijo Tom.

Siete alumnas lo rodeaban.

—Entonces, ¿cree que podría trabajar para un arquitecto o algo así? —preguntó una.

—No tengo ni idea —contestó.

—Quiero decir después de asistir a esta clase. —La vio fijar la mirada en su boca. ¡Madre mía! Le daban ganas de ducharse.

—Primero tiene que aprobar. Después toca aplicar conocimientos y ya veremos... —respondió.

—Tom, ¿quiere acompañarme al bar? —preguntó otro miembro de la horda—. Me encantaría invitarle a una copa.

—No sería apropiado —dijo.

—Seré totalmente legal —aseguró ella, mirándolo de soslayo.

—Si no tienen ninguna pregunta relacionada con la clase de hoy, salgan, por favor. —Sonrió para suavizar las palabras y, con un montón de sonrisas sensuales y sacudidas de pelo, la horda bárbara desapareció.

Él esperó hasta que las mujeres no pudieran oírle.

—Jacob, ¿estás interesado en hacer un trabajo conmigo?

—¡Sí! ¡Por supuesto! Mmm... ¿haciendo qué?

—Personalizo aviones aquí y allá. Tengo un buen proyecto. Podría ser bueno para tu CV.

—¿Qué es un CV?

—Un *curriculum vitae*.

—¡Claro! —exclamó Jacob de nuevo—. Sería estupendo.

—No puedes meterte nada, por supuesto. ¿Hay algún problema?

El muchacho se sonrojó.

—No. Estoy en un programa de rehabilitación y todo eso. Llevo limpio trece meses. —Hundió las manos en los bolsillos—. Tengo que hacer pis en un bote todos los meses para poder venir aquí. En el centro de salud tienen los resultados.

—Bien. Te avisaré cuando te necesite.

—Gracias, doctor Barlow. Muchas gracias.

Tom asintió. El jefe de departamento estaba en la puerta, mirando al pasillo, de donde procedía una cacofonía de risas, con el ceño fruncido. Cuando Jacob se fue, el hombre entró y cerró la puerta.

No iba a darle buenas noticias, pensó Tom. Droog Dragul (tampoco era una sorpresa que le llamaran Drácula, ¿verdad?) tenía la cara que correspondería a un monje medieval: atormentado, pálido y serio. Y parecía todavía más deprimido que de costumbre.

—Vaya muchachas hay aquí —dijo con su marcado acento. Suspiró—. Están tan... —Tom se estremeció, temiendo que la frase acabara con un «bien alimentadas» o «ricas en hierro»—. Están tan fuera de lugar...

«Ufff.»

—Solo la mayoría —respondió—. Tengo un par de alumnos que son buenos.

—Sí. —Su jefe suspiró—. Tienes buena mano con las damas, Tom. Quizá podamos quedar para tomar una cerveza y puedas darme algunos consejos.

—Es por el acento, amigo mío —aseguró él.

—Por alguna razón, el mío no parece causar el mismo efecto, je, je, je...

Tom hizo una mueca y luego sonrió. Droog era un buen tipo. Extraño, pero agradable. Durante el mes que llevaba dando clases allí, habían salido una vez a cenar, otra a tomar una cerveza y dos a jugar al billar, y sí, la experiencia había sido extraña, aunque Droog tenía buen corazón.

El jefe suspiró, se sentó y se puso a tamborilear en la mesa con los dedos.

—Tom, me temo que tengo malas noticias. No vamos a poder renovar tu permiso de trabajo.

Tom respiró hondo. La única razón por la que aceptó aquel trabajo fue para conseguir el visado laboral.

—Esa era una de las condiciones de mi empleo.

—Somos conscientes de ello. Pero el presupuesto... está demasiado cargado para meternos en más tasas.

—Pensaba que habías dicho que no sería ningún problema.

—Y estaba convencido. Pero lo han reconsiderado.

Apretó la mandíbula.

—Entiendo...

—Valoramos tus habilidades y tu experiencia en la enseñanza, Tom. Quizá puedas encontrar alguna manera. Podemos darte hasta finales de semestre. —Hizo una pausa—. Lo lamento mucho.

Tom asintió.

—Gracias, amigo. —No era culpa de Droog, pero vaya mierda.

Cuando el doctor Dragul se marchó, él se sentó frente el escritorio unos minutos más. Era poco probable que encontrara otro trabajo en febrero. Wickham College había sido la única universidad del oeste del estado de Nueva York que estaba buscando un profesor de ingeniería, y él había tenido la suerte de presentarse al puesto tan rápido como lo hizo. No era un lugar prestigioso, ni pagaban un buen sueldo. La ventaja que tenía era su ubicación.

No podía continuar con su trabajo sin un permiso, aunque tampoco es que los de inmigración estuvieran echándole el aliento en el cuello. Un profesor con empleo era la menor de sus preocupaciones. Sin embargo, la universidad no lo mantendría en el puesto de forma ilegal.

Si iba a quedarse, necesitaba una tarjeta verde.

Y rápido.

Pero primero iría a la destartalada casa que acababa de alquilar, y luego al mejor bar de la calle. Necesitaba tomar un buen trago.

Unas noches después, Tom estaba sentado en la cocina de su tía abuela Candace, bebiendo té. Solo los británicos sabían hacer té decente, y aunque Candace llevaba por lo menos sesenta años viviendo en Estados Unidos, no había perdido ese toque.

—Esa Melissa... —indicó tía Candace con rencor—. Siempre estropeándolo todo, ¿verdad?

—Bueno, no hablemos mal de los muertos.

—Pero te echaré de menos. ¿Y qué pasa con Charlie? ¿Cuántos años tiene ahora? ¿Doce?

—Catorce. —El hijo de Melissa tenía diez años cuando lo conoció. Era difícil conciliar a aquel niño feliz y hablador con el huraño adolescente que apenas decía palabra.

Sintió un dolor fugaz atravesándole el pecho. Parecía seguro que Charlie no le echaría de menos. Era una de esas situaciones en las que no se sabía si estaba haciéndolo bien o si su presencia solo lo empeoraba todo. Melissa, la madre de Charlie, estaba muerta, y su breve compromiso con ella no le daba derechos sobre el niño, a pesar de que Charlie había estado a pocos meses de convertirse en su hijo adoptivo.

En cualquier caso, no tenía mucha elección sobre si quedarse o no en Estados Unidos. Había enviado un correo electrónico a su antiguo jefe de departamento en Inglaterra, y este se apresuró a responderle que lo reincorporarían en un pispás. No había otras universidades en el oeste de Nueva York que buscaran a alguien con sus credenciales. Y adoraba enseñar, al menos cuando los alumnos estaban realmente interesados en la asignatura que impartía.

Así que había decidido ir a Pensilvania a visitar a la única pariente que tenía en el país e iniciar el proceso de despedida. Llevaba cuatro años en Estados Unidos y tía Candace se había portado muy bien con él. Por no hablar de la delirante alegría que mostró cuando la llamó después de la última clase para descubrir si estaba libre para cenar con él. Incluso la llevó a un centro comercial para que pudiera comprarse un abrigo, lo que demostraba de forma fehaciente que era un santo.

—Venga. Toma más tarta, cariño. —Empujó el plato sobre la mesa y Tom se sirvió.

—Gracias.

—Encantador lugar, Manningsport —afirmó ella—. Vivía muy cerca cuando era niña, ¿lo sabías?

—Eso me dijiste —repuso Tom. Sin duda su encantadora y anciana tía sabía hacer tartas.

—Termínalo, que bien puedes. Yo tengo principio de diabetes o algo por el estilo. Por otra parte, tengo ochenta y dos años: la vida es demasiado horrible para enfrentarse a ella sin postres. Voy a tomar una sobredosis de palomitas con caramelo y moriré con una sonrisa en la cara. ¿Qué te estaba diciendo?

—Que vivías cerca de Manningsport cuando eras niña.

—Sí, ¡exacto! Solo fueron unos años. Mi madre era viuda, ya sabes. Mi padre murió de neumonía y por eso se vino con mi hermano y conmigo a Estados Unidos. Elsbeth, tu abuela, estaba casada, así que se quedó en Manchester con su marido. Tu abuelo. Pero recuerdo el viaje, y lo que sentí al ver la Estatua de la Libertad. Tenía siete años. ¡Fue emocionante! —Sonrió y tomó un sorbo de té.

—¿Así fue como te convertiste en yanqui? —preguntó él.

Tía Candace asintió.

—Vivíamos en Corning, y allí conoció a mi padrastro, que nos adoptó a Peter y a mí.

—Eso no lo sabía —dijo él.

—Era un hombre encantador. Agricultor. A veces me gustaba acompañarlo a repartir la leche. —Candace sonrió—. De todas maneras, nos mudamos después de que mi hermano muriera en la guerra. Yo tenía quince años entonces. Pero todavía tengo una amiga allí. Bueno, en realidad es una amistad por correspondencia, ¿sabes lo que es?

Tom sonrió.

—Claro.

—Es una pena que tengas que marcharte. Es una zona muy bonita. —La mirada de su tía se agudizó—. Tom, querido... si de verdad quieres quedarte en Estados Unidos, puedes casarte con una estadounidense.

—Eso es ilegal, tía.

—Bah...

Él se rio.

—Y no tengo pensado llegar tan lejos —explicó—. Podría ser diferente si... bueno, no es una opción.

Podría serlo si Charlie realmente quisiera que se quedara. Si lo necesitara. Si él no fuera para el niño otra cosa que una espina clavada, podría pensarlo.

Tenía dos trabajos en perspectiva en empresas industriales, pero las dos requerían una experiencia que él no poseía. Si aquello no funcionaba —y estaba casi seguro de que no lo haría—, debería regresar de nuevo a la vieja y alegre Inglaterra, algo que tampoco era tan horrible. Estaría cerca de su padre. Conocería a alguna mujer agradable en algún momento y Charlie apenas se acordaría de él.

De pronto, la tarta le supo a arena. Apartó el plato.

—Será mejor que me vaya —dijo—. Gracias por permitir que te visite.

Ella se levantó y lo abrazó, apretando su suave mejilla contra la de él.

—Gracias por venir a ver a una anciana —respondió—. Presumiré de esto durante días. Mi sobrino me adora.

—Está bien, tía. Te llamaré y te contaré cómo va todo.

—Si resultara que conociera a alguien que pudiera estar interesada, ¿puedo darle tu número, querido?

—¿Interesada en qué, tía?

—En casarse contigo.

Tom se rio. En el rostro de la anciana brillaba una expresión de alegría.

—Claro —convino, dándole otro beso en la mejilla. Era bueno que aquella vieja ave se sintiera útil, de esa manera no se sentiría tan mal cuando él regresara a Inglaterra.

Sintió de nuevo aquel dolor en el pecho.

Tardó cuatro horas en regresar en automóvil a Manningsport. Cuatro horas de lluvia y de limpiaparabrisas en mal estado que manchaban más que limpiar. El tiempo empeoró según se acercó a Finger Lakes. Quizá no llegaría demasiado tarde para tomar un bocado y un *whisky* en la taberna a la que estaba comenzando a aficionarse. Charlaría con la guapa camarera y trataría de no pensar en el futuro.

Capítulo 2

Seis semanas después de su fracasada propuesta matrimonial, Honor estaba a punto de tener un ataque de pánico.

Se registró en varias de esas páginas de citas por Internet y entre todas le habían propuesto cuatro personas: su hermano Jack (pasando); Carl, su cuñado (Pru y él se habían registrado a ver si eCommitment decía que eran compatibles, y desde entonces quedaban como si no se conocieran como parte de su constante intento por mantener viva su relación; también pasaba de él, evidentemente); Bobby McIntosh, que vivía en el sótano de su abuela y tenía extraños ojos de serpiente; y un joven que no conocía pero que había escrito que la reencarnación era una de sus aficiones.

Así que allí estaba otra vez, enfrentándose de nuevo al fin de semana con la única compañía de *Spike*, la perrita que había adquirido recientemente y que había resultado ser una excelente compañía mientras que la especie humana perdía enteros. No le hubiera importado elegir a Ryan Gosling, pero al parecer tenía otros planes. Dana estaba ocupada, de hecho, había estado muy ocupada durante las últimas semanas, y era un poco frustrante, puesto que el invierno en Finger Lakes dejaba poco que hacer. No disponer de la compañía de tu mejor amiga hacía que todavía hubiera menos.

Faith estaba muy ocupada como recién casada y Pru fingiendo serlo. Jack se había pasado por su casa para ver algunos de esos morbosos documentales médicos que les encantaban en su fabulosa pantalla de plasma nueva, y tuvo la sensación de que lo apartaba de su vida social. Abby era popular, y Honor no se atrevía a pedirle a su sobrina adolescente que se pasara para ver películas con ella. Con Ned ya pasaba suficiente tiempo en el trabajo.

Eso dejaba a Goggy y Pops, que siempre se sentían felices de verla, pero se pasaban la vida discutiendo, y a su padre, aunque últimamente actuaba de una forma un poco rara. Como asustadizo y reservado.

¿Le apetecería algo a la señora Johnson? A veces iba al cine con ella, aunque siempre protestaba sobre la naturaleza insalubre de las salas, de los acomodadores y de los seres humanos en general. Mmm... La señora Johnson sería seguramente su mejor apuesta. Podría llevar a *Spike*, que adoraba las películas y las palomitas de maíz.

En ese momento sonó el teléfono, y dio tal sobresalto que derramó el café. *Spike* ladró desde su pequeña camita, comenzó a saltar sobre su pierna y le rasgó las medias. Aunque solo hacía un mes que tenía a *Spike*, el animal era muy protector.

—¡Yo respondo! —gritó a Ned, el único empleado además de ella que estaba allí a esa hora.

—Claro que sí —dijo él desde su despacho, de donde provenían sonidos de los Angry Birds.

—Viñedos Blue Heron, soy Honor Holland —dijo suavemente al tiempo que recogía al perrito.

—Hola, On, soy Brogan.

Notó una explosión de calor subiéndole por las piernas.

—¡Hola! ¿Qué tal? ¿Cómo te va?

«Tranquila, querida —dijeron sus óvulos—. Nos rechazó, ¿recuerdas?».

Cierto. Pero solo habían intercambiado un par de correos desde entonces y lo había echado mucho de menos.

—Muy bien —respondió—. ¿Y tú? ¿Cómo estás?

—Estoy bien. Estoy muy bien. ¡Muy bien! Que también estoy muy bien, quiero decir.

Sus óvulos suspiraron.

—Mira —continuó él—, estoy en el pueblo y me preguntaba si tendrías un rato para vernos.

Honor hizo una pausa. Las palabras «viejo guante de béisbol» le vinieron a la cabeza. Por otra parte, siempre habían sido amigos. Todavía lo eran.

—¿Qué se te ha ocurrido?

«Lamento haberte rechazado, cariño. Estas últimas semanas me ha dado tiempo a pensar y te amo. Quiero casarme contigo. Ahora.»

—¿Una copa en la Taberna de O'Rourke? —preguntó él.

—¡Claro! Me parece bien.

—Estupendo —dijo con voz cálida. Hubo una pausa—. Tengo algo importante que decirte y quiero hacerlo en persona. Creo... espero... que te haga muy feliz.

Los óvulos se enderezaron, y lo mismo hizo ella.

—De acuerdo —convino ella, apretándose los dedos contra las mejillas calientes—. Eso suena muy bien.

—¿A las siete?

¡A las siete! Eso era noventa y dos minutos después.

—Muy bien. Hasta luego.

Permaneció allí quieta durante un minuto y luego contuvo el aliento, como si hubiera olvidado cómo respirar. *Spike* le lamió la barbilla con preocupación y Honor le dio una palmadita en el lomo automáticamente. Se volvió hacia el ordenador y escribió las palabras de Brogan. Las estudió y las leyó en alto, en voz muy baja para que su sobrino no la escuchara.

—Hola —dijo su sobrino desde la puerta. Ella cerró el portátil de golpe. Ned la miró de forma extraña—. Tranquila, Honor.

—¿Qué ocurre, Neddie, querido?

—¿Estás bien? Tienes manchas.

—Calla, hijo. ¿Qué quieres?

—Me voy. Tengo una cita. Y una vida... Deberías intentarlo también tú alguna vez.

—Muy gracioso, Ned. Diviértete. Conduce con cuidado.

Esperó a que sus pasos se desvanecieran y volvió a abrir el portátil. Releyó las palabras escritas.

«Tengo algo importante que decirte y quiero hacerlo en persona. Creo... espero... que te haga muy feliz.»

¿Podría ser?

¿Podría estar refiriéndose a lo que ella deseaba?

Por un instante, la escena apareció ante sus ojos. Ella sentada ante una mesa de la Taberna de O'Rourke y Brogan, de rodillas, ofreciéndole un anillo en una caja de terciopelo negro. Una pregunta, la respuesta, el aplauso de los clientes del lugar y luego, por fin, sus brazos rodeándola mientras la besaba en público por primera vez en su vida.

El corazón se le aceleró. La menos sorprendente de las mujeres Holland, la que era firme como una roca, a punto de ser objeto de una propuesta romántica, reclamada por fin por Brogan Cain. ¿Sería posible?

Era casi imposible de creer.

«Sí, en efecto. Los años cuentan, seguro, pero no te adelantes a los acontecimientos», dijeron sus óvulos.

Los ignoró... y se ajustó la diadema de cuadros rosas y verdes. Leyó de nuevo las palabras.

Aquello sonaba como ella quería que sonara. ¡Oh, sí! Sin duda.

Las piernas le temblaron un poco mientras metía a *Spike* en el bolso —¿para qué tener un perro tan pequeño si no podía llevarlo a todas partes?— y lo besaba en la cabeza. Cruzó el césped hasta la Casa Nueva, donde la señora Johnson golpeaba ollas y sartenes en la cocina. Su padre también estaba allí. Tenía la cara roja y las manos en los bolsillos de los desgastados *jeans*, con la camisa de franela rota a la altura del codo.

—Hola a todos —saludó ella.

—Hola, Petunia —contestó su padre, quitándose la gorra de béisbol y pasándose una mano por el pelo. La señora Johnson gruñó, como casi siempre.

—¿Va todo bien? —preguntó.

—¡Claro! ¿Por qué haces esa pregunta, Honor Grace Holland? —exigió la señora Johnson con un deje cadencioso. Cerró la olla que había sobre los fogones—. La cena estará preparada dentro de veinte minutos. ¿Dónde está tu hermano? ¿Tiene hambre? ¿Tú qué piensas?

—No lo sé, señora Johnson. Llámelo. Yo... eh... tengo planes —dijo.

—Bien —intervino su padre, con el rostro todavía más rojo—. Quiero decir, que es bueno salir con los amigos, cariño.

—Sí. Señora Johnson, ¿puede hacerse cargo de *Spike* esta noche? —«Yo tengo que ocuparme de recibir una propuesta de matrimonio.»

El rostro del ama de llaves se transfiguró con una sonrisa.

—¡Por supuesto! Claro que sí. Ven aquí, angelito precioso. Ya casi le ha crecido el pelo, ¿verdad? Oh, mi hermosa princesa, dame un besito.

Honor flotó hasta su pequeña *suite*. Desde que se convirtió en la única de los Holland que vivía en la casa familiar, se apropió de la habitación que Faith había dejado libre el año anterior y la convirtió en salita. Había hecho un gran trabajo y ahora podía ver allí la tele, aunque lo que más solía hacer era abrir el portátil y terminar los asuntos que no había finalizado durante la jornada laboral.

Al entrar en su habitación abrió el armario y frunció el ceño ante aquella uniformidad de colores gris y azul marino. Mmm... Su ropa estaba dividida entre seria y pulcra vestimenta para el trabajo y *jeans* y sudaderas de Viñedos Blue Heron, y no quería ponerse algo así si Brogan estaba a punto de... ya sabes.

Le sudaban las manos.

«Tengo algo importante que decirte y quiero hacerlo en persona. Creo... espero... que te haga muy feliz.»

¿Qué otra cosa podría ser?

La imagen de su madre le sonrió desde la librería.

Hacía veinte años que había muerto y todavía la echaba de menos. Habían estado muy unidas y se parecían mucho, las dos eran prácticas, pero con una saludable dosis de grandes deseos: ella anhelaba una familia propia, su madre haber ido a la universidad; su madre había querido viajar y disponer de la posibilidad de tener una carrera, algo que ella había conseguido con creces. Era curioso que cada una hubiera deseado lo que tuvo la otra.

A su madre le hubiera gustado Brogan, pensó. Sí, sin duda, le hubiera gustado.

Se duchó, se depiló las piernas y se echó la crema hidratante. Si se iba a casa de Brogan, tendría que avisar, o su padre llamaría al jefe de policía, Levi Cooper, que por cierto estaba casado con Faith.

Ese puente lo cruzaría más adelante. Se puso un vestido rosa que había llevado a una boda hacía unos años, lo combinó con una rebeca de punto gris para no sentirse disfrazada, pero sí femenina, y eligió el calzado. Tenía un montón de pares de zapatos tipo salón, pero ningún tacón de aguja sexi. ¿Sería demasiado pasar por casa de Faith y pedirle unos prestados? Seguramente.

Se despidió de su padre y de la señora Johnson y se metió en su pequeño automóvil temblando de frío. Condujo colina abajo hasta el pueblo. Esa noche estaba más bonito que nunca: había caído una capa de nieve y las luces centellaban en las ventanas y en las tiendas. El lago Torcido brillaba oscuro al fondo. El cielo era un remolino de estrellas. La Taberna de O'Rourke estaba llena, como de costumbre. Era el único lugar del pueblo que estaba abierto todo el año y se oían la música y las risas provenientes del interior.

Resultaba ser un entorno muy romántico. No había otra palabra para describirlo, aunque en su vida no tenía mucha cabida el término «romántico».

Esa noche sería diferente.

El Porsche de Brogan estaba ya en el aparcamiento.

«Allá vamos», se dijo, deseando de repente haberle dicho a sus hermanas que fueran esa noche. Pero quizá fuera mejor así. O... tal vez... Brogan les había pedido que estuvieran allí, para que lo vieran hacer la pregunta en directo y en persona. Eso sería muy propio de él. Era el típico detallista.

Habérselo propuesto ella había sido un error. A los hombres les gustaba hacer el trabajo, o al menos eso venían a decir los nueve libros de autoayuda que había leído en los últimos tiempos para comprender la psique masculina.

Tocó sus perlas de la suerte y luego abrió la puerta de la Taberna de O'Rourke.

—Hola, Honor —la saludó Colleen desde la barra—. ¡Guau! ¡Qué guapa estás!

—¡Mírate! —dijo Connor a la vez.

—Gracias —murmuró ella, aunque en realidad no veía a los gemelos O'Rourke, que llevaban la taberna.

Brogan estaba esperándola con aquella sonrisa increíblemente sexi en su rostro.

¡Oh, Dios! ¿Podía ser cierto que tan solo unos segundos después estuviera comprometida con ese hombre? Le devolvió la sonrisa con el corazón desbocado.

—Me alegro de verte —dijo él, inclinándose para besarla en la mejilla. Tomó su abrigo y lo colgó, siempre caballeroso. ¡Santo Dios! Lo amaba más que nunca y eso era decir mucho.

En algún lugar lejano de su mente, sus óvulos decían algo sobre las hipótesis y lo que podía ser, algo así como un pesado soniquete que recorriera la parte inferior de la pantalla de televisión cuando estaba viendo un buen programa. Daba igual. Le resultaba difícil formar un pensamiento racional en ese momento, y eso era muy extraño, pues su principal cualidad era que se trataba del miembro más tranquilo y previsible de la familia Holland.

Pero no se sentía así esa noche. Esa noche era una mujer enamorada.

Los pensamientos le llegaban en ráfagas inconexas, lo único sólido era la mano de Brogan en su espalda, cálida incluso a través de la tela.

Cuando vio a Dana sentada sola en una mesa su corazón hizo algo extraño, y durante un segundo sintió cierta pena por ella. Dana no tenía problemas para encontrar pareja, pero tenía muchos problemas para conservarla, y ahora tendría que verla con Brogan. Dana se burlaba a menudo de las parejas felices, pero era su mejor amiga y se alegraría por ella. Dejaría a un lado sus problemas.

De hecho, quizá Brogan la había invitado por esa razón, para que lo viera todo. ¿No podía ser? Eso explicaría por qué Dana había estado tan esquiva y distante durante los últimos tiempos. Había temido estropear la sorpresa.

Entonces, Brogan le ofreció una silla en la misma mesa que ocupaba Dana, y cuando la miró, su amiga le brindó una sonrisa forzada que no se reflejó en sus ojos.

Bueno, eso había sido... mmm. La pequeña advertencia que se desplazaba por la parte inferior de la pantalla estaba ahora acompañada por un fuerte pitido de emergencia.

Se sentó y Brogan hizo lo mismo.

Más tarde, Honor desearía haber llevado a su perrita, que podría haber atacado a Brogan o a Dana, esperaba que a los dos, y haberles clavado sus diminutos dientes, afilados como agujas. *Spike* incluso podría haber orinado sobre ellos.

Lo que ocurrió después fue confuso. Como una niebla ponzoñosa de esas que ocultan las zonas llenas de desechos industriales. Ella sentía los latidos de su corazón resonando en los oídos. Pilló a Dana mirándola de arriba abajo, y de inmediato lamentó haber elegido ese atuendo. Dana llevaba una ceñida blusa amarilla que marcaba su diminuta cintura y lucía un gran escote. Se sintió demasiado vestida y remilgada a la vez. El cabello oscuro de Dana estaba diferente de la última vez que la vio... ¡santo Dios! ¿Hacía ya dos semanas? ¿Tres? Bueno, Dana tenía una peluquería. Cambiaba de peinado todo el tiempo. No como ella, que hacía años que no variaba de estilo. De hecho, Dana siempre decía que era como la Alicia en el país de las maravillas del pelo. Siempre la presionaba para que le dejara cortárselo.

Se aclaró la garganta. Seguramente no debería estar pensando ahora en los peinados. El otro pensamiento, el más importante, trataba de asumir el mando, pero ella no se lo permitía. ¿Dónde se había metido la feliz y brillante nube rosada? La había perdido. «¡Maldita nube, vuelve!».

—Hola —dijo con una sonrisa forzada.

Uno de los primos O'Rourke le llevó una copa de vino que no recordaba haber pedido. Vino tinto. Pinot *noir*, California, demasiado picante para su gusto, mejor en el primer sorbo que al final, cuando dejaba una sensación de ardor en la garganta.

En la barra, Lorena Creech gritó algo sobre la hora de dormir. Se escuchó la risa ronca de Colleen O'Rourke. Alguien dijo «gracias, amiga» en un acento que no solía escucharse por allí, y durante todo ese tiempo, en los ojos oscuros de Dana brilló algo, y siguió arrugando la nariz mientras se reía. Brogan empezó a hablar, encogiendo los hombros con una sonrisa. Algunas palabras inconexas fueron llegando a ella, y fue consciente de haber ladeado la cabeza y sonreído. O al menos tensó la boca y encogió las mejillas. Podría haber sido una mueca; no estaba segura.

Entonces, Dana tendió la mano izquierda. En su dedo anular estaba el anillo de compromiso que Honor había elegido. Un diamante de tres quilates de corte esmeralda. Y luego las palabras, todas esas palabras que no había oído bien, se estrellaron contra su corazón cuando la voz de Dana, brillante y afilada como una navaja de afeitar, cortó la neblina que la envolvía.

—Es evidente que no lo planeamos. De hecho, ¡es una locura! No queríamos decir nada a nadie hasta no estar seguros de que era real, ¿verdad, cariño? Pero ya sabes... cuando es el elegido, es el elegido, y no tienes que pasarte años haciéndote preguntas.

¡Oh! Que el anillo era para Dana. De acuerdo.

Su amiga se detuvo y apretó la mano de Brogan.

—De todas formas, Honor, sé que es un poco raro, ya que vosotros os veíais de vez en cuando... —sonrió, una brillante sonrisa de estrella de cine—, pero, como me dijiste, esa relación está terminada y esperamos que te alegres por nosotros.

Todo en primera persona del plural. «Nosotros.» «Nos.» «Nuestro...» ¿Qué demonios...? No podía hablar en serio. ¿De qué mierrrr...? No, no, ella no era una malhablada, pero... ¿de qué demonios iba esto?

—¿Perdón? —dijo ella con el corazón tan acelerado que llegó a pensar que iba a desmayarse—. ¿Os vais a casar?

Brogan dejó de hablar. En su rostro comenzó a notarse que estaba dándose cuenta de que algo iba mal.

—Eh... sí.

Dana le apretó la mano.

—¿Dama de honor? ¿Qué me dices?

Correcto. Porque si Dana le pedía que fuera su dama de honor, estaría claro que era una amiga maravillosa. Sería evidente que no era un caso de robo de novio, aunque le hubiera robado a Brogan. ¡A Brogan, nada menos!

¿Y por qué no? Brogan era guapo y agradable, rico y glamuroso, y Dana era un tiburón. Ya había visto antes destellos en sus letales dientes, pero —madre del amor hermoso— nunca hubiera pensado que se volvería contra ella.

Respirar. Sí. Tenía que hacerlo para sobrevivir. Tomó aire profundamente un par de veces.

—¿On? —Brogan la miraba ahora con franca preocupación.

Ella pasó de mirar a Dana a mirarlo a él.

—Me llamo Honor.

Él parpadeó con lo que ahora le parecían sus ridículos ojos turquesa.

—Esto... Honor... te alegras de esto, ¿verdad? Es decir, nunca fuimos... —Hizo una mueca—. Pensé que...

—¿Honor? No estás enfadada, ¿verdad? —preguntó Dana—. Quiero decir, que Brogan y tú nunca fuisteis nada más que amigos que se daban un revolcón de vez en cuando.

Entonces fue cuando el vino apareció en la blusa amarilla de Dana, se le derramó por el pecho, y gotas rojas resbalaron por su escote. Dana abrió y cerró la boca como una trucha fuera del agua y se dio cuenta de que su copa estaba vacía.

—¡Vamos, Honor! —gritó, echándose para atrás en la silla—. ¿Qué demonios te pasa?

Ella se levantó con las piernas temblando por la conmoción y... se dejó llevar por un sentimiento que no conocía demasiado bien, pero que parecía furia.

Dana también se puso de pie, con la boca abierta de indignación al mirarse la blusa.

—¡Zorra! —gritó cuando alzó la vista.

Honor la empujó. No con fuerza, pero aun así lo hizo. No se sintió orgullosa de ello, no lo había planeado, pero tampoco tuvo mucho tiempo para pensarlo, porque Dana la empujó hacia atrás, con más fuerza, y ella se tambaleó un poco y tropezó con la silla. Empujó de nuevo a Dana, y pudo oler el vino y oír *Sweet Home Alabama*, que sonaba en la máquina de discos. Luego cayeron y se agarraron. Dejó caer la cabeza y un repentino dolor le atravesó el cuero cabelludo. ¡Por Dios!, Dana estaba tirándole del pelo y le hacía daño; ella apresó también algunos mechones del adorable y sedoso pelo de Dana —que desprendía un agradable olor a coco— y tiró con fuerza al tiempo que les caía encima una silla. El tiempo parecía transcurrir de forma extraña, lento y rápido a la vez, y luego Brogan sujetó a Dana para apartarla.

—Honor, ¿qué estás haciendo? —preguntó él, y ella se incorporó también con la esperanza de no haber dañado a nadie, pero de pronto oyó un sonido seco y notó que le dolía la mejilla.

Su mejor amiga la había abofeteado.

Honor comenzó a jadear de forma entrecortada. Tenía una servilleta de papel pegada en el pecho izquierdo. Se la quitó y la dejó sobre la mesa.

¡Oh, Dios!

El bar permanecía en silencio.

—Honor... —Jack, su hermano mayor. ¿Quién decía que nunca estaba cerca cuando se le necesitaba?—. ¿Estás bien? —preguntó.

Tragó saliva.

—De fábula. —Le dolía la cara. Le palpitaba el punto donde había impactado la mano de Dana.

Brogan parecía desconcertado.

—Honor —dijo—. Pensaba... No me di cuenta...

—¿No? Bueno, entonces es que eres más estúpido de lo que pensaba. —Su voz era fría a pesar de que temblaba de forma violenta.

—Salgamos de aquí —le dijo su hermano. Nunca lo había querido tanto como en ese momento.

—¡No puedo creerlo! —gritó alguien desde la barra, rompiendo el silencio. Lorena Creech, la bocazas del pueblo—. Honor Holland metida en una pelea. ¡Increíble!

—Vamos —murmuró Jack—. Te llevaré a casa.

Pero ella se quedó allí un minuto más, incapaz de apartar los ojos de Dana. Su amiga. La que veía películas con ella las noches de sábado cuando ninguna tenía una cita; en la que confiaba, la que se reía con ella, a la que no parecía importarle que fuera un poco silenciosa, un poco predecible. La que le había dicho que fuera a por ello, que le propusiera a Brogan... La que le había dado los pañuelos de papel cuando él le dijo que no.

La que tenía una mirada extraña cuando fue a su casa aquel día; ahora sabía qué significaba su expresión: triunfo.

Llevaba el anillo de compromiso que ella había elegido.

En los ojos de Dana brillaba una oscura satisfacción.

—Conduciré yo misma —respondió finalmente, mirando a su hermano—. Gracias de todas formas, Jack. —Se alisó la ropa y tomó el bolso del respaldo de la silla.

En la silla de Dana, se fijó, había una gabardina Burberry. Era la suya.

Se dio la vuelta y atravesó el local, todavía en silencio. Fue un recorrido muy largo.

Un hombre que no conocía de nada se bajó de un taburete frente a la barra y se adelantó para abrirle la puerta, apreció ella con cierta distancia.

—Gracias por el espectáculo —dijo él. Era el mismo acento británico que había oído antes—. Últimamente no se ven muchas mujeres peleando.

—Cállate —murmuró, sin mirarlo a los ojos.

Él levantó su vaso en un brindis silencioso y abrió la puerta. El aire fresco y húmedo alivió su ardiente rostro.

Dos horas más tarde, con *Spike* acurrucada en su regazo y roncando ligeramente, Honor tomó una resolución (y elaboró una lista):

- Nada de protagonizar peleas en los bares con otras mujeres.
- No dejar nunca más que tu imaginación revolotee como un murciélago rabioso, inventándote escenas que no van a ocurrir.
- Trabajar menos y salir más (encontrar la forma de salir con alguien lo antes posible. ¿Quizá contratarlo?).
- Una relación. Pronto.
- Un bebé. Dentro de poco.

En otras palabras: tiempo para vivir.

Había llegado el momento de pasar a la acción.

Capítulo 3

Había pocas cosas que Honor temiera más que las reuniones familiares. En el pasado, los temas de conversación habían incluido el divorcio de Jack, el cuidado y la alimentación de Goggy y Pops, las bodas de Faith y la terrible novia que su padre se había echado el año anterior.

Esa noche, por primera vez en la historia, la reunión familiar era por ella.

En los tres días transcurridos desde la pelea con Dana, Honor había pensado muchas cosas. Siempre había sido la buena, aunque tampoco es que sus hermanos fueran malas personas. No, simplemente eran más... coloridos. Ella era como el otro hermano en la historia del hijo pródigo. El que nunca metía la pata y hacía bien su trabajo.

Y ¿cuáles eran las consecuencias de eso? Treinta y cinco años, óvulos seniles y ningún hombre en su vida; quedarse patidifusa por el comportamiento de su mejor amiga, por no mencionar lo idiota que había sido con respecto a Brogan. Vivía con su padre en la casa donde había crecido y trabajaba muchas horas de más a la semana. Para divertirse, veía programas en los que extirpaban tumores o en los que salía un tipo al que le había crecido un pie en la caja torácica, una malformación cortesía de un gemelo inexistente.

Toda su familia había oído hablar de la pelea. Había puesto al tanto a su padre y a la señora Johnson a la mañana siguiente porque no quería que se enteraran por otra vía. Su padre la había mirado como si se hubiera comido un gatito vivo mientras que la señora Johnson murmuraba algo por lo bajo y cerraba el frigorífico. Faith se había acercado a ella con evidentes muestras de simpatía, recordándole su propia escena en público unos años antes, mientras dejaba dos cajas de helado Ben & Jerry's en el congelador.

La reunión familiar sería más de lo mismo.

Oyó el pitido que anunciaba un mensaje en su bandeja de entrada.

Para: Honor@BlueHeronVineyard.com
De: BroganCain@gmail.com
Asunto: Hola

Hola, Honor. No sé si viste mi llamada el otro día.

Oh, la había visto, pero había decidido no devolvérsela.

Creo que estás evitándome.

¡Vaya! Ese hombre era un genio.

Así que así están las cosas. Estoy muy, muy triste, Honor. Lo cierto es que nunca quise que te sintieras mal, te lo juro por Dios. Cuando hace un par de meses hablamos de casarnos, estaba seguro de que lo habíamos dejado todo claro. Y luego ocurrió esto con Dana...

Ninguno sabíamos muy bien cómo decírtelo..., pero creímos que, una vez que lo supieras, te alegrarías por nosotros.

Oyó un sonido desagradable. ¡Ah, sus dientes! Rechinando. Brogan-era-un-idiota.

Y eso, evidentemente, fue una idiotez.

Abrió la boca. No sabía cómo lo hacía, pero Brogan siempre parecía encontrar la manera de leerle el pensamiento.

Me siento como una mierda al darme cuenta de lo mal que interpreté la situación. Tu amistad es muy importante para mí. Eres la única persona con la que mantengo contacto desde Primaria, ¿lo sabías? Daría lo que fuera porque pudiéramos seguir siendo amigos. Si no es así, lo entiendo. Me sentiría muy triste, pero lo entiendo.
Espero que estés bien.
Te echo de menos.
Brogan.

—Sí, debes de echarme de menos —dijo con voz temblorosa. Porque no iba a engañarse a sí misma: lo perdonaría. Incluso en ese momento, el corazón parecía hincharse en su pecho.

¡Oh, maldito fuera! Así eran las cosas con Brogan. Nunca quería hacer daño; no era de esos. Con un suspiro que hizo que *Spike* bostezara comenzó a escribir. A ver si así concluía aquello de una vez.

Para: BroganCain@gmail.com
De: Honor@BlueHeronVineyard.com
Asunto: Re: Hola

¡Claro! Por supuesto que seguimos siendo amigos. No seas tonto. Lo único es que me siento muy avergonzada por la forma en que actué. Pero estoy bien. Me sorprendisteis, eso es todo, y supongo...

Llegados a se punto, sus dedos se detuvieron.

... que me había hecho más ilusiones con respecto a nosotros de las que creía.

Un pensamiento terrible le vino a la mente. Después de la pelea, ¿Dana le habría contado a Bogan lo mal que había estado después de que él rechazara su propuesta? ¿Sabría lo mucho que lo amaba? No. Dana no haría eso. Quedaría a la altura del betún si admitiera delante de él que sabía cómo se sentía.

> Pero me he dado cuenta de que «nosotros» solo era una idea, nada más que dos viejos amigos que se acuestan de vez en cuando.

Oh, demonios, eso no era cierto. Se sentía tan mal como si hubiera lanzado su corazón bajo las ruedas de un autobús.

> De todas formas, sobre todo me siento avergonzada. No sé si lo sabes, pero por lo general no me peleo en los bares. ☺

Resumido todo con emoticonos. Suspiró y sintió un nudo en la garganta.

> También eres especial para mí, Brogan, y me alegro de que seas feliz.

Los óvulos pusieron los ojos en blanco.

> Por favor, no vuelvas a acordarte de mi momento salvaje. De hecho, agradecería mucho que no volvieras a mencionarlo. ☺ Tengo todas las horas ocupadas durante las próximas dos semanas…

«Estás mintiendo.»

> … pero tal vez podamos quedar después. ¿De acuerdo?
> Cuídate.
> Honor

Que era mucho mejor que la verdad. «Te amo. He pasado dos meses horribles tratando de olvidarte. ¿Cómo es posible que no lo sepas? Incluso si de verdad no sabías cómo me sentía, Brogan, porque eres un tipo obtuso, Dana sí. Mi mejor amiga me ha clavado un cuchillo en el corazón, y tú te vas a casar con ella.»

La noche anterior había estado despierta hasta las tres de la madrugada buscando «amistad tóxica» en Google y leyendo todos los artículos que pudo encontrar al respecto.

Dana tenía un buen puñado de antiguas mejores amigas. Honor había escuchado muchas historias sobre ellas, desde su hermana a su mejor amiga en Secundaria. Y, aunque reconocía que Dana era una mujer con temperamento que solía ver las cosas en blanco o negro, siempre había pensado que podía manejar la situación y que a ella no le afectaría. En los cinco años que llevaban siendo amigas, unas cuantas personas bienintencionadas se habían molestado en advertirle sobre ella. Gerard Chartier, del departamento de bomberos, le había dicho una vez que pensaba que podía encontrar amigas mejores que Dana, y la señora Johnson le dijo que no confiara en ella (aunque tampoco era que la señora J confiara en mucha gente).

Pero no, ella había creído que podría manejar la gran personalidad de Dana. ¿Y por qué alguien como Dana se había hecho su amiga? Y sin duda había sido una gran amiga: siempre disponible, simpática y magnífica oyente. Su contribución a la amistad era diferente. Sin duda carecía del dramatismo que Dana describía con tanto gusto.

Estúpida. Al parecer, no sabía nada de mujeres, ni tampoco de hombres.

Pero ¿sabes qué? Los días de ignorar los toques de atención y esperar a que ocurrieran las cosas... habían terminado.

—Hola, cariño —le dijo su padre en la puerta a las seis en punto. Su mirada era de preocupación—. Ya han llegado todos.

—John y yo no queremos que te sientas cohibida —añadió la señora Johnson, deteniéndose junto a su padre para darle también unas palmaditas con el ceño fruncido—. Estamos todos muy preocupados por ti, hija. Muy preocupados. Profundamente preocupados.

—Gracias. —Forzó una sonrisa y los siguió a la sala de degustación. Era el único lugar cómodo en los viñedos para que todos pudieran sentarse. En la planta baja, una larga barra en forma de U dominaba la estancia, pero arriba había una sala de degustación privada para eventos especiales, una idea suya. Esa zona era un salón muy grande con sofás de cuero, una chimenea de piedra y una barra más pequeña junto a la pared. El techo de madera tenía las vigas a la vista y una vieja alfombra oriental cubría gran parte de los anchos tablones que formaban el suelo.

Todos estaban allí, y ¡demonios!, era una familia demasiado numerosa. A veces pensar en la posibilidad de ser huérfana sonaba bien. David Copperfield nunca tuvo que ir a una reunión familiar, ¿verdad? Ni Oliver Twist.

—Gracias por estar aquí —dijo a todos en general.

—¿Una pelea? —le espetó Goggy—. ¿En un bar? ¿Por un hombre?

—Ojalá hubiera estado allí —comentó Pops, guiñándole un ojo—. Espero que ganaras.

—¡No tiene gracia! —resopló Goggy—. ¿Desde cuándo mis nietas se dedican a pelear en los bares? Es decir, me lo esperaría de ti, de Prudence, pero ¿de Honor?

—¿Por qué te lo esperarías de mí? —intervino Pru—. ¿Alguna vez he participado en una pelea? No, que yo sepa.

—Bueno, pero te imagino —insistió Goggy—. Aunque con Carl, no con otra mujer.

Honor reprimió un suspiro. Pru era intensa, Faith tenía el físico, Jack era el hijo perfecto... entonces ¿ella qué era?

Aburrida.

¿Iba a cambiar? Sí.

—Por supuesto que ganó Honor —intervino Jack—. Os habríais sentido orgullosos.

—Nunca me gustó esa mujer —afirmó Pru—. A pesar de que tiene mano para el pelo.

—Pásame el queso —ordenó Pops.

—No puedes tomar más queso —protestó Goggy—. Ya sabes cómo te sienta.

—Está bien. Silencio. Callaos todos —dijo ella, con ligereza. No es que no amara a su familia. Pero con cuatro generaciones presentes, dos cuñados, Faith, Pru, una sobrina adolescente, un sobrino que no podía mirarla sin reírse, sus abuelos discutiendo, su padre y la señora Johnson intercambiando miradas de preocupación... bueno, se sentía un poco abrumada—. Papá, diles que paren ya, ¿de acuerdo? Me gustaría proponer unos cambios.

—Tengo que anunciar algo —dijo su padre—. Vamos a hacer algunos cambios. —Pareció darse cuenta de que acababa de decir lo mismo que ella porque la miró con sorpresa.

—Adelante —lo animó, mientras se servía una copa de vino fuerte. Eso ayudaría, y además aquel caldo tenía un hermoso aroma a hierba recién cortada, toronja y un toque de piedra caliza.

Su padre la miró y puso su curtida mano, tintada por las uvas, sobre la suya.

—Durante mucho tiempo, creo que todos hemos subestimado a Honor.

Ella lo miró boquiabierta.

—Trabaja demasiadas horas, viaja mucho, se hace cargo de un centenar de cosas diferentes —continuó su padre—. Por eso te he contratado un ayudante.

Honor parpadeó.

—¿Que has hecho qué? ¿No puedo opinar siquiera?

—Gran idea, papá —convino Jack.

—No puedes... —comenzó ella.

—No, cariño —siguió diciendo su padre. Su voz era tranquila pero firme—. La señora Johnson y yo hemos hablado sobre lo mucho que te esfuerzas. —¡Oh, oh! Si la señora Johnson estaba metida en el ajo, no había nada que hacer—. Ya está hecho. Además, creo que es conveniente que Ned... —señaló a su nieto— se encargue de la mitad de las llamadas de ventas.

—¿De la mitad? ¡De la mitad! —Bueno, ella quería ciertos cambios, pero no tantos—. Mira, solo porque...

—Por fin —intervino Ned—. Ojalá hubiera sabido antes que lo único que tenía que hacer era conseguir que Honor pegara a alguien en un bar.

—Cállate, muchacho —continuó su padre—. Honor, llevas un año enseñando a Ned todos los aspectos del negocio. Ha llegado el momento de dejar que extienda sus alas.

—Mmm... de acuerdo, seguro que lo hará bien. Neddie, eres maravilloso. Pero no es necesario que reorganicemos los viñedos porque yo tuviera un mal momento.

—Cariño, pegaste a tu mejor amiga en la Taberna de O'Rourke la otra noche.

Honor hizo una pausa.

—En realidad no le pegué.

—En el instituto he oído que la atacaste —apuntó Abby.

—No lo hice.

—Y que le tiraste el vino a la cara.

—Mmm... eso sí que lo hice. Más bien sobre el pecho, pero... —Miró a Levi, que todavía estaba de uniforme. Él arqueó una ceja, pero permaneció en silencio.

—¿Qué clase de vino? —preguntó Jack.

—Un pinot *noir* de California. Cuerpo plano, demasiado picante, mucha acidez.

—Va a ser estupendo, Honor —dijo Ned—. Puedes ser mi jefe.

—Ya soy tu jefe —señaló ella.

—Seré más útil. Será bueno para mí. Puedo redimir mis pecados.

—Será mejor que no peques, hijo —dijo Pru—. Pero sí, Honor: Ned puede ayudarte.

—Por supuesto, muy bien.

—He contratado a Jessica Dunn para que sea tu ayudante —agregó su padre.

—¿Qué? —¿Jessica Dunn? ¿La camarera?—. Ya está bien, papá. No. Con Ned es más que suficiente. Será muy útil.

—Tiene un título en *marketing* y quiere adquirir experiencia. Supuse que podría ocuparse de los medios de comunicación y esas cosas.

—Papá, ¿sabes qué son los medios de comunicación?

—No, la verdad es que no, aunque dijo que podía encargarse.

—Bueno, ¡pero también puedo yo! No la necesito. No es mi intención ofender, Levi. —Jessica y él eran amigos desde la infancia. Todo el mundo lo sabía.

—No me he sentido ofendido —repuso él, acariciando el cuello de Faith.

—Comienza mañana —sentenció su padre.

—Papá... —Honor notó que se le ponía rígida la mandíbula. Le encantaba ese aspecto de su trabajo: los comunicados de prensa, los artículos, actualizar la página web, mantener al día las cuentas de Twitter y Facebook de los viñedos, cotillear con las agencias de turismo, agasajar a los periodistas, escritores de viajes y colaboradores—. No necesito una ayudante. Ned es suficiente.

—No me importa —aseguró Ned—. Jessica está muy buena.

—No es para ti —dijo Pru—. Te lleva demasiados años, ¿entendido?

—Quizá le gusten jóvenes —replicó Ned, esperanzado.

—Ned, eres asqueroso —aseguró Abby, levantando la cabeza del libro de texto para mirar a su hermano.

—Honor, niños —dijo la señora Johnson—. Sean lo que sean esos medios de comunicación, deja que lo haga ella. Tú ya trabajas demasiado, comes en la mesa de trabajo, no tienes hijos... es una manera horrible de vivir.

—Nadie se quejaba la semana pasada —protestó.

—Nadie se había peleado en el suelo de una sucia taberna la semana pasada —replicó con malicia la señora Johnson.

—Ahora tienes una ayudante —dijo su padre—. Disfrútala.

—Pero las relaciones con los medios de comunicación suponen aproximadamente la mitad de mi trabajo, y las ventas la otra mitad. ¿Qué se supone que voy a hacer? —preguntó. No le gustaba nada el deje de histeria de su voz.

—Vive un poco —sugirió su padre—. Búscate un *hobby*.

—Ver *El tumor más grande del mundo* no cuenta —advirtió Jack.

—Tú eres el que me llamó la semana pasada para decirme que viera *El hombre requesón*. ¡Hipócrita!

—El baile Blanco y Negro es ya mismo —señaló Faith tiernamente—. Tú eres la presidenta este año. Va a suponer un montón de trabajo.

—Jessica empieza mañana —dijo su padre—. La reunión familiar ha terminado. ¿Quién tiene hambre?

—Yo me muero de hambre —confesó Prudence.

—He preparado jamón —anunció Goggy, adelantándose a la señora Johnson—. Si os apetece venir a casa... que no es que vayáis mucho últimamente... Y también hay pastel de nuez, por si ayuda a que os decidáis.

—Iremos dentro de un ratito —dijo su padre—. Honor, cariño, quédate un momento.

Esperaron a que se fueran los demás.

—Cariño, siento no haberte dicho antes lo de Ned y Jessica, pero sentía que debía obligarte. No quería que pasara lo de siempre, así que eso me decidió. —Hizo una pausa para quitarse la gorra y se pasó la mano por el escaso cabello—. La señora Johnson y yo estamos preocupados por ti, Petunia.

Sí, los había oído hablar la noche anterior, lo cual era ya una sorpresa enorme, porque la señora Johnson solía retirarse a su apartamento, encima del garaje, a eso de las ocho, y su padre acostumbraba a acostarse a las nueve y media. Horario de agricultores y todo eso.

Cruzó los brazos.

—Papá, ya estoy suficientemente avergonzada. No necesito que la gente piense que me dio una especie de ataque en la taberna y que te viste obligado a contratar a esa gente.

Su padre permaneció un minuto en silencio.

—Bueno, es que sí te dio una especie de ataque, Petunia.

—Solo perdí la calma. No fue tanto como parece.

—¿Y cuándo habías perdido tú la calma? —preguntó él.

«Zas.» No respondió.

—Cariño, sé que parece que no te presto demasiada atención —continuó su padre—, pero me doy cuenta de las cosas. Cuando murió tu madre, tú... —Su voz se suavizó—. Tú te viste obligada a madurar de repente. Hiciste todo lo que se suponía que debías hacer y nunca nos necesitaste. Cornell, Wharton... y luego regresaste a casa para cuidarme.

Se le hizo un nudo en la garganta.

—Tenía ganas de hacerlo, papá. Me gusta mi vida.

—Es posible. —Hizo una pausa—. Pero también sé que llevas mucho tiempo enamorada de Brogan.

Era mortificante escuchar aquellas palabras en voz alta. Se encogió de hombros. No confiaba en poder hablar con normalidad.

—Y yo siempre facilité las cosas con la esperanza de que vuestra relación funcionara —continuó él—. No quiero imaginar lo que debiste sentir al escuchar que tu mejor amigo se va a casar con otra mujer.

—Fue una sorpresa —dijo, y notó que le temblaba la voz.

Él le cubrió la mano con la suya.

—Así que este es un punto de inflexión. Vas a disponer de tiempo para ti, para que puedas pensar qué quieres de la vida en vez de esperar a que llame a tu puerta.

Bueno, ¡demonios! Parecía que su padre le prestaba atención, después de todo.

—Y no te lo estoy pidiendo —añadió él—. Te lo ordeno. Como padre y como propietario legal de Blue Heron.

—Menudo jefe. No puedes ni atarte los zapatos sin mí.

—Lo cierto es que sí puedo —repuso él, sonriendo de una manera que hizo que aparecieran arruguitas en los rabillos de sus amables ojos—. La señora Johnson ha estado enseñándome. Así que este es el trato: vas a trabajar menos horas. Entrarás a las nueve y saldrás a las cinco... y si no lo haces, yo mismo te sacaré de la oficina aunque sea a rastras.

—Sí, claro —protestó ella—. Como si fuera posible hacer todo el trabajo en ese tiempo.

—Ese es el quid de mi plan —indicó él—. No vas a «hacerlo», en singular, sino que seréis Ned, Jessica y tú. Y ahora, voy a la Casa Vieja antes de que la señora Johnson y tu abuela se peleen por ver quién cocina las patatas. Y tú también tienes que ir.

Ella suspiró.

—Bien. Dame unos minutos, ¿de acuerdo?

Su padre la besó en la coronilla y se marchó. Un rato después, ella también salió. Ya era de noche, y las estrellas se extendían por el cielo como si estuviera salpicado de nata hasta el infinito. El aire olía a humo de leña.

Adoraba Blue Heron. Era su casa, y también su orgullo y su alegría. En los once años transcurridos desde que terminara en la escuela de posgrado habían cambiado muchas cosas. Cuando se incorporó a la empresa familiar como directora de ventas, los viñedos eran un negocio entrañable, doméstico. En lugar de dormirse en los laureles, se le ocurrió aplicar una línea empresarial para mejorar todo lo bueno del lugar y consiguió multiplicar por diez su prestigio, visibilidad y reconocimiento, pero sin perder el aire hogareño que habían transmitido las ocho generaciones de Holland que habían explotado los viñedos. Hacía ya diez años que había propuesto construir la sala de degustación y la tienda de regalos, revisó el etiquetado y la marca y creó una campaña de *marketing* que había conseguido que el nombre de Blue Heron fuera conocido en todos los medios importantes, desde el *New York Times* hasta el *Wine Spectator*. Blue Heron era prácticamente una parada obligada en cualquier viaje a la región vinícola de Finger Lakes. Sabía que tenía mucho de lo que enorgullecerse. Le encantaba trabajar con su familia y, a decir verdad, le encantaba ser la que estaba a cargo de la parte final del trabajo. Delegar nunca había sido su fuerte.

Pero nunca había pensado que tendría que preocuparse de unos óvulos seniles. Aunque tampoco se había imaginado viviendo en la Casa Nueva con su padre y la señora Johnson para siempre.

Suponía que tendría más. Un marido, una familia propia.

Quería ser especial para alguien. Quería ver cómo se iluminaba la cara de un hombre al verla. Quería que un hombre la besara como si besarla fuera lo más importante para él.

De alguna forma, Dana le había robado lo que nunca había tenido: el amor de Brogan. Y en solo unas semanas.

¿Cómo demonios lo había conseguido?

De pronto, parecía que el cielo se le caía encima y que sentía la misma soledad paralizante que sintió cuando murió su madre y la dejó sola.

Y, Dios... estaba harta de estar sola. No sabía si las palabras eran una oración o el reconocimiento de su derrota. Se quitó la diadema y se pasó los dedos por el pelo antes de suspirar en el aire fresco de la noche.

¿Sabes qué? No iba a ir a casa de Goggy. Se fue a su casa, subió a su habitación y sacó unas tijeras.

Había llevado el mismo peinado toda la vida: una larga y espesa melena que le caía hasta la mitad de la espalda, cabello rubio oscuro con mechones claros por el sol... De cuando se ponía al sol, claro está, que hacía ya mucho tiempo. Lo llevaba recogido en un moño la mitad de las veces y con una diadema el resto. De hecho, su colección de diademas era un poco ridícula. ¿Cuántas tenía? ¿Veinte? ¿Treinta? Hasta ahora, le había gustado su peinado, le gustaba llevarlo a la antigua.

Pero ya no. Había llegado el momento de hacer un cambio.

El chasquido de la tijera le resultó extrañamente satisfactorio.

El cuarto jueves de cada mes Honor se esforzaba por ganar su recompensa celestial. Organizaba como voluntaria una actividad en Rushing Creek, el centro de atención a la tercera edad de Manningsport. Y ese jueves, Goggy la había acompañado.

El año anterior, Goggy y Pops habían envejecido un poco, como era de esperar en gente que superaba ya los ochenta años. Los dos eran fuertes como un roble, pero Goggy estaba más olvidadiza últimamente y juraría haber visto cojear a Pops los días de lluvia. Le preocupaba que cualquier día de estos uno de los dos se cayera por las empinadas y estrechas escaleras de la Casa Vieja, que eran una especie de trampa mortal, con los giros y las curvas típicas de la arquitectura colonial. No usaban dos tercios de las habitaciones y la casa no podría superar ninguna inspección, y menos después de que Pops hubiera clavado la puerta principal el pasado invierno para «evitar las corrientes de aire».

Ella guardaba la esperanza de que se trasladaran de forma voluntaria a un lugar más pequeño y luminoso antes de que tuvieran un accidente.

—Me suicidaré antes de venir a vivir a un lugar como este —pronunció Goggy de forma drástica cuando atravesaron la puerta. Un residente en silla de ruedas las miró con indignación antes de zigzaguear a toda velocidad por el vestíbulo. Rushing Creek era comparable a los mejores apartamentos de lujo de Manhattan, pero a Goggy le parecía un asilo de Dickens.

—Vamos a procurar encontrar nuestra paz interior, ¿de acuerdo? —le dijo ella—. Me gusta este lugar. Y estoy contando los años que me quedan para poder mudarme.

—Yo antes de vivir aquí me suicidaré. ¡Ah, hola, Mildred! ¿Qué tal?

—¡Hola, Elizabeth! —la saludó Mildred—. ¡Honor! ¡Oh, no, te has cortado el pelo! ¿Por qué, cariño? ¿Por qué?

—Gracias —dijo ella. Bueno, el corte había sido un poco radical, pero de eso se trataba. Y sí, había acudido un tanto aterrada a Corning, a un estilista, que la había mirado con horror antes de dar forma a su peinado.

Ahora le llegaba por la nuca y, libre de su peso, pequeños mechones rebeldes le salían por aquí y por allá. Ella no dejaba de decirse que se acostumbraría con el tiempo. Su padre fingió que le gustaba después de haberse llevado las manos al pecho, la señora Johnson gruñó, Goggy lloró; Pops, Pru y Jack todavía no se habían dado cuenta. Faith, al menos, parecía muy entusiasmada.

—¡Es superelegante, Honor! Te realza los pómulos. ¡Estás increíble! —Por supuesto, no lo estaba, pero agradeció el apoyo.

—Estás... diferente —dijo Mildred—. Antes de nada, queridas, felicidades por la boda de Faith.

—Gracias. Levi es un gran tipo.

—Apuesto a que van a por un bebé enseguida.

—No me sorprendería nada.

Mildred la miró con complicidad.

—¿Y tú, querida? ¿Alguien especial?

—De momento no.

—Es una pena. ¿Por qué estás aquí, querida? Elizabeth, ¿estáis John y tú pensando en trasladaros aquí?

Goggy se echó hacia atrás.

—¡Por supuesto que no! Estamos muy bien en nuestra casa. Espero no tener que recurrir nunca a este lugar.

—Goggy... —Honor suspiró y luego sonrió a Mildred—. Hoy vamos a poner *Un paseo por las nubes*. ¿La has visto? Es muy romántica.

—No —contestó Mildred al tiempo que lanzaba a Goggy una mirada asesina—. La última vez que vi una película con gente de la tercera edad, la mitad charlaba de otra cosa y el resto estaba sordo. ¡Menudo panorama!

Honor había notado que tanto Goggy como Mildred tenían la costumbre de considerar ajenos los síntomas de la vejez.

«Mira a Ellington, sigue haciendo como si no necesitara gafas. ¿Sabes que se chocó contra un poste el otro día? O, ¿te has enterado de lo de Leona? Tiene alzhéimer. Gracias a Dios, todavía sigo tan aguda como una... ¿de qué estaba hablando?».

Algo similar a lo que les ocurre a las mujeres solteras, pensó. En lugar de admitir que buscaban a alguien con la misma desesperación que los caníbales perseguían a Viggo Mortesen en aquella espantosa película que habían visto la noche anterior, se ponían toda clase de excusas.

«Estoy recuperándome de una relación larga» era una. «Ojalá tuviera tiempo para una relación» era otra. Y la mejor de todas: «Si apareciera la persona adecuada, quizá. Pero estoy muy feliz sola.» Claro. Por eso en las páginas de citas estaba registrada la mitad de la población del planeta.

No, la honestidad estaba mal vista en el mundo de las citas. Se preguntó qué pasaría si dijera: «La verdad es que creía que tendría una familia a estas alturas. Me siento sola. También un poco cachonda, y dado que el hombre que amo va a casarse con mi antigua mejor amiga, puede que tenga que comprarme un vibrador último modelo.»

—Vamos —dijo Goggy—. Vamos a quitarnos esa película de encima antes de que alguien venga a encerrarme. He oído que incluso te atan.

—¡Honor! ¿Qué tal todo? —preguntó Cathy Kennedy, que no vivía allí, pero que también iba a ver las películas—. Cariño, Louise y yo estábamos la otra noche en la Taberna de O'Rourke. Menuda sorpresa.

Ella notó que le ardía la cara.

—Bien, ya sabes. El invierno es muy tranquilo por aquí y solo trataba de animar las cosas. —Por Dios, ojalá empezara ya la película.

Honor había comenzado el videoclub Pelis & Vinos un par de años antes con el objeto de mostrar películas que tuvieran que ver con el mundo del vino y hacer incluso una degustación temática. Por *Uncorked* habían abierto un chardonnay *chateau* montelena. Por *Entre copas*, un pinot *noir*. Por *Crepúsculo* un caldo con cuerpo, aunque la combinación del vino y el torso de Taylor Lautner resultó ser demasiado para algunas y tuvieron que llamar al 911 cuando la señora Griggs se desmayó.

La reunión mensual fue renombrada casi de inmediato como Pelis & Lamentos, dada la propensión de los espectadores a hablar de sus problemas de salud más recientes, agobiándola con preguntas que ella (y su iPad) hacían todo lo posible por responder. Bueno, era un *hobby*, y además cotizaba al alza en Match.com: «visitas a enfermos y presos».

Mientras ella ponía la película en el proyector del magnífico auditorio, Goggy se sentó en una de las sillas acolchadas con un suspiro.

—Que alguien me ponga una almohada sobre la cara si alguna vez llego a esto —suplicó dramáticamente.

—Goggy, le dijiste a Faith que no te importaría vivir en otro sitio cuando se mudó a los apartamentos de Opera House, ¿recuerdas? —le dijo mientras atravesaban el auditorio.

—Oh, me refería a un lugar sin tu abuelo. Pero ese viejo tonto no duraría ni una semana sin mí. Se moriría de hambre. Sinceramente, no sé si sería capaz de encontrar el frigorífico por su cuenta. —Hizo una pausa—. Era una idea. —Goggy se incorporó de repente—. Hablando de matrimonios de conveniencia... ¡he encontrado a alguien para ti!

Ella la miró con cautela.

—Eh... está bien, Goggy. —Recientemente, Goggy le había sugerido que se casara con Bobby McIntosh antes de que se convirtiera en un asesino en serie.

—No, en serio, es un hombre increíble. Deberías quedar con él. Además, te ayudaría a superar a ya sabes quién. Así luego podrías casarte y darme algún bisnieto más.

La bombilla del proyector estalló. ¿Habría otra? Abrió el cajón del carrito del vídeo.

—Solo por curiosidad, ¿quién es ese futuro esposo mío?

—¿Recuerdas a Candace, mi vieja amiga? ¿La que se trasladó a Filadelfia en 1955? ¿La que conducía aquel enorme Packard?

Lanzó a su abuela una mirada burlona.

—Goggy, todavía no había nacido, así que no, no me acuerdo.

—Bueno, fue antes de casarme con el idiota de tu abuelo.

—Haces que parezca tan romántico...

—Calla y escucha. Antes de que me casara con el idiota de tu abuelo, estuve comprometida con el hermano de Candace. Él murió en la guerra. —Le lanzó una mirada de regio sufrimiento, perfeccionada por años de práctica.

—Lo sé, Goggy. Es una historia muy triste y tierna...

Goggy suavizó la expresión.

—Gracias. De todas formas, Candace tenía otra hermana mayor, que se quedó en Inglaterra.

—Mmm... —Lo que eso tuviera que ver con aquellas mañas de casamentera era una incógnita, pero seguramente ambas cosas estarían relacionadas en la mente de su abuela. Quitó la bombilla defectuosa con cierta dificultad.

—Así que su hermana tuvo un hijo, y luego, un nieto, y Candace lo adora. La cuestión es que el tipo lleva unos años viviendo aquí y ahora necesita un visado.

Honor entrecerró los ojos para tratar de encajar los hechos.

—Por lo que debes casarte con él. Los matrimonios de conveniencia no tienen nada de malo.

—¿A ti y a Pops os funcionó bien? —Abrió el cajón y buscó la bombilla de repuesto.

La anciana resopló.

—Por favor... A ver, ¿quieres casarte o quieres ser feliz?

—¿Las dos cosas?

Goggy resopló.

—Vosotros, los jóvenes... siempre tan exigentes. De todas formas, este muchacho no tiene nada de malo. Es muy guapo y agradable.

Ella enroscó la nueva bombilla.

—¿Lo has visto alguna vez?

—No, pero lo es.

—¿Tienes alguna foto suya?

—No. También es encantador.

—Así que has hablado por teléfono con él.

—No.

—¿Facebook? ¿Correo electrónico?

—No, cariño. Sabes que no creo en los ordenadores.

—Hola, Honor —dijo el señor Christian desde el fondo del auditorio—. Me he enterado de que te peleaste con una mujer el otro día.

—Gracias por sacar el tema —contestó ella—. De todas formas, Goggy —le dijo en bajo a su abuela—, parece que no conoces de nada a esa persona.

—¿Tengo que conocerla? Es británico.

—Eso puede ser bueno o malo. Si se parece al príncipe Carlos, no existe forma en el mundo de que me case con él. ¿Tiene los dientes grandes?

—No seas tan superficial, cariño. ¡Es profesor! —añadió Goggy—. En ingeniería, matemáticas o algo así.

La imagen de su profesor de matemáticas en la universidad, un hombre seboso con aliento con olor a cebolla, le vino a la cabeza.

—Así que, si necesita la carta verde —concluyó Goggy— y tú estás soltera, deberíais casaros.

—Bueno, en primer lugar, claro, me gustaría casarme si conociera a un buen tipo y me enamorara de él, pero si eso no sucede, estoy bien sola. —¡Oh, las mentiras!—. En segundo lugar, no quiero casarme simplemente para tacharlo en una lista. Y por último, estoy segura de que casarse para conseguir el visado es ilegal. —Hizo una pausa—. ¿Por qué no quiere volver a Inglaterra?

—Es por una tragedia. —Otra mirada triunfante de Goggy.

—¿De qué tipo?

—No lo sé. ¿Importa, Honor? Tienes treinta y cinco años. A esa edad comienzan a echarse a perder los óvulos. Después viene la menopausia. —Oh, más presión—. Además, si yo he podido estar casada con tu abuelo durante sesenta y cinco años sin asesinarlo, ¿por qué no puedes hacer tú lo mismo con ese muchacho?

—¿Cuántos años tiene? No haces más que llamarlo «muchacho».

—No lo sé. Para mí, cualquiera con menos de sesenta años es un muchacho.

—Así que es un profesor de matemáticas, relacionado de forma lejana con una vieja amiga tuya... ¿es lo único que sabes de él?

Goggy saludó a la señora Lunqvist.

—Jóvenes —dijo—. ¡Siempre tan exigentes! —La señora Lunqvist, que solía aterrorizar a los niños de catequesis con cuentos sobre la devastación del fuego en las ciudades bíblicas, asintió con la cabeza—. ¿Por qué no quedas con él?

«¿Qué puedes perder? ¿No has oído lo que ha dicho sobre la menopausia?», preguntaron sus óvulos, levantando la cabeza de la almohada.

Honor suspiró.

—Claro —dijo.

—Pensé que estaría bien —insistió Goggy—. Tengo debilidad por esa familia, ¿sabes? Te sorprendería la cantidad de veces que pienso en Peter y en qué hubiera sido de mi vida si no hubiera muerto en la Segunda Guerra Mundial por proteger la libertad y salvar al mundo. Así que cuando me enteré de que su sobrino nieto estaba en el pueblo, solo, deprimido, tan británico...

Menudo regalito.

—Déjalo ya, Goggy, ya te he dicho que voy a quedar con él.

—¿De verdad?

—Sí.

Goggy esbozó una sonrisa triunfal.

—No vayas planeando la boda —le advirtió—. Solo trato de ser educada. —Le vino a la cabeza una imagen de un hombre calvo con enormes dientes de caballo y ganas de compartir teoremas matemáticos—. ¿Cómo se llama?

—Tom Barlow. —Un nombre de lo más normal. No como Brogan Cain, por ejemplo—. Le dije que estarías esta noche en la Taberna de O'Rourke.

—¿Cómo?

—Y, por el amor de Dios, píntate los labios. Eres una mujer guapa. Y ya puestos, ¡sonríe, que es gratis! Ah, ahí está Henrietta Blanchette. He oído que se intoxicó con la bazofia que sirven aquí. Voy a saludarla.

Honor estaba de buen humor después de ver la película. Para empezar, el vino había sido fantástico, un maravilloso tempranillo con notas de fresa, cerezas y cuero. A continuación, los residentes de Rushing Creek, que adoraban el videoclub, dijeron algo bueno, como siempre (después de conseguir soltar sus pullas sobre la pelea). Pero en general, los obstáculos que existían entre ella y sus compañeros se evaporaban con la gente mayor, que la llamaban «cariño» y «querida» y le hablaban de sus cálculos renales y sus varices. Además, no podía descartar la propia película. Keanu Reeves, amén, hermana. El beso de la película... —un beso capaz de hacer bebés—. A ella nunca la habían besado así, ¿verdad?

Mm... No.

No, ningún hombre había estado nunca tan desesperado por besarla. Ningún hombre la había besado como si fuera lo único que quisiera en el mundo. No, nunca. No había ocurrido. Y no parecía que fuera a ocurrir..., menos cuando un profesor de matemáticas de origen británico y mediana edad era su única perspectiva.

Aunque eso podía cambiar. Había actualizado sus perfiles en las webs de contactos. Le había pedido a Faith que la ayudara con cosas como sujetadores *push-up* y el coqueteo. Quizá algunos de los hombres con los que se relacionaba en los negocios fueran solteros y se fijaran en ella. Todo podía ser.

Solo que no existía nadie como Brogan.

¡No! ¡No! Ningún pensamiento más de ese tipo. Así que a superarlo. Casi... bueno, lo haría. Bueno, no del todo, la verdad.

Al pasar por una sala de Rushing Creek escuchó una risa familiar.

Cierto. Dana cortaba el pelo cada dos jueves en el salón de la residencia. La verdad es que había sido ella la que la había recomendado.

El sonido hizo que se parara en seco al recorrerle de pies a cabeza una fría oleada de emociones. Ira, vergüenza, celos, soledad...

Sí, soledad.

«Que no te vea.»

Pero Dana levantó la mirada y la vio.

—¡Honor! —gritó—. ¿Tienes un segundo?

«¡Jolines!» Sintió que se sonrojaba, pero asintió. Entró en el salón que, aunque pequeño, era mejor que su peluquería.

—Señora Jenkins, tengo que quitarle el audífono, ¿de acuerdo? —preguntó Dana al tiempo que se lo retiraba—. Bueno —le dijo a ella—, ahora podemos hablar: está sorda como una tapia.

Una inesperada nostalgia le inundó el pecho. Durante cinco años, desde que Dana se mudó a Manningsport, habían sido amigas. El tipo de amistad del que no había disfrutado desde la universidad. Pasaban el rato, se llamaban sin razón, se compadecían por el trabajo, la familia, los hombres... Habían disfrutado de un montón de buenos momentos juntas. De un montón de risas.

No dijo nada. Aunque tampoco se fue.

—Te has cortado el pelo —afirmó Dana—. No está mal. ¿A dónde fuiste? ¿A Parisian's?

Ella no respondió. No iban a hablar de peinados, aunque sí, había ido a Parisian's.

—Mira, lo intentaste, Honor, ¿de acuerdo? —dijo Dana—. Él no te ama. Fuiste tú la que dijo que habías terminado con él. Nos encontramos una noche en la Taberna de O'Rourke y una cosa llevó a la otra. Fue una sorpresa para los dos.

—Lo que me sorprende a mí, Dana, es que hubieras esperado tanto tiempo para intentarlo.

«Solterona, mesa para uno.» Solo habían pasado seis semanas desde que había sido... traicionada. No había otra palabra.

—Honor, lo siento, de verdad. Sé que querías a Brogan, pero no es culpa mía que él no te quisiera a ti.

—¿Podrías bajar la voz, por favor? —preguntó ella con la cara ardiendo.

—Oh, por favor. Esta vieja no oye desde que Clinton era presidente —la interrumpió Dana echando un vistazo a la arrugada cara—. ¿Cuántas veces hemos hablado de esto? El tipo por el que menos te esperas que vas a colarte y... zas, de pronto estás pillada. Y a él le pasó conmigo también. Estábamos charlando en la taberna —explicó con una sonrisa de suficiencia—. Y, de pronto, hubo algo en el aire.

Dana estaba regodeándose. Brogan y ella ya se conocían, por supuesto. A veces habían salido juntos los tres. Si hubiera habido algo en el aire, ella se habría dado cuenta.

Su antigua amiga permaneció en silencio durante un minuto.

—Sabía que estabas encaprichada con él desde el principio de los tiempos.

—Fue más que un capricho, Dana. No minimices mis sentimientos para sentirte menos culpable.

—No me siento culpable —aseguró, volviéndose hacia la señora Jenkins al tiempo que movía las tijeras con un siniestro silbido. Sabía que le pagaban sesenta y cinco dólares por cortar el pelo. Sesenta y cinco dólares por cortar el pelo un milímetro—. Mira, sé que estás sorprendida. Pero sigo pensando que me debes una disculpa.

El sonido que salió de su boca estaba en algún lugar entre un escupitajo, un ahogo y una carcajada.

—¿Una disculpa?

—Corta solo un poco alrededor de las orejas —dijo la señora Jenkins—. No demasiado, querida.

—Por supuesto, señora Jenkins! —ladró Dana—. No estará demasiado corto. —Bajó la voz y miró a Honor—. Sí, una disculpa. No me gusta que me tiren el vino a la cara, por no hablar de que me empujen en un restaurante delante del hombre que amo.

Honor abrió y cerró la boca varias veces.

—Debes estar bromeando.

—Mira, siento que no funcionara, pero ¿significa eso que Brogan y yo tenemos que ignorar lo que sentimos el uno por el otro? —Sus palabras no habrían tenido más impacto ni aunque su tono hubiera estado tan afilado como las tijeras. El hermoso anillo de compromiso brilló de forma horrible mientras sus manos se movían sobre la cabeza de la señora Jenkins—. En serio, no lo planeamos. Sucedió sin más.

Oh, esa frase la enfureció más. Nada sucedía «sin más». Las vaginas no caían sobre los penes. Las palabras no dichas burbujeaban como lava ardiente en su interior.

«¿Me consideras estúpida? Se suponía que eras mi amiga. Me serviste un martini esa noche. ¡Lloré en tu sofá! Vimos *Sharknado*. Y un par de semanas después, estabas acostándote con el tipo que me rompió el corazón. Por el amor de Dios, me lo dijisteis en una taberna. Los dos frente a mí, en una taberna.»

Sí, podía decírselo y rebajarse todavía más. Recordarle a Dana lo patética que había estado... y darle la oportunidad de regodearse un poco más. Porque... ¿no era eso lo que estaba haciendo?

—Creo que tenemos ideas diferentes sobre lo que significa la amistad —dijo con seguridad.

—Sí. Los amigos no lanzan el vino a la cara.

—Estupendo. Me sorprendió mucho y reaccioné mal. Pero me parece recordar que tú también reaccionaste mal.

—Cuando alguien me lanza el vino a la cara, sí, reacciono mal. —Dana esbozó una sonrisita—. Entonces, ¿ya estamos bien?

En el espejo, vio su imagen con la boca abierta. La cerró.

—No creo que volvamos a estar bien, Dana.

—¿Por qué? Es agua pasada, ¿verdad? Fue un espectáculo y te sientes avergonzada. Yo también, un poco. —Encogió los hombros sin dejar de sonreír—. Lo superaremos. Es decir, ¿qué otra cosa vamos a hacer? ¿Odiarnos toda la vida? Bueno. Tengo que ponerle el audífono otra vez o sospechará algo. —De forma inesperada, Dana la abrazó con rapidez—. Me alegro de que nos hablemos de nuevo. Es decir: sí, será extraño durante un tiempo, pero todavía somos las mejores amigas, ¿verdad? Y, querida, tengo que organizar una boda.

—¡Oh, me chiflan las bodas! —dijo la señora Jenkins, ajustándose el audífono.

—Pásate por la peluquería y te arreglo el flequillo —la invitó Dana—. ¡Hasta pronto!

Y, como ya no había nada más que decir y se moría de ganas de salir de allí, se fue.

Capítulo 4

Tomar dos vasos de *whisky* antes de una cita no era la mejor idea del mundo, pensó Tom. Pero no iba a conducir esa noche. Y además, a pesar de que odiaba puntualizar lo evidente, ni siquiera para sus adentros, ya era demasiado tarde. No podía vomitar el *whisky,* o al menos no entraba en sus planes.

—Estás a punto de conocer a la futura señora Barlow —dijo frente al espejo—. ¿No estás nervioso, amigo?

Eso no le gustaba. Para empezar, la parte delictiva de la cuestión empañaba el asunto y, además, lo había arreglado todo su tía abuela. Todavía le quedaba una pizca de orgullo después de lo de Melissa, pero seguramente esa situación acabaría con él. Sin embargo, por alguna razón, cuando Candace lo llamó, pletórica, le había respondido que le encantaría conocer a la nieta de su amiga.

Recorrió las tres manzanas que separaban su casa del centro del pueblo. Debía considerar algo más. Si se las arreglaba para permanecer en aquel lugar olvidado de la mano de Dios, tendría que vivir allí, y ¡maldición! ¡Menudo clima! Hacía que el de Inglaterra pareciera paradisíaco, y eso era decir mucho.

Pero Charlie estaba allí. Y no se trataba de que el crío lo quisiera tener cerca. El día anterior Tom había intentado ganarse su cariño sobornándolo con un iPhone. Cuando intentó mostrarle alguna de las características del nuevo terminal, el muchacho lo contempló disgustado, entornó los ojos y luego miró a lo lejos, con los brazos cruzados, como si estuviera contando en silencio los segundos hasta que él se fuera.

Así que casarse para poder permanecer allí... se parecía un poco a comprarse una casa en *La isla de los condenados*. No es que le apeteciera mucho. Sin embargo, por alguna razón, allí estaba, caminando bajo la aguanieve para conocer a una mujer de mediana edad que su tía Candy había asegurado que sabía mantener la boca cerrada. Alguien tan desesperado como para considerar casarse con un desconocido. Alguien cuyo reloj biológico apremiaba. Estupendo. No quería imaginar qué aspecto tendría. La gran Judi Dench le vino a la mente. Era una mujer con talento, eso era indiscutible, pero ¿quería darse un revolcón con Judi Dench? No, no quería.

Por otra parte, tampoco es que a él le hubieran salido las cosas perfectas, ¿verdad? Melissa, aunque era muy guapa, no había resultado ser un buen premio.

La calidez del *pub* le dio la bienvenida. Al menos aquel pequeño pueblo tenía ese lugar, una pequeña taberna en la que ahogar las penas.

—Hola, Colleen —saludó. Porque hacerse amigo de la camarera no era mala idea.

—Hola, Tom —repuso ella, imitando su acento bastante bien—. ¿Una cerveza?

—Cariño, prefiero un *whisky* —corrigió.

—Y parece que no es el primero —dijo ella en tono inquisitivo.

—Eres tan perspicaz como hermosa. Resulta un poco aterrador.

—¿Vas a conducir?

—No, señorita. —Sonrió. Ella arqueó una ceja y le sirvió la bebida.

—He quedado con Honor Holland —le informó—. ¿La conoces?

—Conozco a todo el mundo —respondió Colleen—. La enviaré a tu mesa cuando llegue.

Tom se dirigió a una de las cabinas que había en la parte posterior, donde podrían hablar en privado de asuntos ilegales. En el interior del local había un policía de uniforme, pero parecía bastante ocupado con una pelirroja, por lo que el hecho de que estuviera un poco bebido podría pasar desapercibido. Y no olvidemos que también tenía intención de cometer un delito.

Tomó un sorbo de *whisky* y trató de relajarse. El día anterior, después de que Candace le llamara, había buscado «fraude con las tarjetas verdes» en el viejo y querido Google. No era demasiado alentador: prisión, multas astronómicas, deportación sin posibilidad de volver a vivir en Estados Unidos...

Podía regresar a Inglaterra y visitar a Charlie un par de veces al año. Pero intuía que esas visitas serían cada vez menos frecuentes. Acabaría cansándose de tratar de forjar una amistad con un muchacho que casi lo odiaba. Charlie caería en las drogas y le gustaría una música horrible, o incluso podría ser peor. Él se casaría con alguna agradable muchacha inglesa y el recuerdo de aquel niño pequeño y encantador que una vez había volado cometas con él caería en el olvido.

Una mierda todo.

—¿Eres Tom?

Alzó la vista y... allí estaba la mujer que había ganado la pelea del otro día, justo delante de él.

—¡Hola! ¡Eres tú!

—Mmm... ¿nos conocemos?

—No oficialmente —dijo—. Aunque tengo un buen recuerdo de ti.

Podía ser peor, pensó. Ella estaba... bien. Se podría decir que era guapa. Por desgracia, él estaba un poco hecho polvo. Si fuera seguidor de Freud, podría decirse que esa era una manera subliminal de tirar piedras sobre su propio tejado. Sí, estaba bebido. Y su vocabulario y su acento solían multiplicarse de forma exponencial cuando estaba bajo la influencia del alcohol.

Ella frunció el ceño.

—Soy Honor Holland.

Tom pegó un salto al notar que se movía algo dentro su bolso.

—Mierda. Querida, odio tener que decírtelo, pero parece que tienes una rata ahí dentro.

—Muy gracioso. Es mi perrita.

—¿De veras? Si tú lo dices. Bueno, Honor Holland, encantado de conocerte.

—Lo mismo digo. —Aunque su expresión contradecía aquella afirmación, se sentó. La rata se asomó por el bolso y enseñó los dientes. Ah... sí, era un perro, estaba casi seguro.

—Anda... —La vio cruzar unas elegantes y pulcras manos, con las uñas pintadas con esmalte transparente, antes de mirarlo—. Eres el británico que estaba en el bar la noche de mi pequeña... crisis.

—Querida, no fue pequeña —le dijo amablemente—. Fue jodidamente magnífica.

—¿Podemos saltarnos esa parte?

—Sin duda. Aunque si deseas recordar el pasado, soy todo oídos. Llevas el pelo diferente, ¿verdad? Te queda mejor. El peinado tipo hermana-esposa de antes era un poco repelente. Además, así tendrán menos que agarrar si te metes en otra pelea. Muy práctico. Entonces, ¿vamos a casarnos?

Le dio la impresión de que había perdido el encanto para esa mujer.

—De acuerdo, me largo. No creo que debamos malgastar más el tiempo, ¿verdad?

—Oh, venga, querida. Danos una oportunidad. Estoy un poco nervioso. —Sonrió. Cuando sonreía así en clase, la mayoría de las mujeres (e incluso un par de hombres) suspiraban.

La vio sonrojarse. Estupendo. Echó un vistazo al bolso. Aquel pequeño perro-rata seguía mostrándole los dientes. Trató de sonreír al chucho, pero no tuvo el mismo efecto que en su dueña.

La camarera apareció.

—Hola, Mónica —dijo Honor—. ¿Hay algo especial esta noche?

—Tenemos dos botellas de McGregor, un *black russian red.*

—Entonces, tomaré una copa.

Así que la señorita Honor Holland todavía no se iba.

—Y yo quiero otro de estos —pidió él, levantando el vaso vacío.

—No, no quiere —intervino Honor.

—¿Preocupándote ya por mí, querida? —preguntó.

—Lo traigo —dijo la muchacha, guiñándole un ojo. Él le respondió con otro guiño y ella se fue.

—¿Estás borracho? —preguntó Honor.

—Por favor —repuso él—. Soy británico. La palabra correcta es «bebido».

—Estupendo... —la oyó murmurar.

—Por lo tanto, mi querida señorita Holland, muchas gracias por reunirte conmigo.

Ella no respondió. Solo lo miró, sin expresión.

Lo cierto es que la joven no estaba mal. No tenía nada malo. Pelo rubio, ojos castaños, constitución media, a pesar de que deseó que la blusa fuera un poco más reveladora para poder echar un vistazo. Las perlas no la hacían parecer precisamente sexi.

Podía quitárselas y sí, entonces la imaginaba en su cama. De hecho, la veía allí con mucha claridad. Pensándolo bien, podía dejarle puestas las perlas y quitarle todo lo demás.

¡Oh, mierda! Se frotó la nuca. La camarera llevó el vino de Honor y su *whisky*.

Pero la joven no tocó la copa.

—Bien —tomó la palabra—. ¿Por qué no te resumo lo que sé sobre ti y tú rellenas los espacios en blanco? ¿Te parece bien?

—De acuerdo —repuso ella.

—Tal y como lo entendí, estabas enamorada de un tipo que te utilizaba para mantener relaciones sexuales y que ahora se va a casar con tu mejor amiga.

Ella cerró los ojos.

—No olvides, querida, que tenía un asiento en primera fila aquella noche. Así que ya te habrás dado cuenta de que tu caballero de brillante armadura es, de hecho, un infiel que...

—¿Sabes qué? No aciertas, así que cállate.

Él se recostó en su asiento y la miró fijamente.

—Es curioso. Siempre me resulta interesante cómo las mujeres se apresuran a defender a los hombres que las rebajan. —Quizá fuera el momento de dejar de hablar—. De todas formas, has elegido un caballo perdedor y ahora te sientes desesperada. Quieres casarte, demostrar alguna estupidez, y tener un par de niños ahora que todavía puedes.

Ella escupió el vino que tomaba. Pero él siguió hablando como si su boca no pudiera hacer otra cosa.

—Eso está bien. En cuanto a mí, necesito un visado. No estoy muy seguro de lo de los niños por el momento, pero creo que será mejor que nos casemos y lo pensemos después. Eres mujer, no estás decrépita, no eres fea. Comprada.

Dios. Este tipo es idiota.

Lo miró. Al menos debería valorar eso.

—Voy a permitir que te largues —dijo ella.

El alivio que sintió estaba mezclado con pesar.

—Hasta luego, entonces. Ha sido un placer conocerte.

—Me gustaría poder decir lo mismo —dijo ella, saliendo sigilosamente de la cabina.

—No te olvides del bicho —indicó, señalando el bolso. Ella lo recogió y se alejó sin mirar atrás.

—Bien hecho, amigo —se dijo a sí mismo, con una familiar sensación de asco en el estómago. Se apretó la frente con los dedos durante un segundo y se resistió a la tentación de seguir a Honor Holland y pedirle disculpas por ser un cretino.

Parecía que usar a alguien era más fácil en la teoría que en la práctica. Incluso por el bien de Charlie.

Además, ya había estado con una mujer que estaba enamorada de otra persona. Había pasado por ello y tenía cicatrices que lo probaban.

Darse cuenta de que ella era la mujer apasionada de aquella noche... Le había gustado que lanzara el vino y que tirara del pelo. Alguien como ella se merecía algo mejor que un matrimonio de conveniencia, daba igual cuáles fueran sus razones para haber venido esta noche.

Capítulo 5

—Creo que no soy el tipo de mujer que lleva los labios pintados de rojo —dijo Honor dos noches después—. Me siento como Pennywise, el payaso.

—Dios, ¿recuerdas cuando Jack nos obligó a verlo en *It*? —preguntó Faith desde la cama, donde hacía carantoñas a *Spike*—. Estaba tan asustada que casi me hice pis. Te aseguro que no te pareces a él, Honor —añadió—. No te pareces en nada.

Colleen O'Rourke, que se había autoproclamado experta en cuestión de hombres, le lanzó una mirada crítica.

—Sí, está bien —concedió—. Te pareces un poco a Pennywise, pero teníamos que comprobarlo. Vamos por buen camino, no te preocupes. —Tomó una diadema rosa y verde de la cesta donde aún las guardaba—. Aún no soy capaz de expresar lo mucho que me alegro de ver que estas antiguallas han seguido el camino de los dinosaurios. —La lanzó al suelo y *Spike* se abalanzó sobre ella y empezó a roerla. *Blue,* el gigantesco golden retriever de Faith, gimió escondido debajo de la cama. En lo que concernía a la ferocidad de *Spike* era un cobarde.

Honor frunció el ceño, luego recordó que no debía hacerlo (¿habría llegado el momento de recurrir al botox?). Todavía no se había acostumbrado al nuevo corte de pelo, y solo cuando iba a pasárselo por encima del hombro se acordaba de que se lo había cortado. Eso, además de que en veinte años nunca había llevado tanto maquillaje, hizo que pareciera una desconocida frente al espejo.

—Tienes muy buen aspecto —dijo Faith, la dueña de los cosméticos, para tranquilizarla. Hasta que su hermana llegó, media hora antes, en su tocador solo había un cepillo para el pelo y un tarro de hidratante Oil of Olay, que según había señalado Faith era la misma que utilizaba Goggy. Ahora estaba lleno de productos como colorete, sombra de ojos, siete tipos de hidratante, pinceles, bastoncillos, tubos y frascos.

Sí. Había estado de acuerdo en someterse a un cambio de imagen. Pero todo eso le parecía un poco desesperado. ¿Una nueva sombra de ojos podía cambiar su vida? Estaba a punto de descubrirlo en la madura edad en la que los años cuentan, al menos en cuestión de óvulos.

Sin embargo, hacer las cosas de forma diferente... Esa era la idea, ¿verdad? Incluso si le hacía parecer una salida. Por otra parte, parecer una salida podía ser bueno.

—He oído que aquí se maquina un cambio de imagen —dijo una voz que anunciaba la presencia de Prudence. Su hermana mayor entró en la estancia con un vaso de vino en la mano, vestida con botas de trabajo y una camisa de franela—. ¿Por qué no me habéis invitado?

—Puedes ser la siguiente —dijo Colleen—. Hace años que quiero ponerte las manos encima.

—Si te digo la verdad, últimamente he estado usando algo de maquillaje —dijo Pru—. Carl y yo representamos una escena de *Avatar* la otra noche; todavía estoy intentando quitar la pintura azul de las sábanas.

—Gracias por contarlo —dijo Faith con sarcasmo—. Otra película que no podré volver a ver.

—¿Por qué? ¿Cuáles más te he arruinado?

—*El último mohicano*, *La guerra de las galaxias*, *Los miserables...* —comenzó a enumerar Faith.

—No te olvides de *Lincoln* —agregó Honor.

—Ni de *The Big Bang Theory* —añadió Colleen.

—Eh, que no sabíamos que no era porno —protestó Pru, sonriente—. Y seguid, seguid, burlaos de mí, pero llevo felizmente casada casi veinticinco años. —Tomó otro sorbo de vino—. Honor, te pareces un poco a Pennywise, el payaso. Tienes que rebajar el color de la base.

Honor lanzó a Colleen una mirada significativa y Coll suspiró y le dio un pañuelo.

—¿Se supone que la máscara de pestañas tiene que tener tantos grumos? —dijo Honor, inclinándose hacia delante—. Me empieza a costar trabajo abrir los ojos.

—Pon otra capa, eso la suavizará —ordenó Colleen.

Blue se quejó de nuevo desde debajo de la cama.

—Compórtate como un hombre, *Blue* —dijo Faith—. *Spike* solo pesa cinco kilos.

—Es pequeña pero matona, y tiene el corazón de un león —afirmó Honor. *Blue* se quedó donde estaba.

—Cuéntame, Honor, ¿por qué habías quedado con Tom Barlow la otra noche? —preguntó Colleen.

Ella apartó la mirada del espejo y se puso el pelo detrás de la oreja, aunque se obligó a no hacerlo. El cartílago perdía firmeza cuando tenías más de treinta y cinco años, o eso acababa de leer. No quería que sus lóbulos hicieran juego con sus óvulos.

—Es sobrino de una amiga de Goggy o algo así. Solo estaba siendo amable.

—Es guapo, ¿no crees?

—Lo era, sí, hasta que abrió la boca. —Se frotó los labios con un pañuelo de papel. Seguía saliendo rojo. Al parecer aquella cosa no se iba.

—¿De verdad? Pues parece bastante agradable. Está soltero. Suele ser reservado. Lástima que no sea un poco más madurito o iría a por él. Y ese acento... Casi tengo un orgasmo cuando me pide una cerveza.

—Deberías escuchar a Carl hablando alemán —dijo Pru—. *Très sexy*.

Honor se estremeció al imaginárselo y Colleen le entregó otro tubito.

—Venga, prueba esta sombra.

Obedeció mientras Faith y Colleen le daban consejos contradictorios entre sí.

«Aprieta los labios.»

«Mantén los labios entreabiertos.»

«Aplícalo.»

«Frótalo.»

«Da toquecitos.»

«Extiéndelo.»

¿Quién iba a pensar que pintarse los labios sería tan difícil? Luego llegó el turno al colorete y los polvos y las dos mujeres piaron como mirlos.

«Están siendo agradables, ayudándote a resultar más atractiva a los hombres», pensó Honor.

El único problema era que resultaba difícil encontrar hombres disponibles en una ciudad de setecientos quince habitantes.

Lo más divertido e irónico es que cuando vio al sobrino de la amiga de Goggy en la taberna, la otra noche, había... sentido algo. El corazón le dio un pequeño vuelco y la esperanza voló tan rápido y con tanta fuerza que, literalmente, se le detuvo.

Tom Barlow no era un hombre de mediana edad ni tenía una pinta extraña. Era... era... bueno, no era una belleza. Pelo castaño muy corto, rasgos normales. Pero había algo en él. Quizá había sido la sorpresa de que tuviera la edad apropiada y no fuera el profesor de matemáticas calvo con grandes dientes y olor a naftalina que había imaginado. Es más: le gustaba su cara. No eran unos hermosos rasgos perfectos como los de Brogan, pero tuvo la sensación de que podría contemplarlos durante mucho tiempo sin aburrirse.

Tenía los ojos oscuros, aunque no podía decir de qué color exacto, y una ceja atravesada por una cicatriz. Aunque se dio cuenta de que no debía emocionarse por la marca de una lesión del pasado, la sentía un poco. Sus labios eran carnosos, muy parecidos, ¡santo Dios!, a los de Batman, y de repente, imaginó lo que podía llegar a pasar entre ellos. Sintió una fuerte tensión no solo en los pechos, sino también más abajo, una combinación letal, y de pronto, sus óvulos se acicalaron ante un espejo.

Durante un instante, se imaginó riéndose con Tom Barlow sobre aquella cita y las extrañas circunstancias que la rodeaban, y él estaría agradecido de que ella hubiera ido a conocerle y, demonios, ¿qué había sido eso? Una chispa. Una conexión. Él la acompañaría al automóvil y luego se inclinaría para besarla, y estaba dispuesta a apostar los dos pulgares y un índice a que sería fantástico.

Entonces, Tom Barlow levantó la vista y sonrió. Una de sus paletas estaba un poco torcida y, por alguna razón, eso hizo que le flaquearan las rodillas y que sus juguetones óvulos corrieran hacia la puerta.

Luego él habló, y la fantasía murió.

Colleen se inclinó sobre ella con la que debía ser la decimoséptima prueba de maquillaje.

—Está bien, yo no veo brillos —aseguró Honor—. Creo que queda bien, ¿verdad? Me encuentro a gusto con este.

—Estás muy guapa —aseguró Faith—. Te has quitado años de encima.

«Ay.»

—No es lo que lo necesitaras —agregó Faith rápidamente haciendo una mueca—. Los treinta y cinco son los nuevos dieciocho.

—Así que tienes una cita, ¡qué emocionante! ¿Cómo se llama el afortunado? —se interesó Pru, frotándose las manos.

—Mmm... Es eslavo. Droog.

—Oh, cariño... —dijo Colleen—. ¿Te imaginas cómo lo llamarás en el momento clave? ¡Droog! ¡Droog, no te detengas!

Honor hizo un mohín.

—Es algo a superar, lo admito.

—Pero ¿qué más da el nombre? —dijo Faith—. Si es guapo, el nombre no importa. Es probable que en diez minutos ya te hayas acostumbrado a él e incluso te guste.

—No me gusta tener citas —admitió Honor—. No me llevo bien con los hombres.

—Sí, es cierto —convino Prudence pensativa.

—¡No, no es cierto! —enfatizó Faith enseguida.

—Oh, claro que lo es —aseguró Honor—, pero se me da de vicio la contabilidad. Cada uno tiene sus puntos fuertes.

—¡Niñas! —bramó su padre desde abajo—. Levi y Connor están aquí.

—¡John Holland! —gritó la señora Johnson—. Deja de gritar a tus hijas como si fueran una recua de mulas.

La puerta se abrió.

—Señoras... —saludó Levi. Sus ojos se detuvieron en Faith y Honor tuvo que reprimir una oleada de envidia, ya familiar. Su hermana y Levi se conocían desde hacía años, pero se habían enamorado pocos meses antes. Cuando estaban juntos, el aire se cargaba de feromonas de recién casados.

—¿Ves? Un amor reciente. Y tampoco es que les lleve tantos años, ¿verdad? —preguntó Honor a Colleen.

—No, sois casi iguales. Hola, Connor.

—Hola, mujeres Holland. Hola, gemela —dijo Connor O'Rourke—. Guau, tu pelo, Honor. Siempre me olvido.

—Me lo encontré vagando por las calles —explicó Levi—. Pensé que sería mejor que viniéramos a ver qué estabais haciendo.

—Id a tomar una copa con papá —sugirió Faith—. Esto es cosa de mujeres.

—No, ¿sabéis qué? —intervino Colleen—. Es maravilloso teneros aquí. Muchachos, ¿qué os parece? ¿Qué tal veis a Honor? ¿Os pone? Me refiero a qué impresión os produce aquí y ahora.

—Por favor, no respondáis —dijo ella.

Los dos hombres intercambiaron una mirada de alivio.

Espera un momento, ¿por qué no querían hablar de su aspecto?

—Bueno, sí, responded. ¿Os pongo, caballeros?

—Iré a tomar esa copa con vuestro padre —se disculpó Levi—. ¿Connor?

—Ni se te ocurra moverte —ordenó ella—. Me lo debes, Levi Cooper. Está bien, me doy cuenta de lo difícil que te resulta porque eres mi cuñado y todo eso, pero Colleen tiene razón. Me vendría bien una opinión masculina.

—¿Invocar mi derecho a la quinta enmienda es una respuesta lo suficientemente elocuente? —preguntó Levi.

—No —intervino Faith—. Tienes que responder.

—No, no lo haré.

—Entonces te dejaré a dos velas.

Él le lanzó una mirada de suficiencia.

—No serás capaz de mantener esa promesa durante más de un día.

—A mí me pasaría lo mismo —confesó Pru—. Estás muy bueno, Levi.

Honor se alejó del espejo y buscó a los dos hombres con la mirada. Si era buena en algo era en eso, en resultar autoritaria.

—Muchachos, no querréis ver mi lado malo, ¿verdad?

—Creo que no —dijo Connor.

—Tipo listo. Relajaos. Solo quiero una opinión. —¿Por qué no? Ya había perdido toda la dignidad en la pelea. Además, esos jóvenes la conocían—. ¿Por qué no pongo a los hombres?

—Nos pones —puntualizó Connor—. No te preocupes.

—No, no os pongo.

—Sí, claro que sí. Somos hombres. Cada vez que vemos a una mujer la evaluamos de forma automática para el sexo. ¿No es cierto, Levi?

Levi frunció el ceño en respuesta.

—¿De verdad? —presionó ella. Qué raros son los hombres—. ¿De verdad? Cada vez que veis a una mujer, a cualquier mujer, ¿os imagináis teniendo sexo con ella?

—Yo no —dijo Levi de forma automática.

—Miente —aseguró Connor—. Somos hombres. Nos imaginamos acostándonos con todas las mujeres.

—¿De veras? ¿Con todas? —preguntó. Connor asintió—. Incluso con Lorena Creech —insistió, mencionando a la mujer más horrible que se le ocurrió. Lorena tenía unos sesenta y tantos años, veinticinco kilos de más y cierta afición a la ropa con estampados de animales—. ¿También te has imaginado en la cama con ella?

—Bueno, sí, igual que te imaginas devorado por un tiburón o que te pillas las pelotas en una trampa para osos —confesó Connor—. Si eres un hombre y pasa una mujer junto a ti, te fijas en ella, te imaginas manteniendo relaciones sexuales y luego o bien te estremeces de horror o te masturbas.

Honor frunció los labios.

—Entonces, ¿os hago estremecer de horror?

Connor pareció dolido.

—Mira que eres idiota —intervino su hermana gemela.

—Mmm... no. Tú... tú no me haces estremecer de horror, Honor. De hecho, eres muy...

—¿Muy qué? Eso es lo que trato de averiguar.

Connor empezó a sudar.

—Mmm... es difícil encontrar la palabra adecuada. Eres muy... mmm... atractiva.

—Connor, eres idiota —aseguró Prudence.

Honor suspiró.

—¿Levi? ¿Algo que añadir? Soy tu cuñada. Ayúdame. Como hombre, ¿te fijarías en mí?

—Eres la hermana de mi esposa.

—Antes de que te casaras con ella, idiota.

Él arqueó una ceja.

—Mira, la verdad... Estás un poco...

—Cuidado —le advirtió Faith—. Tendré que matarte si hieres sus sentimientos. ¿Tienes seguro de vida? Si voy a quedarme viuda, prefiero ser rica.

—No, sé sincero, Levi. No importa. —Honor cruzó los brazos.

Levi pareció pensárselo y luego suspiró.

—Supongo que Connor tiene razón. Seguramente lo pensé un par de veces. —Miró a su esposa—. Pero fue solo un pensamiento fugaz y mucho antes de que nos liáramos, nena.

—¿Porque no soy lo suficientemente guapa? —elucubró Honor. Era de esperar. La guapa de la familia era Faith.

—Claro que eres guapa.

—No mientas.

—Está bien, no eres guapa. Creí que lo eras, pero debes tener razón.

¿Eh? Eso había sido casi agradable, aunque Levi era conocido por ser contundente.

—Lo lamento. Y gracias. Pero si soy lo suficientemente guapa, ¿por qué no me entraste nunca?

—Eso resulta muy incómodo.

—Solo son elucubraciones.

—Sí, Levi. Elucubraciones —convino Faith.

—Mejor tú que yo, amigo —murmuró Connor.

Levi entrecerró un poco los ojos.

—No es por tu apariencia. Es que resultas un poco... inaccesible.

Honor lo miró boquiabierta.

—¿Cómo? —¡No era inaccesible! De hecho, era agradable... y muy accesible. Muy educada. Como habían dicho en la clase de educación y modales, serviría para llevar las relaciones sociales de la primera dama, educada y agradable. En eso consistía su vida, en ser amable con la gente todo el santo día, sin importar lo mucho que le apeteciera estrangularlos.

—Exacto —se mostró de acuerdo Connor—. Eres una... ¿cómo lo llamáis las mujeres? Una muralla. Llevas una armadura.

—¡No llevo ninguna armadura! —ladró ella—. ¡No lo hago! ¿De qué armadura hablas? ¡No tengo ninguna! —*Spike* ladró, mostrando su acuerdo.

—¿Nos vamos a cenar? —preguntó Levi a Faith.

—Quizá no seas consciente de ello —dijo Colleen—. Las diademas, por ejemplo... ¿Incitan al sexo? No.

—No soy inaccesible —aseguró Honor a su cuñado.

—Está bien, no lo eres. Discúlpame. Faith, por favor, sálvame.

—Tengo una idea —dijo Faith—. Honor, finge que estás a punto de salir con Connor por primera vez. Como si fuera vuestra primera cita después de haber chateado por Internet y esta fuera la primera vez que os veis.

—Buena idea —dijo Honor—. Siéntate, Connor.

Inaccesible. Una armadura. ¡Por favor! *Spike* se acercó y gimió para que la tomara en brazos. Ella se inclinó y besó a la perrita en la cabeza. Era accesible. Incluso los animales lo pensaban.

—Esa perra tendrá que irse —dijo Colleen—. Es peor que un gato.

—¿Cómo te atreves? —murmuró Honor, mirando a Colleen de reojo—. Venga, Connor. Prepárate.

—Sí, Con, éntrale —animó Colleen—. Que tenemos que ir a abrir la taberna. Por cierto, ¿a quién le toca esta noche?

—A Mónica. —Connor suspiró y se sentó obedientemente al otro lado de Honor, a los pies de la cama—. Hola, ¿qué tal estás, Honor? Soy Connor.

—¡Oh, Connor y Honor! ¡Rima y todo! —señaló Colleen, extasiada—. Lo siento. Seguid, seguid...

—Hola, Connor. Encantada de conocerte. —Totalmente accesible. Lanzó a Levi una mirada gélida, pero él estaba ocupado lanzando a Faith un tórrido «perdóname» con los ojos.

—Eres incluso más guapa que en la fotografía —dijo Connor.

—Gracias —repuso ella con una sonrisa.

—Agg... pareces hambrienta cuando sonríes así —intervino Colleen—. Ve más despacio, muchacha.

Honor suspiró y lo intentó de nuevo, dejando al descubierto los dientes.

—Ahora pareces débil. No te preocupes por eso, lo trabajaremos más adelante. Continuad.

Connor tenía la edad de Faith. Era un muchacho amable, guapo. Un excelente camarero. Pero no lo conocía demasiado bien.

—Bueno, cuéntame algo sobre ti —lo invitó.

—Buena estrategia —murmuró Faith, dando un fuerte golpe en la mano de Levi.

—Soy un camarero al que le gusta el olor de las hojas del otoño y el champú Johnson para bebés.

Ella se lo quedó mirando.

—Eso suena espeluznante.

—¿Ves? Ya me has cortado. Me siento frustrado.

—Bueno, entonces tendrás que conseguir poner un poco más de tu parte, ¿no?

—Hemos terminado —aseguró Connor—. Levi, ¿y esa cerveza, amigo?

Pru se fue con ellos, pero Faith y Colleen estuvieron media hora más dándole consejos sobre cómo hablar a los hombres, algo que Honor no sospechaba que tuviera que aprender. Con Brogan se había limitado a ser ella misma.

De acuerdo, no era el mejor ejemplo. Repetir su nombre aunque fuera mentalmente todavía hacía que se encogiera.

Cuando las tropas se fueron, se puso la ropa que Faith había elegido. *Jeans* (eran de Colleen, le dejaban el ombligo al aire al llegarle a las caderas, y la hacían sentirse incómoda y rara), botines de tacón color púrpura (de Faith), perlas (de su madre), cuatro pulseras de plata (de Faith) y unos largos pendientes de plata (también de Faith).

Era evidente que ella no tenía ni idea de cómo vestirse. Por otra parte, de eso se trataba: corte de pelo, ropa más adecuada, maquillaje. Pronto estaría casada.

—Droog. Este es mi marido, Droog. —De acuerdo, le faltaba algo de firmeza.

Spike estaba durmiendo en su almohada, satisfecha después de haber castrado a *Blue*, que tenía muchas ganas de mimarla, aunque ella no se lo permitía. Había adoptado a la perrita, por lo que no conocía su historia con otros perros. Evidentemente, era dominante, y eso era de admirar.

En cualquier caso, la señora Johnson se la llevaría a su apartamento esa noche, donde vería algún violento programa de televisión. El ama de llaves adoraba a *Spike*, y la quería más que a la mayoría de seres humanos.

Bajó las escaleras de puntillas, aterrada de caer por ellas con aquellos botines de tacón y romperse una pierna, o el bazo, o algo, y se dirigió a la cocina.

—¡Oh, Dios mío! —gritó. Volvió al pasillo de un brinco y pegó la espalda a la pared. ¡Jesús! ¡Jolines!—. ¡Lo siento! ¡Lo siento!

—No estábamos haciendo nada —gritó su padre al tiempo que una silla caía al suelo en la cocina—. ¡No es lo que piensas!

—Honor Grace Holland, ¿por qué te mueves por la casa de esa manera tan sigilosa? —inquirió la señora Johnson.

—Solo estábamos besándonos —aseguró su padre.

—¿Puedo entrar? —preguntó, sintiendo que le entraban muchas ganas de soltar una carcajada desde lo más profundo de su cuerpo.

—¡Sí! No estábamos... Estábamos... ¡Oh, Dios! ¿Es el teléfono?

—Ni se te ocurra moverte, John Holland. No estábamos besándonos, Honor —afirmó la señora Johnson—. Tu padre me preguntó si podía besarme una sola vez. Y una vez será, John Holland, ya que no se puede saber cuál de tus múltiples hijos anda merodeando por las esquinas.

—De acuerdo, está bien —dijo Honor, regresando a la cocina. Su padre tenía la cara teñida de un intenso color rojo brillante, y la señora Johnson parecía a punto de darle una patada a un delfín pequeño, de lo cabreada que estaba—. Lamento no haber hecho ruido. No sabía que teníais un romance. La próxima vez me pondré un cascabel al cuello.

—No es necesario ningún cascabel. ¡No tenemos un romance! —tronó la señora Johnson—. Se trataba de un experimento. Y ha resultado un completo fracaso dada tu intromisión, Honor. Pensábamos que te habías marchado con los demás. Tu padre dijo que estábamos solos.

—Señora Johnson, lo siento, ¿de acuerdo? Pero no mate a mi padre. —Él le lanzó una mirada de agradecimiento.

El reloj marcó la hora.

—Bueno —dijo—. Papá y la señora Johnson. Me gusta.

—No tiene que gustarte, niña desagradecida —murmuró la señora Johnson.

—Oh, vamos. Vuestro secreto está a salvo conmigo. Pero quiero aclararos que si en vez de mí os hubiera descubierto Faith, estaríais en el asiento trasero de su automóvil camino de un juez de paz en este mismo instante. Y a Jack le habría dado un infarto y estaría tirado en el suelo.

—Mi pobre Jackie —comentó la señora Johnson, poniendo los ojos en blanco.

—De todas formas, más poder para ti —aseguró—. Me voy a una cita. Señora Johnson, ¿quiere quedarse con *Spike*?

—Claro. ¿Dónde está ahora mi pequeño bebé? ¿Y por qué le has puesto ese nombre? Debería tener un nombre delicado, un nombre femenino. *Princess* o *Sugar*.

—O *Hyacinth* —añadió su padre. Era el nombre de la señora Johnson y la miraba con una sonrisa bobalicona.

Vaya, vaya, vaya… Honor les deseó buenas noches y se dirigió a su vehículo.

El otoño anterior, su padre había decidido empezar a salir —más o menos—, pero después de varios intentos fallidos, se había dado por vencido. La señora Johnson estaba soltera —de hecho, todos pensaban que su pasado era un misterioso enigma—, y llevaba con la familia desde que murió su madre.

Pero un romance entre ellos dos era… Nunca lo hubiera imaginado si no los hubiera pillado de pleno.

Sin embargo, podría funcionar. Sin duda la señora Johnson era una maravillosa persona (aunque fuera aterradora). Cuidaba bien de su padre y a todos sus hijos. Conocía a cada uno al dedillo, como si fueran de su propia carne.

Resultaba agradable imaginar a su padre con alguien. Que no volviera a estar solo. Siempre había podido contar con ella, por supuesto, pero eso resultaba un poco patético si lo pensaba bien. Aun así. Siempre habían sido dos solteros solitarios.

Sintió una fuerte presión en el pecho. Si su padre y la señora Johnson se convertían en una pareja, ¿dónde quedaba ella? Tendría que mudarse. No podía ser la hija solterona que vivía con unos recién casados, que se colaba a hurtadillas en la cocina para luego comer lo que fuera en su habitación mientras veía *No sabía que tenía un parásito*.

«Razón de más para pisar el acelerador a fondo y ponerse en marcha —le dijeron los óvulos—. Queremos ser fertilizados.»

—Y tienen razón —murmuró Honor al entrar en el automóvil. Si su padre podía encontrar pareja, ella también podía hacerlo. eCommitment le había sugerido dos candidatos. Uno estaba casado, según había revelado una búsqueda en Google (gracias, Faith). El otro era Droog.

Lo estaba intentando, ¿verdad? Era duro, pero tenía que conseguir una vida, y no solo porque su padre podía estar a punto de pasar por el altar.

Tres días antes, Dana le había enviado un correo electrónico preguntándole si estaba preparada para salir un rato. Honor se encontraba fuera de la ciudad, en un viaje de negocios en Poughkeepsie, y se lo dijo. El día anterior, Brogan le había enviado otro mensaje diciendo que había vuelto de Tampa y que le encantaría cenar con ella.

Y la noche anterior, Honor había tenido un ataque de pánico, repentinamente aterrada por morir en esa cama donde había dormido la mayor parte de su vida, y que su padre —que no era el hombre más observador del mundo—, se pensara que estaba de viaje, y *Spike* le comiera la punta de la nariz, lo que significaría que la meterían así en un ataúd, sin duda. Aquella desagradable fantasía la había llevado a visitar onYourOwn.com y examinar los perfiles de los donantes de semen, lo que hizo que su pánico se incrementara. Se había tranquilizado repasando la lista de cosas que debía hacer para el baile Blanco y Negro, para el que quedaba apenas mes y medio, y terminó trabajando hasta las tres de la madrugada.

—¿Mamá? —dijo en voz alta mientras salía en automóvil de la ciudad—. Me vendría bien un poco de ayuda para encontrar un hombre. ¿Estamos? Uno que sea mi pareja perfecta.

Por favor, Dios, que Droog Dragul esté bien.

—¿Honor?

Ella volvió la cabeza de repente. ¡Oh! ¡Oh, Dios!

—¿Droog?

—Sí. Eres muy guapa —la halagó, agarrándola por los hombros e inclinándose para besarla (madre del amor hermoso). Echó la cabeza hacia atrás todo lo que pudo, lo que hizo que sus labios cayeran en su barbilla, donde permanecieron durante un terrible momento antes de retirarse.

—Mmm... hola. Hola, Droog. Mucho gusto.

«No lo juzgues por la primera impresión», le habían aconsejado Faith y Colleen. En otras palabras: Droog tenía suerte.

Estaban en medio del centro de estudiantes de Wickham College, donde Droog dirigía el departamento de Ciencia e Ingeniería. El Droog que tenía delante se parecía muy poco al Droog que aparecía en la foto de eCommitment (debía dejar de pensar en su nombre, que no ganaba enteros con la repetición). No, su foto parecía haber pasado por Glamour Shots, un filtro de bronceado y muchas horas de Photoshop. El Droog real (otra vez el nombre) aparentaba diez años más y era considerablemente más pálido. Además, llevaba bolso. No se trataba de una maltratada mochila de cuero, no, sino de un bolso que ella misma había mirado en Macy's la semana anterior.

—Ven. Iremos en mi automóvil. Tengo un Dodge Omni. Es viejo, pero todavía tira.

—¿Sabes? Creo que llevaré el mío —afirmó ella, secándose el sudor de la frente—. Así será... eh... me será más fácil volver a casa.

—Si es lo que deseas...

Era posible, pensó Honor mientras lo seguía, que se le pegara el acento de Droog Dragul. Después de todo, ¿no se había enamorado del conde Drácula de Barrio Sésamo? Quizá su estrecha cara sería más atractiva iluminada por una luz más suave. Y tampoco es que ella fuera una supermodelo.

Se preguntó si él se reflejaría en un espejo. Si brillaría.

«Deja de juzgarlo», se dijo. Él no podía evitar proceder de Transilvania, o de Rumanía, Hungría o de donde fuera.

Sonrió con firmeza (aunque esperó no parecer hambrienta) mientras la guiaba por el aparcamiento. Por lo menos esa cita sería práctica. Hacía varios años que había tenido una primera cita. Años.

El sonido de una risa femenina en la distancia, de hecho muchas, le hizo volver la cabeza. Había un grupo de muchachas rodeando a un hombre. Él le resultaba familiar.

¡Oh, coj... jolines! Era Tom Barlow.

Sin pensárselo dos veces, se agachó, fingiendo que se le habían caído las llaves. Y bueno, ¿Por qué no soltarlas de verdad para dar visos de autenticidad a su acción? Lo hizo. Y les dio una patada para meterlas debajo de un automóvil y disponer de más tiempo. Con suerte, Tom y su grupito pasarían de largo.

—¿Has perdido algo? —preguntó Droog, inclinándose para ayudar. Era muy alto.

—Mmm... no, no. Se me han caído las llaves. —Cierto, así que debía recogerlas y no quedarse allí, encorvada como Quasimodo. Se agachó y deslizó la mano debajo del automóvil. Sintió solo el arenoso pavimento. Echó un vistazo. ¡Estupendo! No las podía alcanzar.

—Te ayudaría, pero tengo destrozado el menisco, y no puedo arrodillarme. Oh... je, je, je...

«¿Uno? Un error. ¿Dos? ¡Dos rodillas destrozadas!». Sí, era igualito que el conde de Barrio Sésamo.

—Hola, Droog. Hola, mujer arrodillada en el suelo del aparcamiento. Ella suspiró. Idiota.

—Tom, Tom, ¿Cómo estás, amigo? —preguntó Droog—. Me gustaría presentarte a mi cita, la señorita Honor Holland.

Ella alzó la vista. Tom arqueó una ceja con una sonrisita en la boca.

—Oh... —dijo ella con firmeza—. Hola.

—Encantado de verte de nuevo —repuso él.

—¿Os conocíais de antes? —Droog arqueó tanto las cejas que se le unieron en aquella gigantesca frente.

Tom seguía mirándola.

—Los dos vivimos en Manningsport —dijo después, de sopetón, con un acento mucho más atractivo que el del conde Drácula—. Nos encontramos en la taberna una noche y charlamos un poco. Es un pueblo pequeño. ¿Se te ha caído algo, Honor?

—Mmm... las llaves del automóvil —respondió.

Él se arrodilló junto a ella, haciendo que inhalara una bocanada de su jabón. No se había afeitado y tenía la mandíbula cubierta por una áspera barba incipiente. O quizá no fuera áspera, sino suave. Estaba segura de que sus labios serían suaves.

«Danos cinco minutos y estaremos listos», dijeron los óvulos.

Tom se inclinó y algo explotó dentro de ella. Por un nanosegundo, pensó que iba a besarla y sí, ¡sería increíble! Parpadeó, y el ojo izquierdo se quedó cerrado por cortesía de la grumosa máscara de pestañas. Pero no, claro que él no iba a besarla allí, arrodillados en el suelo del aparcamiento (ni nunca). Solo estaba recogiendo las llaves.

Él puso la cabeza muy cerca de... mmm... sus lugares especiales. Su útero se contrajo y se imaginó a los óvulos embistiendo con un ariete.

—¿Te pasa algo en el ojo? —preguntó Tom con una sonrisa cómplice.

—No me pasa nada.

Seguramente podía llegar a odiar a ese tipo si pasaban más tiempo juntos. Con un esfuerzo sobrehumano, logró despegar las pestañas mientras Tom tanteaba debajo del automóvil. Luego se enderezó y le entregó las llaves.

—Ahí tienes —le dijo él con los ojos chispeantes. Eran grises.

En realidad eran de un color precioso. Oscuros y profundos como el lago en noviembre.

—Así que tienes una cita con Droog, ¿verdad? —preguntó él—. Es un tipo estupendo.

—Sí —respondió ella con energía. Casi había olvidado al conde—. Droog, lo siento. Podemos irnos ya, ¿no?

—Divertíos —se despidió Tom.

—Tom, nos vemos mañana —dijo Droog, abriendo la puerta de su desvencijado Dodge Omni color marrón.

—Gracias —intervino ella. Él sonrió por encima de su hombro mientras se dirigía hacia su automóvil, ¡maldito fuera! Era una sonrisa de camión Mack. Y por cierto, no tenía el aspecto del típico profesor de matemáticas, de eso nada. Hombros anchos, trasero perfecto.

Cuando él le echó un vistazo por encima del hombro, Honor fue consciente de que lo seguía mirando. Él arqueó una ceja como si supiera que estaba devorándolo con los ojos. Seguramente estaba acostumbrado a ello, pensó al ver que una joven (muy hermosa) corría junto a él. ¿Por qué no se casaba con una de ellas? ¿Por qué? ¿Por qué buscar una cita con ella si las mujeres se arrojaban a sus pies?

No era un hombre demasiado agradable. Sin embargo, Droog pensaba que era muy guapa. No tenía sentido dejar que sus partes bajas siguieran sintiendo un cosquilleo cuando el hombre que causaba aquel revuelo se había comportado como un patán.

—¿Te gusta jugar a los bolos? —preguntó Droog media hora después, mientras estaban sentados en un pequeño restaurante—. A mí me chifla. Un día tiré los doce de golpe y me alegré como un niño. —Sonrió—. Quizá podríamos intentarlo alguna vez.

No iban a jugar a los bolos.

Hacía un rato que Honor había descartado el matrimonio y tener hijos con Droog Dragul. Además, tenía un poco de miedo a que dejara caer la cabeza hacia atrás y aullara, o empezara a contarle cosas (uno... un cuchillo puntiagudo. Dos, dos grandes venas en el cuello...) Droog había limpiado todo lo que había sobre la mesa con toallitas antibacterias que sacó del bolso, incluyendo las sillas y el suelo a su alrededor.

—Ahora he creado mi propio espacio limpio —le confesó con una sonrisa.

Dexter, el asesino en serie, le vino a la mente.

Entonces, Droog pidió agua y sacó un sándwich de su bolso. Mortadela con pan blanco.

Fueron ochenta y tres minutos muy largos.

A su favor, cuando le pidió una segunda cita, Droog se tomó muy bien su rechazo.

—Ah, sí, lo entiendo —aseguró—. No hemos hecho clic.

—¿Clic? —le preguntó.

Lo vio chasquear los dedos.

—Clic.

—Ah, cierto. Clic. —Forzó una sonrisa—. Pero ha sido agradable conocerte, Droog.

—Y también a ti, Honor. Buenas noches.

Así que ningún marido potencial a la vista. Quizá llamaría a Jeremy y le preguntaría por los bancos de semen.

Lo malo es que ella quería un marido. Un buen hombre sería suficiente. No tenía que ser como Brogan —todo eso de los ojos turquesa y demás era demasiado—, solo tenía que ser... decente. Y normal. No alguien que llevara su propia comida a un restaurante.

Lástima que Tom Barlow hubiera resultado ser tan imbécil.

Capítulo 6

—¡Ah, Tom! Eres tú. Hola. No te olvides de quitarte los zapatos.

Él obedeció.

—Janice, ¿qué tal estás?

—Bien, muy bien. Pasa. —Janice abrió la puerta, y él entró intentando ignorar la sensación de desazón que le inundaba siempre que estaba en casa de los abuelos de Charlie. El salón estaba pintado de color rosa, y eso le hacía sentir como si estuviera en el interior de un salmón. Cuando sus pies se hundían en la alfombra de pelo rosa era como si lo miraran docenas de ojos ciegos. Las muñecas resultaban espeluznantes. Janice las coleccionaba, tenía cientos, todas del mismo tamaño con toda clase de vestimentas, desde un bikini con volantes a un vestido de novia. Estaban guardadas en vitrinas de vidrio como un pequeño y malvado ejército dispuesto a salir de su esclavitud y atacar cualquier brizna de masculinidad.

Pobre Charlie, tener que vivir con todas aquellas muñecas. No quería imaginar lo que le dirían sus amigos. Aunque tampoco era que fueran a esa casa... ni que tuviera amigos, por lo que él sabía.

—¿Y Walter? —preguntó, frotándose la nuca con la mano—. ¿Está en casa?

—No, está abajo, en la barbería. Se ha ocultado allí y no es que lo culpe. —Janice le miró las pelotas descaradamente, como era su costumbre. Se sentía incómodo, por decirlo con suavidad. Siempre le había dado algo de miedo dar la espalda a esa mujer—. Eres muy bueno al venir, Tom —aseguró ella—. No es necesario y lo sabes. No tienes ninguna obligación.

—No, no, si me encanta pasar tiempo con él. —Janice apartó los ojos de su entrepierna el tiempo suficiente como para lanzarle una mirada sospechosa. Cierto, podría estar exagerando un poco—. Y él puede visitarme siempre que quiera.

—Eres un santo —insistió ella—. Siéntate.

Él obedeció. El plástico que cubría los muebles chirrió cuando tomó asiento.

—Se muestra muy hosco. Apenas nos habla y no sé por qué. Por más que le doy vueltas no se me ocurre ningún motivo. Después de todo lo que hemos hecho por él.

—Sí, habéis sido maravillosos —mintió Tom.

Ella le dirigió una sonrisa de mártir.

—Es lo que haría cualquier buen cristiano. Bueno, cada uno sigue el camino que le corresponde. ¡Charlie! —Tom dio un brinco ante el brusco cambio de volumen—. Tom está aquí.

No hubo respuesta.

—Voy a por él —suspiró Janice—. Está encerrado en esa habitación suya y nunca responde. —Dicho eso, subió las escaleras y lo dejó con el ejército de muñecas.

Era imposible que no las mirara. Ese día en particular, la muñeca vestida con el traje de flamenca le pareció especialmente hostil.

—Vete a la mierda —susurró Tom. No era de extrañar que Charlie estuviera de mal humor todo el tiempo.

Y hablando del rey de Roma... allí estaba el niño.

—Hola, amigo —saludó Tom, poniéndose de pie—. ¿Cómo estás?

Resultaba casi cegador ver a Charlie de negro de arriba abajo: el pelo, las uñas, el estado de ánimo. En algún momento del año anterior, durante lo que parecía una preadolescencia horrible, Charlie se había vuelto punk, gótico o como se llamara ahora eso. Holgada ropa negra, ojos delineados en negro, esmalte de uñas del mismo color... Había algunos así en Wickham, que arrastraban los pies por el campus haciendo traquetear las cadenas, pero parecían felices.

Charlie, en cambio...

El muchacho no lo miró, cruzó la puerta con la misma alegría que si fuera a recibir una inyección letal.

—Bueno —se dirigió a Janice—, lo traeré de vuelta a eso de las siete, ¿te parece?

—A ver si puedes soportarlo durante tanto tiempo —contestó ella, mirando a su nieto.

—Y tú... mmm... disfruta del tiempo libre.

Se acercó al automóvil, donde ya estaba sentado Charlie con unos auriculares en las orejas y mirando al frente con la expresión de eterno sufrimiento que solo un adolescente de catorce años es capaz de poner.

«Mírame, rodeado de carcas, contando los minutos para poder escapar.»

—¿Qué tal va todo? —preguntó Tom, que se sentó al volante y arrancó el motor. No obtuvo respuesta de su compañero, aunque escuchó un sonido metálico de... bueno, calificarlo como música no era justo—. ¿Todo bien en el instituto? —El muchacho no respondió—. Ponte el cinturón de seguridad, sé bueno. —Tampoco eso le arrancó ninguna palabra—. Vamos, Charlie.

Charlie no dijo nada, se limitó a abrocharse el cinturón al tiempo que ponía los ojos en blanco.

—He pensado llevarte al pueblo, hacer algo divertido y luego ir a mi casa a cenar. ¿Qué te parece?

Ninguna respuesta.

Y el niño estaría con él durante cuatro horas más.

Le pareció ver un nuevo *piercing* en la oreja izquierda. De hecho, parecía infectado, con la piel roja donde el pendiente atravesaba el cartílago.

—Tienes que desinfectarlo correctamente. —Le resultó imposible no decirlo.

Siguió charlando obstinadamente: el clima, el pueblo, el lago, los Buffalo Bills (no sabía si a Charlie le interesaba el fútbol americano, aunque a él mismo no le importaba, nunca se sabía con qué se acertaría), hasta que llegaron al aparcamiento.

Por fin, el muchacho abrió la boca.

—¿Qué hacemos aquí? —Su voz, una vez angelical, había cambiado durante los últimos meses y adquirido un respetable tono de barítono. Todavía resultaba difícil acostumbrarse a ello. Era como cuando la niña empezaba a hablar con la voz del demonio en *El exorcista*.

—Es un gimnasio —repuso él.

Charlie le lanzó tal mirada de asco que le resultó casi imposible reconocer al niño que se lanzaba a sus brazos.

—Sí, sí, muy bien... el letrero no te dio ninguna pista, ¿verdad? —Tom se aclaró la garganta—. He pensado que podíamos echar un vistazo.

Lo cierto era que no tenía ni idea de qué hacer con Charlie, cuyo único interés parecía ser una aterradora música cantada por Satanás y ponerse *piercings*. Los días de volar cometas, montar en bicicleta y tomar helados habían terminado.

Pero Tom boxeaba desde hacía muchos años, había ido a la universidad gracias a una beca. De hecho, había llegado a subir al cuadrilátero en varias peleas del campeonato regional. Fue toda una sorpresa descubrir que Manningsport tenía su propio club de boxeo, un lugar a la antigua que olía a sudor y cuero y en el que se escuchaban los rítmicos golpes de los pugilistas que se enfrentaban a los sacos o saltaban a la cuerda. Se hizo socio la primera semana.

—No pienso entrar ahí —murmuró Charlie, mirando por la ventanilla.

—No puedo dejarte en el automóvil.

—Sí, puedes.

—Hace frío. Además, estarás conmigo hasta las siete, así que tengo que encontrar algo que hacer.

Esperó, y un segundo después, Charlie abrió la puerta y entró en el gimnasio arrastrando los pies. Tom lo siguió con la bolsa de deporte en la mano.

—Aquí apesta —pronunció Charlie sin quitarse los auriculares.

—Huele como todos los gimnasios, eso es todo. Vamos, colega, dale una oportunidad.

—No soy tu colega. Eso suena gay. —Su voz era firme.

Tom trató de no apretar los dientes.

—De donde yo vengo, significa amigo.

—Tampoco eres mi amigo. Y no eres mi padre, ni mi padrastro, y no me gusta que digas que soy tu hijastro.

—Es cierto. En cualquier caso, he pensado que le darías una oportunidad al boxeo. No te hará daño, ¿verdad? No estaría de más que tuvieras alguna habilidad en la vida. He traído unos *boxers*, un casco y un par de guantes. Puede ser divertido.

—¡No es divertido!

—Y trata de no gritar, ¿de acuerdo? —Le sacó uno de los auriculares y el muchacho reaccionó como si Tom le hubiera abofeteado.

—¡No me toques! ¡No tengo que hacer lo que tú quieras!

Oh, fantástico, se acercaba alguien. Alguien con músculos impresionantes, un tatuaje de aspecto militar —nada menos— y una expresión ruda en el rostro.

—¿Algún problema? —dijo el hombre.

—No, a menos que cuentes a un adolescente como problema con mayúsculas —repuso, forzando una sonrisa.

El tipo no le devolvió la sonrisa. Tampoco podía decir que el hombre le mirara como si comprendiera su situación.

—¿Va todo bien? —insistió.

—No —respondió Charlie, poniendo los ojos en blanco. Tom casi deseó que se le atascaran, como su propio padre había prometido siempre.

—Soy el jefe de policía Cooper —se presentó el hombre a Charlie. Pues mira qué bien—. ¿Conoces a este hombre?

De pronto, Tom se imaginó en una celda por secuestro de menores o algo peor. Aunque ahora que lo pensaba, ser devuelto a Inglaterra o a prisión no parecía tan malo si lo comparaba con lo que suponía tratar con ese crío.

Charlie no respondió.

—Soy un amigo de la familia —informó Tom.

El jefe no pareció impresionado.

—¿Es cierto? —insistió el policía.

—No lo sé —murmuró Charlie.

—¿Quieres que te lleve a casa? —se ofreció el jefe.

—No —respondió Charlie de la forma en que lo decía todo ahora, con un disgusto apenas velado.

—¿Cómo se llama, señor? —preguntó el policía, y Tom acabó dando el nombre, dirección y número de teléfono de Janice y esperando a que el jefe Cooper verificara la información y a que luego llamara a comisaría para comprobar si tenía antecedentes penales, que no tenía. Por fin, el policía guardó el teléfono y le tendió la mano.

—Lo siento —se disculpó—. Nunca se toman suficientes precauciones.

—No se preocupe. Gracias por su interés. —«Quizá la próxima vez puedas buscar más a fondo, amigo. Hasta luego.»

El jefe asintió, se dirigió de nuevo al saco desde el que había venido y comenzó a golpearlo.

—No voy a boxear —protestó Charlie—. Es una estupidez.

—Bien —dijo Tom—. Pues te sentarás ahí y mirarás. Y no te largues o tendré que avisar a ese amable oficial y denunciarte como niño perdido.

Tom entró en el vestuario y se cambió de ropa para ponerse los *boxers* y una descolorida camiseta del Manchester United. Suspiró ante el espejo y volvió a salir.

Había reservado el cuadrilátero para una hora, creyendo como un ingenuo que Charlie querría recibir unas clases de defensa propia. Volviendo al día en que le entrenaba. De vuelta al día en que Charlie lo quería.

—Al cuadrilátero, colega —le indicó, manteniendo un tono alegre.

Charlie obedeció. Con sus anchos pantalones resultaba un poco difícil pasar entre las cuerdas.

—Muy bien, ahora te enseñaré un par de golpes básicos —dijo Tom—. Lo primero en el boxeo es la posición. Tienes que estar relajado, ¿de acuerdo? —Se lo demostró, con las manos a la altura de la cabeza y los pies separados—. Mantén el peso en la punta de los pies, para ser capaz de moverte con soltura. Este es tu espacio, y tú eres el amo.

El muchacho se dejó caer al suelo alfombrado y sacó el móvil del bolsillo. Acto seguido, comenzó a jugar, haciendo que emitiera pequeños e irritantes pitidos. Tom se acercó y se puso en cuclillas frente a él.

—¿Charlie? Préstame atención, amigo.

—¿Para qué?

—Podrías aprender algo.

—Es una estupidez —murmuró Charlie, concentrándose de nuevo en el juego.

Fue difícil no darle un buen guantazo.

—De acuerdo —dijo—. Así que si te pones así, siempre tienes que tener los pies en movimiento. Dentro, fuera, dentro, fuera... Un ligero baile, muy controlado, con las manos en las sienes y el peso hacia delante.

Charlie no lo escuchaba. Y era muy humillante hablar con un ser que no hacía más que ignorarle. El poli los miró más de una vez. Pero allí estaban, y un cuadrilátero era uno de los pocos lugares en que él sabía lo que hacía.

—Venga, conviértelo en parte de ti, mueve los hombros y, a continuación, encaja y vuelve a protegerte otra vez.

El juego del teléfono móvil seguía pitando.

«¡Mierda!»

El reloj parecía ir cada vez más despacio, pero así ocurría con los críos, ¿no? No se podía dejar que tomaran el mando... de nada.

Después de toda una vida, terminó aquella hora interminable y Tom se puso la sudadera.

—Si en algún momento quieres un compañero de entrenamiento, avísame —dijo el policía.

—Lo haré —dijo él, levantando una mano—. Gracias. Vamos, Charlie. Nos largamos.

El niño permaneció indiferente cuando recorrían la corta distancia que les separaba de la casa de Tom. Abrió la puerta y se quedó atrás mientras Charlie entraba.

—He decorado un poco esto desde la última vez. He procurado que resulte más acogedor —explicó él—. He comprado algunas cosas para tu habitación. —¿Sería un error llamarla la habitación de Charlie? Había querido que supiera que tenía una opción distinta a Janice y Walter, que cada vez que quisiera un lugar para estar, podría ir allí.

Aún no había ocurrido. A pesar de que los martes por la tarde Janice obligaba al muchacho a pasar tiempo con él —más por ella que por otra cosa—, Charlie nunca había hecho uso de su oferta.

Pero ahora, sorprendentemente, el muchacho subió golpeando los escalones con los pies. Tom le siguió. Charlie echó un vistazo a la habitación principal, que era la mejor, y luego entró en la que había enfrente. Esa era la que había intentado hacer más acogedora, y rezó para sus adentros para que a Charlie le gustara.

Las paredes eran blancas. La cama estaba cubierta con un edredón negro, que a fin de cuentas era el color favorito de Charlie. Había también un escritorio de IKEA que le había llevado siete horas montar... y era ingeniero industrial.

En una pared había pegado un póster del Manchester United, pues Charlie había visto con él los partidos en las raras ocasiones en que alguna cadena de televisión americana retransmitía encuentros de la Premium League. En la mesa estaba el Stearman PT-17, la última maqueta de avión en que habían trabajado juntos y que todavía no habían terminado. En una estantería había algunos volúmenes juveniles de ficción que se podían encontrar en la pequeña librería del pueblo, aunque Tom no sabía qué leía Charlie ahora. Una edición de coleccionista de *El señor de los anillos*, por si acaso. La serie completa de *Harry Potter*, que antes le encantaba.

Y luego estaban las fotos. Una de Charlie, su foto del colegio del año anterior. Una de esas instantáneas horribles con fondo gris, con cara seria y rígida. Otra de cuando era más pequeño, delante de un arroyo. Tom la había sacado un día que fueron de pesca y no atraparon nada, pero lo pasaron estupendamente tirando piedras al agua.

Y en la mesilla de noche, una foto de Charlie y Melissa, los dos sonriendo.

Ella tuvo sus defectos, por supuesto, pero sin duda había adorado a su hijo.

Charlie miró la fotografía.

Luego se volvió y le cerró la puerta en la cara sin decir una palabra.

Un poco más tarde, esa misma noche, después de que aquella agonizante visita terminara y llevara a Charlie de nuevo con sus abuelos, Tom consideró acercarse a la Taberna de O'Rourke, donde había un magnífico surtido de *whisky* de malta y dieciocho tipos diferentes de cerveza. Quizá Droog estuviera tomando allí una copa y pudieran echar una partida a los dardos.

Por otra parte, eran más de las diez.

Quizá debería tener un perro. O un gato. O un pez.

Pero lo más probable es que pronto se fuera de Estados Unidos. Había recibido correos electrónicos de las dos empresas en las que había puesto sus esperanzas informándole de que habían contratado a otro candidato, como él mismo había esperado. Y, sin visado de trabajo, tendría que regresar a casa.

Daba igual, se dijo, haciendo caso omiso a la dolorosa punzada que notó en el pecho. De todas formas, allí tampoco estaba consiguiendo nada.

El sonido del móvil lo sobresaltó. Miró la pantalla.

—¿Charlie? —Era la primera vez que el niño lo llamaba.

—¿Puedes venir a buscarme? —Las palabras sonaron como un murmullo apenas audible por culpa del ruido de fondo.

Tom hizo una pausa.

—Sí. Claro. ¿Dónde estás?

Charlie masculló una dirección y colgó.

Veinte minutos más tarde, Tom entró en una sucia calle en Bryer, dos pueblos más allá de Manningsport. Se le detuvo el corazón en el momento en que vio a Charlie, una pequeña mancha oscura sentada en la acera.

—Hola —lo saludó Tom, bajando la ventanilla—. Sube.

Charlie lo hizo mucho más rápido que su cansino paso habitual y se dejó caer en el asiento.

—Ponte el cinturón de seguridad, amigo...

—Solo quiero largarme de aquí —dijo el muchacho, tirando del cinturón de seguridad.

Tom obedeció. Era difícil saberlo por la oscuridad, pero por la agitada respiración de Charlie notó que el muchacho podría estar llorando. Una manzana más allá de donde Charlie había estado esperando, la gente corría y gritaba en el porche de una casa de dos plantas en ruinas. La mayoría vestía ropa similar a la de Charlie: negra, rota, con cadenas y tachuelas. Un ritmo grave salía de la edificación y reverberaba en el vehículo.

Charlie agachó la cabeza y se miró el regazo.

Cuando salieron del barrio, Tom lo miró de reojo.

—¿Un mal momento?

Charlie se encogió de hombros. Le bajaba un hilo de sangre por la oreja, donde el *piercing* le perforaba el cartílago, y durante un segundo Tom lo vio todo rojo. Dirigió la vista de nuevo a la carretera y tomó el volante con todas sus fuerzas.

—¿Alguien te ha hecho daño, amigo? —preguntó en voz baja.

—No.

—Te sangra la oreja.

Charlie se la tocó.

—Me tiraron de ella.

¡Mierda! Alguien había maltratado a su niñito. Una vez más tuvo que esforzarse para relajarse.

—¿Quieres dormir en mi casa esta noche? —preguntó, tratando de mantener un tono distendido.

—De acuerdo. —Charlie miró por la ventanilla, ocultándole el rostro—. No le digas a mis abuelos que la fiesta era tan... lo que sea. Se asustarían.

—No te preocupes. Los llamaré cuando llegues a casa y les diré que estás conmigo.

Cuando llegaron a casa, Charlie se fue directamente arriba.

—¿Necesitas algo? —preguntó Tom.

—No.

—Límpiate bien ese corte, ¿de acuerdo? Tienes agua oxigenada en el armario. —Señaló con la cabeza el aseo.

—Está bien. —Aunque pareciera increíble, Charlie se dio la vuelta y estuvo a punto de sostenerle la mirada—. Gracias —murmuró, clavando los ojos en algún punto de su clavícula.

A pesar del negro que delineaba sus ojos y de los *piercings*, el rostro de Charlie seguía siendo el de un niño. Su piel todavía no estaba erosionada por la barba y la mandíbula seguía siendo suave. Le recordaba al niño que siempre quería seguir hablando cuando llegaba la hora de acostarse.

—De nada —dijo. Se aclaró la garganta—. Cuando quieras.

Entonces, Charlie cerró la puerta, y Tom sintió una rápida oleada de amor, tan profunda y desamparada que fue como si le hubieran dado un puñetazo en el pecho.

¿Qué clase de cabrón la había tomado con una criatura que todavía no pesaba cincuenta kilos? ¿A quién habría llamado Charlie esa noche si él hubiera regresado a Inglaterra?

No importaba lo que tuviera que hacer: iba a quedarse.

Capítulo 7

El viernes, a las cinco menos cuarto de la tarde, Honor estaba navegando de nuevo por eCommitment y OnYourOwn.com y preguntándose si ver por cuarta vez la última película de James Bond sería pasarse. Pero su padre y la señora Johnson tenían una cita en casa, ya que la señora Johnson pensaba que todavía era demasiado pronto para que los vieran juntos en público, y ella no quería molestarlos. Porque, ¡santo Dios!, ¿y si tener la cita en casa significaba acabar oyendo algo inconveniente? Entonces *Spike* y ella tendrían que hacerse el harakiri.

Sin embargo, ir una vez más al cine y dar cuenta de un vaso gigante de palomitas y de un lote para niños (la otra cara de la adicción... o de afear sus caderas, como era el caso) no le apetecía, incluso aunque pudiera admirar a Bond, James Bond, durante dos horas. Además, las nubes estaban tan bajas y oscuras que apostaba algo a que acabaría nevando. El lago parecía negro desde donde estaba y las vides se veían oscuras y retorcidas. El aire estaba helado.

Quizá se quedaría allí y trabajaría, a pesar de su promesa de que iba a cambiar. No faltaba mucho para el baile Blanco y Negro. Era su proyecto favorito de todos los actos de caridad en los que participaba Blue Heron. Con el baile se recaudaba dinero para financiar los servicios de los parques, infraestructuras y las fiestas del pueblo. El año anterior, los ingresos habían servido para un nuevo parque infantil, para sustituir los oxidados juegos infantiles que ella misma había usado cuando era pequeña y para el mantenimiento de la piscina municipal.

Este año, los fondos se destinarían a establecer rutas de senderismo y un carril bici por la granja Ellis. Por supuesto, todo el mundo podría utilizarlo, no solo los niños, pero para Honor tenían un lugar especial en el corazón. Manningsport, a pesar de ser un hermoso pueblo estadounidense, tenía sus necesidades. Los niños que crecían en las casas de ladrillo de las afueras o en el aparcamiento para caravanas no podían retozar por los bosques y campos como había hecho ella. No disponían de jardines y colinas por las que deslizarse en trineo, de un estanque poco profundo sobre el que patinar. Ya hacía planes para comprar un pequeño rebaño de ganado de Escocia para el programa 4-H, una docena de gallinas y quizá rescatar un par de caballos. Las tierras serían para esos niños, para que pudieran disfrutar de las riquezas de la zona, alejarse de televisores y Nintendos y sentir la conexión con la tierra como lo había hecho ella.

El baile se celebraría en El Granero de Blue Heron, un espacio que Faith había reformado durante el último otoño: lo que antes había sido un granero de piedra en ruinas, era ahora un impresionante y luminoso lugar con vistas a las viñas. Su hermana poseía un innegable talento... Y el pelo rojo... Y al policía macizo.

Bueno, tampoco era eso. Se pasó la mano por su propio cabello. Ahora también tenía un pelo bonito. Aquel británico tan grosero tenía razón. La manera en que lo llevaba antes era más propia de una hermana-esposa.

Así que todo iba bien. Jessica Dunn y Ned podían ocuparse de los viñedos, pero el baile Blanco y Negro era suyo. Y tenía que comenzar a hacer listas. O rehacerlas... O codificarlas por colores.

En ese momento sonó el teléfono, lo cual hizo que *Spike* diera un salto en su cojín de descanso y ladrara cuatro veces. Honor se abalanzó sobre el aparato antes de que respondiera Jessica.

—Honor Holland —respondió con la suave voz que usaba en Blue Heron.

—Soy tu padre —dijo John—, dispuesto a recordarte que tienes una vida fuera de ese despacho.

—Papá, nadie se va del trabajo a las cinco.

—Sal ya. Vete a la taberna con algunos amigos.

Honor se estremeció. Por desgracia, en el pueblo no había muerto nadie desde la pelea... nadie había sido detenido, ni nadie había mantenido relaciones sexuales en un lugar público (excepto quizá Pru y Carl, aunque no les hubieran pillado). En otras palabras: seguía siendo el cotilleo más jugoso. Ir a la Taberna de O'Rourke estaba descartado.

—Y... er... no vengas por casa antes de las diez —añadió su padre tímidamente.

—¿Por qué? Espera, olvídalo... no quiero saberlo. —Suspiró—. Bueno. Quizá pueda pasarme por casa de Pru y quedarme allí un rato.

—Oh, cariño, eso sería estupendo.

—Papá, por favor...

—Lo siento —dijo él—. Es solo que... bueno, haz lo que quieras, Petunia. Pero si decides volver antes a casa, llámame. Deja que el teléfono suene dos veces y cuelga. Será nuestro código.

—Ya lo he pillado... Un código. Pero no te atrevas a hacer nada en la sala que pueda dejar cicatrices emocionales en tu hija solterona.

—No eres una solterona. Venga, vete. Diviértete. Conoce gente joven.

—No me gusta la gente joven. —Hizo una pausa—. ¿Por lo menos puedo pasar por casa para cambiarme y alimentar a mi perro?

—Claro. Pero... eh... mmm... que sea rápido, ¿de acuerdo? Vaya, me tengo que ir, la señora Johnson está mirándome. Te quiero.

—Quizá deberías empezar a llamarla por su nombre —sugirió ella, pero su padre ya había colgado. Suspiró. Lo más apropiado sería que hablara con sus hermanas sobre eso (para Jack sería un auténtico *shock*), pero la señora Johnson le había hecho jurar que no diría nada todavía.

Honor recogió a *Spike* y la besó en la cabecita. A cambio recibió un cariñoso lengüetazo.

—Vamos a huir las dos solas —le aseguró. *Spike* pareció asentir.

Necesitaba gente joven. Dejando a un lado a sus parientes, no se le ocurría nadie. Quizá Jack quisiera ver *El top ten de los tumores*, un espectáculo que emocionaba a ambos. Podía ir a Rushing Creek y hablar sobre implantes en las caderas, o irse a casa de sus abuelos a hacer lo mismo. Quizá podría echarles una mano para deshacerse de algunas de sus pertenencias o ayudar a Goggy a limpiar la despensa, que debía contener latas de la década de los ochenta.

Hubo un golpe en el marco de la puerta.

—Hola. Lamento interrumpir —dijo Jessica Dunn—. Acabo de terminar el comunicado de prensa para la revista de turismo.

—¡Estupendo! Deja que le eche un vistazo. —Delegar, delegar... se suponía que era algo bueno.

Jessica le entregó un papel.

—También he publicado en Facebook y en Twitter una imagen de la sala de barricas, y he pedido a la gente que suba fotos del vino que tienen en sus frigoríficos. E hice una lista de algunos temas posibles para el blog, para que puedas escribir las entradas. Ah... y aquí tienes el calendario para la próxima semana.

—Gracias —dijo ella con el corazón encogido.

Jessica llevaba dos semanas trabajando allí y ella se sentía un poco intimidada por lo terriblemente eficiente que era. No sonreía mucho, pero hacía todo lo demás, desde vaciar la papelera a llevarle café, pasando por escribir comunicados de prensa (algo que hacía muy, muy bien).

Jess se quedó allí un minuto mientras ella se leía lo que había escrito. Era un texto amable e informativo al que no le faltaba ni una coma. Levantó la vista y se encontró a Jess con el ceño fruncido.

Honor sabía que ese era el primer trabajo que tenía diferente a camarera. Lo había reconocido el primer día. Hasta el momento, se había comportado de forma tranquila y eficaz, pero estaba un poco tensa, casi como si le preocupara que la despidiera. Resultaba casi entrañable. Faith le había mencionado que Jessica Dunn siempre le había dado un poco de miedo y ahora entendía por qué.

—Esto está muy bien —aseguró—. Apenas me acuerdo de cómo me las arreglaba antes de que vinieras.

«Trabajabas dieciséis horas al día», gritaron sus óvulos.

—Gracias —dijo Jessica con una sonrisa.

—Bueno, Jess, ¿te apetece ir a tomar algo conmigo? Es hora de salir.

—Honor, no puedo. Tengo que trabajar. Hago horas extras en Hugo's.

—Ah, cierto —«¡Mierda!»—. En otra ocasión, espero.

—Me encantaría. Pero... todavía necesito otro trabajo. Tengo que pagar un préstamo de estudiante, ya sabes.

—No, no, está bien. —Quizá no debería haberle preguntado. Quizá fuera inadecuado. Quizá Jessica no quería tomar una copa con su jefa.

—Podría quedar el martes —se ofreció Jess.

El alivio que sintió fue un poco patético.

—Excelente. Claro. El martes, entonces.

En ese momento sonó el teléfono y las dos se abalanzaron sobre él, aunque ella fue más rápida.

—Blue Heron, al habla Honor Holland.

—Hola, On, soy Brogan.

Sintió que le bajaba la sangre a los pies. Desde la pelea no había hablado con él, solo habían intercambiado algunos correos muy superficiales y alegres.

—¡Hola, Brogan! —saludó con tanto énfasis que su voz sonó extraña a pesar de que tenía el corazón en un puño—. ¿Qué tal estás? —Eso había estado mejor.

—Estoy bien, estoy bien. ¿Qué tal estás tú?

—Muy bien. Muy muy bien. De verdad. ¡Estoy estupenda! —¡Oh, Dios Santo! Jess le lanzó una mirada compasiva y se escabulló a su escritorio—. Entonces, ¿qué me cuentas?

Brogan hizo una pausa.

—¿Crees que podríamos quedar para cenar esta noche? ¿Quizás a tomar una copa? —preguntó él. Ella puso cara de sorpresa—. Solo tú y yo —añadió él con rapidez.

«Brogan, prefiero tragarme una anguila viva.»

—Oh, espera, dame un segundo, tengo otra llamada —mintió. Presionó el botón de espera—. ¿Jess? ¿Sigues ahí?

Su ayudante volvió a aparecer.

—¿Sí?

—Estoy segura de que ya sabes que tuve una pelea hace unas semanas. —Jessica asintió—. Brogan quiere quedar conmigo para tomar una copa.

—¡Ay! —Jess hizo una mueca.

—Gracias. ¿Crees que debo ir?

—¿Lo has vuelto a ver desde la pelea?

—No. ¿Tengo que ir?

Jessica se apoyó en la puerta y luego encogió los hombros.

—Sí, lamentablemente, tienes que hacerlo. Si no, va a pensar que estás enfadada.

—Eso es lo que me imaginaba. Mierda. Gracias.

—Queda en Hugo's. Le escupiré en la bebida.

—¿En serio?

—No, pero me gustaría. —Jessica sonrió.

—Te lo agradezco. —Presionó de nuevo el botón de llamada en espera—. Lo siento, Brogan —respondió—. Por supuesto que puedo quedar un rato. ¿Qué te parece en Hugo's? —Jess movió el pulgar para arriba y desapareció de nuevo.

Brogan emitió un suspiro.

—Ah, estupendo. ¿Quedamos allí dentro de una hora? —Su voz todavía hacía que sintiera mariposas en el estómago.

—Bueno... Mmm... Brogan, solo puedo quedarme un rato —agregó. No pensaba permitir que estuvieran juntos el tiempo suficiente como para que él... le afectara de nuevo—. Mmm... tengo que ver a alguien. Más tarde. Después de verte. Es una cita. Quiero decir que tengo una cita esta noche. Tengo una cita.

Spike la miró fijamente como si estuviera hipnotizada por sus mentiras.

—Increíble —dijo Brogan, feliz.

—Sí. Sí. Bueno, tengo que irme. Nos vemos a las seis en Hugo's. Estupendo. Adiós. Cuídate.

Colgó y dejó caer la cabeza hacia atrás. Sintió las axilas húmedas. Además, las nubes estaban liberando su carga y los copos flotaban en el aire. Era hermoso, aunque estaban ya en marzo. Justo cuando una pensaba que la primavera estaba a punto de empezar, la madre naturaleza les regalaba una tormenta.

Spike le arañó la pierna y ella la tomó en brazos.

—Podrás quedarte en casa —le dijo a la perrita—. Y podrás grabarme *El top ten de los tumores* en TiVo.

Y así fue como, una hora y veintitrés minutos después, Honor forzaba la risa en Hugo's, sentada frente al único hombre que había amado, sudorosa y con el estómago revuelto por la acidez y el vodka helado del martini Saint Germaine que Jessica le había servido.

Era... ¿cuál era la palabra? Infernal. Sí, eso: era un infierno y se veía obligada a fingir que lo estaba pasando de maravilla.

«¡Oh, Satanás, eres tan gracioso! ¡Ja, ja, ja!.»

Porque sí, su estúpido corazón había dado un doloroso vuelco cuando lo había visto. De momento, Brogan le había contado una historia sobre un deportista de alguna disciplina que incluía correr, eso fijo. Por lo menos era capaz de retener este tipo de información con el único fin de ser una compañía perfecta.

«Tienes que cambiar de actitud. ¡Guau! ¡Ahí viene otro sofocón!», dijeron sus envejecidos óvulos mientras se abanicaban.

—Estás de broma. Eso es una locura —comentó ella en voz alta. Rezó para que su comentario tuviera sentido, ya que evidentemente no estaba prestando mucha atención.

No era justo.

Todavía sentía algo por él. Al parecer no era posible amar a un hombre durante diecisiete años y luego, simplemente, dejar de hacerlo. Al menos, ella no podía. Por desgracia.

Brogan había pasado a contar algo sobre sus padres, a los que acababa de ver en Florida. La escena surrealista de dos meses antes, cuando ella cenó con los Cain en casa de Brogan, le vino a la cabeza. Entonces se los imaginaba como suegros.

Ahora solo esperaba que las gotas de sudor que le cubrían la frente no demostraran que contaba los segundos para poder salir por la puerta y reunirse con su cita falsa. Por lo menos, el restaurante estaba prácticamente vacío, por culpa del mal tiempo y de que Hugo's había reabierto sus puertas hacía solo una semana, para comenzar la temporada.

Sabía que era muy buena en su trabajo. A lo largo de los últimos once años no había dado un paso en falso. Todas sus decisiones habían salido adelante, demostrando ser buenas inversiones y jugadas inteligentes.

En asuntos personales, un fracaso. Había elegido a la amiga equivocada. Al tipo equivocado.

La próxima vez que tuviera un presentimiento sobre alguien, haría todo lo contrario.

Seguía asintiendo con la cabeza todo el rato, mirando a Brogan. ¿Por qué eran tan largas sus pestañas? ¿Por qué Dios había tenido a bien darle ese pelo castaño rizado y sedoso tan perfecto? ¿Mmm? ¿Alguien dispuesto a responder?

Llevaban allí veintisiete minutos. En otras palabras: veintiocho de más. ¿Sabía Dana que él había quedado con ella? ¿Estaría Dana ahora mismo en casa de Brogan, en la misma cama donde ella había...?

¡Oh! Brogan había terminado con la historia deportiva y la miraba con preocupación.

—Honor, ¿estamos bien? —preguntó con suavidad. El rostro de ella ardió.

—¡Sí! Estamos bien. ¡Estupendos! Casi me he olvidado. —Forzó una sonrisa al tiempo que fingía un sonido ahogado. Fingir no era precisamente su especialidad, y Jessica, que tomaba nota en una mesa cercana, la miró de reojo—. Es que somos amigos desde hace mucho —explicó.

Malditos fueran sus ojos azules. La preocupación que veía en ellos parecía real. Seguramente lo fuera. Brogan no era un farsante.

—Mira, Brogan —continuó en voz baja—. Me sorprendisteis y reaccioné. Me encantaría que dejáramos ya el asunto, ¿de acuerdo?

Él asintió con la cabeza.

—Claro. Es solo que... odio pensar que te hice sufrir —confesó él—. Siempre he pensado que sentíamos los dos lo mismo.

Ella tomó un buen sorbo a su bebida.

—Y lo hacíamos. Lo hacemos. Mmm... me preocupo por ti... como amigo. Cuando te pregunté si querías casarte, solo fue una idea absurda. —Idea que había rondado su cabeza durante casi seis años—. Lo he superado. De verdad.

Él sonrió.

—Bien. Eso me hace feliz. Significas mucho para mí.

Dios... esa noche comenzaba a parecer interminable.

—¿Queréis algo más? —Bendita fuera Jessica, que acababa de aparecer con una jarra de agua.

—Estamos bien, creo —contestó Brogan—. ¿Quieres otro martini, On?

—¡Oh, no! No. No, gracias. Pronto me tendré que ir —agregó ella apresuradamente.

El rostro de Brogan se iluminó.

—¡Es cierto! Tu cita. Danos la cuenta entonces, Jess.

¡Gracias a Dios! Aquella noche interminable estaba por fin a punto de terminar, y luego se iría a casa y vería *El top ten de tumores*, y no le importaría que su padre y la señora Johnson estuvieran haciéndolo en el suelo del pasillo. Pensándolo bien, quizá llamaría a Pru para pedirle que la dejara dormir en su casa. Abby y su hermana podrían ver el programa con ella.

Jess se fue, y ella forzó una sonrisa al tiempo que miraba a Brogan. Tres minutos más y sería libre.

Miró su copa.

—Me alegra mucho ver que podemos seguir siendo amigos —aseguró—. Y espero que todo os vaya bien a Dana y a ti.

Dos minutos y medio.

—Bueno, ya sabes —añadió—. Estoy... estoy...

—Dana me dijo que habíais hablado algo. Que te cortaste el pelo, que por cierto, te queda muy bien. Resulta un poco chocante, pero agradable.

—Gracias.

Se movió en la silla.

—Mmm... te conté que iba a meterme en el Departamento de bomberos voluntarios, ¿verdad? Creo que será una buena idea.

—Está muy bien —dijo ella. Dos minutos y veinticuatro segundos.

—Entonces, ¿estás viendo a alguien? —preguntó él.

—¿Perdón? ¡Oh, sí! Claro que sí. Mmm... mmm...

—¿Cómo es?

—Er... mmm... es muy... —Una imagen de Droog rociando el suelo con el limpiador le vino a la cabeza—. Es... europeo. Muy divertido. Tiene un acento muy bonito.

«¡Uno! Menuda mentira. ¡Dos! Faltan dos minutos para irte.»

—¿Crees que puede ser alguien especial? —preguntó Brogan.

—Seguramente. Es un poco pronto para decirlo. Quizá sí. —Sonrió, si tenía suerte no parecería hambrienta. Notó que le bajaba una gota de sudor por la espalda, molesta como una mosca.

—Eso está bien. Me alegra oírlo. —Lo vio tomar aire una vez... y otra... —. Honor, tengo que decirte algo, no quería que te enteraras por otras personas. —Él vaciló—. Dana está embarazada.

Honor estaba bastante segura de que su expresión no cambió. Sus ojos, sin embargo... A sus ojos les pasaba algo.

«Parpadea», le aconsejaron los óvulos. Bien.

—¿Embarazada?

—Sí. Acabamos de enterarnos. Ha sido una sorpresa, pero estamos muy contentos.

Lo estaba. Era evidente en aquellos ojos de color tan absurdo.

Iba a ser padre.

Dana nunca había querido tener hijos. Se había burlado de la obsesión de las madres primerizas con frases como: «Otra amiga que se ha ido». Y cuando una clienta le preguntaba si quería sostener a su bebé,

Dana siempre decía que no. Después solía decir: «¿Para qué iba a querer yo sostener a esa pequeña cría humana? ¡Y cómo huelen, Honor! ¿Te imaginas limpiándole el trasero a alguien ocho veces al día?».

La cosa era que ella sí se lo imaginaba. Limpiar el trasero a alguien ocho veces al día era un acto de amor, igual que apretar a un bebé contra tu mejilla, respirar el dulce olor de su cabecita y tomar una de sus manitas entre las tuyas.

—¿Estás bien? —preguntó Brogan.

—Sí —dijo ella débilmente. ¡Oh, mierda! Tenía los ojos llenos de lágrimas. Bajó la vista y forzó una sonrisa—. Me siento feliz por ti, Brogan. De verdad. Es maravilloso. Los bebés son... son... magníficos. ¡Es una gran noticia! ¡Me alegro por vosotros!

—¿Honor? Hola, lamento interrumpir. —Era Jessica, bendita fuera. Esa mujer estaba mereciéndose un buen aumento de sueldo—. Tu cita ha llegado.

Ella parpadeó.

—¿De verdad?

—Sí. —Jessica la miró con expresión tranquila. Bien. Calma. Su ayudante debía haber escuchado la mentira de antes y le estaba echando un cable.

Brogan la miró expectante.

Él iba a ser padre. Lo imaginaba perfectamente: el alto y guapo Brogan Cain acunando un pequeño bulto entre sus brazos, mirando la carita con asombro.

Respiró profundamente.

—Me tengo que ir, Brogan. Felicidades por... el bebé. —Le tembló la voz—. Lo digo en serio. Te deseo lo mejor. —Las lágrimas le formaron un nudo en la garganta y tragó saliva.

—Gracias, On. —Brogan se puso de pie. Si la abrazaba, ella perdería el control.

La abrazó. El corazón se le encogió como un insecto bajo el efecto de un insecticida al oler su colonia. Chanel para hombres. Siempre le había gustado.

—Entonces —dijo Brogan, soltándola—. ¿Dónde está ese tipo? ¿Puedo saludarlo?

¡Jolines! Honor se levantó y recogió el abrigo.

—Nos encontraremos en el aparcamiento. —Si no conseguía salir de allí, acabaría llorando. En público. Y no tendría excusa.

—No, ha entrado —aseguró Jessica—. Está en la barra.

¿En la barra? Todos dirigieron su mirada hacia la barra. Honor casi esperaba ver a Droog Dragul, pero Jess no conocía a Droog, y si ese hombre estuviera allí, sería la mayor coincidencia del universo. No, no era Droog.

Brogan sacó la billetera (sí, sin duda dejaría que pagara él). Por suerte, su teléfono comenzó a sonar con el tema principal de *Monday Night Football* y respondió a la llamada.

—Hola, ¿cómo te va? —dijo, girándose y alejándose un paso.

—¿De quién hablas? —le susurró a Jess.

—¿Qué quieres decir?

—No tengo ninguna cita.

Jessica abrió mucho los ojos.

—¡Oh, mierda! —susurró—. Te oí decir que ibas a reunirte con alguien, y él tiene un acento precioso...

—Estaba mintiendo —susurró Honor.

—Pero hay un europeo en el bar. Creo que es británico. —Señaló la espalda de alguien. Manningsport no era precisamente un universo. Los europeos escaseaban. Honor miró.

¡Oh, Dios! Era Tom Barlow. Él pareció sentir su mirada, porque se volvió. La miró dos veces. Y luego saludó.

Dentro de cuatro segundos, Brogan volvería a acercarse y querría conocer a su novio inexistente.

Sin ser consciente de que se había movido, ya estaba en la otra punta del restaurante.

—Hola. Te estaría eternamente agradecida si fingieras ser mi cita durante un rato. —dijo sin preámbulos.

«Por favor, no seas idiota. Y, por favor, estate sobrio.»

Él arqueó las cejas y echó un vistazo al lugar donde había estado sentada.

—Ah, de acuerdo —aceptó él—. Ahí está el trofeo de la pelea del otro día. Pareces a punto de vomitar. No vomites, por favor. Si lo haces, te costará un extra. —La rodeó con un brazo—. Así que ya estás aquí, cariño —le oyó decir en voz alta. Antes de que supiera lo que iba a hacer, la besó en los labios.

Trató de zafarse por instinto, pero él la estrechó con más fuerza.

—Venga, venga —murmuró contra sus labios—. Estamos profundamente enamorados.

Y la besó de nuevo.

Y esa boca... ¡Oh, Dios! Era perfecta. Suave y firme, pero no demasiado. Aquel era el tipo de beso que querría cualquier mujer si estuviera saliendo con un hombre, y algo que ella guardaba en su interior salió con un suspiro.

Entonces, él se detuvo y le sonrió.

Menudo beso. Era un beso devorador y requería de un análisis serio.

«¿Un análisis? —gritaron sus óvulos—. Tienes que estar de broma.»

Jessica estaba sirviendo una copa detrás de la barra y Brogan se acercó, alto, esbelto, elegante.

—Hola. Soy Brogan Cain. Un viejo amigo de Honor.

—Hola. Soy Tom Barlow. Un nuevo amigo de Honor.

—¿De dónde eres? —preguntó Brogan.

—De Inglaterra.

—¡Impresionante! He estado allí un par de veces. Los Juegos Olímpicos, algunos partidos de *soccer*...

—De fútbol, amigo.

Brogan soltó una risa.

—Es verdad. Allí lo llamáis «fútbol».

¡Magnífico! Brogan estaba a punto de hacer un nuevo amigo.

Abrió mucho los ojos al ver a Jeremy Lyon, el de los preciosos óvulos seniles, con su novio, Patrick. Lo saludó y él le hizo un gesto con el pulgar hacia arriba, para que no se olvidara de que sus años fértiles casi habían pasado. Emmaline Neal, que trabajaba con Levi en la comisaría, también la saludó con la mano mientras sostenía la puerta para que pasara su madre.

Tom se volvió hacia ella y le rozó el lóbulo de la oreja con un dedo. Honor sintió que se le ponía la piel de gallina.

—Honor, cariño, ¿tienes hambre?

Ella tragó saliva.

—Sí. Estoy hambrienta. Tengo mucha, mucha hambre. Vayamos a comer.

—Me encanta cómo balbucea cuando le baja el azúcar en sangre. —Tom estrechó la mano de Brogan—. Encantado de conocerte.

—Lo mismo digo. Que lo paséis bien. —Brogan se inclinó para besarla, algo que siempre había hecho, en la mejilla, en público. Una de esas cosas que siempre la habían hecho sentirse especial. Pero todo había cambiado y se acercó un poco a Tom. Brogan se contuvo, y por primera vez en la historia pareció un poco cortado.

—Bien. Hasta pronto, On.

Los dos lo miraron salir.

—Menudo idiota presuntuoso —afirmó Tom.

—Gracias. —De pronto se dio cuenta de que su brazo, cálido y pesado, seguía sobre sus hombros—. Lo siento mucho —se disculpó, dando un paso atrás—. Ha sido un atraco a mano armada.

—Sin duda. Pero te lo debía por haber sido un imbécil el día que nos conocimos. —Tomó un sorbo de *whisky*—. ¿Quieres beber algo?

Honor comenzó a negar con la cabeza de forma automática, pero se contuvo. Diferente. Debía hacer cosas diferentes, ser diferente. Ese era el plan que había subrayado con colores.

—Me encantaría tomar una copa. —Miró a Jessica—. Quiero un Grey Goose. Doble, por favor. —Jess se lo sirvió y Honor vació la copa de un sorbo.

—¿Tan malo fue? —preguntó Tom.

—No, en absoluto. ¿Por qué lo preguntas?

Había sido un beso espectacular.

—¿Por qué no os ponéis en una mesa? —sugirió Jessica. Les señaló una en la esquina del bar, más cerca de la chimenea.

Se dirigieron allí, y el calor del fuego le calentó la espalda mientras miraba caer la nieve a través de la ventana. Ahora que tenía un momento, se fijó en su acompañante. Llevaba una camisa de cuadros verdes con los tres primeros botones desabrochados, lo que dejaba a la vista una cadena de plata. *Jeans* oscuros, resistentes zapatos de cuero.

Resultaba totalmente... masculino.

Jess le llevó un poco de agua con gas, que era su bebida preferida en el trabajo. Qué maja era al acordarse.

—¿Te apetece otra copa de Grey Goose, Honor? —preguntó Jess—. ¿Algo de comer?

—No, no. No quiero nada.

—Pensé que te morías de hambre —intervino Tom.

—No. Es una más de las mentiras que he dicho esta noche.

Él sonrió, y Jessica le dio una leve palmadita en el hombro antes de alejarse.

—Es una buena persona —aseguró Tom.

—Lo es. Trabaja para mí —afirmó Honor—. En los viñedos.

—Blue Heron, ¿no?

—Mmm... mmm... —El efecto de la adrenalina se desvanecía y empezaba a sentirse un poco floja—. Deberías venir a visitarnos algún día.

—Quizá lo haga.

—Hay visitas guiadas todos los días a las tres, y a partir del uno de mayo, cuatro veces al día.

Tom Barlow sonrió. Fue una sonrisa tierna, de medio lado, que hizo que sus partes bajas se tensaran.

No. Ella no era de ese tipo de mujeres. No ligaba con los hombres en los bares, daba igual que él estuviera interesado. ¿Qué le había dicho aquella noche? «No eres fea.» Maldiciendo con débiles elogios. No, de eso nada. No iba a liarse con un hombre que estaba dispuesto a cometer fraude matrimonial.

Pero menudo beso...

«Haz algo al respecto —exigieron los óvulos. Ahora llevaban puestas unas gafas bifocales y parecían bastante enfadados—. Por favor, ¿puedes espabilarte? Nos iremos a la cama cuando termine *Mira quién baila.*»

Tom tomó otro sorbo de su bebida y la miró.

—Cuéntame otra vez a qué te dedicas, Honor. Estaba demasiado ocupado comportándome como un idiota para atenderte la noche que nos conocimos.

Trabajo. Hablar del trabajo le resultaba fácil.

—Soy la directora comercial del viñedo. Medios de comunicación, ventas, personal, distribución. Mi padre y mi hermano hacen el vino, mi hermana mayor se encarga de las viñas, mi sobrino echa una mano en todas partes y lleva la sala de degustación durante la temporada. Mis abuelos están prácticamente retirados, pero no son capaces de olvidarse por completo.

—Suena idílico. —Parecía serio.

—Los viñedos llevan en la familia ocho generaciones. Todos somos parte de ellos.

—¿Y cómo se lleva trabajar con la familia? —preguntó él.

—Oh, es maravilloso, salvo cuando es horrible. —Tom sonrió de nuevo y parpadeó de forma inesperada, mostrando aquella tierna sonrisa y, una vez más, ella se vio llena de deseo. Su sonrisa le transformó la cara, que pasó de estar sombría a adorable, como si fuera un niño travieso, y ¡guau! Sí. Funciona.

—Siempre he pensado que sería maravilloso formar parte de una gran familia —comentó él.

—Tiene sus momentos.

Quizá porque él ya había visto lo peor de ella o porque ya la había rechazado una vez, o quizá porque había sido agradable haciéndose pasar por su novio. Quizá por la nieve y la tranquilidad de la noche. Jessica leía un libro en la barra y los demás clientes se habían marchado ya. Tal vez fuera por haberse tomado el Grey Goose con el estómago vacío. Fuera por lo que fuese, se sentía relajada. La armadura (si es que era cierto que existía, y estaba segura de que Levi se equivocaba) no estaba en ningún sitio.

«Haz algo diferente.»

—¿Y tú, Tom? ¿Tienes hermanos?

—Lamento decir que soy hijo único. Mi padre vive en Manchester.

—¡Arriba, United!

Él le guiñó un ojo y le mostró aquella sonrisa otra vez.

—Creo que me acabo de enamorar de ti.

¿De verdad le había parecido insoportable? No era capaz de recordar por qué.

—No te lo tomes como algo personal —le dijo ella—. Es por cómo funciona mi cerebro.

—¿Puedes decirlo otra vez?

—Es por cómo funciona mi cerebro —repitió—. Puedo charlar sobre cualquier cosa.

—¿Sobre cualquier cosa?

—Ajá... mmm...

Lo vio entrecerrar los ojos mientras una sonrisa jugueteaba en sus magníficos labios.

—¿En serio? Cuéntame algo sobre la evolución de la medicina.

—Hay un nuevo fármaco que detiene el avance del alzhéimer. Sanidad lo aprobará dentro de tres meses.

—¿De verdad? Puedes estar inventándotelo y yo no me enteraría. ¿Y si me hablas de música?

—Ray Charles tuvo doce hijos.

—¿En serio? Vaya lujo. Muy bien, pasemos a mi lado del charco. ¿Qué me dices de la familia real?

—Felipe e Isabel, Margarita, Harry, Andrés, Catalina, Guillermo, Beatriz, Pippa... Tienes que ser más específico.

—Los divorcios en la familia real.

—Se han divorciado todos excepto los mayores y los más jóvenes.

Él se rio.

—Es cierto. ¿Política exterior de los Estados Unidos?

—Son buenas palabras y grandes misiles.

—Ingeniería.

Ella abrió la boca y luego la cerró.

—No puedo. No sé nada de eso.

—Yo soy ingeniero, me dedico a la mecánica.

—Pensaba que enseñabas matemáticas.

—No. ¿Sabes lo que hace un ingeniero?

—Ajá... ¿puedes arreglar muchas cosas?

Otra vez aquella sonrisa.

«Ohhh... Piensa lo que podríamos hacer con ese ADN», suspiraron los óvulos.

—Sí —repuso él—. Justo eso.

—Entiendes cómo se hacen las cosas —dijo. Sonaba algo pervertido.

—Sí.

—Sabes cómo... ponerlas en marcha.

La mirada de Tom se fijó en su boca.

—Ajá... mmm...

—Eres bueno con las manos.

Lo vio inclinarse hacia delante.

—¿Estás coqueteando conmigo, señorita Holland? —preguntó en voz muy baja.

¡Oh, mierda! Bueno, lo había intentado. ¿Dónde se metía Colleen O'Rourke cuando se la necesitaba? Prácticamente tenía un doctorado en hombres. Se enderezó y puso las manos en el regazo.

—No.

—No tienes que parar —aseguró él tranquilamente—. Me resulta agradable. —Lo vio echarse hacia atrás en la silla—. Y para que conste, un ingeniero es responsable de cómo se construye cualquier cosa. Nos aseguramos de que cualquier tipo de estructura, vehículo o carretera sea firme, segura y duradera.

Firme, segura y duradera...

«Miau.»

«Lígatelo. ¡Hazlo!», exigieron los óvulos.

Ahora le resultaba imposible coquetear. Rebuscó en su cerebro cómo hacerlo. Intentó comportarse como Colleen. No. Nada. Se movió y su pierna se rozó con la de él.

«Podemos trabajar con eso. Casi lo tenemos», dijeron los óvulos.

«Callaos. No me voy a quedar embarazada esta noche, ¿entendido? Poneos a ver otra vez *Mira quién baila*», les dijo ella.

—Te vi en la universidad el otro día —indicó—. Parece que tienes muchas estudiantes del sexo femenino.

—Las llamo la horda bárbara. Estoy seguro de que la mitad desaparecerá antes de los exámenes parciales. Hablando de eso, ¿cómo te fue con Droog?

—Oh, parece muy agradable.

—¿Desinfectó la mesa antes de sentarse?

Ella sonrió.

—Sí.

—Lo hace siempre en todas partes. Pero es un buen tipo. —Hizo una pausa—. ¿Vas a volver a quedar con él?

De pronto, ella solo escuchó los latidos de su corazón.

—No.

No dijeron nada durante un minuto. Las llamas silbaron y estalló la madera. La nieve se acumulaba fuera, mucho más copiosa de lo que los meteorólogos habían pronosticado. Lo más inteligente sería volver a casa, ya que las condiciones en La Colina tendían a ser peores que allí, en el pueblo, por la diferencia de altitud.

Pero no se movió.

—¿Así que todavía eres amiga del príncipe azul? —preguntó Tom—. A pesar de que eligió a tu amiga.

Sintió que le ardían las mejillas.

—Lo siento —se disculpó Tom—. No es de mi incumbencia.

—No, no pasa nada —dijo ella—. Brogan y yo somos amigos desde Primaria. Nos hemos acostado juntos de forma esporádica durante años. —Seguramente eso era más de lo que Tom Barlow quería saber—. Quería decirme que va a ser padre.

—¿Estás de coña? —Ella negó con la cabeza—. ¡Maldita sea! —Tom se pasó la mano por el cuello—. ¿Y con qué se gana la vida Brogan Cain?

—Es fotógrafo deportivo. Béisbol, fútbol americano, baloncesto...

—Conozco los deportes, cariño. —Tom bebió un sorbo—. Brogan Cain —repitió pensativo—. Espero que escoja un nombre de mierda para el bebé. Sugar Cain. Candy Cain. Rain. Wayne. Jane. Hickory...

Ella esbozó una sonrisa. Todavía no había asimilado que Brogan y Dana estuvieran juntos y ahora había un bebé Cain en camino. Le gustaría reírse de ello, pero no le parecía probable.

—Espero que tu amiga se ponga muy gorda —prosiguió Tom—. Que se le quede la piel sin brillo. Acidez. Acné. Que se le hinchen los pies. Que tenga antojos de tartas y helados como Jessica Simpson y se ponga oronda.

Parecía que finalmente sí estaba riéndose, después de todo.

—Eso ha estado bien. Lo de *Jessicker* Simpson —dijo, imitando su acento.

—Yo no he dicho eso. —Él arqueó una ceja, la que estaba atravesada por la cicatriz.

—Lo has dicho. Ha estado bien. Tienes un acento gracioso.

—Yo no tengo acento, cariño. El idioma se llama inglés, ¿recuerdas? Y yo soy inglés. Eres tú la que tiene un acento gracioso, de yanqui ingrata.

Tom Barlow estaba conquistándola.

Y eso que solo le había dado un beso.

—¿Cómo va lo de tu visado? —le preguntó.

—Bien. Todo arreglado. —Miró por la ventana—. Por cierto, ¿te he dicho ya que lamento cómo me comporté esa noche? Fue una cita muy rara.

—No te preocupes por eso. —Su humor parecía haber cambiado—. Entonces, ¿aunque acabas de trasladarte a Manningsport llevas tiempo viviendo en Estados Unidos?

—Sí.

—¿Por qué te mudaste? —se interesó.

Él hizo una pausa.

—Por trabajo —dijo finalmente, y supo que ahí había una historia. Algo trágico, había dicho Goggy.

—Es un pueblo muy bonito —aseguró ella—. No estarás solo demasiado tiempo. —¿Por qué había dicho eso?

Tom frunció el ceño.

—¿Por qué crees que estoy solo?

Ella vaciló. ¿Por qué lo había dicho? En algún punto de sus ojos, oculto por el coqueteo, parecía que... bueno... había vislumbrado una cierta tristeza.

—Estabas aquí solo hasta que te obligué a hablar conmigo.

—Entonces, técnicamente tú también estabas sola, ¿no?

—No. Yo solo soy amable. Es bueno para el turismo.

—Qué pena... Piensa en las cosas que podrían hacer dos personas solitarias.

Fue bueno que estuviera sentada, porque notó que se le aflojaban las rodillas.

«¿Por qué no te lanzas de una vez?», exigieron sus óvulos, frunciendo el ceño por encima de las bifocales.

—No soy de ese tipo de mujer —explicó con voz inestable.

—Qué lástima...

Fue como si sus órganos internos se disolvieran.

«¡Venga! Estamos derritiéndonos. ¡Como lo oyes!», dijeron los óvulos.

Pero hacer algo diferente no significaba ligarse a un tipo casi desconocido en un bar. Ella quería casarse, no acostarse con alguien. Había estado acostándose con alguien durante quince años y no había conseguido nada. Quería un novio, no sexo. Bueno, el sexo vendría después, una vez que mantuvieran una relación. Venga. Había leído los libros. Tenía que controlar el ritmo, no excitarse. El sexo demasiado pronto suponía un desastre. Tom Barlow tenía la boca más sexi del mundo.

Él la miraba con aquellos ojos grises en los que no se podía leer nada.

Jessica se acercó en ese momento.

—Venga, muchachos, lamento deciros que estamos cerrando. Está cayendo una buena nevada.

—Eso parece —dijo ella, recogiendo el bolso—. Gracias por todo, Tom. Ha sido un detalle que me siguieras la corriente.

Él miró a Jessica.

—Ha estado bien —aseguró con un guiño.

—Bueno, tampoco os paséis. —Jessica se dio la vuelta, inexpresiva.

Jessica era muy guapa. Y Tom era ridículamente atractivo, por no hablar de su acento. Había coqueteado con ella porque estaba a mano. Porque era un tipo agradable y porque así se distraía. Seguramente también había coqueteado con Jessica, y lo hacía con Monica O'Rourke la noche que se conocieron, y no cabía duda de que coqueteaba con Colleen. Era un ligón. No había nada de malo en ello, pero significaba que no debía hacerse ilusiones.

«¡Mierda!», gimieron los óvulos.

—Está bien —dijo ella, dejando un billete de veinte en la mesa. Llamaría a Pru desde el automóvil, a ver si podía dormir allí—. Gracias de nuevo, Tom. Nos vemos el lunes, Jess.

—Que tengas un buen fin de semana —le deseó Jessica.

—Gracias —le dijo a Tom, y lo decía de verdad.

—Un placer —dijo él, sin levantarse.

En el exterior, el viento soplaba desde el lago Torcido y hacía que la nieve, húmeda, impactara en su cara. Se detuvo un momento. El automóvil estaba a casi veinte metros. Llevaba zapatos de ante con algo de tacón porque sí, se había arreglado para quedar con Brogan. Un poco. Después de todo, tenía su orgullo. Sin embargo, la suela era resbaladiza. Esperaba no caerse.

—Honor... —Era Tom, que salía de Hugo's poniéndose el abrigo—. ¿Sabes que llevas unos zapatos absurdos? Eres muy poco práctica.

Dicho eso, la tomó en brazos, arrancándole un chillido de sorpresa.

—No tienes que hacer esto... bájame...

—Oh, vamos. A las mujeres os encantan este tipo de cosas.

—Tom, de verdad, yo...

—Deja de moverte, que vamos a caernos. ¿Cuál es tu vehículo? ¿El Prius? ¿Por qué lo sé?

Ella deslizó lentamente un brazo por sus hombros. Sin duda eran... fuertes.

—Porque es el único que queda.

—Y yo que iba a presumir de mi relación con Arthur Conan Doyle.

Que te lleven en brazos no es tan romántico como parece cuando una no está preparada. Se sentía un poco idiota. Sin embargo, él tenía los hombros fuertes y anchos y... y... los pensamientos racionales habían desaparecido.

La dejó junto a su automóvil. Ella sentía el rostro caliente.

—Bueno, gracias —dijo—. Ha sido agradable conversar contigo.

Él se pasó la mano por el pelo, que estaba mojado por la nieve.

—Opino lo mismo.

«Sé diferente.»

Entonces, se puso de puntillas y lo besó. Allí, bajo la suave luz de las farolas y el cielo rosado. La boca de Tom era suave, cálida y perfecta... y él le devolvió el beso con ternura, muy lentamente. Ella se sintió flotar cuando él le puso la mano en la nuca y alargó el beso.

Luego él se apartó y le puso un mechón de pelo detrás de la oreja. Sus ojos parecían tiernos y amables.

—Tom —susurró ella—. Creo que después de todo, sí soy ese tipo de mujer.

Él curvó los labios en una sonrisa torcida.

—¿Del tipo que va a venir a mi casa conmigo?

Ella tenía la mano sobre el corazón y se dio cuenta de que notaba su sordo latir contra la palma.

—Sí —se escuchó decir—. Vamos.

Treinta y nueve segundos después, se pararon delante de la casa de Tom. Antes había sido el hogar de los Eustace, recordó Honor: una vivienda de dos pisos con porche delantero y un pequeño patio trasero. Abrió la puerta del automóvil, pero Tom ya había salido y rodeado el vehículo. Él le ofreció la mano y ella la tomó. Era una mano grande, una manaza que prácticamente se tragaba la de ella.

—¿Has cambiado de idea? —preguntó él.

—No. —Aunque el corazón le iba a mil y le temblaban las manos.

Cuando entraron, Tom encendió una luz que de poco sirvió para iluminar la penumbra. Se podía distinguir una sala normal, con muebles normales. Un sofá. Una mesita de café. Entonces él se desabrochó el abrigo y ella tragó saliva. Pasó las manos por su torso, sintiendo los duros músculos que había bajo la ropa, el contorno de las costillas, los hombros debajo de la camisa. Sus miradas se encontraron y él esbozó una pequeña sonrisa.

¡Dios!, su boca era... deliciosa. Aparte de ese rasgo, no había nada especial en su rostro. Pestañas normales, nariz normal... todo normal, pero al juntarlo, resultaba increíble y delicioso. Y ella se moría por él.

Él la llevó al sofá. Honor no lo había hecho nunca en un sofá. Ni en cualquier otro lugar que no fuera una cama, pensó de pronto. ¿De verdad iba a mantener relaciones sexuales en la sala? ¿En el suelo? El suelo sería... bueno, no lo sabía. ¿Sexo en el suelo? ¿Ella? ¿Honor Holland, la hermana aburrida? ¡Oh, cielo santo! ¿Funcionaría? ¿Harían arder la alfombra? ¿En serio? ¿Qué pasaría si...?

—Siéntate. Debes tener los pies helados.

Ella se sentó. Él le quitó los zapatos y le frotó un pie con aquellas manos gigantescas. Tom tenía razón. Los tenía helados o no habría notado que sus manos estaban tan calientes. Él cambió al otro pie y lo frotó con energía antes de levantar la vista y sonreírle con aquella encantadora sonrisa que transformaba una expresión solemne en otra adorable.

No se dio cuenta de que se había lanzado a sus brazos hasta que comenzó a besarlo porque, ¡demonios!, habían pasado casi dos minutos, posiblemente más, desde la última vez que lo besó y... lo echaba de menos. Tom aterrizó sobre su propia espalda con un uff, pero no le importó.

—Vaya, ¿qué tenemos aquí? —murmuró él, y ella lo volvió a besar, frotando la lengua contra la de él, con ganas de perderse en aquel beso, en su sabor, en lo que la hacía sentir. Enredó los dedos en su pelo; él olía a aire frío y jabón, y sabía un poco a *whisky*. Era increíble, y la miraba mientras se colocaba casi a horcajadas sobre él, con las piernas enredadas con las suyas mientras lo besaba una y otra vez en aquella maravillosa boca, sintiendo un intenso latido en la parte baja de la columna.

Tom rodó con ella y se apretó contra su cuerpo al tiempo que le tomaba la cara entre las manos.

—¿Estás segura de que quieres hacerlo, cariño? —susurró él, y aunque ese apelativo no quisiera decir nada para un británico, le afectó.

Asintió.

—Entonces no digo nada más. —Él sonrió de nuevo y bajó la boca sobre la de ella, y de repente ser «ese» tipo de mujer fue fantástico. Toda la noche había sido extraña y surrealista (Brogan y el bebé, y luego Tom, el tranquilo bar, la nieve, el beso, esa casa donde no había estado nunca y ¡santo Dios, los besos!). Sus labios eran suaves, por lo que eran diferentes a cualquier otro beso que hubiera recibido o dado... y hacía que quisiera practicar dulces perversiones.

Puede que no fuera el tipo de mujer que hacía eso, pero estaba aprendiendo rápido. La falda se deslizó por los muslos cuando le rodeó las caderas con las piernas para acercarlo y... qué bien sentaba. Él era fuerte, duro y masculino, resultaba completamente desconocido, sin duda un paisaje que valía la pena explorar.

Él metió la mano entre los dos cuerpos para desabrocharle la blusa y besó poco a poco la piel desnuda. La boca de Tom era cálida y suave. Honor notó que se le empañaba la vista y que el aliento la sacudía. Tiró de la camisa de él para sacarla del pantalón y deslizó las manos por su espalda, deleitándose en los músculos marcados y la piel caliente antes de tirar de la camisa y quitársela por la cabeza. Vio algo brillante sobre su piel, un medallón que colgaba de la cadena de plata que le rodeaba el cuello.

Él se retiró un poco para mirarla. Tenía la respiración entrecortada y, aunque sus gestos antes eran amables, ahora parecían un poco... imponentes. Sus partes íntimas se estremecieron ante esa palabra.

—Eres preciosa, ¿sabes? —aseguró él, retirándole el cabello de la frente y ¡maldito fuera!, se enamoró de él un poco más. Entonces, él la besó de nuevo con pasión y ella sintió su peso mientras le devolvía el beso, explorando sin cesar la dura extensión de su espalda, de sus brazos fuertes.

—No tienes el físico de un profesor de matemáticas —aseguró ella con la respiración entrecortada.

—Es que no doy clase de matemáticas —murmuró él, y lo sintió sonreír contra su boca. Luego ella le pasó la lengua por el labio inferior como si fuera una especie de diosa del sexo, como si supiera lo que estaba haciendo y no tuviera que pensarlo. Él le deslizó las manos por el pelo como si fuera la mujer más hermosa del mundo y bajó la boca por su garganta, y más abajo... Le desabrochó el sujetador con habilidad y su boca siguió el camino de sus dedos.

Y ella descubrió que, definitivamente, sí era ese tipo de mujer.

Capítulo 8

Tom despertó poco a poco. Pequeños destellos de una sensación de felicidad poco habitual dibujaron una sonrisa en su cara antes de que abriera los ojos.

De pronto, rozó algo suave con la mano y movió los párpados.

Honor Holland estaba durmiendo bocabajo con la cara hacia el otro lado. Estaba desnuda.

En efecto.

Lo que había ocurrido la noche anterior había sido... inesperado. Fingir ser su novio frente al capullo que le había roto el corazón, ¡caray!, fue fácil. Se lo debía por cómo se había comportado la noche en que se conocieron, cuando se aseguró de que no lo soportara a conciencia.

El problema era que... bueno, era una buena persona. Y al verla allí sentada, sufriendo una vez más por aquel imbécil de Brolin, o como demonios se llamara, quiso que se sintiera mejor. Coqueteó un poco con ella. A fin de cuentas, cuando uno tiene un don, tiene un don, hay que reconocerlo.

Y luego algo cambió. Cuando dijo eso de que él estaba solo fue como si Mike Tyson le hubiera dado un puñetazo en el pecho. Era curioso cómo una persona podía pasar por alto algo tan naturalmente hasta que alguien se lo puntualizaba. Lo siguiente que supo fue que la llevaba en brazos hasta el automóvil.

Y en el momento en que ella le dio un beso, no esperó que le atravesara una corriente eléctrica similar a mil voltios. No había planeado llevarla a su casa, pero ella tenía razón: estaba solo. Y tal vez, a pesar de su gran familia, ella también.

Todo había sido delicioso y maravilloso, pero ahora tenía una mujer desnuda en su cama y, aparte de lo obvio, no estaba seguro de qué hacer al respecto. Ni qué decirle cuando se despertara.

Con cuidado de no molestarla, se levantó de la cama, recogió unos *jeans* y un jersey y cerró la puerta del dormitorio al salir.

La cocina estaba hecha un desastre. Hizo café y miró qué había en el frigorífico. Bien. Podía invitar a la señorita Holland a desayunar. Sin embargo, tenía que despejar la mesa, porque allí estaba la maqueta de un avión. El PT-17 Stearman, uno de los grandes aviones de la Segunda Guerra Mundial. Tres años antes, Charlie y él habían asistido a un espectáculo aéreo en el que participaba uno. Al día siguiente había encargado una maqueta. Cuando la terminaran, sería la sexta que habrían montado. Se preguntó qué pasaría con las otras.

En cualquier caso, el Stearman todavía estaba sin armar. El fuselaje esperaba a un lado, y numerosas piezas de madera estaban colocadas en cierto orden. Se suponía que Charlie debía haber ido a cenar la noche anterior, y a él se le ocurrió que si veía allí la maqueta, sobre la mesa, podría mostrar interés. Por supuesto, las posibilidades eran las mismas que ser devorado por un calamar gigante, pero no se le ocurría ninguna idea mejor para llegar a Charlie. Y la esperanza parece ser lo último que se pierde. O eso dicen.

Así estaban las cosas cuando Janice lo llamó para decirle que a Charlie le dolía bastante el estómago (que sin duda era mentira) y no le apetecía salir de casa. Ese fue el motivo de que acudiera a Hugo's, dado que no le apetecía frecuentar el bullicioso ambiente de la Taberna de O'Rourke.

De ahí que hubiera coincidido con Honor Holland. Seguramente una señal, o algo.

Aun así, el resultado había sido un revolcón sorprendentemente fantástico, así que no había nada que lamentar.

Y hablando del rey de Roma... oyó pasos en la escalera. Ella asomó la cabeza en la cocina y él sintió atracción al instante. Fuerte.

—Buenos días —la saludó.

Ella se sonrojó. Tenía la ropa arrugada y estaba despeinada. La consabida vergüenza del día después.

—Hola —murmuró ella.

—¿Un café?

—Por supuesto, gracias. —Le sirvió una taza y la vio tomar un sorbo. Le temblaban un poco las manos—. ¿Qué tal has dormido? —preguntó ella, y sus mejillas se pusieron todavía más rojas.

—Muy bien, ¿y tú?

—Bien. —La observó mientras dejaba la taza sobre la encimera—. Mira, Tom... Lo de anoche no fue... no es... mmm... no es mi *modus operandi* habitual.

¿Latín? ¿Tan temprano?

—Pues parecías saber lo que hacías. —Sonrió.

El rubor se extendió hasta el cuello.

—Normalmente no soy así... tan... fácil. No quiero que tengas una impresión equivocada de mí.

—No hay nada de malo en ello. Al menos desde mi punto de vista.

—No, es que yo... Mira, generalmente no...

Él le dio una palmada en el hombro.

—Solo fue un revolcón, Honor. Me ligaste en un bar, me poseíste. Siéntete orgullosa.

Ella se pasó la mano por el pelo y miró al suelo con cierta desazón. No parecía de las que sabían encajar las bromas.

—Estuvo muy bien —dijo, ya más serio—. Espero que tú también lo pienses.

Honor tenía las mejillas tan rojas que seguro que emitían calor.

—Mmm... mmm...

—Siéntate. Si te apetece, te puedo hacer el desayuno.

—Oh, no, estoy bien. —Pero se sentó ante la mesa—. Es la maqueta de un avión, ¿verdad?

Se sentó enfrente de ella y recogió un trozo del PT-17.

—Los construyo también de verdad, por si estás tratando de menoscabar mi virilidad. Las maquetas son un *hobby*. Una de las muchas cosas que puede hacer un ingeniero, aunque no llegue a la altura de tener un tema de conversación siempre. Tuneo aviones para millonarios.

Ella parecía estar escondida detrás de la taza de café.

—Entonces, ¿este es tu *hobby*?

Él hizo una pausa.

—Solía hacerlas con mi hijastro no oficial —dijo—. Comenzamos esta hace unos años.

—¿Qué es un «hijastro no oficial»?

Él examinó una pieza de aluminio que encajaba muy justa.

—Es un adolescente enfadado con el mundo con cuya madre estaba comprometido. —La estructura de la cabina venía después. Tenía que ir poco a poco. No quería terminarla por su cuenta, no fuera a ser que el infierno se congelara y Charlie decidiera que quería hacerla con él.

—¿Estabas comprometido? —preguntó ella.

—Sí. Ella murió.

Percibió su rápida inspiración.

—Oh, Tom, lo siento mucho.

Recogió el resto de las piezas de las alas para ponerlas en la caja.

—No te preocupes por eso. —La miró a la cara—. Han pasado ya tres años.

Ella asintió, todavía con la taza de café como escudo.

—¿Qué edad tiene tu hijastro no oficial?

—Catorce.

—¿Tenéis relación cercana?

Tom se frotó la nuca.

—La teníamos cuando vivía con ellos. Pero ahora ya no tanto.

—¿Vive con su padre?

—No. —Como siempre que pensaba en él, Mitchell DeLuca le hizo palpitar los ojos—. Vive con sus abuelos, Janice y Walter Kellogg. Quizá los conozcas. Se mudaron aquí hace unos meses, y yo los seguí.

Ella negó con la cabeza. Tomó un sorbo de café. No dijo nada, y él dio gracias a Dios por haberle hecho encontrar una mujer que pensaba antes de hablar... Era un cambio muy agradable.

—¿Cuántos años llevas viviendo en Estados Unidos?

—Cuatro. Conocí a Melissa cuando estaba aquí de vacaciones y acabé quedándome. Nos comprometimos unos meses después y murió al poco tiempo.

—¿Cómo ocurrió? —preguntó ella con tacto.

—La atropellaron cuando cruzaba la calle. —Un accidente absolutamente estúpido y evitable. Con cuidado, dejó el Stearman en el interior de la caja.

—Lo siento mucho —dijo Honor de nuevo—. Mi madre murió también en un accidente de automóvil. Es una manera terrible de perder a alguien. Aunque no es que exista una manera buena.

—Sin duda. —Él se levantó—. Tengo huevos y tostadas, y me encantaría hacerte el desayuno.

—No, estoy bien, gracias.

—¿Más café, entonces?

—Sería estupendo. Gracias.

Se levantó y le sirvió una taza.

—¿Por qué ahora no tienes relación cercana con Charlie? —preguntó ella mientras él le servía el café; cayó un poco por el borde, sobre la falda.

—Mierda. Lo siento —se disculpó Tom, que tomó un paño de cocina y secó la mancha.

—Está bien. No te preocupes por eso. —Honor lo miró directamente a los ojos mientras él estaba de rodillas a su lado.

Ella tenía los ojos castaños. Preciosos, oscuros y silenciosos. En ese momento lo estaba mirando sin dobleces, una mirada que no toleraba tonterías, combinada con algo más.

Amabilidad.

Volvió a mirarle la falda y frotó un poco más.

—Él me culpa de su muerte. Ella estaba... lejos cuando ocurrió. De hecho, estaba con el padre de Charlie, al que le gusta aparecer y desaparecer con la suficiente frecuencia para llevarnos a todos de cabeza. Así que se fueron juntos un fin de semana mientras yo estaba con Charlie como un gilipollas, cuidando del hijo de mi novia mientras ella se daba un revolcón. Entonces, ella decidió enviarme un mensaje de texto mientras cruzaba la calle a contraluz... y eso fue todo.

—¡Oh, Dios!

—Exacto. Cuando todo se asentó, el padre de Charlie no quiso la custodia. —La familiar neblina rojiza cubrió su vista, luego se desvaneció—. Yo quería adoptar a Charlie, pero no tenía ningún derecho sobre él.

El reloj marcó la hora. Honor seguía mirándolo.

—Así que quieres conseguir el visado por Charlie.

—Sí.

—Y todavía no lo tienes, ¿verdad?

Él se frotó la nuca y suspiró.

—No, no lo tengo.

Él se puso de pie, agarró la taza de café y la dejó en el fregadero. Fuera, la nieve caía desde las ramas y formaba cúmulos. La temperatura debía haber subido durante la noche.

Escuchó que la silla arañaba el suelo cuando ella se levantó y se acercó a la encimera para apoyar allí las caderas al tiempo que cruzaba los brazos sobre el pecho.

—¿Qué otras opciones tienes?

—No muchas. He buscado otro trabajo por la zona, pero no he tenido suerte. La verdad es que imagino que Charlie se sentirá aliviado al librarse de mí: apenas me habla.

Honor asintió. Respiró hondo y soltó el aire.

—Pues vamos a casarnos.

Él la miró bruscamente.

—¡Oh, no! Ese plan ya no es viable. Gracias, pero... no hace falta.

—Claro que lo es —dijo ella con firmeza—. Adoras a ese crío, tienes que estar cerca de él. Me casaré contigo y te ayudaré a quedarte. Deberías haberme contado esto desde el principio en vez de comportarte como un idiota.

Él esbozó una rápida sonrisa.

—Cierto. Lamento haberlo hecho. Pero no te vas a casar conmigo. Casarte con un extraño no va a hacer desaparecer tus problemas con Brighton...

—Brogan.

—Como sea. Y quieres críos, sin duda, pero apenas me conoces. Me pareces más del tipo de mujer que busca un donante de semen. Así podrás tachar de la lista todas las características que quieres: rubios, ojos verdes, estudios en Harvard y demás. Una feliz madre soltera con un churumbel adorable. Seguramente gemelos, dada tu edad. ¿Tengo razón? Es más probable que sean dos cuando se tienen más de cuarenta, ¿verdad?

—Tengo treinta y cinco. Y no vuelvas a hacer el idiota.

—Lo siento —dijo compungido.

—Los abuelos... ¿cómo se lleva Charlie con ellos?

—Hacen lo que pueden.

—Lo tomaré como un «mal». —Ella frunció los labios—. Mira, no voy a permitir que un pobre muchacho que ya tiene suficientes problemas de abandono vea que su padrastro no oficial es deportado. Necesitas una tarjeta verde: te la estoy ofreciendo.

Le vino la imagen de la oreja ensangrentada de Charlie. El sonido que había emitido el niño cuando trató desesperadamente de no llorar en el automóvil.

—¿Estás segura? Quiero estar cerca de él, pero hay otras maneras.

—Que ya has probado.

Respiró hondo.

—Honor, estás siendo la mejor y te lo agradezco. Pero, por extraño que parezca, me gustas y no quiero que te cases conmigo porque te sientas mal por un muchacho que no conoces. Quiero decir, ¿qué ganas tú con esto? ¿No te parece un poco drástico?

—A veces las medidas drásticas son necesarias. —Lo miró fijamente durante un momento—. ¿Quieres casarte o no?

Capítulo 9

Honor se las arregló para colarse en su casa sin tropezarse con su padre ni con la señora Johnson. Por qué no se los encontró era una pregunta que prefería no plantearse, pero al menos sirvió para que no la pillaran en su humillante recorrido.

Hacía «años» que no pasaba la noche en la cama de un hombre. Toda la noche..., claro. Con Brogan deseaba quedarse, pero por lo general él solo se quedaba en el pueblo un día o dos, y a menudo tenía un vuelo temprano a la mañana siguiente. Y a pesar de su edad, ella vivía con su padre, al que tenía que informar de por qué su niñita no volvía a casa a dormir.

Pero volviendo al asunto en cuestión, acababa de hacerle una proposición a Tom Barlow, a quien había visto exactamente tres veces. La segunda propuesta en dos meses. Y habían quedado en reunirse de nuevo esa tarde para hablar de ello.

Bendito orgasmo.

¿Ves lo que es capaz de provocar el sexo? ¿El sexo? El sexo salvaje. ¡En el suelo! Y fue increíble. Tenía una rozadura en la rodilla y otra en el hombro por culpa de la moqueta, pero el resto del cuerpo lo tenía bien.

Y a Tom no parecía haberle importado tampoco.

No, sin duda. Recordar su increíble boca, o la forma en que cambiaba la expresión de su cara a una intensidad casi estúpida hacía que se le debilitaran las rodillas cuando subía las escaleras. ¿Humillante recorrido? Por favor... Hoy era un orgulloso recorrido.

—¡Hola, *Spike*! —saludó a su perrita, que estaba acurrucada en su cojín, roncando—. ¿Te apetece ir a patinar? ¿Eh?

Se duchó, y fue divertido. Antes de esa mañana, la ducha había sido una manera de limpiarse y, de repente, estaba enjabonándose y soñando despierta, con la cabeza llena de pensamientos que provocaban nubes de vapor más grandes que las del agua caliente.

Honor Holland: el tipo de mujer que se liga a atractivos macizos británicos en los bares. La que acompañó al increíble Tom Barlow a su casa y permitió que le hiciera el amor hasta morir.

La que quizás acabaría casándose con él.

Una oleada de pánico helada la hizo estremecer a pesar del agua caliente. ¡Oh, Dios! ¿En qué había estado pensando?

Había quedado en reunirse más tarde con él, después de la degustación familiar de vinos que tenía a las cuatro. Quizá no estaría mal que patinara un poco por el estanque. Se vistió y puso a *Spike* un jersey de lana para perros de color rosa, besó cuatro veces la carita de la perrita y luego la protegió dentro de su cazadora. En la entrada, recogió los patines y se dirigió a Willow Pond, donde el hielo era todavía lo suficientemente grueso para pasar por encima.

Llevaba patinando toda su vida. Incluso había participado en algunas competiciones antes de que muriera su madre. En eCommitment le habían pedido una lista de aficiones y se sintió aliviada al comprobar que seguía teniendo una, al menos una diferente a ver documentales sobre enfermedades raras.

No es que lo hiciera demasiado, pero por lo menos había ido un par de veces con Abby, y el día de Navidad era una tradición familiar. Los Finger Lakes eran demasiado profundos para congelarse en invierno, pero en Blue Heron había un estanque mucho menos hondo: un hermoso secreto cerca de Tom's Wood, rodeado de pinos y abetos. El viento había retirado la nieve que cubría el hielo, y si había un lugar más hermoso en la tierra, ella no lo conocía.

Se sentó en la misma roca que de costumbre para abrocharse los patines. Comprobó que *Spike* estaba a salvo dentro de su cazadora y se alejó. El viento hizo ondular su pelo corto y que le lloraran los ojos mientras recorría el borde de la pequeña laguna. Un cardenal voló sobre la nieve. *Spike* asomó la cabeza, retorciéndose de placer. Avanzar y deslizarse, avanzar y deslizarse. Rodeó el lago entero y luego otra vez hacia atrás, protegiendo del viento al pequeño animal.

Tom Barlow
A favor:
· Es bueno en la cama. (Frívolo, pero cierto.)
· Sus razones para querer quedarse son muy nobles.
· Le gustan los niños.
· Evidentemente, es capaz de comprometerse.
· Parece agradable. (Es una razón de poco peso, pero me imagino contándosela a papá.)

En contra:
· Es un completo desconocido.
· Es un sin papeles.
· No está enamorado de mí.

—Por otra parte —dijo en voz alta, respirando de forma agitada—, eso es bastante normal. Nadie se ha enamorado de mí hasta el momento.

Spike ladró.

—Salvo tú —corrigió.

No había ninguna razón para pensar que Tom sería peor que cualquiera de los hombres que le asignara eCommitment. Y luego estaban Goggy y Pops. El suyo había sido un matrimonio arreglado. De acuerdo, era un mal ejemplo.

«Si cuando salte aterrizo bien —pensó—, será una señal de que debo seguir adelante.»

Hizo el salto más fácil de cuantos sabía, medio bucle hacia delante... y cayó de espaldas.

—Si aterrizo bien en el segundo salto —dijo a *Spike*—, será una señal de que debo seguir adelante.

Volvió a caerse.

Honor se pasó el resto del sábado en su despacho, informándose sobre fraudes matrimoniales, inmigración y provocándose una úlcera. ¡Santo Dios! Para tranquilizarse, se obligó a no mirar en YouTube y comprobó algunos pedidos de sus distribuidores, anotó un rápido inventario, diseñó una nueva etiqueta y comprobó que el enlace a la página del baile Blanco y Negro seguía activo. Jessica era estupenda, pero fue un alivio comprobar que todavía podía hacer algunas cosas. Más tarde, exactamente a las cuatro, salió del despacho con *Spike* debajo del brazo y se dirigió a la sala de degustación.

Esa era, lógicamente, su parte favorita del negocio del vino. La familia se reunía varias veces al año para servir el nuevo *vintage*, analizar su sabor y decidir los puntos de venta. Si se trataba de una nueva variedad, había que elegir un nombre, como por ejemplo «chardonnay *luna creciente*» porque la cosecha había sido recogida una noche de octubre cuando la luna estaba en esa fase.

El resto de la familia ya estaba allí. Pru con Carl —qué raro que viniera— y Ned. Faith y Levi, tomados de la mano. Jack y su padre, los dos con camisas de trabajo desteñidas y una gorra de béisbol con el anagrama de Blue Heron. La señora Johnson se encargaba de poner copas. Goggy y Pops estaban sentados en los extremos opuestos de la barra de degustación, aunque se las arreglaban para seguir molestarse el uno al otro. Abby estaba acurrucada en un sillón, leyendo.

—Hola, cariño —la saludó, dándole un beso en la coronilla.

Entonces, Goggy la vio y se abalanzó sobre ella con una sorprendente agilidad para una mujer de ochenta años

—¿Qué tal te fue con ya sabes quién? —preguntó tras arrastrarla a unos metros de distancia—. ¿Necesita ya sabes qué?

—Mmm... será mejor que hablemos más tarde —susurró ella.

—Es maravilloso, ¿no? ¿Guapo?

«Y también es bueno en la cama, Goggy.»

—Está bien —admitió.

—¿Ves? Te lo dije. —Su abuela esbozó una sonrisa triunfal, se ahuecó el pelo y regresó a su asiento.

Ella relegó todo lo que se refería a Tom al fondo de su mente: tendría que tratar pronto con él, pero de momento tenía trabajo que hacer.

Tras graduarse en Wharton, su prioridad fue reformar la sala de degustación, que ahora era su orgullo y alegría. La larga barra curva la había construido un artesano menonita con madera de las tierras Holland. El suelo era de pizarra azul, el techo dejaba a la vista las vigas curvas y había una chimenea de piedra en un rincón. Pero lo mejor de todo eran las ventanas que daban a la viña y a los bosques que jalonaban el camino hasta el lago Torcido.

La imagen siempre le emocionaba.

Como jefa al cargo en ese momento, se volvió hacia el resto de la familia.

—¿Preparados para degustar un vino excelente?

Se sirvió la primera, un pinot gris, y se llevó la copa a la nariz. La primera imagen que le vino a la cabeza fueron manzanas verdes. A continuación, notas de vainilla y clavo. Muy agradable.

—¿Alguien más piensa en manzanas? —preguntó papá.

—Yo —intervino Goggy—. Manzana verde. De tarta.

—Yo veo una manzana roja. Una nueva manzana roja. McIntosh —dijo Pops.

—Es, sin duda, manzana verde —aseguró Goggy con una mirada.

—Para mí es roja —refutó Pops—. Manzana roja sin madurar.

—¿Y qué es una manzana verde? —gruñó Goggy.

—¿No ha llegado el momento de llevar a uno de ellos a una bonita granja? —susurró Ned.

—Te he oído, jovencito —reprendió Pops—. Respeta a tus mayores.

—Ojalá pudiera —dijo.

—¿Quizás un toque de piedra caliza? —intervino Faith, y Honor asintió. Faith había estado varios años fuera. Era agradable que estuviera de nuevo.

—Yo noto níspero —dijo la señora Johnson.

—Oh, sí, níspero —convino su padre, sonriéndola, que no parecía capaz de mirarlo a los ojos.

—¿Qué es níspero? —preguntó Jack.

—No lo sé. Pero estoy seguro de que es maravilloso —murmuró su padre.

—¿Alguien más percibe una nota de heno? —preguntó Pru.

—Sin duda —intervino Ned—. Heno húmedo.

—Yo encuentro matices de niebla y lágrimas de unicornio —dijo Abby desde el sillón—. Con un toque a risa de bebé.

Honor sonrió a su sobrina y apuntó aquellos comentarios. Olor, sabor, acabado. Textura, matiz, lágrima. El vino era un ser vivo, afectaba a cada uno de una forma diferente, cambiaba con el aire y la edad, dependía de la existencia anterior.

Esa era la culminación del trabajo de la familia. Desde el cuidado de la tierra y las vides a la cosecha y la elaboración del vino en sí mismo, cada uno tenía su parte en el proceso, fuera grande o pequeña. Toda la familia se ocupaba del negocio. Era como la mafia, pero más agradable. No había asesinatos, aunque no se podían descartar con Goggy y Pops, que seguían debatiendo si se trataba de manzana verde o inmadura.

Resultaba extraño imaginar a Tom allí. Pero podía ser que estuviera casada con él poco tiempo después.

Esa idea hizo que le temblaran las piernas.

Una hora después habían degustado cuatro de las nuevas variedades. Unas semanas después ella haría otra degustación con el personal y los representantes de ventas y anotaría también sus aportes.

—Ya que estáis todos aquí —empezó su padre mientras Goggy y la señora J luchaban a brazo partido por ver quién lavaba las copas—, tengo... tengo que hacer una especie de... anuncio. Niños, tengo algo que deciros. —Tragó saliva y se ruborizó antes de meterse las manos en los bolsillos—. ¿Mamá? ¿Señora J? ¿Os importa?

—De acuerdo —dijo Goggy—. Ya las lavaré más tarde.

—Lo haré yo —gruñó la señora Johnson.

—Señora John... es decir, Hyacinth, ¿puedes venir? —preguntó su padre.

Honor contuvo el aliento y miró a la señora Johnson, que evitó su mirada.

Vaya, vaya, vaya… De pronto sintió un nudo en la garganta. Echó un vistazo a Faith, que tenía la boca abierta, y a Jack, que compartía un trozo de queso con Pops.

—¿Qué pasa? —preguntó Goggy con cara de sospecha—. ¿Es que alguien se está muriendo?

—No, no —aseguró su padre, secándose la frente con un pañuelo—. Imagino que todos recordaréis que en otoño comencé a salir de nuevo.

—Con esa mujer. Lorena Creech. ¡Vaya ropa usa! La vi en el supermercado el otro día y llevaba nada más que una…

—Calla, mujer, que tu hijo está tratando de hablar —la interrumpió Pops. Luego hizo una pausa—. Nada más que una ¿qué?

—Ahora no te lo digo, viejo —se burló Goggy—. No haberme dicho que me callara.

—Vamos, papá —lo animó Jack—. Tú puedes.

—Es un poco raro… No, no es raro en realidad, ¿verdad? Eh… ¿por qué no se lo dices tú, señora Joh…mmm… Hyacinth?

—¿Tiene nombre de pila? —preguntó Abby a la señora Johnson.

—Shhh, hija. —La señora Johnson cruzó los brazos—. Faith, esto es culpa tuya, por supuesto. Tuya y de Honor, por haber emprendido esa misión para casar a tu padre.

—Yo también formaba parte de la misión —intervino Pru—, pero nunca creen en mí. ¿Es porque me visto con ropa de hombre?

—Estupendo, entonces las tres sois responsables.

—¿Responsables de qué? —preguntó Abby.

—¡Mierda! —murmuró Jack.

—No se maldice, Jackie, cariño —le reprendió la señora Johnson—, pero sí. Después de varias semanas en las que tu padre me enfadó y se interpuso en mi camino, por fin cedí.

—No lo entiendo —dijo Pops—. ¿Está dimitiendo, señora Johnson?

Su padre no respondió, pero sus ojos brillaban por las lágrimas a pesar de sonreír. La miró y le hizo una señal con la cabeza.

—No, Pops —explicó Honor sin apartar la vista de su padre, sosteniéndole la mirada—. Creo que lo que está tratando de decir papá es que se va a casar con la señora J.

No pudo evitar pensar que su madre se sentiría muy feliz.

Honor vio cómo Tom detenía su automóvil, un modesto Toyota gris, en el aparcamiento frente a la sala de bidones de Blue Heron. Cuando él se bajó con aire taciturno, ella tragó saliva. Lo que le había parecido fácil en la cocina aquella mañana resultaba un poco más difícil en este momento. Pensar que ese era su cuarto encuentro hacía que quisiera gritar. Y eso que contaba también el momento en que lo vio en el aparcamiento de la universidad, cuando él había encontrado sus llaves.

—Hola —dijo él. Era verdaderamente injusto que tuviera aquel acento.

—Hola, encantada de verte de nuevo —contestó ella, aclarándose la garganta.

—Yo también. —Él miró a su alrededor—. Así que este es el lugar, ¿no? ¿El viñedo de la familia?

—Bueno, sí —contestó ella—. ¿Quieres... mmm... quieres que te lo enseñe?

Él la miró de una forma extraña. Después de todo, estaban allí para hablar de matrimonio, no de vino.

—Pues claro —respondió él. Quizás ella no era la única que estaba nerviosa.

—De acuerdo. Aquí trabajamos siete tipos diferentes de uvas. Al sur están las cabernet franc y las pinot *noir*, al oeste las gewürztraminer y las merlot, y al este las chardonnay y las pinot gris. Por último, en la colina, las riesling, que son las más habituales en la zona. Lo cierto es que tenemos las mejores riesling del mundo, por si no lo sabías.

—Sí, lo he leído en los folletos —dijo él.

—Es por la tierra. Es mágica —dijo ella—. Es decir, no es mágica literalmente, pero el clima, junto con los lagos y las colinas... en fin, ya entiendes. Hacemos la vendimia en octubre. Ahí tienes las vendimiadoras. Las palas agitan las vides y las uvas maduras caen sobre la cinta transportadora.

—Fascinante... —comentó Tom.

—Lo es —dijo ella algo molesta.

—Oye, que lo he dicho en serio. Me chiflan las máquinas —se defendió él—. Soy ingeniero, ¿recuerdas?

—Cierto. Lo siento.

—Continúa, pues —la animó.

Lo llevó hasta donde estaba la prensa, y allí le explicó cómo se cargaban las uvas y se comprimían, con cuidado de no aplastar las pepitas, pues eso haría el vino mucho más amargo. Luego le indicó cómo corría el mosto por las tuberías hasta los tanques de fermentación.

—Aproximadamente el noventa por ciento del proceso se realiza aquí, en la sala de fermentación —informó ella mientras lo llevaba hasta el granero que albergaba los enormes depósitos de acero en los que fermentaba el mosto—. Sobre todo es cuestión de tiempo, pero hay que añadir productos como la levadura, claras de huevo, azúcar... Ese tipo de cosas.

—Es un proceso muy científico, ¿verdad? —preguntó él mientras evaluaba uno de los tanques.

—Sí. A Jack le gusta decir que en el negocio del vino, el noventa por ciento corresponde a la ciencia y el diez por ciento restante a la suerte.

—¿Quién es Jack? —preguntó.

—Oh... mmm... es mi hermano. Me lleva tres años. Mi padre y él son los que se encargan de la producción del vino, y también mi abuelo. Mi hermana Pru se ocupa de la propia granja y yo de manejar los negocios.

—Ya veo. —Miró a su alrededor—. ¿Ya no se utilizan barricas de madera?

—Sí, aunque se usan más los tanques —explicó ella—. Ven, aquí está la sala de embotellado.

—Oh, más máquinas —dijo él con aquella sonrisa torcida—. Me encantan.

Ella empezó a explicarle cómo funcionaba la máquina de embotellar y la etiquetadora, pero estaba claro que Tom ya se había dado cuenta. Lo vio arrodillarse para mirar debajo de la cinta transportadora. Era agradable que estuviera interesado de verdad en el proceso. La mayoría de la gente que hacía el *tour* solo quería llegar a la sala de degustación.

—Y al bajar las escaleras está la sala de barricas. Es ahí donde están las cubas. Mira a tu alrededor: es una especie de espacio *vintage* y a los turistas les encanta.

—Lo entiendo perfectamente.

La sala de barricas era una enorme y oscura habitación; antes había sido un sótano de piedra, una zona donde se almacenaban patatas, cebollas y cosas similares. Ahora albergaba varias docenas de barriles de madera, una larga mesa de roble rodeada de maltratadas sillas con tapicería de cuero, escasa iluminación y *voilà*... La gente se sentía como si estuviera en el Viejo Mundo.

—Utilizamos diferentes tipos de madera para cada vino. El roble húngaro desprende un agradable sabor picante, el francés es muy suave, el americano es más fresco y limpio.

—Interesante. —Él tocó un barril—. Me siento como si estuviera en una historia de Edgar Allan Poe.

—Esta zona es completamente privada. Imaginé que podríamos hablar sin ser oídos. —Notó el corazón desbocado.

—Por supuesto. —Se sentó y cruzó las manos—. ¿No podemos probar un poco de esto?

—Oh, claro que sí. —Le sirvió un vaso de cabernet *franc* que guardaban allí abajo y lo observó mientras lo tragaba.

También estaba nervioso.

—Bueno —dijo ella finalmente—. Hoy he estado investigando un poco.

—¿Por qué no me sorprende?

—Bueno, es evidente que tengo que saber en qué me estoy metiendo.

—Claro. Adelante...

Honor abrió el bolso y sacó el esquema en el que había estado trabajando unas horas antes (y que luego había eliminado de su ordenador por si acaso les daba por buscar a los federales).

—Bien. El Servicio de Inmigración y Naturalización, que ahora se llama...

—USCIS —intervino Tom.

—Eso. —Sí, claro. Tenía que saberlo—. Según el reglamento estatal, tenemos que permanecer casados durante un mínimo de dos años o te deportarán y nunca podrás obtener un visado ni ser ciudadano americano.

—Lo sé.

—Y, si nos pillan y condenan por fraude matrimonial, serás deportado y yo podría enfrentarme a diez años de cárcel. Y ser multada con un cuarto de millón de dólares.

—Eso es un poco duro, ¿no crees? Hay asesinos que no tienen una pena tan grande.

—Ya, pero es lo que pone. —Trató de poner una expresión seria—. Mira, Tom, esto es lo que yo espero. En vez de ver esto como un fraude matrimonial, me gustaría considerarlo como un matrimonio arreglado o algo así. Me gustaría que nos lo tomáramos con buena actitud.

—¿A qué te refieres?

Ella lo miró por encima del hombro.

—Es que... me gustaría que barajáramos la idea de que quizá pudiera funcionar de forma permanente.

—¿Te refieres a seguir casados y envejecer juntos?

—Mmm... sí.

Él arqueó una ceja.

—Honor, ¿te has enamorado locamente de mí?

—No. —¡Mierda! Había llegado el momento de hablar claro. Había tonteado con Brogan durante años y ¿qué había conseguido? Nada—. Mira. Tengo treinta y cinco años. No he conocido a nadie que...

—Salvo a Braedon.

—Brogan.

—Como sea.

—Sí, salvo a Brogan. Y mi manera de ver el matrimonio ha cambiado mucho desde que era una adolescente. Me gustaría casarme, no voy a mentirte. Y me gustaría tener un bebé.

—¿Solo uno? ¿Por qué no dos?

—Mmm... de acuerdo. Dos estaría bien.

—¿Y tres?

—Bueno, tengo ya treinta y cinco años.

—Así que vamos a tener que esforzarnos mucho... y tenerlos todos seguidos. ¿O mejor trillizos? ¿Qué te parece la idea de tener quintillizos? —Lo vio sonreír, mostrando aquel diente torcido.

Esperó un momento.

—¿Podrías tomártelo en serio? Trato de resolver la situación para los dos.

—Lo siento. Honor, querida, ¿por qué ha cambiado tu forma de ver el matrimonio?

Ella respiró hondo.

—Creo que la gente espera demasiado. Tal vez por eso resulta tan difícil encontrar a la persona perfecta. Nadie es perfecto, por supuesto... Tú eres agradable. Inteligente. Pareces un tipo decente.

—Y no te olvides de que soy fantástico en la cama.

—Sí, claro. Estupendo. Sí. Anoche fue... divertido. —Había comenzado a sudar. No hacía calor, pero estaba sudando—. Me casaré contigo, Tom. Pero me gustaría que le dieras una oportunidad a esta relación. Que no se trate solo de que vas a tolerarme durante dos años.

De pronto, él se puso serio... olvidándose de sus ridículas apelaciones.

—¿Y si conoces a alguien, Honor? ¿A alguien real? ¿Y si te enamoras de alguien como ocurre en las películas del canal Hallmark?

—Entonces, todavía tendrías tus dos años. Sé lo que está en juego. —Se aclaró la garganta y se limpió las manos en los pantalones—. En cuanto a lo del bebé, he pensado esperar un tiempo para ver si somos realmente compatibles.

Él apartó la mirada y se frotó el labio inferior con el pulgar.

—¿Estás dispuesta a renunciar a dos años de tu vida por mí? ¿Para que pueda estar cerca de Charlie?

—Sí —respondió ella, mirándose las manos.

—Eso es muy loable por tu parte. ¿Por qué?

—Si soy sincera, eres mi mejor perspectiva en años.

La sonrisa brilló antes de desaparecer.

—No tienes unas expectativas muy altas, ¿verdad? —Percibió algo en sus ojos grises... Lástima quizá.

—No sé —repuso ella con firmeza—. Pero puedo asegurarte que trataré de que las cosas funcionen, soy una persona honesta, nunca me ha gustado engañar a nadie y... y eso es todo. Si puedes decir lo mismo, démosle una oportunidad a esto.

—¿Quieres añadir algo más? —preguntó él.

«Dejando aparte a Brogan, eres el primer hombre al que beso en seis años. Prefiero tener algo con un desconocido que nada con nadie.»

—No.

—¿Qué más has pensado, cariño?

Se le encogieron los dedos de los pies al escuchar aquel «cariño».

—Deberíamos fijar un calendario.

—De acuerdo.

—¿Crees que el Servicio de Inmigración te investigará?

—No lo sé.

—En cualquier caso, creo que deberíamos empezar a vivir juntos cuanto antes. En tu casa, mejor. Mi padre va a casarse y no quiero andar molestándolo.

—¿Vives con tu padre?

—Sí. Así que primero me mudaré y conocerás a mi familia, luego podrás presentarme a Charlie, y veremos cómo va esto si el Servicio de Inmigración no te investiga.

—Y, seguramente, se convertirá en algo real.

Ella apartó la mirada de sus notas y de pronto sintió que el corazón era demasiado grande para su pecho.

—Quizá.

Él no dijo nada, se limitó a mirarla.

¡Maldito fuera! Comenzaba a gustarle mucho su cara.

Tom siguió en silencio.

—Esta es mi información básica —dijo ella, tendiéndole una hoja de papel—. Debes memorizarla y...

—¿Luego destruirla?

—Sí. Ah, estás bromeando. Muy divertido, pero sí, destruirla.

—Honor Grace Holland. Bonito nombre, por cierto. Tu cumpleaños es el cuatro de enero. Cornell, Wharton, impresionante, cariño.

—Gracias. También debemos inventar una historia sobre cómo nos conocimos y... mmm... nos enamoramos. Tenemos que asegurarnos de que tu tía y mi abuela no dicen nada.

—Cierto. Tía Candy no lo hará, estoy seguro. ¿Tu abuela sabe guardar un secreto?

—¿Goggy?

—¡Dios! No la llamaréis así, ¿verdad? —Ella siempre olvidaba que el diminutivo de su abuela significaba «lela».

—Sí. Sabe guardar un secreto. O eso espero. —Sería la primera vez.

—Entonces crucemos los dedos.

—Bien, ¿cuál será entonces nuestra historia? —preguntó ella. Notó que tenía las mejillas ardiendo. Todo el mundo tenía una historia. Incluso las parejas que se conocían por páginas de contactos por Internet tenían bonitas historias sobre cómo sus correos electrónicos habían despertado algo, o cómo se vieron por primera vez, se sonrieron y ¡tachán!, estaban enamorados. eCommitment era mucho más romántica que un trato sellado en un sótano de piedra como un contrato ilícito entre dos agencias secretas.

—¿Por qué no nos ceñimos lo máximo posible a la verdad? —preguntó Tom—. Ligaste conmigo en un bar, nos liamos, tenemos una edad y, ¿qué demonios?, dijimos que adelante.

Se puso rígida.

—¿Sabes lo que he hecho esta tarde? He visto algunas entrevistas de YouTube sobre lo importante que es para el Servicio de Inmigración el amor. Es la única razón por la que puedes casarte con alguien que quiere un visado. Tiene que ser un matrimonio por amor.

Él sonrió.

—Lo siento. Te quiero, Honor. ¿Quieres casarte conmigo?

Ella apretó los dientes.

—¿Es tu mejor argumento, Tom? ¿Por qué no piensas en tu relación con Charlie? Trata de tomártelo en serio, ¿de acuerdo? ¿Qué te gusta de mí?

—Sin duda no es tu sentido del humor.

¿De verdad había pensado que era encantador? ¿Solitario? ¿Adorable? ¿Cuándo?

—Lo siento —se disculpó él—. Te lo agradezco. Es que... estoy nervioso. No solo por si nos atrapan, sino por lo que me estás ofreciendo. —Él miró hacia otro lado y se frotó la nuca antes de volver a clavar los ojos en ella—. Nadie había hecho algo así por mí.

¡Oh, sí! ¡Eso estaba mucho mejor!

Sinceridad.

—Bueno —repuso con la voz un poco ronca—. Vamos a darle una oportunidad. —Hizo una pausa—. Pero... bueno... creo que no deberíamos dormir juntos. De nuevo. Ya sabes lo que quiero decir. Al menos hasta que sepamos si esto va a funcionar o no.

«¿Cómo se te ocurre decir eso, tonta? —preguntaron sus óvulos—. Acabamos de estrenar una crema hidratante antiarrugas.»

Porque ya estaba arriesgándose muchísimo. Mentiría a su familia, se vincularía a un virtual extraño, y cometería un grave delito.

No pensaba arriesgar también su corazón. Todavía no. Y si la noche anterior era una indicación, su corazón seguiría la estela de su cuerpo y se abriría a él.

—Me parece prudente —convino Tom, y sí, parecía un poco decepcionado.

—Voy a necesitar un poco de información sobre ti. Sobre tu familia y dónde estudiaste.

—De acuerdo.

—Y tienes que conocer a mi familia. He pensado que el miércoles sería un buen día. Puedo decirles que llevamos viéndonos más o menos un mes. No creo que pueda alargarlo mucho más.

—A veces das miedo, ¿lo sabías? —Ella lo miró con sarcasmo—. Bien. El miércoles me va mejor que bien, estoy seguro.

—Y luego empezaremos a vivir juntos.

—Y luego empezaremos a vivir juntos.

Se miraron el uno al otro desde el otro lado de la mesa. Por fin, Tom le tendió la mano y se la estrecharon.

Capítulo 10

Tom esperó a que pasara el último autobús escolar antes de ir al instituto. Era más luminoso y grande que su propio instituto. Y también olía mejor, ya que no había una fábrica de neumáticos en la misma calle.

—¿En qué puedo ayudarle? —preguntó la secretaria en la oficina.

—Gracias. Necesito hablar con el director.

—¿Es padre de algún alumno? —preguntó la mujer.

—No. Pero creo que uno de sus estudiantes puede estar sufriendo acoso escolar.

Ella le dirigió una mirada inexpresiva y, sin apartar la vista, agarró el teléfono y apretó un botón.

—Queja de acoso —dijo. Un segundo después, entró una mujer en la oficina. Era baja, con el pelo canoso y un traje mal cortado.

—Hola —saludó—. Le conozco. Vamos al mismo gimnasio.

—Hola —dijo—. Tom Barlow.

—Doctora Didier. Puedes llamarme Ellen. Te iba a preguntar el otro día si te unías a mí. Levanto pesas. Participo en torneos y cosas así. Estoy un poco mayor para llegar a ser una profesional, pero me encanta. He conseguido levantar cien. ¿Y tú?

—Mmm... No estoy seguro.

—¡Deberíamos ser compañeros de levantamiento de pesas! —Ella le dedicó una amplia sonrisa—. ¿En qué puedo ayudarte? ¿Has dicho un caso de acoso? Acompáñame a mi despacho, por favor.

Sin duda, ella parecía contenta, al menos tenía que reconocerlo. Su despacho estaba abarrotado. Ella se quitó la parte superior del traje y mostró unos hombros enormes.

—No está mal, ¿verdad? —preguntó ella, flexionando el bíceps.

—Impresionante —la alabó—. De todas formas, estoy aquí porque estoy preocupado por Charlie Kellogg.

La señora Didier se sentó y presionó algunas teclas del ordenador, luego frunció el ceño.

—No veo que constes como uno de los contactos de Charlie, ¿qué relación tienes con él? —preguntó.

—Estaba comprometido con su madre. Murió hace algunos años.

La señora Didier asintió, y luego estiró las manos por encima de la cabeza para hacer estallar los nudillos.

—Lamento tener que decírtelo, pero no voy a poder decirte nada con respecto al muchacho.

—Ya lo suponía. Soy profesor en Wickman.

—¡Repámpanos!

—Pero quiero que seas consciente de que creo que Charlie está siendo amenazado.

La señora Didier suspiró.

—¿Todavía sigues en contacto con el niño? —preguntó—. ¿A pesar de que su madre murió... hace tres años?

—Sí.

—¿Y saben sus tutores que mantienes contacto con él? Porque cuando un adulto que no es familiar de un niño expresa interés, ya sabes... las alarmas se ponen a sonar con fuerza.

Tom parpadeó.

—¿Perdón?

—En otras palabras: no serás un pedófilo, ¿verdad?

—¡Dios! ¡No!

—Tengo que avisar a la policía para comprobarlo, ¿de acuerdo? Es pura rutina.

—¡No soy un violador de críos! Además, la policía ya ha hablado con los Kellogg sobre mí. —Y no le acusaron de nada—. Mira —dijo con más calma—, viví con el niño y su madre. Sus abuelos son... mayores y su padre ha desaparecido del mapa. Solo trato de protegerlo un poco.

—¿Y eso qué quiere decir exactamente? —preguntó la doctora Didier—. Porque suena escalofriante, señor Barlow.

¡Oh! ¿Volvía a ser el señor Barlow? Pensaba que era Tom, su compañero de levantamiento de pesas.

—Lo que quiero decir es que creo que alguien debería informar a su maldito instituto de que creo que está recibiendo palizas.

—Está bien, está bien, tranquilo —dijo la directora, levantando las manos—. Le agradezco su interés, y espero que valore el mío. Toda preocupación es poca hoy en día. Llamaré a los abuelos de Charlie para decirles que vino por aquí.

—Estupendo. —Maravilloso. Janice se lo diría a Charlie y el crío se enfadaría.

E incluso así...

—¿Y por qué piensas que Charlie está siendo acosado? —preguntó la señora Didier.

—Lo fui a recoger a una fiesta hace un par de semanas y sangraba por la oreja. Dijo que estaba bien, pero no es muy hablador.

—¿Te dijo por qué le sangraba la oreja?

—No. Dijo que consiguieron pillarlo. Era por un *piercing*. Una cosa muy desagradable. —Tom tragó saliva.

—Así que podría haber sido por eso.

—Podría haber sido, sí. También podría deberse a que algún idiota le pegó o le tiró del pendiente.

—Mira, Tom, en este instituto observamos una política de no tolerancia a la intimidación. Les hemos dicho a nuestros estudiantes desde que estaban en el jardín de infancia que no actuar ante ese tipo de presiones o no decir nada es aceptar el acoso. —Puso los ojos en blanco—. Y todos sabemos lo bien que funciona. Los muchachos siguen viéndose intimidados, solo que de forma más sutil.

—Entonces, ¿qué vas a hacer?

Ella hizo una mueca.

—Haremos todo lo que podamos. Si consigues algún nombre o si Charlie quiere hablar con algún profesor o con el orientador, si alguien nos dice algo o si surge algún testigo, lo investigaremos de forma radical. No toleramos el acoso. Pero tampoco podemos controlar lo que hacen estos mierdecitas en su tiempo libre, y perdona el lenguaje. Francamente no puedo actuar si solo dispongo de una vaga queja de una persona que ni siquiera está involucrada en la custodia de Charlie. Lo siento. Me mantendré ojo avizor, les diré a los profesores que hagan lo mismo, pero es lo único que puedo hacer.

¡Mierda!

—¿Qué tal va aquí? —preguntó, incapaz de reprimirse.

Ella esbozó una sonrisa llena de simpatía.

—Lo siento. No puedo hablar al respecto. —Suspiró—. ¿Has hablado con los abuelos de Charlie?

—Sí. —Y se mostraron tan receptivos como dos ladrillos. Janice con la vista clavada en sus pelotas y Walter bebiendo algo, los dos demasiado ocupados sintiendo lástima de sí mismos por tener que lidiar con un nieto recalcitrante.

—Me gustaría poder hacer más.

—Ya. Gracias por tu tiempo, Ellen —dijo, poniéndose de pie para estrecharle la mano.

—De nada. Nos veremos en el gimnasio. —Ella alzó un puño en el aire y él se lo chocó con el suyo.

Mientras caminaba bajo la lluvia, Tom recordó cómo eran las peleas en el patio de su colegio, o en las calles de su degradado barrio cuando era pequeño. Por lo menos entonces los muchachos estaban más protegidos. En esta época, los niños parecían más inteligentes y crueles, los padres no prestaban atención a sus hijos, ni pensaban que sus pequeños Sam o Taylor fueran otra cosa que perfectos angelitos, pues admitir eso sería señal evidente de que no pasaban más de diez minutos al día con ellos. No, en la actualidad, el acoso era un deporte más, y si un niño acababa suicidándose por ello, ah, bueno, debía haber sido porque estaban realmente jodidos. Ni Sam ni Taylor perderían el sueño por eso.

En otras palabras: Charlie estaba solo.

Pero lo tenía a él. Y tanto si le gustaba como si no, pronto tendría también a la familia Holland. El expediente de Honor incluía a una sobrina, todavía en el instituto, y un sobrino. Y, si Dios quería, eso podría ayudar.

Una hora después, Tom había conseguido que Charlie saliera de su cuarto de la casa de los Kellogg y se subiera al automóvil.

El muchacho parecía un vampiro, con el pelo y los ojos oscuros, la piel pálida y la ropa gótica. También parecía agotado.

—¿Estás comiendo bien? —preguntó Tom mientras se dirigían hacia el lago.

Charlie gruñó.

—He pensado que un poco de aire fresco nos vendría bien. Si quieres, podríamos dar una caminata.

—No quiero.

Claro.

—Está bien, podemos sentarnos y respirar.

Se detuvo en un aparcamiento junto a una vía de tren abandonada y salió del vehículo. Había leído sobre los planes de la ciudad para construir un paseo y un carril bici por esa zona; era una buena idea, no se destrozaría el entorno y se podrían recorrer las tierras de cultivo y los bosques. Al otro lado de la vía, a los pies de la colina, se veía una cometa roja volando contra el cielo gris.

—Mira eso —dijo, señalándola.

Charlie apenas miró. Si la cometa le recordaba lo que acostumbraban a hacer juntos, no dijo nada, y aunque Tom ya no se sorprendía por ese tipo de reacciones después de sufrirlas durante los tres últimos años, sintió un nudo en la garganta.

—Bueno, Charlie, ha pasado ya un tiempo desde que murió tu madre y me preguntaba cómo te van las cosas.

Charlie se encogió de hombros y soltó un gruñido en tres tiempos, que le hizo suponer que había dicho «no lo sé».

—Entiendo. Bueno, si alguna vez quieres hablar de ello, estoy aquí.

Lo vio poner los ojos en blanco. Charlie parecía agotado de tener que lidiar con la idiotez de los adultos; de hecho, le preocupó que pudiera llegar a desmayarse de aburrimiento.

—Escucha, tengo que contarte algo. —Se frotó la nuca—. Estoy saliendo con alguien.

Charlie, que ya no se movía, pareció quedarse paralizado.

—Es una muchacha muy agradable.

No obtuvo ninguna reacción.

—Está deseando conocerte.

Nada. Aunque le pareció percibir un temblor alrededor de su boca.

—Se llama Honor Holland. Es la tía de Abby Vanderbeek. ¿La conoces?

No hubo respuesta.

—Es un par de años mayor que tú. Empezó bachillerato este año.

Nada.

—Quería que lo supieras. No es que me vaya a olvidar de tu madr...

—Tengo deberes. ¿Podemos irnos? —Sin esperar respuesta, Charlie se incorporó y caminó hacia el automóvil con un humor tan sombrío como su ropa, un fuerte contraste con la cometa que danzaba sobre la colina.

Capítulo 11

—Te dije que era perfecto —canturreó Goggy—. Por fin alguien me escucha.

—Pero no puedes ir presumiendo de ello, Goggy —advirtió Honor—. Te lo digo porque... ya sabes... mencionaste algo de un visado y no quiero que nadie se forme una idea equivocada. Porque eso es ilegal, Goggy, y me vería metida en un buen lío.

—¡Claro que no voy a decirlo! ¿Acaso crees que no sé guardar un secreto? Puedo hacerlo. Tu abuelo perdió diez mil dólares en la bolsa el año pasado, y ¿se lo he dicho a alguien? No, no lo he hecho. Cuando encontré a Pru y Carl haciéndolo en la mesa de la cocina, ¿se lo conté a alguien? A nadie. A ni un alma.

Honor se frotó la frente.

—¡Guau! Bueno. Parece que no puedo decir nada al respecto. Y estamos... eh... enamorados. Fue un flechazo, ya sabes, nos amamos y todo eso... —Cuatro horas más en YouTube habían dejado clara aquella parte. «La única razón válida para casarse con un ciudadano no estadounidense es el amor», había advertido abogado tras abogado. «Y estas son algunas de las preguntas que pueden hacer. ¿Quién hizo anoche la cena? ¿Quién la hizo la semana pasada? ¿Cuál es el postre favorito de tu cónyuge?».

—¡Lo sabía! ¡Sabía que te encantaría! Es maravilloso. Y tan guapo...

—Aún no lo conoces.

—No es necesario. —Goggy cruzó los brazos y sonrió—. ¡Oh, vas a casarte! Quiero tener más bisnietos lo antes posible.

—Está bien —dijo ella—. Gracias, Goggy. Ahora voy a decírselo a papá, así que no lo llames, ¿de acuerdo? —Miró a su alrededor, al abarrotado salón de sus abuelos. Como muchas otras casas coloniales, tenía varias puertas que daban al salón, entre ellas la de la cocina, la de las escaleras y la del comedor—. Pagarías menos de calefacción si cerraras las puertas. —Hizo una pausa—. Me encantaría verte en un nuevo hogar. Si al menos vivierais en la planta baja, Goggy. Odio que tengáis que andar subiendo y bajando escaleras todo el día.

—Ah, bah... Así hago ejercicio. Venga, sal de aquí. ¿Quieres unas galletas? Las tengo en el horno.

Las quería, claro que sí. Cualquier excusa que pospusiera la conversación con su padre sería buena. Presentía que no iba a ir nada bien.

Razón no le faltaba. Su padre estaba en la sala, acunando una copa de riesling seco, mientras esperaba que la señora Johnson le permitiera entrar en la cocina para comer.

—Petunia... —dijo al verla como si hubieran pasado semanas sin verse y no dos horas—. ¿Qué tal está mi niña?

—Estoy muy bien, papá. Mmm... ¿y tú? ¿Cómo estás? ¿Emocionado con la boda?

Su padre y la señora J querían casarse lo más rápido posible. «No sea que se muera antes uno de los dos», había dicho la señora Johnson. Por esa razón la boda se celebraría al cabo de seis semanas, justo después del baile Blanco y Negro.

—Mucho —aseguró—. ¿Y qué te cuentas tú, nena?

—Mmm... bueno, es una pregunta divertida. —Se aclaró la garganta, tratando de recordar un momento en el que le hubiera mentido a su padre. Habían pasado al menos veinte años, posiblemente más—. ¿Sabes ese hombre con el que he estado saliendo?

«Lo siento, papá.»

—No. ¿Quién es? —Él frunció el ceño.

—Mmm... el tipo del que te hablé.

La puerta de la cocina se abrió de golpe.

—Jackie. —Saludó la señora J desde sus dominios—. ¿Tienes hambre, mi querido muchacho?

—Señora Johnson, cada vez está más guapa. —Honor puso los ojos en blanco, aunque eso no impidió que su hermano entrara en la sala un segundo después con un trozo de tarta de limón que a ella le habían prohibido tocar—. Hola, papá. ¿Qué ocurre, hermanita?

Bien, mejor tener un aliado (o algo parecido) en forma de hermano mayor.

—Le hablaba a papá sobre el hombre con el que he estado saliendo. —Clavó en Jack una mirada seria.

—¿De verdad? Pensaba que ibas a ingresar en un convento.

—¡Oh, Jack! No me obligues a hacerte daño de nuevo.

Su padre bajó el periódico.

—Bien, volviendo a esa persona, ¿podrías decirme cómo se llama?

—Tom. Tom Barlow. El ingeniero, ¿no recuerdas? —Lo mejor sería facilitar la información como si él ya la conociera.

Su padre frunció el ceño.

—¿Eh? Supongo que no te presté atención. De todas formas, ¿qué ocurre con él? ¿Quieres traerlo a cenar?

—Oh, claro. Pero... mmm... la noticia es otra. Estamos pensando en... mmm... irnos a vivir juntos.

Por un segundo, pensó que su padre se llevaría la mano al pecho como si le estuviera dando un ataque. El silencio cubrió la estancia, tan espeso y ominoso que incluso se oyó el tictac del reloj que había sobre la repisa de la chimenea.

—No, de eso nada —dijo su padre en voz alta—. Ni siquiera conozco a ese tal Tom. ¿Quién es Tom? No vas a irte a vivir con un extraño que ni siquiera conozco. ¿Por qué demonios quieres hacerlo? ¿Es por mí y la señora Johnson?

—Papá, ¿no deberías comenzar a llamarla por su nombre de pila? —sugirió Jack con la boca llena de pastel—. ¿Cómo la llamas en la cama?

—¡Jackie! ¿Cómo te atreves a preguntar eso? —La señora Johnson golpeó una olla en la cocina y luego golpeó el suelo con un pie—. John Holland, esto es culpa tuya —declaró—. Y de esa estúpida idea tuya del matrimonio. Honor, no te vas a mudar a ningún sitio. John, me niego a interponerme entre tú y tus hijos.

—Mira lo que has provocado, hermanita —la acusó Jack—. ¿Puedo tomar otro trozo de tarta, señora J?

—Jack, cállate. Y señora J, por favor —dijo Honor—. Claro que va a casarse con papá. Tranquilos. Tengo treinta y cinco años.

—Y subiendo... —murmuró Jack.

Honor le lanzó una mirada asesina.

—Puedo mudarme con quien me dé la gana, y eso pienso hacer. Me gustaría vivir en un lugar distinto a la casa en donde nací.

—Naciste en un hospital —dijo su padre rápidamente.

—No puedes irte a vivir con un desconocido —intervino la señora Johnson—. No pienso aprobar que vivas en pecado.

—Bien, entonces usted debería dejar de hacer el tonto con papá, ¿no cree?

Su padre parecía, efectivamente, a punto de sufrir un ataque al corazón, y la señora Johnson le lanzó una mirada tan gélida como regia.

—Lo siento, señora J —se disculpó—. Pero me voy a vivir con Tom. Tiene una casa preciosa en el pueblo y quiero hacerlo. No es por vosotros. Es por... él. —Sintió que le ardían las mejillas—. Es un tipo fantástico...

—¡No, no lo es! —gritó su padre—. No es fantástico. Si de verdad es tan fantástico, ¿por qué no lo conozco todavía? ¿Cuánto tiempo hace que sales con él?

—No mucho, John Holland, no mucho —entonó la señora Johnson—. Pero no estabas prestando atención, ¿verdad? No, estabas persiguiendo a una mujer y...

—¿No es usted la mujer en cuestión, señora J? —preguntó Jack.

—... y tu hija se va a ir a vivir con un desconocido que podría ser un asesino en serie.

—Y encima eso... —convino Jack.

—Es profesor de matemáticas. Es decir, de ingeniería. Es profesor en Wickham. Es un hombre muy agradable, británico.

—¿Y eso que más da? —preguntó su padre—. ¿Acaso en Inglaterra no hay asesinos en serie? ¿Es que no has oído hablar de Jack el Destripador? —Miró a su único hijo varón en busca de apoyo—. Díselo tú, Jack. Esto es ridículo. Puedes salir con él, Honor, pero nada de irte a vivir con él. Es definitivo.

Mientras su padre, la señora J y Jack se volvían contra ella, Honor no pudo dejar de pensar lo diferentes que eran las normas para los cuatro hijos de John Holland. Faith nunca era cuestionada, ya que era la delicada flor del racimo. Su aparente inocencia le servía de excusa para todo. Honor sabía que no lo había decidido ella, pero no podía dejar de pensar que Faith era muy, muy inteligente por haber nacido con epilepsia. Prudence había sembrado sus semillas de locura cuando los demás todavía no habían nacido, y los tiernos brotes habían pasado casi desapercibidos para unos padres pendientes de cambiar pañales y perseguir niños. Además, Pru se había casado con Carl cuando tenía veintitrés años y había dado a luz dos niños encantadores que ahora servían como entretenimiento. Jack era el varón y heredero, el pequeño príncipe, y cualquier cosa que hiciera estaba a salvo de cualquier reproche.

Y ella siempre parecía tener que someterse a otras exigencias. La que no había dado ninguna sorpresa, la que había hecho justo lo que se esperaba, la que nunca fue motivo de preocupación para sus padres. La buena de Honor. La aburrida.

Había llegado el momento de cambiar. Y por extraño que pudiera parecer, se sentía bien.

—Muchachos, ya está bien. Suficiente —los interrumpió—. Me voy a mudar con Tom. Siento que no lo aprobéis, pero ya no soy una niña.

—Vives en mi casa, ¿verdad? Bajo mi techo, seguirás mis reglas.

—Acabo de decirte que voy a mudarme.

—Honor, ¿por qué ese hombre quiere vivir contigo? Eres mala.
—Jack sonrió.

—Jackie, debería darte vergüenza —intervino la señora J en tono de reproche, por extraño que pudiera parecer.

—Ella no es mala —dijo su padre—. Es mi ángel.

Honor sonrió con dulzura a su hermano.

—Un ángel —murmuró, rascándose la mejilla con el dedo corazón.

—Un ángel que debería saber qué es correcto y qué no —añadió su padre.

Jack sonrió.

—Déjala ir, papá —dijo—. Si no lo hace, acabará aquí sola, cambiándose sus propios pañales mientras alimenta a un puñado de gatos.

—Me gustan más los perros.

—¿De verdad? Pensaba que tenías un gato.

—*Spike* es un perro.

—¿Estás segura?

—Que te den. De todas maneras, me encantaría presentaros a Tom, así que va a venir. Avisad a los demás. El miércoles por la noche, ¿de acuerdo? Bien. Y ¿señora Johnson? ¿Le gustaría ocuparse o prefiere que yo...?

—¿Cómo te atreves a sugerir tal cosa, Honor? ¿Es que de pronto odias mi cocina y...?

—¡Oh, demonios! Mirad qué hora es. Tengo cosas que hacer. Poneos de acuerdo vosotros.

Tres días después, Honor abrió la puerta y sonrió al niño que tenía delante.

¡Vaya!

—¡Hola! —lo saludó—. Tú debes ser Charlie. Es un verdadero placer conocerte. Yo soy Honor.

El muchacho alzó los ojos delineados en negro como si cada globo ocular pesara cien kilos y luego pasó por su lado.

—Entonces, ¿tú eres la mujer? —dijo una señora mayor.

—¡Eh... sí! ¡Hola! Soy Honor Holland. Encantada de conocerla, señora Kellogg.

—Mmm...

El señor Kellogg fue el siguiente.

—Hola —la saludó—. ¿Es moho eso que huelo? Soy alérgico al moho... y al queso. Espero que no vayamos a tomar queso esta noche. Tengo intolerancia a la lactosa. Pero no me vendría mal un *whisky*. Gracias, querida.

«Mi reino por un ansiolítico», pensó Honor.

Para poder matar a todos los miembros de la familia de un tiro (la idea se volvía cada vez más atractiva), Honor había decidido que los Kellogg y los Holland se conocieran a la vez. Y la próxima vez que se le ocurriera una idea así, esperaba que alguien la golpeara con una barra de hierro, ya que la situación no podía ser más incómoda.

—Lo adoro —dijo Faith—. Quiero decir que, ¡guau!, está muy bueno. —Su hermana le brindó una enorme sonrisa—. ¿De dónde lo has sacado?

—¿Estáis hablando de lo macizo que está tu novio? —preguntó Prudence, acercándose a ellas—. Me encanta el acento. Me he perdido al menos el treinta por ciento de lo que ha dicho porque estaba demasiado ocupada mirándole el cuello. Si estuviera soltera se lo habría lamido. Oye, Carl, ¿me sirves un poco más de vino, por favor?

—Querida, tu familia me aterra. —Tom se acercó y la abrazó por detrás—. Dame un beso, ¿te parece? Ah, hola, amigas, no os había visto. —Honor miró a sus hermanas, que estaban visiblemente alucinadas.

Ella no tanto. En primer lugar, no sabía cuánto había bebido Tom. Estaba muy alegre y eso le ponía nerviosa. En segundo lugar, interpretaba el papel de novio cariñoso de forma tal vez demasiado convincente, y eso era agradable. Pero también era incómodo, ya que era mentira. Aunque le gustara. Lo que significaba que era patética, ya que aceptaba con entusiasmo toda esa atención cuando sabía de sobra que Tom actuaba así solo con finalidad fraudulenta. Lo cual no significaba que no fuera delicioso sentir sus brazos. No. No parecía un profesor de matemáticas. Ni siquiera parecía ingeniero.

—Apuesto lo que sea a que eres bueno en la cama —insinuó Prudence.

—Eso me han dicho —convino Tom—. Aunque Honor es la experta en mis habilidades, ¿verdad, querida?

—Me está llamando la señora Johnson —se disculpó ella, zafándose de los musculosos brazos de Tom.

Una eternidad más tarde, se apiñaron alrededor de la mesa del comedor. La señora Kellogg no dejaba de mirar a Tom mientras se lamía los labios, lo que hizo que a Honor se le pusiera la piel de gallina dado que: a) Tom había estado comprometido con la hija de la señora Kellogg, b) ahora estaba a punto de comprometerse con ella y c) la señora Kellogg era casi treinta años mayor que Tom. Había asaltacunas, y luego estaba eso.

El señor Kellogg, por su parte, olfateaba cada trozo de comida antes de metérselo en la boca. Abby, discretamente (o no), enviaba mensajes de texto; Charlie clavaba los ojos en su plato. Sus hermanos, Ned, Goggy y Pops, su madre y la señora Johnson hablaban todos a la vez. Carl comía sin hacer pausas en los bocados, y Levi parecía contento con la aparición de aquellas nuevas corrientes de testosterona y, de vez en cuando, rozaba el cuello de Faith.

Tom se había sentado a su lado, y sentía su cálido y sólido hombro junto al suyo.

En cualquier momento comenzaría el interrogatorio. El tema musical de *Tiburón* daba vueltas en su cabeza. Da-dun. Da-dun. Dadundadundadundadun... doo doo loo, loo, doo doo...

—Y bien... ¿Cómo conociste a mi hija? —preguntó su padre en tono severo.

Tom vació un tercio de la copa de vino.

—Pues en la Taberna de O'Rourke. Es un lugar agradable. La gente es amable. Los gemelos...

—¿Cuándo? —preguntó su padre.

Tom la miró y frunció el ceño.

—¿Cuándo fue, querida? —Él volvió a mirar a su padre—. Estaba pegando a una mujer y me dije «Tommy, viejo amigo, creo que has conocido a la mujer de tus sueños».

Carl se rio y luego tomó otro bocado enorme de patatas a la sal. El resto de la mesa se quedó en silencio. Honor le dio a Tom un codazo en las costillas.

—Pregunté quién era, le pedí que saliera conmigo y luego... ¿cómo es la frase, querida? ¿El destino?

—Qué bonito... —suspiró Goggy en voz alta, lanzando a Honor una mirada de reojo—. Es evidente lo profundamente enamorados que estáis. Los dos. Un matrimonio por amor... —Al parecer, Goggy también había estado viendo los vídeos de YouTube.

—¿Y eso te llama la atención, Goggy? Porque claro, la gente se casa porque se odia —intervino Abby, ganándose un bufido de Charlie, que dio señales de vida por primera vez.

—En cualquier caso —intervino Tom—. Me ha dicho Honor que la nuestra no es la única boda prevista. Enhorabuena, señor Holland, señora Johnson.

Hubo un raro silencio.

¡Oh, jolines!

—Honor, ¿te vas a casar? —gritó Abby, y luego hubo más gritos y exclamaciones, brindis... La señora Kellogg se echó a llorar (y no de felicidad) y Charlie abandonó la mesa.

—Íbamos a mantenerlo en secreto durante un tiempo —dijo ella con contundencia, volviéndose hacia Tom.

—Vaya —se lamentó él—. Parece que me he ido de la lengua, ¿no? —Tom se frotó la nuca—. Voy a hablar con Charlie.

—¡No puedes casarte con él! —ladró su padre—. ¡Acabáis de empezar a salir!

—¿Tengo que puntualizar que eres un hipócrita, papá? —preguntó Honor mientras Faith la abrazaba.

—Conozco a la señora Johnson desde hace más de veinte años —se quejó él.

—En cambio, sigues sin llamarla por su nombre —señaló Jack.

—Y somos viejos, querida Honor —explicó la señora J—. Estoy de acuerdo con tu padre. Date un tiempo.

—No estoy de acuerdo —dijo Goggy, dirigiendo una mirada asesina a la señora J—. Deben casarse. Inmediatamente. De lo contrario, Tom podría...

—¿Sabéis qué? Los dos somos adultos. Nos casaremos cuando sea el momento adecuado —aseguró ella, sin perder de vista que la señora Kellogg servía un montón de vino en un vaso de agua y lo bebía.

—Me pido ser la dama de honor —dijo Faith.

—¿Qué? Yo también —se apuntó Pru.

—Elígeme a mí —pidió Abby—. Así no tendrás que favorecer a una de tus hermanas.

—O a mí —intervino Jack, abrazándola con un solo brazo mientras se servía más vino con la otra mano—. «Caballero de honor», está muy de moda.

—Hablaremos de esto más tarde —le dijo su padre—. No puedes comprometerte con un hombre que acabas de conocer.

—Puedo y lo haré, papá —afirmó ella. Lo vio fruncir el ceño y ella le respondió frunciendo también el suyo.

Familia. Dolores de cabeza. Acidez.

—¿Hay más queso? —preguntó Pops.

Si salía viva de esa comida, sería un milagro.

—¿Charlie? Abre la puerta, amigo. —Por lo menos ese día no había nevado, aunque el viento cortaba de lo frío que era—. Charlie, venga, no seas idiota.

Esas situaciones no se le daban bien. Tiempo atrás había pensado que sabía tratar a los niños. Por eso se había convertido en profesor. Le encantaba dar clases. Los muchachos como Jacob Kearns, que se bebían lo que impartía y se emocionaban al aprender algo nuevo, eran los mejores.

Pero en los tres largos años transcurridos desde que Melissa había muerto, Tom había perdido esa habilidad. En especial con su hijo. Y sí, beber mucho había sido una estupidez.

El muchacho miró hacia delante. Tenía el delineador corrido. No era buena señal, ¿verdad?

—Mira —dijo Tom, agachándose para que sus ojos quedaran al mismo nivel que los de Charlie—. Creo que cuando llegues a conocerla, te gustará.

—¿Y quién dice que voy a llegar a conocerla? —le retó él. Bueno, por lo menos le estaba hablando.

—Creo que lo harás. Es decir, entre tú y yo no va a cambiar nada.

—Salvo que estarás casado.

—Sí, eso sí. Pero todavía quiero que vengas a casa, enseñarte a boxear y asistir a los eventos del instituto y todo eso. —Charlie llevaba años sin invitarlo a ninguno—. Lo que tú quieras, amigo.

No hubo respuesta.

—Su familia es agradable, ¿no crees? Debes de conocer a Abby del instituto.

Eso hizo que el muchacho lo mirara.

—Y quizá sea bueno que conozcas a más gente por aquí. Que tengas más familia.

—No van a ser mi familia. Ni siquiera tú eres familiar mío.

Sabía bien a dónde apuntar, tenía que reconocerlo.

—Pero siento que lo soy.

—No lo eres.

—De acuerdo, Charlie. Me voy. —Se giró para volver a entrar, pero antes de hacerlo, se dio la vuelta y se agachó de nuevo—. Siempre querré a tu madre, lo sabes. Eso no cambiará nunca.

—¿Por qué? Ella no te quería.

Otro golpe directo, en esta ocasión justo en las pelotas. Tardó en recuperar la voz.

—Entra cuando tengas frío.

Honor lo esperaba en la puerta de la gran casa blanca.

—¿Está bien? —le preguntó en cuanto entró.

—Oh, estupendo.

—Bueno, ahí dentro todos se han vuelto locos.

—Cierto.

—Tom —susurró ella bajando la voz—, tienes que tomarte esto más en serio. Tenemos que resultar convincentes o nos pillarán. Levi es el jefe de policía. Como piense que no somos una pareja de verdad...

Él la abrazó y la besó con intensidad. No trató de ser amable, fue un beso feroz, primario, que no tenía nada que ver con la seducción o la ternura. Estaba lleno de frustración.

Entonces ella abrió la boca y le puso las manos en el pecho al tiempo que él la empujaba contra la puerta, apretándose contra sus suaves curvas. Relajó el beso mientras le sostenía la cabeza entre las manos, enredando los dedos entre los sedosos mechones, olvidándose de todo lo demás mientras se perdía en su sabor. En la boca de Honor solo encontraba ternura y dulzura.

Entonces la soltó bruscamente y dio un paso atrás.

—¿Así está bien? ¿Es lo suficientemente convincente?

Ella lo miró con los ojos muy abiertos.

—Lo siento —se disculpó. Después, entró en la casa para enfrentarse al fragor de la multitud acompañado de su frustración.

Capítulo 12

Tom se había olvidado del pequeño perro-rata.

Spike. Eso era. El pequeño roedor ya le había mordido. Dos veces. Tenía los dientes del tamaño de una grapa, por supuesto, pero eso era solo el principio.

Honor tenía muchas cosas. Cajas y cajas de cosas. Libros. Un ordenador enorme. Cuadros para colgar en la pared. Dos maletas muy grandes.

Se lo había tomado en serio.

—Ya está —indicó ella cuando él sacó el último bulto del automóvil—. Ahora me toca deshacer el equipaje.

Él no era capaz de apartar la vista de todas aquellas cajas.

—Cierto.

—¿Cuál será mi dormitorio?

—El que quieras. El que más te guste.

Notó que se le ruborizaban las mejillas.

—Si inmigración viene a inspeccionar la casa, nuestras cosas deben estar juntas. Me refiero en la misma habitación.

Él la miró.

—Ah, claro. De acuerdo. La mía es la de la derecha.

—Bien. Colocaré allí mis cosas y... mmm... dormiré en la otra.

—Excelente.

—También deberíamos sacarnos algunas fotos en las que parezcamos felices. Desde diferentes ángulos. Fotos del noviazgo.

—Por supuesto, cuando quieras.

Ella asintió con la cabeza.

—Entonces, voy a instalarme.

—¿Necesitas ayuda?

—¡No! Estoy bien. Estoy bien. Todo está bien. —Se fue, seguramente ansiosa por preparar el nido, o por alejarse de Tom, tal vez por las dos cosas.

El perrito se puso en cuclillas y orinó en la alfombra. Qué gracioso, ¿verdad? Luego siguió a su dueña por las escaleras, tan pequeño que tenía que saltar para subir cada escalón.

Tom miró el reloj que había sobre la chimenea. Eran las cuatro. Por desgracia, demasiado pronto para tomar una copa. De acuerdo. Podía corregir las ruinas de mitad de trimestre y luego echar un vistazo a los planos de la pequeña Piper que quería modificar. Y llamar a Jacob para concretar una reunión para que el muchacho se enterara de lo que se suponía que sabía hacer un ingeniero.

Pero en ese momento, lo mejor sería una copa. A la salud de Honor Grace Holland, que parecía tener muchas ganas de que aquello funcionara.

Y si no había funcionado con Melissa, ¿por qué demonios iba a funcionar ahora?

Cuatro años antes, Tom había viajado a Manhattan para pasar el verano, ya que no había estado antes en Estados Unidos. Nunca había salido de Inglaterra, demasiado ocupado con el boxeo o la escuela. Había decidido empezar con la legendaria Gran Manzana y seguramente continuar con alguno de esos parques nacionales de los que los yanquis estaban tan orgullosos.

Después de pasar unos días en Manhattan había ido a ver a su tía abuela Candace, que vivía en Filadelfia, conocida como «El lugar donde nació la libertad» según anunciaba descaradamente el letrero. La verdad es que los estadounidenses parecían creer que habían inventado hasta el aire. Apenas conocía a la tía Candy, pero era la hermana pequeña de su difunta abuela. Su padre tenía buenos recuerdos de ella y le había pedido que fuera a visitarla. Así que había alquilado un automóvil y conducido el trayecto correspondiente, y la tía Candy lo abrazó como si fuera un hijo perdido hacía mucho tiempo. Fue ella quien le enseñó todos los lugares de interés de la ciudad, La Campana de la Libertad e Independence Hall. Cuando lo llevó al museo de arte, él corrió por las escaleras (junto con tres o cuatro turistas más) y bailó por la terraza, cerca de la estatua de Rocky Balboa, e hizo reír a su tía. Luego la llevó a cenar, y cuando ella le preguntó si podía quedarse un día más para presentarle a sus amigos, él estuvo de acuerdo. Era una viejecita encantadora.

La acompañó al *picnic* de la iglesia al día siguiente, donde sus amigos quedaron encantados con su acento y le dijeron que era adorable, cacareando que cómo no estaba casado todavía a la madura edad de veintiocho años.

—¿Me puedes ayudar a arreglar esto? —dijo una voz.

Tom bajó la vista y vio a un niño pequeño con una boca llena de dientes demasiado grandes que tenía en la mano una cometa barata de plástico. Una de las varillas estaba rota.

—Es el nieto de Janice Kellogg —explicó Candy—. Charlie, te presento a mi sobrino nieto, Tom.

—Vamos a ver qué se puede hacer, amigo —había dicho él. Sacó la navaja, cortó una rama de un arbusto cercano, la dobló para que fuera más resistente al viento y talló los extremos antes de envolverla en un largo trozo de mantel de plástico. Sustituyó la varilla rota por aquella improvisada. Unos minutos más tarde, la cometa de Charlie volaba más alta y más rápida que cualquier otra del parque. ¿Quién mejor para arreglar una cometa que un ingeniero especializado en aeronáutica? La mirada de felicidad que apareció en el rostro del niño... fue una pasada. Se había arrodillado junto al crío para mostrarle cómo hacer con la cometa una figura en ocho y disfrutó sus gritos de alegría como la mejor recompensa.

—Gracias por ayudar a mi hijo —dijo una voz. Cuando Tom levantó la mirada, se enamoró a primera vista.

Melissa Kellogg era preciosa. Largo pelo negro y ojos azules. Tuvo a Charlie con veinte años y en ese momento había cumplido treinta, y estaba soltera.

—Su padre es un cabrón —le había confiado en voz baja—, pero no voy a permitir que Charlie se entere.

Trabajaba como asistente legal, adoraba a su hijo y llevaba un tatuaje de unas flores en el cuello, justo en el punto al que llegaba el borde de la blusa.

Al final del *picnic*, Melissa le pidió que fuera a cenar con ellos. Lo hizo.

También cenó con ellos el lunes, el miércoles y el jueves, y el viernes ella dejó a Charlie con sus padres y se la llevó a la cama.

Jamás llegó a recorrer los parques nacionales.

En septiembre tenía un visado y un trabajo como profesor adjunto en una pequeña universidad. Era un puesto inferior al que ocupaba en la Universidad de Manchester, pero le parecía un precio pequeño a pagar. Se mudó con Melissa y con Charlie a su dúplex, un lugar algo desgastado pero respetable en Filadelfia, completamente enamorado de los dos.

El niño nunca se callaba. Le interesaba todo, hacía oscuras referencias a los *Jedis* y a *Doctor Who*. En otras palabras: lo conquistó por completo. Melissa solía decir que tenían la misma edad mental. Charlie le pidió que le construyera una casa en un árbol, le pidió consejo para fabricar un automóvil con una caja de cartón e hicieron tantos aviones de papel que Melissa se quejó de que ni siquiera iba a poder encontrar un pedazo de papel en el que escribir la lista de la compra.

Durante un tiempo fue perfecto. Una mujer preciosa, un niño fantástico, un trabajo no demasiado malo. Sexo brutal. Su carrera como docente, que había comenzado poniéndose por delante de otros treinta y siete candidatos para un puesto de profesor asociado en Inglaterra, ya no le importaba demasiado. Para sacar algo de dinero extra, personalizaba aviones para ricos, así que todo iba bien. No, bien no, parecía que había encontrado a la familia perfecta.

Había estado enamorado unas cuantas veces antes. Para empezar, de Emily Anne Cartright, su vecina de al lado, que cortó con él cuando tenía seis años. Pero Melissa... era especial. Era increíble en la cama, algo que no se debía subestimar. También era divertida y comprometida. Le gustaba discutir por cosas tontas, pero teniendo en cuenta lo que ocurría después de las disputas, a él llegó a encantar pelearse con ella.

Y era una buena madre, aunque recurría demasiado a los macarrones con queso envasados y dejaba que Charlie viera demasiada televisión y jugara a videojuegos violentos. Sin embargo, era obvio que lo adoraba. Le revolvía el pelo y halagaba las construcciones que hacía con los Lego, y se reía con él antes de acostarlo.

Al principio, Tom no podía creer que hubiera tenido tanta suerte. No entendía que esa hermosa mujer se hubiera fijado en él. Encima venía con el paquete completo. Parecía... perfecta.

Por supuesto, no lo era.

Después de que el encandilamiento inicial se disipara, comenzó a darse cuenta de que Melissa siempre estaba descontenta. No le gustaba su casa, aunque él consideraba que era muy agradable. Quería un trabajo diferente. Odiaba a sus compañeros de trabajo, pensaba que la política de empresa respecto a las bajas por enfermedad, tiempo para comer y vacaciones era injusta. A lo largo de los siete años anteriores, había cambiado once veces de puesto de trabajo, haciendo de todo, desde camarera a lavacabezas en una peluquería elegante o secretaria de un médico. Cuando él le sugirió que buscara otro empleo, se dio cuenta de que ella no sabía lo que quería porque se le ocurrían las ideas más absurdas. Le habló de ser veterinaria, propietaria de un restaurante, arquitecto... Materias para las que no tenía habilidades ni conocimientos, ni tampoco la voluntad para adquirirlos.

Y luego, unos meses después, notó que el descontento lo incluía a él. Esa sensación fue aterradora. Lo miraba como si estuviera pensando en cómo pedirle que se mudara. Si hablaba de los muchachos a los que daba clase, ella suspiraba y comenzaba a garabatear, aburrida. Mientras que a él le encantaba la rutina que habían imprimido a sus vidas —ver películas con Charlie la noche del viernes o dar un paseo en bici los domingos—, ella quería salir, ir a conciertos, ir de «fiesta», esa palabra que los estadounidenses usaban para emborracharse. Su primera gran pelea se produjo cuando los padres de Melissa no pudieron quedarse a cuidar de Charlie y ella quiso dejarlo solo en casa.

—No podemos hacer eso —dijo Tom—. Es demasiado pequeño.

—Creo que, como madre, sé lo que es más conveniente para mi hijo —replicó ella con frialdad—. Casi tiene once años.

—Es la ley —le recordó él.

—Estupendo. Quédate con él. De todas formas, le caes mejor que yo. No pienso quedarme aquí sentada viendo cómo crece el moho. —Se marchó y no regresó hasta las cuatro de la madrugada, cuando él se debatía entre si debía o no llamar a la policía. Ella se había disculpado con dulzura, lo llevó a la cama y luego le dijo que sentía haber estado fuera hasta tan tarde; que había estado sometida a mucho estrés durante los últimos días y necesitaba desahogarse.

Algo que, como luego resultó evidente, le ocurría muy a menudo.

Por Navidad se dio cuenta de que seguramente debería haber ido más despacio con Melissa. El problema era que estaba loco por su hijo, y que Charlie lo adoraba. Y ese, al parecer, era uno de los motivos por los que ella quería romper con él.

Estaba celosa.

Un día, cuando Melissa había avisado en el trabajo de que estaba enferma (otra vez), Charlie entró corriendo en casa al llegar de la escuela.

—¡Tom! ¡Tom! ¡Tomtomtom! —gritaba con un papel en la mano.

—¿No querrás decir mamá, mamá, mamamamamamá? —dijo Melissa con un tono desagradable—. ¿O es que Tom es ahora tu mami?

A ella no se le ocurrió que él, que tenía horario de profesor, era el adulto que recibía a Charlie en casa desde hacía tiempo. Tampoco le preguntó sobre el papel, un examen de ortografía de Charlie en el que, por primera vez, había conseguido un diez gracias a lo mucho que lo había ayudado a estudiar.

—Charlie, cariño —dijo ella en otra ocasión—, vamos a tomar un helado solo nosotros dos. —Al mismo tiempo, le había lanzado una mirada cortante—. Solo la familia. —Pero esa noche, cuando regresaron, Charlie estaba pegajoso por culpa del azúcar, y ella le dio a Tom un beso y le entregó un helado de caramelo medio derretido que rezumaba por los bordes de la espuma de poliestireno del recipiente.

Y ese era el problema. Si Melissa hubiera sido insoportable todo el rato, posiblemente la habría dejado. Pero quería creer que esos momentos buenos mostraban a la verdadera Melissa: la que no se quejaba, la que no hablaba mal de sus compañeros de trabajo ni de sus padres, la que no estallaba sin razón aparente. Se había convertido en madre soltera a los veinte años y vivido en casa de sus padres hasta hacía apenas dos... A lo mejor todavía estaba probando sus alas. Era inteligente, divertida... Cuando estaba de buen humor, era absolutamente fantástica.

Pero cuando no lo estaba, se pasaba días sin hablar con él, se acercaba a Charlie para mostrarse superterna con él, casi como si quisiera demostrar que Tom no era su padre.

Así que, siendo hombre y por tanto idiota en lo relativo a los asuntos del corazón, él pensó que debía hacerle la propuesta.

Exacto.

Una decisión que había estado a la altura de otras importantes elecciones en su vida, como cuando había intentado bajar por una barandilla metálica con el monopatín y acabó con el escroto magullado y dolorido durante tres semanas.

Así que hizo lo que se había propuesto. Compró el anillo y una docena de rosas rojas, se puso su único traje y fue a buscarla al trabajo, pensando que le gustaría una gran escena. Se puso de rodillas y le hizo la gran pregunta, y cuando ella dijo «mierda, Tom», se lo tomó como un sí. Igual que todos los demás, porque rieron, aplaudieron y lo felicitaron. Melissa parecía feliz cuando miraba el anillo sonrojada.

Y funcionó durante un tiempo. Le gustaba ir de compras para elegir el vestido, probar tartas nupciales y tachar a personas de la lista de invitados cuando le irritaban... para volver a ponerlas más tarde (o no).

Pero Tom se dio cuenta de que ella se estaba volviendo cada vez más distante. Mantenían relaciones sexuales con menos frecuencia. Melissa salía más con sus amigas y se quedaba hasta más tarde. Y luego llegaron las llamadas telefónicas, cuando corría para responder y decía «espera un minuto» antes de irse a hablar al cuarto de baño, siempre con la puerta cerrada.

Cuando llegó abril, Tom estaba casi seguro de que Melissa tenía una aventura.

—Melissa, ¿estás verdaderamente segura de que quieres casarte conmigo? —le preguntó una noche de sopetón mientras yacían en la oscuridad, sin tocarse.

—¡Oh, bueno! —La oyó suspirar—. Sí, Tom, quiero casarme contigo. Te dije que sí, ¿verdad? ¿Puedes dejar de comportarte como una vieja?

Estuvo a punto de romper con ella media docena de veces. Pero ¿a quién quería engañar? Si ponía fin a aquello, perdería a Charlie, y ese pensamiento era intolerable. Quizá fuera esa la razón de que se quedara con él, así ella podía ser sarcástica con los hombres. Pero Charlie adoraba a Tom, y por primera vez el niño tenía una influencia masculina en su vida, y Melissa, en sus momentos más agradables, reconocía que él era bueno para su hijo.

Aunque esos momentos eran cada vez más raros.

Un viernes, al llegar a casa, se la encontró metiendo algunas prendas de ropa en una bolsa de viaje.

—Me voy a pasar el fin de semana con una amiga —le dijo con una mirada de reojo—. Vas a estar aquí, ¿verdad? Charlie odia quedarse con mis padres.

—¿A dónde vas? —preguntó él—. ¿Con qué amiga?

—¿Es que siempre tienes que interrogarme? —le espetó ella.

—Melissa —intentó razonar—, creo que tengo derecho a saber a dónde vas.

Ella suspiró y dejó de doblar la ropa. Él no pudo dejar de notar que había metido la ropa interior más sugerente en la bolsa.

—Mira, Tom —dijo ella muy despacio—. Necesito algo de tiempo para pensar. ¿Estamos? Así que no hagas demasiadas preguntas porque solo necesito un poco de espacio. Nos veremos el domingo.

—¿Puedo ir contigo, mamá? —preguntó Charlie desde la puerta.

—Esta vez no, cariño —contestó ella, recogiendo la bolsa de la cama—. Pero te prometo que te traeré un regalo, ¿te parece bien? Ahora dame un abrazo. —Charlie se lo dio y los dos la siguieron a la puerta para despedirse.

—Entrad —les ordenó ella—. Aquí fuera hace frío. ¡Adiós! Nos vemos el domingo.

Ellos obedecieron.

—¿Qué podemos hacer esta noche? —preguntó Charlie—. ¿Vamos al cine?

—Claro, amigo —aceptó Tom—. Venga, deja que vaya a por el periódico para ver la cartelera.

Salió al pequeño patio, frotándose la nuca.

Y allí estaba ella, cuatro casas más abajo, con la bolsa al hombro. En el cruce estaba aparcado un automóvil azul, uno de esos monstruos enormes de Detroit. Salió un hombre que le abrió la puerta y arrojó la bolsa al asiento trasero antes de volver a sentarse al volante.

Él cerró la boca, saboreando la amargura.

Así que Melissa estaba teniendo una aventura. Lo había intuido, pero comprobarlo era como recibir un gancho de izquierda en los riñones.

—Ni siquiera ha querido entrar... —Escuchó decir a Charlie. Tom se dio la vuelta. El muchacho estaba pálido y tenía el ceño fruncido.

—¿Quién, amigo? —preguntó con la voz neutra.

—Mi padre.

Melissa no respondió al teléfono, aunque Tom le dejó once mensajes, diciéndole que Charlie los había visto y que quería saber por qué sus padres no lo habían llevado con ellos. La amargura en su voz era palpable. Una cosa era que tuviera un lío y otra que se largara por ahí con el padre de su hijo sin que el tipo se molestara en entrar y saludar al muchacho. Ah, y no nos olvidemos: tras pedirle a su prometido que cuidara de su hijo mientras estaba acostándose con otra persona.

Pero al ver que ella no regresaba a casa el domingo, esperó a que Charlie se sentara a ver la tele para llamar a Janice Kellogg.

—¡Oh, por el amor de Dios! —dijo, cuando le contó lo que Charlie había dicho—. ¿Es que esa muchacha no aprenderá nunca?

Según le contó Janice, desde que Melissa conoció a Mitchell De-Luca, este fue puro veneno. Una vez y otra el hombre había entrado y salido de la vida de Charlie y desaparecido durante un año, a veces más. Aparecía solo lo mínimo para que el niño lo reconociera.

—¿Tienes alguna idea de dónde pueden estar? Charlie está preocupado. De hecho, se niega a comer.

—No lo sé —dijo Janice, que en ese momento ya parecía bastante enfadada—. Tom, solo puedo decirte que es algo que ocurre con relativa frecuencia... y también que Walter y yo estamos seguros de que va a volver. Nunca ha desaparecido más que unos días. Siempre acaban peleándose y odiándose de nuevo. Es decir, hasta que deciden que no pueden vivir el uno sin el otro.

Jodidamente fantástico.

—Gracias. —Colgó y miró hacia la sala. A pesar de que emitían un programa cómico, Charlie miraba seriamente al frente. El pequeño no había hablado mucho desde que vio a sus padres juntos.

Tom comenzó a marcar los números de las amigas de Melissa. Sintió que perdía un poco de dignidad con cada llamada.

Melissa no regresó.

Según Mitchell DeLuca y el informe de la policía, habían tenido una pelea horrible, gritándose lo suficientemente alto como para que los oyera la gente que había en la habitación contigua del motel. Melissa había tomado unas copas de más y salió a dar un paseo. Fue cuando decidió enviarle un mensaje de texto.

«Tom, no eres...»

Un automóvil la atropelló y la mató en el acto.

Él se sintió muy raro al ser el novio cornudo en el velatorio, de pie junto al ataúd de la mujer con la que pensaba casarse, acompañando a sus padres y a su amante (y exmarido). De vuelta a casa, al ver la cara pálida de su hijo, notó que tenía un nudo en la garganta. Se sintió jodidamente indefenso.

Mitchell DeLuca se le acercó después del funeral.

—Me gustaría hablar con mi hijo —dijo en tono amistoso.

Y Tom, que había noqueado en un combate de pesos medios al campeón de Gran Bretaña, se hizo a un lado y le dejó entrar.

Charlie parecía haber empequeñecido desde que su madre murió, pero se le iluminó la cara al ver a su padre, y Tom sintió que perdía otro trozo de corazón.

—Voy a... mmm... hacer la cena —dijo, dirigiéndose a la cocina. De esa manera podría espiarlos desde los fogones donde calentaba los guisos que habían llevado las buenas parroquianas de la iglesia de tía Candy.

—Papá, ¿ahora voy a vivir contigo? —preguntó Charlie. A él se le llenaron los ojos de lágrimas.

«Di que sí, cabrón», ordenó a Mitchell.

—Hijo, me encantaría si pudiera —y Tom casi percibió cómo el corazón del muchacho se rompía por segunda vez esa semana.

Su estilo de vida, según le dijo Mitchell a su hijo, no era adecuado para un niño. Viajaba mucho. Aunque, añadió, lo lamentaba. Le dijo a Charlie que estudiara mucho en la escuela, luego le revolvió el pelo, se puso de pie y, simplemente, se fue.

Tom esperó dos segundos para entrar en la sala.

—¿Estás bien, amigo?

—Se siente muy triste porque no puede llevarme con él —susurró Charlie. Tuvo que reprimirse para no correr detrás de Mitchell y golpearlo hasta dejarlo convertido en una pulpa sanguinolenta.

—Claro que sí —dijo—. Sin duda te quiere mucho.

—Lo sé —respondió Charlie. Y fue la primera vez que percibió odio en la voz infantil que había llegado a amar.

Tom le preguntó a los Kellogg si podía adoptar a Charlie. Y ellos se negaron. Después de todo, ni siquiera hacía un año que conocía a Tom. Y, de todas formas, ¿por qué querría un tipo de veintinueve años adoptar a un crío de diez? Si quería, podía visitarlo en su casa.

Así que Charlie se fue a vivir con sus abuelos. Cuando salieron del pequeño dúplex por última vez, Charlie se volvió hacia él. Por un momento, él pensó que el muchacho lo iba a abrazar.

Pero se equivocó.

—¿Por qué fuiste tan malo con ella? —gritó, lanzándose sobre él y empezando a darle puñetazos en la cara—. ¡Hiciste que te dejara! ¡Te odio! ¡Te odio! ¡Te odio!

Charlie asistía a terapia de apoyo emocional, pero no parecía funcionar. Vivir en otra zona de la ciudad e iba a una escuela diferente, lo que no facilitaba nada las cosas. Su madre había muerto, su padre era idiota y ahora lo separaban de sus compañeros de clase. Él siguió visitándolo casi obstinadamente, y fue testigo de cómo el niño que adoraba se volvía cada vez más retraído. Charlie parecía desaparecer a pasos agigantados, por no hablar de lo mayor que se hacía. Ya no quería ver películas de ciencia-ficción, ni le apetecía hacer maquetas de aviones o jugar al fútbol. Su madre había muerto, su padre no lo quería, sus abuelos solo cumplían con su deber y él... él era el culpable de todo.

Capítulo 13

Una semana después de haberse mudado a casa de Tom Barlow, Honor pensaba que tenía que estar loca (posiblemente), borracha (improbable) o ser muy, muy patética (¡bingo!) por haber tenido la idea de irse a vivir con él.

Tom y ella habían convivido ya siete noches y algunas silenciosas tardes. Cuando llegaban a casa del trabajo intercambiaban frases educadas y se turnaban para hacer la cena. Ella tomaba una copa de vino y él una cerveza... o un vaso de *whisky*. A veces más de uno (aunque procuraba no contarlos). Cenaban. La conversación era parca. Tom parecía tenso y ella, sin duda, lo estaba. Después se escondían en rincones opuestos. Ella se dedicaba a pulir los detalles del baile Blanco y Negro, Tom corregía exámenes o preparaba las clases.

Compartían las tareas domésticas y estaba contenta de ver que Tom era ordenado, aunque no hacía bien la cama (su cama, por el contrario, parecía la de una foto de revista). Enjuagaba el lavabo después de afeitarse e incluso tenía un aspirador.

Una noche vieron una película, pero ambos eran de esas personas que no hablan durante las películas, así que no había sido una experiencia muy sociable que digamos.

—Buena película —fue el comentario de Tom.

—Pues sí —convino ella.

El martes, Charlie pasó por casa, y Tom se mostró muy alegre, ignorando el hecho de que el niño no respondía a ninguna pregunta y se limitaba a cenar sin establecer contacto visual.

—¿Qué tal en el instituto? —preguntó Honor.

Él se limitó a gruñir.

—¿Sigue dando inglés la señora Parrish?

Charlie suspiró y asintió con la cabeza.

—También me dio clase a mí.

Él la miró como diciendo «¿y a mí qué me cuentas?».

—¿Todavía huele a mentol?

El muchacho se encogió de hombros.

—Charlie. Responde, amigo —intervino Tom.

—Sí. La señora Parrish sigue oliendo a mentol.

—¿Te apetece un poco de tarta de uvas? —ofreció ella. La había hecho esa misma tarde en honor de aquella incómoda visita, con la esperanza de que fuera mejor de lo que iba hasta el momento.

—Todavía no ha terminado la cena —señaló Tom.

Miró al muchacho.

—Bueno, es una ocasión especial. Su primera cena desde que nosotros vivimos juntos. Así que quizá podríamos saltarnos alguna regla, Tom.

Él pareció dudar.

—Bueno... ¿Te apetece un poco de tarta, Charlie?

Él se encogió de hombros, pero ella notó con satisfacción que se tomaba tres trozos. Eso sí, en silencio. Cuando Tom llegó de llevarlo a su casa, se fue a correr. Mucho rato.

Así que la comunicación no parecía ser su punto fuerte.

Decir que las cosas estaban tensas era ser suave. Por un lado, se trataba más o menos de un acuerdo, de un negocio, por lo que la presión romántica no existía. Por otro, ya se habían acostado juntos, y por las noches, mientras escuchaba los desconocidos sonidos de Manningsport y los automóviles que pasaban de vez en cuando, se preguntaba si no habría sido una estupidez decirle a Tom que debían permanecer separados. Quizás el sexo hubiera conseguido que todo eso fuera más natural.

Pero si aquello no salía bien, el sexo podría haber complicado una situación ya rara de por sí.

No podía evitar lanzarle alguna miradita de vez en cuando, aunque por desgracia él no parecía sentirse afectado de la misma forma... y si lo hacía, lo disimulaba bien.

El jueves por la noche la llamó Faith para preguntarle si podían ir a cenar juntas. Honor aceptó a regañadientes; fingir el papel de novia enamorada —o cualquier otro— no era fácil, en especial si tenía en cuenta que Faith sí lo estaba. Su hermana se ofreció a conducir y le preguntó si podían quedar en el gimnasio Cabrera's Boxing, porque Levi tenía una «cosa». Así que ella recorrió las tres manzanas que separaban su casa del gimnasio mientras *Spike* asomaba su linda cabecita negra y marrón por el bolso, alerta ante el peligro.

Honor nunca había entrado en Cabrera's, algo inusual, dado que conocía todos los negocios de Manningsport. Para ella era una especie de círculo del infierno de Dante, frío, oscuro y con poca luz, del que salían todo tipo de sonidos. Fue fácil ver a Faith, vestida de amarillo, con la mirada clavada en un cuadrilátero mal iluminado.

Honor se acercó y se detuvo al pasar por al lado de un adolescente sentado en una silla metálica. Se trataba de Charlie Kellogg, vestido con pantalón de chándal gris y una camiseta con una imagen de una cabra con cuernos. Quizás estaba en un club que entrenaba allí después del instituto o algo así. Tenía un teléfono en la mano y unos auriculares en las orejas.

—Hola, Charlie —lo saludó.

Él la miró, pero no respondió.

—Encantada de volver a verte —murmuró Honor, acercándose a su hermana.

Faith tenía los ojos clavados en los dos hombres que se movían en el cuadrilátero. Al parecer, la «cosa» de Levi consistía en recibir miradas lascivas de su esposa mientras luchaba contra alguien. No es que fuera algo de su agrado, dos tipos sudorosos pegándose, pero parecía que a Levi le gustaba. El otro tipo tenía tatuados los dos hombros, musculosos y relucientes de sudor, y bueno... quizás hubiera algo bueno que decir del boxeo, después de todo. Los dos hombres usaban cascos, pero reconoció la sonrisa de Levi mientras daba un gancho (o como se llamara) de derecha. El otro boxeador respondió con una combinación de izquierda-derecha-izquierda y Levi se tambaleó, aunque se recuperó y le soltó algo ininteligible al otro tipo.

—¿Quién pelea contra Levi? —susurró.

Faith la miró extrañada.

—Tu novio —respondió.

Vaya sorpresa.

—Oh, claro. No lo reconocí con el casco y la poca iluminación, me pareció... eh... Gerard. Gerard Chartier, el jefe de bomberos.

Gerard medía metro noventa y se parecía a don Limpio. Tom debía de medir ocho centímetros menos y pesar unos veinte kilos menos, y tenía la bandera británica tatuada en el hombro. Quizá debía haber considerado eso una pista. Por otro lado, la única vez que lo había visto sin camisa estaba encima de ella (¡oh, maravilloso recuerdo!) y había estado demasiado ocupada metiéndole la lengua en la boca para fijarse en esas singularidades.

Sonó la campana, los dos hombres se dieron un golpe en los guantes y salieron del cuadrilátero. Levi tomó a su esposa entre sus brazos y la besó, y luego Tom se inclinó y la besó a ella, como cabría esperar de cualquier novio.

Fue un beso rápido, pero la tomó por sorpresa de todas formas, y la hizo estremecer con tanta intensidad que hubiera jurado que las luces parpadeaban. Tom tenía unos labios... excelentes, y aquel olor a masculinidad, sudor y jabón. Tenía el pelo de punta por el esfuerzo, los abdominales eran pecaminosamente extraordinarios, y una gota de sudor se deslizaba muy despacio hacia abajo..., hacia su...

—Hola, querida. ¿Has venido a animarme mientras le doy una paliza a tu pariente? —No parecía estar muy afectado, y ella trató de salir de su ensimismamiento y mirarlo a la cara.

—Bueno, en realidad, Levi no es pariente mío, pero... er... ¿qué me has preguntado?

—¿Qué haces aquí, amor?

—He quedado con Faith. Mmm... se te veía muy bien, cari.

—Oh, no. No lo llamarás así, ¿verdad?

Honor se volvió y vio a su sobrina a su lado con su mejor amiga, Helena Meering.

—Hola, cielo —la saludó.

—Hola, tía —dijo antes de volverse hacia Levi con los brazos en jarras—. ¿Ya lo has hecho? Pensaba que ibas a enseñarnos a protegernos, Levi. Por eso estamos aquí.

Cierto. Prudence había mencionado que Abby quería aprender defensa personal antes de comenzar a salir con muchachos.

—Llegas una hora tarde —se justificó Levi, arqueando una ceja—. Te dije que estuvieras aquí a las cuatro y son las cinco y diez.

—Estás muy bueno, jefe Cooper —afirmó Helena.

—Eso es inapropiado, jovencita.

—Bueno, es que es verdad —insistió la niña, comiéndose también con los ojos a Tom, que estaba quitándose los guantes... con los dientes. No era tonta la cría.

—Y ese es el señor Barlow —dijo Levi. Una pausa—. Oye, Tom, supongo que no estarás interesado en dar una clase de defensa personal conmigo, ¿verdad?

—Dios, ¿en serio? —preguntó Helena—. En un segundo se apuntarían más de un centenar de mujeres.

A unos metros, Charlie se incorporó y se quitó un auricular.

Tom la miró. Ella le hizo un gesto con la cabeza para señalar a Charlie y Tom lo miró. La leve sonrisa que brilló en sus labios hizo que ella volviera a estremecerse de nuevo.

—Claro, te echaré una mano —repuso—. Me encantaría.

—¿Es británico? —chilló Helena—. Hola, soy Helena. Cumpliré dieciocho años dentro de siete meses.

—Está pillado, ¿eh? —intervino Abby—. ¿Recuerdas? Se va a convertir en mi tío. Honor y él están comprometidos.

Helena se volvió hacia ella con la boca abierta.

—¿Contigo? ¿En serio?

Jodida niña.

—Sí, Helena. Vamos... vamos a casarnos. —Bueno, era difícil decirlo en voz alta, sobre todo cuando un oficial de policía te estaba mirando. Sentía las piernas un poco flojas. Por el rabillo del ojo, vio que Charlie se movía.

—Tom Barlow. Un placer —dijo Tom—. Y este es mi hijastro no oficial, Charlie Kellogg —presentó—. También es boxeador.

—Estupendo —dijo Helena.

—Hola, Charlie —saludó Abby.

—¿Qué tal, Abby? —respondió él. Se sonrojó.

—Muy bien, nos vamos —se despidió Faith, y besó a Levi una vez más—. Mi plan es enterarme de todos los detalles jugosos sobre ti, Tom, por lo que considérate advertido.

—Gracias por el aviso —dijo él al tiempo que le ponía a Honor un brazo sobre los hombros—. No le cuentes todos mis secretos, querida.

Ella sintió que se le calentaban las mejillas, aunque sin duda ya estaban rojas. A Tom se le daba mucho mejor que a ella fingir.

—Tranquilo —contestó a un volumen demasiado alto—. Bueno, nos vamos.

Y durante las siguientes horas, mintió. A su hermana pequeña.

Bueno, no le mintió exactamente, pero no le dijo toda la verdad. Sí, había sido todo muy rápido. Sí, Tom tenía un acento adorable. Sí, era bastante atractivo... Sí... sí... sí...

El secreto le retorcía las entrañas. Pero aunque Faith y ella mantenían una relación cada vez más fluida ahora que la menor de los Holland había regresado a casa, no podía pedirle a su hermana que le ocultara algo de ese calibre a su marido, el jefe de policía. Tampoco podía contárselo a Pru, que tendía a dejar escapar la información con la misma facilidad que balaba una cabra. Y Jack... mejor olvidarse de él. Podría haber considerado decírselo a Jessica Dunn, pero era su ayudante y no le parecía justo ponerla en un compromiso.

En otros tiempos, se lo habría contado a Dana. Ahora solo era una idea extraña.

La noche del miércoles, Blue Heron hizo de anfitriona de Cometas y Vuelos, uno de los eventos pensados para que la gente acudiera a los viñedos fuera de la temporada turística. Era un acontecimiento para solteros. Un par de semanas antes, Honor había visto a gente volando cometas y se le ocurrió la idea: primero harían volar las cometas y luego se dirigirían a la sala de barricas, donde podrían conocerse tomando una copa de vino.

Cuando finalizó las notas para la cata, recordó lo que Tom le había preguntado sobre qué ocurriría si conocía a alguien mientras estaba con él. Alguien especial y acorde con su edad, alguien sensato y perfecto. Ese hombre imaginario tendría buen aspecto, aunque no demasiado guapo, y sería inteligente, y culto... y... hablaría con ella, algo que Tom hacía muy poco. No. Solo sacaba a relucir su encanto cuando tenían público.

Su imaginación (y sus óvulos) le habían hecho pensar que Tom y ella comenzarían a vivir juntos y comenzarían a estrechar su relación. Que reirían y lo pasarían bien. Que la química sería innegable. Y, en poco tiempo, todo sería real.

Sí. Y todavía no había ocurrido. Ni de lejos.

Spike le lamió el pulgar y Honor le acarició la cabeza. La perrita había recorrido un largo camino desde que ella la había recogido.

—Mírate —le dijo—. El amor te ha cambiado, ¿verdad? Ha llegado el momento de pasar a la acción. ¿Estás preparada?

Honor no podía imaginar que hubiera una tarde más perfecta para volar cometas. El cielo de principios de abril estaba azul y el sol calentaba desde lo alto, haciéndoles superar los diez grados centígrados, aunque sabía que volvería a nevar antes de que la primavera decidiera quedarse. Llegaba una fuerte brisa desde el oeste, y el dulce olor de los viñedos impregnaba el aire mientras caminaban hasta Rose Ridge, donde estaban haciendo volar las cometas.

Era un espectáculo agradable ver las cometas y las ropas de colores. Al menos había seis cabezas blancas, y tres calvas reflejaban el sol... ¿Por qué los eventos de esa índole siempre atraían a los ancianos?

«Eh, hay residencias, ¿recuerdas?», dijeron los óvulos.

¡Oh, Dios! Pops estaba allí... esperaba que no coqueteara demasiado, o Goggy y él acabarían peleándose. Pero también había gente más joven. Lolerei, la de la panadería, o Julie, la bibliotecaria. El hombre perfecto que acababa de imaginar no aparecía por ningún lado. Como siempre.

Había una pareja de espaldas a ella. De pronto, el hombre se volvió, y ella se quedó paralizada a la mitad de un paso.

Era Brogan. Con Dana.

Con una Dana embarazada.

Recordó que debía seguir caminando... y se obligó a sonreír.

—¡Hola, Honor! —la saludó Brogan, acercándose a ella—. ¿Qué tal estás? ¡Qué gran idea! Como estaba en casa, le dije a Dana que debíamos venir. Así, además, podríamos verte.

Él lo seguía intentando. Quizá pareciera muy forzado, pero trataba de mantener su amistad, y ella sintió que el corazón le daba un pequeño vuelco.

—Me alegro de veros —mintió—. Aunque no esperaba encontraros por aquí.

—¿Cómo íbamos a perdérnoslo? Es superdivertido —intervino Dana, con una brillante sonrisa y la nariz arrugada—. ¿Cómo estás, amiga? Hace mucho tiempo que no te veo.

—Sí. Mmm... por cierto, felicidades de nuevo. —Le había enviado un correo electrónico, por supuesto—. Es una noticia fantástica.

—Gracias. Estamos muy contentos. —Vio que Dana se ponía la mano sobre el estómago. Arriba, como si tuviera acidez. De hecho, deseó que tuviera ardor de estómago además de acidez. Y que vomitara.

«¡Venga! ¡Venga! —dijeron los óvulos—. No seas mala. Después de todo, es posible que pronto sea tu turno. ¡Ya sabes que estamos preparados!».

Se dio una colleja mental.

—No os esperaba porque es un acto para solteros.

—¿Ah, sí? —se extrañó Dana—. No es eso lo que decía el periódico.

En ese instante, Jessica se acercó corriendo con el ceño fruncido.

—Honor, lo siento mucho. Los del periódico cortaron la frase que decía que sería para solteros, y la mitad de la gente que ha venido está... Ah, hola, amigos.

—Hola, Jess, ¿cómo te va? —se interesó Brogan. Dios, era agradable con todos. Luego lo vio apretar la mano de Dana, un gesto familiar y encantador que fue toda una declaración. A ella nunca le había sostenido la mano. Nunca.

«¿No habíamos pasado de él?», preguntaron los óvulos.

—Bueno, ahora no tiene remedio —afirmó Jessica—. Siempre ponen algo mal. La semana que viene lo aclararemos, pero hoy espero que todo el mundo se divierta y beba vino. —Hizo una pausa—. Si pueden, por supuesto —agregó para Dana.

—¿Por qué me lo dices a mí? —preguntó su antigua amiga—. ¡Ah, cierto! Se me olvidaba. No haría nada que pudiera dañar a nuestro pequeño *bambino* —aseguró, recostándose contra Brogan.

«Pensándolo bien, te apoyamos en lo del ardor de estómago», dijeron los óvulos.

—¡Honor! —gritó Carol Robinson, una de las asistentes casadas—. ¿Cuándo pasamos a la degustación? Tengo hambre.

—Tranquila, muchacha. Primero vamos a conocernos un poco y a saludar —comunicó ella—. Por desgracia, en el periódico se comieron una línea. Esto es un evento para solteros, pero no os preocupeis. Estamos contentos de que hayáis venido. Pero el mes próximo será solo para solteros, ¿de acuerdo?

—¿Eso no es discriminación? —murmuró Brogan, demasiado cerca de su oído. Su proximidad la tomó por sorpresa y pegó un brinco. Lo vio sonreír con aquella sonrisa letal.

—¡Qué susto! —protestó, sintiendo un traidor cosquilleo—. Bien, quien esté soltero, que se vaya hacia la izquierda, con Jessica, y podéis empezar a hablar unos con otros. Y los demás, vamos a la otra zona, a volar cometas, ¿de acuerdo? —Alzó una cometa especial para ese día, con el fondo azul marino y el logotipo de la garza dorada estampado en primer plano—. Tenemos un día hermoso en Blue Heron, y Carol tiene razón, después habrá unos aperitivos y podréis degustar unos vinos increíbles.

Era su faceta de relaciones públicas. Siempre sonriente, siempre concentrada en sacar lo mejor para la empresa familiar, siempre buscando la forma de atraer gente y recordarles el mantra de la familia: «La vida es demasiado corta para beber vino malo».

Las cometas llenaron el cielo. Pops acabó enredando la suya con la de Carol Robinson (seguramente a propósito: Carol era encantadora). Lorelei, la de la panadería, que siempre estaba alegre, escuchaba con atención mientras Elvis Byrd, un escuálido y pálido programador de ordenadores unos años más joven que Honor, le explicaba por qué la fracturación hidráulica provocaría terremotos masivos y pondría fin a la vida que conocían. Suzette Menor coqueteaba con Ned (iba a tener que hablar con él, Suzette era demasiado vieja y fea para él, aunque su sobrino no estaría de acuerdo). Jessica sacaba fotos mientras las cometas bailaban sobre el azul pálido del cielo.

Dana y Brogan lo estaban pasando bien, sin duda. Formaban una pareja muy atractiva, tenía que reconocerlo. Parecían los protagonistas de una tarjeta de Hallmark, con Dana delante de él riéndose como una niña de quinto y Brogan alto y varonil detrás de ella, haciendo que la cometa subiera y trazara círculos.

Dana la miró y Honor apartó rápidamente la vista. Se acercó a su abuelo y le besó la arrugada mejilla.

—Hola, Pops. ¿Qué tal estás?

—Bien, cariño. ¿Ves como me adoran las mujeres? Estoy pensando en divorciarme de tu abuela.

—Sin ella no serías capaz ni de encontrar la puerta —dijo ella.

—¿Y qué? La puerta está cerrada con clavos —repuso él—. Pero seguramente tengas razón —admitió—. Y supongo que una persona es tan buena como otra.

—Qué romántico... —comentó ella, ajustando a su abuelo el cuello de la camisa.

—Ya verás, ya —convino él.

Cuando el sol comenzó a ponerse y teñir el cielo de color melocotón y lavanda, el grupo se movió hacia la sala de barricas, donde habían preparado unos canapés de queso. Honor bajó los escalones mientras hablaba del maridaje de los vinos y sus sabores, de las diferencias entre los diferentes caldos, del cuerpo, la textura y el acabado. *Spike* miraba a Lorelei, que le daba golosinas en la panadería, con adoración, y Pops seguía coqueteando con Carol.

Dana y Brogan parecían estar tocándose todo el rato.

En todos los años que hacía que conocía a Brogan, ella no lo recordaba enamorado. Ahora sí parecía estarlo.

En el momento en que Jessica invitó a los participantes a subir a la tienda, donde cabía esperar que comprarían grandes cantidades del vino que solo habían probado, eran casi las ocho y había caído la noche. Honor recogió a *Spike* y la acurrucó debajo de la barbilla antes de ponerse de puntillas para mirar por las estrechas ventanas que recorrían la parte superior del muro de piedra.

El cielo cobalto todavía tenía algunas vetas rojas y púrpuras en el horizonte. Tanto en la Casa Vieja como en la Casa Nueva estaban las luces encendidas, y la inundó una oleada de nostalgia. Echaba de menos su casa, la grande y cómoda sala y la vieja cocina, su maravillosa *suite* con las paredes azul pálido y la suave alfombra blanca; su salita, donde había pasado tantas horas felices viendo *Aventuras salvajes en la sala de urgencias* y *¡Diagnóstico!* con Jack o la señora Johnson.

Quizá Tom y ella se mudarían algún día a la Casa Nueva si decidían casarse (y seguir casados). Pero no por el momento. No podía ir a vivir allí de forma fraudulenta. Su hogar era demasiado precioso para mancillarlo con una relación falsa.

De todas formas, llegar a mantener una verdadera relación con Tom parecía imposible, al menos en ese momento. Todavía no lo había visto sonreír ni una vez en los diez días que llevaban de convivencia. Y lo cierto era que... había sido su sonrisa lo que la había conquistado. Una sonrisa que le hacía sentir toda clase de cosas maravillosas. ¿Dónde había metido aquella sonrisa? Y es que su rostro sombrío no era tan atractivo como sus torpes y tiernos rasgos sonrientes. De hecho, Tom a veces parecía un poco intimidante.

—He oído que te vas a casar —dijo una voz. Dana estaba en la otra entrada, con los brazos cruzados.

—Sí —confirmó ella. *Spike*, cuyo cerebro era del tamaño de un anacardo, ladró y se movió. Bicho desagradecido.

Dana ni se molestó en mirar a la perrita.

—Sí, lo sabe todo el pueblo. Me extrañó cuando se lo escuché a Laura Boothby. Y ni siquiera me has dicho si serás o no mi dama de honor.

¿En serio? De acuerdo, Dana había sido siempre el tipo de persona incapaz de tolerar las historias de otro ser humano, siempre esperaba la oportunidad de llevar la conversación hacia su terreno. No quisiera Dios que alguien tuviera algo con lo que superarla. ¿Había sido siempre así? Un poco sí. La vida de Dana estaba llena de dramas, peleas, triunfos y traiciones. Su existencia, por el contrario, siempre había sido bastante normal... Y feliz.

—Bueno, he estado muy ocupada —explicó, y puso a *Spike* en el bolso, donde la perrita se acurrucó al momento como una bola.

—Menuda coincidencia, ¿no te parece? —preguntó Dana, estudiando su anillo de compromiso—. Quiero decir, ni siquiera sabía que estabas saliendo con alguien.

—Fue algo repentino —dijo ella. «Igual que lo tuyo con Brogan», se calló.

Su antigua amiga levantó la vista.

—Interesante... el momento... todo. Es decir, si estabas tan enamorada de Brogan como para lanzarme el vino a la cara, no creo que te hayas comprometido tan de repente.

Honor arqueó una ceja.

—¿Estaba en realidad tan enamorada? Recuerdo que me dijiste que solo era un encandilamiento.

—Lo que fuera —replicó Dana—. Mira, si no quieres ser mi dama de honor, seguramente será mejor. Mi hermana Carla, no Penny, sí quiere. Por cierto, estoy pensando en reservar El Granero para la boda.

Eso sí que no. De ninguna manera Dana Hoffman y Brogan Cain iban a darse el «sí, quiero» en las tierras de Blue Heron.

—Llama a Jessica. Es la que se encarga de todo eso. Aunque tenemos muchas reservas. —Eso era verdad. La rehabilitación que había llevado a cabo Faith había causado una gran impresión en los organizadores de eventos del oeste de Nueva York.

—Por otra parte, El Granero quizá no fuera lo suficientemente grande. Ya sabes cómo son sus padres, ¿verdad? Intentamos que sean menos de quinientos invitados. De todas formas, con todos los deportistas famosos que asistirán, tenemos que ofrecer algo fabuloso de verdad. Quiero decir que El Granero es bonito y eso, pero... no demasiado elegante. Porque si va a asistir alguien como Derek Jeter o Jeremy Lin, tiene que ser increíble. Y nos gustaría celebrarlo antes de que llegue el bebé, por supuesto.

—Ajá...

«Buena jugada», aseguraron los óvulos desde detrás de sus labores. Tenían razón. La falta de interés por sus asuntos siempre había sido algo que enfurecía mucho a Dana.

—De todas formas, nos quedamos muy sorprendidos cuando nos enteramos de que te habías comprometido.

—Bueno, como tú misma has dicho, cuando es el elegido, se sabe.

Dana se cruzó de brazos y arqueó una ceja.

—Sí, claro, pues entonces yo y Brogan no tenemos nada que ver con eso.

«Brogan y yo, por el amor de Dios.»

—No sé por qué dices eso.

—¡Oh, por favor! —Dana gesticuló con los brazos—. ¿Esperas que crea que no te casas por celos? Brogan y yo nos comprometemos y ¡zas!, un mes más tarde, Honor también se compromete. Solo me queda preguntarte dónde conociste a ese tipo, porque estoy segura de que tiene que ser alguna especie de truco.

Algo que, por supuesto, era verdad. Pero eso no lo hacía menos molesto. Y sabía lo cruel que podía llegar a ser Dana, la había visto ensañarse con otras personas más de una vez. Ella siempre había pensado que se libraría de ser objeto de su veneno. Por irracional que pudiera parecer, se le llenaron de lágrimas los ojos. Antaño, Dana y ella habían reído, bebido y compadecido juntas, veían películas y sufrían la clase de yoga juntas.

—Eso es, ¿verdad? —insistió Dana, con las manos en las caderas—. No pudiste soportar que Brogan y yo tuviéramos algo especial así que saliste ahí fuera y buscaste a algún pringado que...

—Hola, querida. —Tom estaba en la puerta con los ojos clavados en ella—. Jessica me dijo que estarías aquí. No quería interrumpir.

—No, no interrumpes —aseguró ella, tras aclararse la garganta.

Vio que Dana se ponía roja.

Spike se despertó y, al darse cuenta de que su enemigo estaba allí, se abalanzó sobre el zapato de Tom, gruñendo.

—Venga, bicho, ¿no hemos tenido ya esta conversación? —Cogió a la perra y se la entregó a ella—. Soy Tom Barlow —se presentó, ofreciéndole la mano a Dana—. El novio de Honor. Creo que no nos conocemos.

Ella estaba dispuesta a apostar el meñique izquierdo a que Tom sabía de sobra quién era Dana. Después de todo, la había recordado a ella. Por alguna razón, a los hombres les encantaba ver pelearse a las mujeres.

—Dana Hoffman —murmuró Dana.

Después vio cómo Tom se acercaba y la besaba en la sien antes de agarrar su mano húmeda y apretársela.

—Bueno, solo pasaba para verte, cariño.

—Hola —le respondió, devolviendo el apretón. En ese momento lo adoró.

—¿Qué tal ha ido lo de las cometas?

¡Toma! Se lo había dicho la noche anterior, pero creyó que no le había prestado atención porque estaba modificando el diseño de un avión en el portátil.

—Muy bien, gracias.

—Estupendo. Dana, ¿a qué te dedicas? —preguntó Tom.

—Soy peluquera.

—Ah, qué bien. —Tom sonrió—. Bueno, me voy. No era mi intención entrometerme en vuestra charla. Honor, nos vemos en casa... ¿o quieres que me quede y ayude a limpiar?

—No, no te preocupes... Tengo que cerrar antes algunos asuntos. Así que mejor nos vemos en... eh... en casa.

Tom se inclinó, ahuecó su (gran) mano sobre su mejilla y la besó, y ella le devolvió el beso. Seguramente también habría besado el suelo en señal de gratitud si Dana no hubiera estado allí con una ceja arqueada.

Él la miró con aquellos ilegibles ojos grises y sonrió antes de volverse hacia Dana.

—Encantado de conocerte.

—A ver si vamos a cenar algún día —sugirió Dana de forma inesperada—. Los cuatro.

—Claro —dijo Tom—. Mmm... lo siento... ¿quién sería el cuarto?

¡Oh, sí! Estaba dispuesta a llamar Tom a su primogénito, fuera niño o niña.

Dana resopló, y ella se alegró al notar que lo hacía de forma no precisamente agradable.

—Mmm... nosotros tres y Brogan.

—¿Quién es Brogan?

Si tenía gemelos, llamaría Tom a los dos.

—¿En serio? —dijo Dana—. Me sorprende que Honor no lo haya mencionado, dado que solía acostarse con él hasta no hace mucho tiempo.

Tom se volvió hacia ella.

—Ah, sí, ese amigo tuyo que conocí en Hugo's, ¿verdad? No me di cuenta de que era un antiguo novio, Honor —mintió con aquella voz cálida y deliciosa—. Ahora es absolutamente necesario que vayamos a cenar. ¿Tienes algún otro antiguo amante en el pueblo?

—Oh... mmm... ¿Ryan Gosling? —preguntó de broma con voz temblorosa—. Ninguno. Solo él...

Tom sonrió.

—Entonces os dejo a solas.

Después, la besó con rapidez otra vez más, haciendo que ella casi tuviera que apoyarse en él.

Cuando sus pasos se alejaron, Dana se volvió hacia ella con los labios apretados.

—Me cuesta mucho creer que ese tipo haya caído del cielo con una propuesta de matrimonio.

Honor se aclaró la garganta.

—Como ya te he dicho, son cosas que ocurren. Nos pilló a los dos por sorpresa.

Otra frase robada de Dana. Aunque no pareció reconocerla.

Dana esbozó una falsa sonrisa.

—Ya quedaremos para cenar.

Tom ya se había tomado un vaso de *whisky* y estaba sirviéndose el segundo cuando se abrió la puerta y entró su prometida. Su atuendo no destacaba su figura (que por cierto era bastante agradable, ahora que lo pensaba), y consistía en una falda azul marino y un *blazer* a juego combinados con una blusa blanca y zapatos de tacón ancho. La cabeza del pequeño perro-rata asomaba por el bolso.

—Hola —saludó ella, dejando a la pequeña criatura en el suelo, desde donde le gruñó—. Gracias por salvarme.

—¿De Dana, te refieres? —preguntó con la mirada clavada en el perro. La rata había hecho pis el día anterior en su bolsa de deporte.

—Sí. Te debo una.

—¿De verdad? —Se le ocurrían algunas maneras con que podía pagarle, empezando por quitarse aquella ropa aburrida. Con suerte, llevaría ropa interior provocativa.

No, ese tipo pensamientos no iban a ayudarle.

La única razón por la que él tenía alguna esperanza en que aquello —el matrimonio— funcionara, era porque Honor y él habían establecido un acuerdo. A fin de cuentas, el amor no había funcionado para ninguno de ellos, ¿verdad?

Pero cuando escuchó a aquella bruja asquerosa diciéndole a Honor aquellas cosas, quiso... ayudarla. Aprovechó su encanto británico e interpretó al novio devoto, fingiendo no saber nada sobre Dana o Brighton.

Y, cuando la besó, sintió como si lo atravesara una corriente. Pero eso no estaba bien. No quería volver a arriesgar su corazón. Ya había tenido bastante con Melissa y con su hijo. Aun así, Honor era agradable. Amable. Y agradable y amable eran conceptos que sabía manejar. No podía dejarse llevar por corrientes e impulsos que le hicieran actuar como un caballero británico... Eso no era inteligente.

Honor estaba mirándolo. Bien. Porque él la miraba también fijamente.

—Bueno... —comentó él—. Eso de la actuación comienza a dárseme de vicio. Como a ti.

La vio entrecerrar los ojos.

—Sí. Es cierto. —Ella se sentó en el sofá y se quitó aquellos zapatos horribles.

—Por cierto —le dijo—. Te he traído esto. —Tomó la cajita de terciopelo y se la dio.

Le había llevado más tiempo del que esperaba elegir el anillo. Había pensado que entraría en la primera joyería que viera, pediría un anillo que se ajustara a su presupuesto y listo, ¡gracias, señora!, asunto arreglado. En cambio, había mirado cada maldito anillo del muestrario antes de decidirse por ese.

Honor abrió la caja.

—¡Oh! —suspiró.

—¿Te gusta? Si no, lo devolveré y puedes elegir algo más acorde con tu gusto. —Tom se dio cuenta demasiado tarde de que estaba conteniendo la respiración.

—No, no... es precioso.

—Es antiguo.

—Sí. —Honor lo miró, y él apartó la vista ante la suave y tierna emoción y miró por la ventana—. Gracias —dijo ella en voz baja—. No era necesario.

—Claro que sí. Si estamos locamente enamorados y vamos a casarnos, debes tener un anillo. —Terminó el *whisky* y se puso de pie—. Me alegro de que te guste. Tengo que corregir algunos exámenes. Y debo llamar a Charlie para escucharlo resoplar.

—De acuerdo. Gracias de nuevo por... ya sabes... Por todo.

Mierda.

«Será mejor que tengas cuidado, colega —le advirtió su conciencia—. No querrás hacer daño a una mujer como esta.» Pero Honor no era una niña. Sabía lo que estaban a punto de hacer... o al menos, debería.

Dicho eso, se fue al piso de arriba y la dejó sentada en el sofá, admirando el anillo.

Capítulo 14

—No son mis cosas las que están desperdigadas por toda la casa, sino las suyas. —Goggy se cruzó de brazos y la miró.

Honor suspiró. La idea de un abuelicidio le atraía cada vez más. En teoría, tenía cosas mejores que hacer un sábado por la mañana que tratar de limpiar de trastos inútiles la casa de sus abuelos. Por ejemplo, podía hacerse otra citología. Sin duda sería más divertido que eso.

—Goggy, os encanta acumular cosas.

—Ah, no, de eso nada. No seas infantil. Tengo que doblar la ropa.

—¡Yo la doblaré! Goggy, no puedes estar subiendo y bajando escaleras. Son una trampa mortal.

—¿De qué otra forma voy a hacer ejercicio? Y Jeremy me dijo que debía moverme. Así que subo y bajo escaleras —dijo su abuela, lanzándole una mirada triunfal.

—Hablando de eso... en Rushing Creek hay una piscina estupenda.

—En la que se ahoga la gente —replicó Goggy.

—Allí no se ha ahogado nadie.

—Es cuestión de tiempo. —Su abuela le dio la espalda, se dirigió hacia las estrechas y oscuras escaleras de la Casa Vieja y comenzó a subirlas con una mano apoyada en la barandilla y la otra en la pared. Aquello era aterrador.

Faith había tratado de contribuir a la causa el fin de semana anterior llevándose uno de los abrigos más horribles de Goggy. Teniendo en cuenta que su abuela era la reina de la terquedad, eso era todo un logro. Prudence había tenido mucho menos éxito, ya que tras decirle a su abuela que no necesitaba cuatro tamices oxidados para la harina, lo único que había conseguido era que la anciana llamara a Williams-Sonoma para encargar otros dos a la vez que se negaba a deshacerse de los que ya tenía.

Quizá su abuelo fuera más dócil. Hasta el momento se había limitado a estar sentado frente a la mesa de la cocina, concentrado en su crucigrama, sin hacerles caso.

—Bien, Pops, vamos a echar un vistazo a tus cosas, a ver de qué podemos prescindir, ¿de acuerdo? —Intentó abrir un cajón de la cocina. Estaba repleto de basura. Basura inútil, pensó mientras metía la mano a ciegas en el interior para tratar de arreglar el atasco. Tuvo cuidado de no engancharse el anillo.

Y menudo anillo.

Lo más curioso era que había pensado que le encantaba la austeridad del anillo de Dana, que permitía que el diamante brillara sin adornos para que todos pudieran apreciarlo. El anillo que Tom le había comprado era de estilo *art déco* (de hecho, era original). Un diamante cuadrado rodeado por dos diamantes triangulares encastrados en platino repujado... y el conjunto era un anillo recargado, poco habitual y precioso. Hipnóticamente hermoso.

El cajón se abrió de golpe con un fuerte estrépito.

—¡Santo Dios!

—Los necesito —afirmó Pops, sin levantar la vista del papel.

—Venga, Pops. ¿Cuántos sacacorchos necesitas?

—¡Soy enólogo! Necesito muchos.

—Hay... al menos dos docenas aquí dentro. Venga. —Se detuvo un momento a contarlos—. No necesitas veintisiete sacacorchos.

—Ya sé cuántos hay —repuso el anciano frunciendo el ceño.

—¿Y los necesitas todos?

—Sí.

Ella apretó el puente de la nariz.

—Pops, ¿no te gustaría vivir en un lugar limpio, soleado y organizado donde tuvieras más de una salida por planta? ¿Donde pudieras utilizar todas las puertas porque no tendrías que clavarlas para evitar las corrientes de aire? ¿Donde no tuvieras que preocuparte de caerte por las escaleras y romperte el cuello?

—Es tu abuela la que sube y baja cincuenta veces al día. Yo no voy nunca arriba.

—¿Y si Goggy se cayera y se rompiera la cadera? ¿Cómo te sentirías después? Oh, déjalo... te sentirías destrozado. —Con disimulo, retiró un sacacorchos del cajón. Si no conseguía que Pops aceptara deshacerse de algunos, ella se encargaría de sacar de allí toda aquella basura para llevarla a la beneficencia. Aunque no creía que hubiera mercado para sacacorchos usados—. En serio, Pops. No puedes estar subiéndote a las escaleras para limpiar los canalones. No es seguro ni inteligente.

Él gimió.

—Cuando tengas mi edad, espero que nadie te diga lo que tienes que hacer, cariño. Si no puedo limpiar los canalones, ¿qué será lo siguiente? ¿Que no pueda vestirme? ¿Alimentarme? Esta es mi casa. Estas son mis cosas. No me hagas sentir como si fuera un viejo indefenso que tiene que usar pañales.

Sintió compasión por él.

—No, Pops, no se trata de eso. Pero hay que ser realistas. Ya no estáis tan ágiles como antes y es fácil tropezar en un sitio con tantas cosas por medio. Por no hablar de que puedes llegar a caerte de la escalera como el año pasado.

—Es posible que tengas un poco de razón. Seguramente no, pero quizá sí. Ahora, devuélveme ese sacacorchos. Es mi favorito.

Llamaron a la puerta de la cocina y levantó la vista.

Era Tom, con Charlie.

—Hola —dijo su prometido—. Hemos pensado en venir a echar una mano.

—¡Oh! Eso es... es muy amable por tu parte. —Le había mencionado en el desayuno dónde iba a estar esa mañana, pero no esperaba que subiera desde el pueblo.

—Señor Holland —saludó Tom a Pops—. Recuerda a mi hijastro, ¿verdad? —El muchacho suspiró con disgusto y puso los ojos en blanco, al parecer incapaz de reunir la energía necesaria para corregir a su padrastro no oficial—. Charlie, saluda.

—Hola —dijo el muchacho, estrechando la mano de su abuelo.

—¡Hola, amigo! —dijo Pops, dándole una palmada en el hombro—. Quizá puedas ponerte de mi parte y alejar a estos invasores de mis cosas.

Charlie curvó los labios, y ella miró a Tom.

Su rostro estaba lleno de... ansia, como un perro en la perrera al que hubieran pasado por alto demasiadas veces pero que no pudiera dejar de ponerse en guardia al oír pasos.

Entonces, él la pilló mirándolo y le dedicó una sonrisa rápida que ocultó cualquier síntoma de soledad.

Tom Barlow era un tipo duro. Sentía como si, en vez de conocerlo más, lo conociera menos.

—¿Cuándo os vais a casar? —preguntó Pops.

—Mmm... pronto —contestó Honor.

—Quizá deberíamos empezar a concretar, ¿no crees? —murmuró Tom.

Sí, deberían. Una vez que sacaran una licencia de matrimonio, tenían sesenta días para casarse o Tom sería deportado. ¿Por qué no lo habían hecho todavía? Lo que primero le pareció un buen plan ahora parecía tan quebradizo como el hielo de marzo, e igual de peligroso.

—Pops —intervino ella—. Vamos a bajar al sótano. Sé que allí hay cosas que podremos tirar.

—Tengo que comprobar los viñedos —dijo Pops.

—No huyas, cobarde. Dijiste que me dirías lo que puedo tirar.

—Nada. Ya está. Mira que fácil te lo pongo.

Goggy reapareció en la cocina con un vestido distinto y una bufanda al cuello, señal de que pensaba salir.

—¡Hola, muchachos! ¡Dadme un beso! Nunca sé cuándo voy a poder besar a un hombre guapo y ahora tengo dos a mi disposición.

Tom se inclinó y cuando lo hizo Charlie, Goggy le acarició la mejilla. Qué lindo, no iba a reprocharle que llevara los ojos pintados y pendientes. Si fuera un Holland, le regañaría hasta que le pitaran los oídos.

—Tengo una reunión en la iglesia —explicó Goggy—. Hay un interesante debate sobre si debemos reemplazar o no el mantel del altar. Cathy Kennedy se pone muy terca a veces. ¡Hasta luego, queridos! No me toquéis nada arriba, pero por Dios, a ver si podéis desprenderos de parte de la basura de vuestro abuelo.

—No es basura, vieja —replicó Pops. Ella no le hizo caso y se fue en medio de una nube de Jean Naté.

—Aquí estoy —dijo una voz cansada—. Según me ordenasteis. Al parecer no tengo nada mejor que hacer un sábado. —Abby cruzó la puerta trasera—. Hola, muchachos —saludó—. Qué bien, Charlie. No sabía que estuvieras aquí. ¿Qué és, tía, otro esclavo más al que dar órdenes?

La cara de Charlie se puso como un tomate.

—Supongo —murmuró.

¡Ah...! La adolescencia. Ella misma también se había sentido incómoda con Brogan, ahora que lo pensaba. Suspiró.

—Vamos a trabajar —sugirió—. Debajo del fregadero hay guantes de goma y he traído un montón de bolsas de basura. Pops, deja de mirarme así.

—Este sería el lugar ideal para ocultar un cuerpo —anunció Abby mientras bajaban las retorcidas escaleras del sótano—. Charlie, este lugar fue construido en... ¿Pops? ¿En 1781?

—Así es, cariño —dijo él—. El primer Holland consiguió estas tierras como recompensa por luchar contra tu país, Tom.

—¿En serio? —intervino Tom—. Pues con el clima que hemos tenido, me parece más bien un castigo.

Razón no le faltaba. La noche anterior la temperatura había bajado de cero.

—De acuerdo —dijo ella—. Sin duda podemos deshacernos de algunas de estas cosas. —Eligió un aspirante.

—Deja eso —pidió su abuelo—. Lo necesito.

—Pops, es un pedazo mohoso de espuma de colchón. Y está roto.

—¿Y qué? Puedo lavarlo y usarlo para algo.

—¿Algo como qué? ¿Quién necesita un trozo de espuma mohosa de un colchón roto?

—Es asqueroso, Pops —convino Abby.

—No pienso quedarme aquí y ver cómo te burlas de mis cosas, jovencita —protestó Pops—. Tengo que comprobar los viñedos. Encantado de verte, muchacho —dijo a Charlie—. Y tú —señaló a Tom—, cásate con mi nieta y conviértela en una mujer honrada.

—Sí, señor. —Tom le estrechó la mano y Pops subió las viejas escaleras de madera.

—Se fue. Quizá deberíamos quemar este sitio —sugirió Abby.

Estuvieron una hora llenando bolsas de basura con las preciosas pertenencias de Pops, que incluían un palo doblado de golf, un espejo roto y periódicos de los años sesenta. Abby habló sin parar —Dios la bendijera—, y Charlie respondió al principio con timidez y luego con más confianza cuando la charla se centró en la música.

—¿Qué tenemos aquí? —preguntó Tom desde el otro extremo del sótano, inclinándose para examinar algo—. Bueno, esto puede valer algo. —La miró sonriente.

Era un montón de revistas. Concretamente, revistas para hombres. Tom abrió una.

—Miss Septiembre 1972. No está mal. —Se enderezó—. Creo que deberíamos ponerlas a la venta en eBay, ¿os parece?

—Oh, no.

—¿Por qué? Si es encantadora.

—Silencio. Solo hay que tirarlas. —¡Hombres! Había montones de revistas.

—Esperemos no leer dentro de poco en alguna parte que alguien encontró una valiosa colección de *Playboy* en un basurero. —Tom miró a Charlie, que estaba al otro lado del sótano—. Pero tienes razón. Mejor deshacerse de ellas antes de que el muchacho las vea. Ya es lo suficientemente difícil ser un adolescente sin tener este tipo de estimulación.

Metieron las revistas en una bolsa negra de basura, y entre el olor a piedras mohosas y papel viejo Honor percibió un indicio del jabón de Tom.

Le pareció que hacía años que habían dormido juntos.

Cuando las *Playboy* estuvieron a buen recaudo, Tom se levantó y se quitó los guantes.

—Honor, ¿todavía quieres casarte conmigo? —preguntó con tranquilidad.

Ella lo miró.

—Por supuesto. Sí.

—Porque si no quieres, tengo que hacer otros planes.

—No. Quiero. —Respiró hondo—. ¿Y tú?

—Sí. —Su rostro era solemne.

—¿Estás seguro?

—Sí. Ver a esas mujeres desnudas me ha dado más ganas todavía. —Sonrió y a ella casi se le doblaron las rodillas. Por un lado, era bueno mantener una conversación seria con él durante un par de segundos; por otro, aquella sonrisa iba directa a sus partes bajas.

—¡Eh! ¡Mirad lo que he encontrado! —dijo Abby.

Y Tom miró a los dos adolescentes que se acercaban.

—¿Está viva? —preguntó.

—¡Sí!—confirmó Charlie, con el hallazgo en las manos.

—¡Es una serpiente! —chilló Honor, ocultándose detrás de Tom—. ¡Serpiente! ¡Serpiente!

Charlie dio un paso atrás y, ¡mierda!, la dejó caer. La serpiente se retorció entre las sombras y la basura hasta que desapareció en un ágil y horrible movimiento. Ella se subió a la bolsa de basura llena de revistas *Playboy*, se inclinó sobre Tom, se agarró a su cabeza y se apoyó torpemente en él.

—¿Tienes fobia a las serpientes, cariño? —preguntó él, tomándose su espontaneidad con naturalidad.

—¿Dónde está? ¿Dónde está? —dijo, con la piel húmeda de sudor. Si esa cosa le rozaba el pie o los pantalones... ¡Oh, Dios! La idea de que aquel frío y horrible cuerpo le rozara la piel la dejó sin respiración.

—Olvidé que te daban miedo las serpientes —dijo Abby.

—Bueno, ahora ya se ha ido —murmuró Charlie, en cuclillas.

Tom se incorporó con ella, que quedó colgada de su espalda.

—Tranquila, cariño, la has asustado.

—¿Yo la he asustado? ¿Quién en su sano juicio recoge una serpiente y la sujeta? ¿Y si es venenosa?

—Era una culebra —informó Charlie.

—¿Y si era una culebra venenosa?

—Las culebras no son venenosas, querida. —Tom se movió.

—¡No me dejes! ¡Por favor! Sácame de aquí. —Le apretó el cuello con los brazos e hizo que soltara un sonido ahogado. No podía reprimirse.

—Aquí está —informó Charlie.

—¡No! ¡Charlie, basta! ¡Por favor! —Rodeó a Tom con las piernas y lo apretó con tanta fuerza que él jadeó.

—Charlie, deshazte de ella, amigo —pidió Tom al tiempo que aflojaba los brazos que le rodeaban el cuello.

—¿Quieres tocarla, Honor? —preguntó Charlie con cariño.

Ella se puso a llorar.

—¡Oh, vaya, lo siento! —dijo el muchacho, que parecía afectado.

—No, no, es evidente que les tiene fobia —intervino Abby, poniendo la mano en el hombro de Charlie—. Será mejor que salgamos de aquí, ¿de acuerdo?

—Lo siento mucho —aseguró Charlie, con pesar en su rostro.

—Yo también lo siento —respondió ella, con las lágrimas todavía corriendo por sus mejillas—. Me dan miedo las serpientes.

—Sí. Eso lo hemos visto.

¡Oh, Dios! ¡Qué humillación! Estaba abrazada a Tom de cualquier manera, temblando de pánico, pero poco dispuesta a poner un pie en el suelo. No, señor, aquel lugar estaba lleno de nidos de serpientes.

Tom empezó a bajarla.

—¡No! —gritó ella. Él se asustó, pues la boca de Honor quedaba a la altura de la oreja de Tom—. ¿Y si hay más? ¡No me sueltes! ¡No te muevas! ¡No me dejes caer!

—Muy bien, tranquila. Pero por lo menos échate hacia delante para que te pueda ver —pidió él, sujetándola. Honor seguía agarrándolo como un jinete, con los brazos rodeándole el cuello—. Dios, no vas a ponérmelo fácil, ¿verdad?

—¡No puedo! Tengo miedo, ¿de acuerdo? Denúnciame.

Notó que a Tom le temblaban los hombros. Era posible que el muy miserable estuviera riéndose. Volvió a probar y logró sujetarla entre sus brazos, por delante de él. Bueno, estaría delante de él si se atreviera a... mmm... mirarlo. En cambio, se limitó a hundir la cara en su hombro, temblorosa.

—No, no, cariño —susurró él—. Ya se ha ido.

¡Qué bien olía! A pesar de llevar una hora trabajando en un sótano húmedo y sucio, él olía a jabón, a lluvia. Era cálido, fuerte y seguro.

Después de un par de minutos, logró respirar con normalidad y contener las lágrimas que le caían de los ojos.

—¿Puedo bajarte ya? —preguntó.

No podía quedarse así para siempre. Era una postura más bien... mmm... íntima, con las piernas rodeándole la cintura.

Ella bajó los pies y los puso sobre los de él, todavía temerosa de tocar el suelo. Tom se echó un poco atrás, tomó la cara de Honor entre sus manos y le pasó los pulgares por debajo de los ojos para secarle las lágrimas.

—¿Mejor?

Honor asintió.

Él también movió la cabeza al tiempo que esbozaba una sonrisa.

Entonces, la besó en la frente, luego en la nariz... y por fin en los labios.

Y esta vez no fue para que alguien los viera. Apenas estaban ellos dos en aquel antiguo y húmedo sótano cuando apretó su perfecta boca contra la de ella. Tom inclinó la cabeza mientras la rodeaba con los brazos, que parecían una fortaleza a su alrededor. Era la mejor sensación del mundo entero. Tenía el pelo muy suave. Se había olvidado de eso. Y su sabor era maravilloso.

—Tía, cortaos un poco. —Honor pegó un brinco al escuchar la voz de su sobrina—. Es decir, siento que te hayas asustado y eso, pero por favor. Ya me basta con lo que veo en casa.

Tom se aclaró la garganta.

—Volvamos al trabajo, ¿de acuerdo?

No existía forma humana de que ella se quedara allí. Que hubieran encontrado una serpiente seguramente significaría que había mil millones más. Se estremeció de nuevo.

—Yo me voy arriba y empezaré con la cocina —se disculpó.

En realidad, incluso con la amenaza de la serpiente, quería quedarse.

Tom se fue con Charlie al gimnasio, y Prudence llegó con su resistente furgoneta para cargar las quince bolsas de basura que habían logrado llenar. Lo peor era que tanto el sótano como la cocina parecían los mismos incluso después de la limpieza.

—¿Nos vemos en la tienda de novias? —preguntó Pru.

—Me parece bien. —Las tres hermanas Holland habían quedado para ayudar a la señora Johnson a elegir un vestido de novia... contra su voluntad, algo a tener en cuenta.

—Ya que estamos, deberíamos comprar también el tuyo —sugirió su hermana.

—¡Oh, no! Hoy es el día de la señora J.

—¿Y cómo vamos a llamarla ahora? —preguntó Pru—. «Mamá» no me parece bien. Te juro que no sabía que tuviera nombre hasta hace un par de semanas.

—Ni idea. Escucha, tengo que ir a casa a ducharme —explicó ella—. Nos vemos allí.

Cuatro horas después, Honor, Faith y Prudence estaban sentadas en la sala de espera de la ahora despeinada y sudorosa Gwen, la dueña de la tienda, que llevaba el decimosexto vestido para que se probara la señora Johnson. Las mujeres habían puesto cara de póker mientras su futura madrastra seguía diciendo que los vestidos eran tontos, horribles o, por alguna razón, pretenciosos. Sus exigencias eran muchas: nada que la hiciera parecer una fulana (según ella, cualquiera sin tirantes), nada que pudiera ser considerado barato (lo que significaba que no podía llevar abalorios o lentejuelas) y nada que la hiciera vieja (es decir, sin encajes). No quería que fuera un vestido de fiesta (pretencioso) ni recto (o parecería un camisón). Tenía que cubrirle los pies (sería irrespetuoso) y no quería que llevara cola (demasiado pomposo).

—¿Alguien tiene alcohol a mano? —preguntó Faith—. Me vendría bien una copa en este momento.

—O un Valium —añadió Pru.

—¿Qué habéis pensado Tom y tú para la boda? —preguntó Faith.

Honor dio un brinco.

—Oh, hemos pensado que será una ceremonia sencilla en el ayuntamiento.

—¿Cómo? ¡No! Tienes que casarte en El Granero —dijo Faith.

Honor se aclaró la garganta.

—No será El Granero. Podríamos... mmm... fugarnos.

—¿Y matar a tu padre del disgusto, Honor Holland? —Era la voz de la señora Johnson. Aquella mujer tenía el oído muy fino.

—¿Eh? Eso no se me había ocurrido.

Faith se volvió hacia ella.

—Entonces... hablemos de cosas buenas. ¿Cómo fue el primer beso de Tom?

—Oh... eh... fue estupendo. —La respuesta se quedaba corta—. ¿Cómo fue el tuyo con Levi?

—Increíble. Me besó después de un ataque de epilepsia.

—¿Eso no es ilegal? —intervino Pru.

—No en el estado de Nueva York. Además, fue a la mañana siguiente. En realidad, nuestro primer beso fue en el instituto. Y también estuvo bien. Es el hombre que mejor besa del mundo.

—Ah, no pienso discutir —aseguró Pru.

Honor tampoco estaba dispuesta. A Tom se le daba de vicio besar. El recuerdo del beso en el sótano la hacía sentirse... extasiada.

—Estás sonrojándote —le acusó Faith.

—Oye, tú también te sonrojarías si supieras dónde lo hice con Carl esta mañana —intervino Prudence—. Ah. Se lo decías a ella. Sí, Tom está muy bueno, eso es evidente. Ese acento suyo es increíble, aunque apenas logro entenderlo.

—¿De qué parte es su acento? ¿Del este de Londres? —preguntó Faith.

—No. De Manchester. Es un acento inglés típico, supongo. —Pero sí, era muy atractivo.

Gwen salió de nuevo de la sala, con cara de miedo... y con razón. Regresó un segundo después con otro vestido, toda una valiente. Se escucharon los murmullos y gruñidos de la señora J.

Prudence suspiró.

—No puedo creer que ninguna llevéis vino. ¡Venga, señora J! Enséñenos uno al menos, por Dios.

—Muy bien, queridas —dijo la señora Johnson—. Pero me veo ridícula.

La mujer salió del probador y las tres se inclinaron hacia delante.

—¡Oh, señora Johnson! —suspiró Honor—. Está preciosa.

El vestido era un sencillo modelo de estilo sirena con algunos volantes fruncidos y los imprescindibles tirantes. Ceñía la exuberante figura de la señora Johnson, y la tela blanca resaltaba su piel morena. El pelo, muy corto, hacía que el cuello se le viera largo y elegante.

—¡Adjudicado! —dijo Prudence.

—Me encanta —murmuró Faith, soñadora.

La señora Johnson frunció el ceño mirando el vestido y tiró del corpiño.

—Esto te quedaría bien a ti, Honor. No a mí. Yo ya tengo una edad.

—Ya que estamos, ¿cuántos años tiene? —indagó Pru.

—Eso no es asunto tuyo, jovencita insolente.

—Oiga —intervino Faith—. Va a ser nuestra madrastra, sea buena.

—Estoy siendo buena. —Les brindó una mueca regia.

Honor se levantó y se puso junto a la señora Johnson.

—A papá le encantará este vestido —aseguró, inclinándose para besarla en la mejilla—. Venga, mírese.

Rodeó la cintura de la señora J y las dos se miraron al espejo.

—¿Ponemos el velo para hacernos una idea? —preguntó Gwen.

—¿Parezco capaz de llevar velo? —dijo la señora Johnson, aunque su voz ahora sonaba soñadora. Parecía incapaz de apartar los ojos del espejo.

—Ve a por un velo. Espera, voy contigo —ordenó Pru—. Faith, acompáñanos. No se me dan bien estas cuestiones tan femeninas. —De hecho, Pru todavía llevaba la ropa que usaba en los viñedos, y no solía vestirse de otra forma.

Las tres salieron en busca de los accesorios. Honor miró a su futura madrastra.

—Creo que este es el adecuado —murmuró—. ¿Verdad?

—Sí, tienes razón —dijo la señora Johnson con una suave sonrisa en el rostro.

—Me alegro de que papá la haya encontrado —dijo Honor.

—Llevo amándolo muchos años —confesó la señora J—. Oh, cielo, no se lo digas a nadie. Mi reputación se vería seriamente dañada. —Honor le dio un abrazo—. Pero es verdad.

—Lo ocultó muy bien.

La señora J le dirigió una mirada mordaz.

—Tú también estás ocultando algo, ¿no es cierto, Honor?

El sentimiento de culpa la hizo ruborizarse.

—Mmm... no.

La señora Johnson resopló.

—Por favor. Nunca fuiste capaz de engañarme cuando eras niña y ahora tampoco.

—Cuando me conociste tenía dieciséis años.

—Exacto. Y ya entonces no sabías mentir. ¿Por qué estás dispuesta a casarte con un hombre que acabas de conocer?

—¡Shhh! ¡Por favor, señora Johnson! —Honor vio en el espejo que tenía el rostro rojo como un tomate.

—¿Es por el visado?

—¡Shhh! Eso sería un fraude. Y yo no soy de las que andan violando la ley. No soy como Jesse James o Tony Soprano, ¿verdad?

—No. Por eso estoy tan preocupada.

—Es solo... que me he enamorado.

—Bah...

—Señora Johnson...

—Honor, querida —dijo la mujer tranquilamente—. No se lo diré a nadie. Pero ¿de verdad crees que deberías casarte con alguien a quien no amas? ¿Que debes conformarte con una persona porque es agradable y necesita que le hagas un favor?

Honor se secó las manos en la falda.

—Mmm... no. No debería. Pero yo... —Soltó un tembloroso suspiro—. No se lo digas a papá —susurró.

—No lo haré. —Los ojos del ama de llaves eran amables, aunque su expresión era seria.

Honor respiró hondo.

—No todo el mundo encuentra el amor verdadero, señora J —susurró—. Algunos debemos conformarnos con lo mejor que ofrece la vida.

—Y eso has hecho desde que te conozco, Honor Grace. ¡No seas una mártir!

—Ser mártir es el lema de nuestra familia —convino ella—. A estas alturas ya debería saberlo. Y bueno, Tom... es una buena persona. Siento algo por él.

—¿Y él siente algo por ti?

—Sí. Creo que sí. O puede llegar a hacerlo, al menos. Quizá.

—No suena demasiado alentador. —La señora J le dirigió una mirada mordaz.

—Ya vuelven Faith y Pru —suspiró.

—Si necesitas hablar con alguien, querida, siempre puedes recurrir a mí.

Se le encogió el corazón.

—Gracias.

Pru y Faith se acercaron a ellas portando un largo velo de encaje entre las manos.

—No os molestéis —las detuvo la señora Johnson—. No pienso usarlo. Es muy descarado. Pero me llevaré el vestido.

Cuando estaba pagando el vestido, Faith se inclinó sobre el mostrador.

—Gwen —dijo a la dueña de la tienda—, ya que estamos aquí, ¿podríamos concertar una cita para mi hermana? —pidió mientras le dedicaba a Honor una sonrisa—. ¿Te parece bien? No puedes limitarte a fugarte o a casarte en el Ayuntamiento.

Ella tragó saliva.

—Por supuesto. Claro que sí.

Porque después de aquel beso en el sótano, quería casarse con Tom Barlow, fuera ilegal o no.

Capítulo 15

—Eso es, Charlie. Sube los puños, amigo. —Tom se puso detrás del pesado saco tratando de contener un gesto de dolor. El directo de Charlie era patético—. A la altura del hombro, ¿recuerdas?

—¡Eso intento! —«No lo intentaba, y ese era el problema.»

—¡Bien! Ahora lanza un gancho al lateral del saco, venga. Y sube la mano. —Charlie golpeó el cuero con indiferencia, un gancho suave y en el centro—. ¡Estupendo! Bien, ¿qué tal en el instituto? —«¿Te ha pegado alguien últimamente?».

No hubo respuesta.

Cualquiera pensaría que si Charlie estaba siendo intimidado por sus compañeros le vendría bien aprender a luchar. Quizá que no se mostrara interesado por esas clases era buena señal.

Se abrió la puerta del gimnasio y Charlie pegó un puñetazo fuerte al lateral del saco. Su enorme camiseta onduló a su alrededor como unas alas sudorosas. El muchacho miró hacia la puerta, pero no era Abby Vanderbeek, así que dejó caer los brazos.

—Manos en alto —repitió Tom, que tocó al adolescente en el lateral de la cabeza para demostrarle que su oponente podría encontrar ese hueco.

—No me toques —murmuró Charlie, que volvió a sus golpes desganados.

—Hay un torneo —comentó él, más por conversar que porque pensara que Charlie pudiera estar interesado—. Para catorce años o más, las categorías van por peso. Podrías intentarlo; lo estás haciendo muy bien. —Era mentira, por supuesto.

Sonó la campana y, sin decir una palabra, Charlie se encorvó y se alejó. Parecía que la clase había terminado.

El niño no se duchaba en el gimnasio, así que fue apestando durante el corto trayecto de regreso a casa de los Kellogg. Trayecto en el que se dedicó a ignorar a Tom por completo mientras miraba por la ventanilla.

Era jodidamente increíble, pensó Tom mientras recorrían Apple Blossom Drive, cuánto tiempo podía guardar rencor un niño. Aunque Charlie tuviera razones para culparlo por la muerte de Melissa, ¿cuánto tardaría en perdonarlo? A fin de cuentas él no conducía el vehículo que acabó con la vida de su madre. No fue él quien le dijo a Melissa que escribiera un mensaje mientras cruzaba un concurrido cruce. Había reescrito su vida durante los últimos años por Charlie, y aquel pequeño idiota no era capaz ni de decirle qué hora era.

Quería a Charlie. Odiaba a Charlie. Estaba preocupado por Charlie. Todos los días escuchaba alguna trágica historia de un adolescente que se suicidaba. Sus rostros en las noticias, tan jóvenes y llenos de vida, le provocaban un sudor frío en la espalda.

Se detuvo frente a la casa de los Kellogg.

—Hasta pronto, amigo —se despidió.

Sorprendentemente, Charlie no se movió.

—¿Va a participar alguien más en ese torneo? —preguntó sin mirarlo.

—Mmm... no, no que yo sepa. —Alguien más seguramente significaría Abby Vanderbeek—. Lo comentaré el martes en la clase de defensa personal. —Hizo una pausa—. ¿Estás interesado?

Charlie se encogió de hombros.

—No lo sé. Es posible.

—¡Excelente! Es estupendo. —Así que quizás el boxeo fuera una buena forma de relacionarse. O de impresionar a las mujeres. ¡Caray! Por eso había empezado él. Fuera por la razón que fuese, había dado un paso adelante.

—Puedo inscribirte —sugirió—, pero necesito el permiso de tus abuelos.

Vio que el niño volvía a encoger los hombros.

—De acuerdo. Te acompañaré a la puerta y se lo diré, ¿te parece?

—Hola, Tom —lo saludó Janice con la habitual mirada a sus pelotas.

—Janice...

—¿Qué tal te ha ido con él? ¿Fue muy mal?

—No, ha estado muy bien. Nos vemos, Charlie. —Se despidió con un saludo, aunque el gesto no fue devuelto. Por otra parte, Charlie no se escapó a su cuarto, así que había progresos—. Escucha, Janice, Charlie parece interesado en participar en un torneo de boxeo de muchachos de su edad.

—¿En serio? No me lo imagino ganándole a nadie.

—¿No eres un poco negativa? —preguntó él—. Si él está motivado...

Janice resopló.

—Tiene capacidad —insistió él—. Es decir, quizá no haya nacido para los deportes, pero si está interesado, lo mejor será alentarlo.

—Estupendo. Supongo que me costará más dinero.

—Tranquila, yo me ocuparé de eso. No te preocupes. —Ella estaba mirándole el cuello como un vampiro, si es que existían vampiros de mediana edad que vistieran chándal rosa.

—No sé por qué te molestas —dijo la mujer—. Ni que fuera una alegría tenerlo alrededor.

Tom apretó los dientes.

—Para mí lo es.

—Ya. —Esbozó una mueca burlona y, por un segundo, se sintió como si Melissa estuviera allí mismo.

—Estaremos en contacto —se despidió.

—Haz lo que quieras —gritó Janice—, pero no cuentes con que siga. Es perezoso, igual que Melissa. —Tras lanzar otra mirada a su entrepierna, cerró la puerta.

¿Qué había sido del refuerzo positivo?

Tom apretó los dientes mientras se metía de nuevo en el automóvil. A todo eso había que añadir que, aunque supuestamente fuera primavera, seguían disfrutando de un clima frío y húmedo.

¿Por qué Charlie estaba mejor con sus desgraciados abuelos que con él? Tal vez Charlie tuviera una oportunidad en la vida si la gente con la que vivía lo apreciara un poco más y no dijeran delante de él que era perezoso y horrible.

Necesitaba un trago.

La pequeña rata-perro tuvo un ataque de histeria cuando él entró, y se puso a ladrar sin parar.

¡Guau! ¡Guau! ¡Guau!

—¡*Spike*! ¡Ya basta! —ordenó. Aunque la perra no le hizo caso.

¿Dónde estaba Honor? ¿Le había dicho que tenía planes? ¿Estaría todavía limpiando en casa de sus abuelos? No vio ninguna nota y no tenía mensajes en el móvil. Supuso que podía llamarla, pero por otra parte ¿qué le diría?

«¿Dónde estás? Vuelve aquí, estoy de un humor horrible y asqueroso, y no me apetece estar solo.»

¡Guau! ¡Guau! ¡Guauguauguau! La perrita entró en la habitación y luego comenzó a gruñir.

—Verdaderamente impresionante —se burló mientras se servía dos dedos de *whisky*—. Estoy jodidamente aterrado.

Se sentó en el sofá, tratando de ignorar a la pequeña roedora, que seguía gruñendo y además tenía clavados los diminutos dientes en sus pantalones.

—Vamos —dijo, agachándose para tomarla en brazos—. Seamos amigos, ¿qué dices?

Spike le clavó los dientes en un pulgar.

—Vete a la mierda, rata —se quejó. La dejó en el suelo y se fue al lavabo a limpiarse la sangre. Pequeño bicho ridículo. Quien adoptaba un perro callejero debía inculcarle buenos modales.

Recogió al desagradable animal del suelo, aunque le puso la mano en el cuello para que no pudiera girarse y morderlo de nuevo, y lo llevó arriba. Abrió la puerta del dormitorio de Honor y dejó a la perrita en la cama, donde aquel bichejo continuó gruñéndole, aunque pareciera más un erizo rabioso que una amenaza real.

Olía bien allí dentro. A limón. Estaba limpio como una patena y tenía el mismo aspecto que antes, gracias a la paranoia de Honor de ser descubiertos. Si bien tenía parte de la ropa en su habitación, no había espacio suficiente para toda. Abrió un cajón con curiosidad.

Estaba lleno de bragas. Bragas muy bonitas. Una rosa aquí, otra de lunares blancos y negros allá. A juego con los sujetadores. Vaya, vaya... La mujer que vestía como una versión moderna de las puritanas tenía ropa interior bonita. De hecho, casi provocativa. ¿No era eso un punto a favor de ese matrimonio?

¡Guau! ¡Guau!

Aquel roedor estaba otra vez royéndole el tobillo.

—¿Sabes qué, rata? Eres un coñazo —dijo—. Disfruta de la soledad.

Dicho eso, cerró la puerta e hizo caso omiso a las patas que rascaban la madera. Cuando bajó se examinó el tobillo; el animal no le había hecho sangre, pero sus dientes parecían haberse clavado en plena médula ósea.

Terminó el *whisky*. Se sirvió otro y llevaba bebida la mitad justo antes de que su novia abriera la puerta de la casa.

—Cariño —la saludó—. ¿Dónde has estado?

—Hemos ido a comprar un vestido de novia.

¡Joder!

—¿Realmente es necesaria toda esa parafernalia? —preguntó, mirándola fijamente. Le gustaba su aspecto. Por irritante que le resultara.

—Vamos a tener que discutir ese asunto —contestó ella al tiempo que se sonrojaba—. Mi familia me ha insinuado que espera algo un poco más importante que tú, yo y el juez de paz.

—¿Estás cayendo en el virus de las bodas, Honor?

—No. Solo te digo que tengo que tener en cuenta a mi familia. Y también que quizá resulte más convincente que tengamos una boda de verdad. Con vestido, flores y demás. Y, por cierto, el vestido de hoy no era para mí, sino para la señora Johnson. —Hizo una pausa—. Pero he pedido una cita en la tienda —añadió con la cara todavía más roja.

—Vamos a tener que preguntarle a Pippa Middleton si tiene un hueco en su agenda para ser tu dama de honor, en caso de que tus hermanas no puedan.

—¿Por qué estás de mal humor?

—Tu perra me ha mordido. Dos veces.

—Pobre...

—Gracias.

—Lo decía por ella. Por cierto, ¿dónde está?

—Me la he comido. —Honor esperó—. Está en tu habitación.

—¿Qué? Te he dicho que tiene que estar suelta por la casa. Acabará haciéndose pis si está encerrada.

—Cada vez me cae mejor.

Honor subió y regresó con la rata, que fingía ser un animal tierno y recatado que escondía la cabeza bajo la barbilla de Honor.

—La rescaté de la perrera, Tom. No podemos encerrarla y dejarla sola. Le causa ansiedad.

—Acabo de decirte que estaba mordiéndome.

—Pesa cinco kilos.

—Y tiene los dientes como agujas.

—Venga ya, hombre.

Él arqueó una ceja. Ella también.

El teléfono sonó en ese momento y Tom tomó otro sorbo de *whisky* mientras miraba a su novia. Estaba guapa. Muy guapa. Vivaz, bonita y un poco enfadada, y tenía los ojos brillantes. No pudo contener una sonrisa y el perro gruñó, irritado.

Volvió a sonar el teléfono y Honor respondió con un suspiro.

—¿Sí? ¿Perdón? —Su expresión cambió—. ¡Ah! ¡Hola, señor Barlow! ¿Cómo está? Soy Honor.

—Dámelo —pidió él, tendiéndole la mano—. Ya hablo yo.

Ella no obedeció, la muy descarada.

—Honor Holland. La prometida de su hijo —respondió—. Oh... ¿No se lo ha dicho? —Ella lo miró con reproche—. Vaya, lo siento. Pensé que lo sabía.

—Estupendo —dijo él. Su padre iba a hacer que le sangraran los oídos por eso. Era un hombre patéticamente romántico.

—No, fue algo repentino... Oh, claro. Él es maravilloso.

—Dame el teléfono —ordenó él de nuevo. Una vez más, ella no le hizo caso. ¿No era ese uno de los votos en la boda? ¿Amor, honor y obediencia?

—¿Qué fue lo que hizo que me enamorara de él? —Honor puso los ojos en blanco—. ¡Dios mío! Eso es muy difícil de decir.

—Dile la verdad —dijo Tom, acercándose un paso más—. Que soy muy bueno en la cama. Dame el teléfono, Honor.

—Seguramente su amor por los animales —soltó ella, finalmente.

—Bien, suficiente —anunció él, arrinconándola contra la encimera para arrancarle el teléfono de la mano. ¡Dios! Olía muy bien. La rata gruñó y le mordió la manga, pero él se quedó donde estaba, disfrutando de tenerla atrapada contra su cuerpo—. Hola, papá.

—¡Hijo! ¡Eres un demonio! —La voz de Hugh Barlow estaba llena de alegría—. ¿Cuándo ha ocurrido todo esto?

—Papá, quería decírtelo yo mismo, pero Honor está tan encantada que no puede evitar soltárselo a todo el mundo —explicó—. Está loca por mí.

—Oh, cierto —murmuró ella.

—Por supuesto que lo está, eres mi hijo —afirmó Hugh, exultante—. ¿Cómo es?

—Es muy guapa —reconoció Tom, mirándola con intención—. Y mandona. Y muy cariñosa. Siempre está dándome besos y abrazos, ya sabes.

Ella le clavó un dedo. Él le devolvió la sonrisa y un rubor le cubrió el rostro.

—Estupendo —convino su padre—. Entonces, ¿cuándo será el feliz día? Quiero estar ahí.

Tom se puso serio, dio un paso atrás y la liberó.

—No lo sé todavía, papá, pero estábamos pensando en una ceremonia rápida, solo nosotros dos.

—Será una gran boda —dijo Honor en voz alta—. Y será muy pronto, señor Barlow.

—Apenas nosotros dos —repitió Tom—. Pero después podremos ir a Manchester y hacerte una larga visita. —Apartó el teléfono de la oreja—. Le harás a mi padre morcilla, ¿verdad, cariño? Le encanta.

—¡Lo que queráis, jóvenes! —dijo su padre—. Es una noticia maravillosa, Tommy. Maravillosa de veras.

—Gracias. —Notó que la culpa le revolvía el estómago.

—Espero que esta vez todo vaya bien.

—Yo también.

—¿Puedo hablar con ella de nuevo? —preguntó su padre.

—Por supuesto. Honor, cariño, papá quiere hablar contigo. Papá, hablamos más tarde, ¿de acuerdo? —Le pasó el teléfono a Honor.

—Hola de nuevo, señor Barlow —saludó ella—. Ah, de acuerdo. Hugh.

Ese fraude que estaban cometiendo... no solo mentían al gobierno. También a todas esas personas: los Holland y los amigos de Honor, Charlie y los Kellogg, y ahora también a su padre.

Y mentir a su padre no se le daba demasiado bien.

Honor colgó.

—Parece un hombre maravilloso —dijo ella.

—Sí.

—¿No tienes más familia?

—No.

Honor dejó a la perrita en el suelo y la rata salió corriendo para investigar un ruido en la calle.

—¿Y tu madre?

—Se marchó cuando yo era pequeño.

Honor asintió, mirando al suelo.

—Lo siento.

—No es culpa tuya, ¿verdad? —Desde luego, él hacía que pareciera que sí—. Quiero decir, gracias. Mira, tengo que corregir exámenes. ¿Tienes hambre?

—No. Tomé algo con mis hermanas y la señora Johnson después de las compras.

—De acuerdo. Escucha, cómprate el vestido que quieras. No me importa. —¡Oh, mierda! No era eso lo que quería decir. Notó que ella parecía dolida.

Pero en realidad, ¿qué esperaba? Esa no era una situación típica. Realmente no importaba lo que llevara, o si se casaban delante de su familia y todo eso.

Lo que importaba era que ella empezara a quedar atrapada en la historia de la boda y toda esa mierda del «vivieron felices» que tanto gustaba a las mujeres. ¿Es que el mundo no había aprendido nada de Carlos y Diana? La única razón por la que él había accedido a eso era porque no tenía otra manera de quedarse en Estados Unidos, y porque ella se lo había propuesto con los ojos bien abiertos. Honor era una persona sensata, que no parecía propensa a... a todo eso a lo que eran propensas las demás mujeres.

Pero no le gustaba el cariz que estaba tomando aquello. Primero aquel beso en la bodega de sus abuelos. Ahora la miraba mientras se preguntaba qué haría ella si la besaba de nuevo y luego le hacía el amor en la mesa.

—Me voy —anunció finalmente—. Me he dejado algo en la universidad.

Y eso, amigos, era mentira. Pero por lo menos hizo que saliera de la casa.

Cuando Tom regresó a casa, era mucho más tarde de lo que había planeado. Pero había tomado el autobús para ir al campus porque solo los idiotas conducen un automóvil después de tomar *whisky*, y aunque él podía llegar a ser un imbécil en algunos aspectos, ese no era uno de ellos. Él no iba a morir por conducir ebrio ni por mandar mensajes de texto mientras conducía o mientras cruzaba la calle. Así que había adelantado un trabajo que enseñaría a sus alumnos para explicarles la fuerza del viento y aprovechó el rato en la universidad. Todo perfecto.

Luego apareció Droog y acabaron tomando una cerveza juntos. Aprovechó la ocasión para contarle a su jefe que iba a casarse.

—¡Ah! —exclamó Droog—. Tú y la señorita Holland... ¡Sí! Ya me olí algo aquella fatídica noche. ¡Felicidades, colega!

—Gracias, amigo —repuso él—. Nos encantaría que, por supuesto, vinieras a la boda.

Droog se había ofrecido para llevarle a casa, pero él no estaba seguro de cómo conducía, y optó por regresar también en autobús. Había olvidado, sin embargo, que el autobús dejaba de circular a las diez y acabó regresando a pie. Casi diez kilómetros. No era demasiada distancia. Solo estaba jodidamente oscuro.

Como era de esperar a la una de la madrugada, la casa estaba en silencio. Se quitó el abrigo y se frotó los ojos. Se sentó en el sofá antes de encender la tele. El mando a distancia estaba áspero por las marcas de los dientes de la rata. A ver si se acordaba de comprarle unos juguetes adecuados.

No había mucho que ver. Anuncios. Baloncesto, que no le gustaba demasiado. Ah, un especial sobre las mansiones de la buena de Isabel II. Era interesante ver cómo se gastaban sus impuestos.

—Hola.

Levantó la mirada.

—Lo siento. No quería despertarte.

—No pasa nada.

Honor se sentó junto a él con el pelo revuelto. Llevaba un pijama de franela con lunares y unas zapatillas en forma de conejo.

Estaba encantadora.

Sin pensarlo, le puso el brazo sobre los hombros. Ella no dijo nada, se limitó a mirar la tele. *Bicho* dio un salto y con un ligero gruñido se acomodó en el regazo de su dueña. Honor acarició el áspero pelaje del animal y le hizo dar un pequeño gemido de placer. Tom casi se sintió celoso.

La verdad es que estaba celoso.

—¿Viendo a tus parientes? —preguntó ella.

—Sí —espetó—. Esa es la tía Isabel. Y el primo Chuck. Y los muchachos... encantadores.

Vieron el reportaje unos segundos en silencio.

—¿Qué tal el resto del día? —preguntó ella.

—Bien. ¿La señora Johnson eligió por fin un vestido?

—Sí. Es precioso.

—Bien.

Honor volvió a mirar la pantalla.

—¿Te gustan los documentales? —preguntó ella, señalando la pantalla, y él se sintió agradecido por aquel tema neutral.

—Sí —contestó—. En especial sobre las diferentes maneras de construir cosas. Puentes, presas, sistemas de metro. Esa clase de cuestiones. ¿Y a ti?

—Me gustan los programas médicos. Tumores de cinco kilos y cosas por el estilo.

—Ah. Eres muy romántica. —La miró y vio que sonreía—. Honor... —comenzó—. Lamento haber discutido antes. El que nuestra relación no sea típica no quiere decir que no quiera que funcione.

Ella suavizó la mirada.

—Lo mismo me ocurre a mí.

—Es solo que... no quiero decepcionarte.

—No lo harás. Tú no.

—No estoy tan seguro. —Ella no apartó la vista mientras él se recostaba en el sofá.

«No la beses, sería una tontería», advirtió su cerebro.

Cierto, salvo que pronto se casarían. Y volverían a hacer el amor, en cuanto ella le diera luz verde. Algo que, sospechaba, podría ocurrir en los próximos tres minutos si se le insinuaba.

—¿Tom?

Ajá. Así que ella sentía lo mismo.

—¿Sí, cariño?

—¿No crees que podrías estar bebiendo demasiado?

De acuerdo, quizá no lo sintiera.

—Es posible —admitió—. Pero soy británico.

—He creído que era mejor decírtelo.

—¿Te molesta, querida?

Ella no mordió el anzuelo.

—Me preocupa un poco.

Él no dijo nada durante un largo minuto y luego suspiró.

—Supongo que tienes razón. No ayuda nada, ¿verdad?

—No.

—Entonces, me limitaré a una copa al día. Dos, si me lo merezco mucho, y no más. Te lo prometo. Palabra de honor, como os gusta decir a los yanquis.

Esa vez fue ella la que se retiró y lo miró.

—Eres un buen hombre.

Tom sintió una opresión en el pecho.

—Me alegro de que pienses así —respondió.

—Tu padre te tiene en gran consideración.

Él sonrió.

—Es mutuo.

—¿Es carnicero?

—Sí. No se lo digas o empezará a hablarte de buenos cortes de carne. —Hizo una pausa—. Mi madre se fue cuando yo tenía seis años.

—Lo siento.

—No era una buena madre. Tampoco es que fuera mala, solo que no había nacido para ello. —Hizo una pausa—. Me visitó durante los dos primeros años, pero luego los encuentros fueron espaciándose. Mi padre ha estado solo desde entonces.

—El mío también. Desde que se murió mi madre. Por eso estamos todos tan emocionados por su relación con la señora Johnson.

—Tu madre murió en un accidente de automóvil, ¿verdad?

—Mmm... ajá.

—Vaya. —El impulso de besarla regresó—. Lo siento.

—Fue difícil para mí. Estábamos muy unidas. —Hizo una pausa—. No he tenido demasiadas relaciones íntimas. Es posible que ya lo hayas adivinado.

Tom le puso un mechón de pelo detrás de la oreja.

—Me pregunto qué pensaría de todo esto —dijo él en voz baja.

Honor sonrió.

—Yo también. —La vio bajar la mirada al perro mientras se le sonrojaban las mejillas—. Creo que deberíamos sacar una licencia matrimonial.

En ese momento, el reloj comenzaría a marcar el tiempo hasta la boda... y su visado.

—Sí.

—Pues lo haré el lunes.

Él le tomó la mano y se la puso con la palma hacia arriba para acariciarle la sedosa piel de la muñeca.

—Gracias —murmuró. Llevó su mano a los labios y la besó.

Ella lo miraba con ternura, con los ojos muy abiertos y los labios algo separados.

Él le miró la boca y justo cuando estaba a punto de besarla, ella se levantó de forma brusca con el perro dormido apretado contra su pecho.

—Debería... debería irme a la cama. Mmm... buenas noches.

Dicho eso, se fue al piso superior y lo dejó solo en la fría salita.

Cosa que no entraba en sus planes.

Capítulo 16

Era un día de esos. No en el buen sentido.

En primer lugar, a Honor la despertó el sonido de Tom en la ducha. Él silbaba bajo y no entonaba demasiado bien, y su imagen cálida, mojado, lleno de jabón, hizo que sus óvulos lanzaran a un lado las comidas sin lácteos y salieran disparados hacia la puerta.

Se iban a casar. Aquello seguía adelante. El día anterior, al salir del trabajo, se detuvo en el ayuntamiento para solicitar la licencia. Una vez que la presentara, disponían de sesenta días para casarse. Eso significaba que el diez de junio estaría casada.

Sería la esposa de Tom.

Pensar en aquello le hacía sentir a partes iguales terror e incredulidad, acompañadas de lujuria y cierto pánico. Iban a hacerlo. Iban a cometer un fraude contra el gobierno de los Estados Unidos de América.

Y, de nuevo, percibió el deseo.

La noche anterior se había sentado ante la mesa de la cocina, después de la cena, para concentrarse en el papeleo. Había aprendido unas cuantas cosas sobre Thomas Jude Barlow. En primer lugar, era tres años más joven que ella. Solo por si lo de que «los años cuentan» no fuera suficiente. En segundo lugar, había nacido en el asiento trasero de un taxi.

En tercer lugar... bueno, no lograba recordar más porque Tom estaba desnudo en la ducha, a solo seis metros de distancia.

La otra noche había estado a punto de besarla en el sofá y ella lo había evitado. ¿Por qué? No lo sabía. Probablemente, por cobardía. Porque si la besaba, se acostaría con él, y si se acostaba con él, estaba segura de que acabaría enamorándose de él... de hecho, ya estaba un poco colada y él no le correspondía. Así que de eso nada.

Los hombres no sentían lo mismo que las mujeres con respecto al sexo. Aprovechaban la oportunidad cuando se les presentaba igual que aceptaban una galleta recién horneada. No, eran las mujeres las que contaban las calorías y se enamoraban. Lo que no era nada justo. Muy bien, Pru no contaba calorías, al menos teniendo en cuenta cómo Carl y ella disfrutaban del chocolate caliente en la actualidad. Y Faith no lo hacía tampoco. Mejor dicho: cuando comía postre comenzaba a parecerse a una estrella del porno, cosa que ocurría a menudo.

El agua dejó de correr, y ella contuvo el impulso de salir al pasillo para ver si conseguía echar un vistazo a Tom con la toalla. En su lugar se vistió, sintiéndose torpe e irritable por culpa del deseo, y estuvo unos minutos con Tom antes de que él se marchara a enfrentarse con la horda bárbara que lo esperaba en la universidad. Casi se sentía celosa. Quizá debería asistir también a clase de ingeniería mecánica.

Esa mañana su trabajo se limitó a ocho llamadas telefónicas programadas, una reunión sobre *marketing* con Ned, Jack y Jessica para hablar de las ventas del club de vino y la redacción de un artículo para una revista de turismo. Goggy se presentó en su despacho después del almuerzo, cuando estaba finalizando una videoconferencia con el personal de ventas.

—¿Quién es esa? —preguntó su abuela, mirando a Jessica con recelo—. Honor, ¿quién es?

—Es Jessica, Goggy. Muchachos, acaba de llegar mi abuela —anunció con solemnidad.

—Hola, señora Holland —proclamó un coro de voces por el teléfono.

—¿Cómo se hace eso? —preguntó Goggy, sorprendida de que el invento de Edison resultara tan versátil—. Parece que hablas con una docena de personas a la vez.

—Es una videoconferencia —explicó ella.

—¡Increíble! —cacareó la anciana con asombro.

—Está bien, muchachos, llamadme si tenéis alguna pregunta. ¡Gracias!

Hubo un coro de despedidas antes de que colgara.

—Esta es Jessica Dunn, Goggy. Ya la conocías. —¿Era cosa de su imaginación o Goggy se olvidaba de muchas cosas últimamente?

—¿Eh? —Goggy frunció los labios—. No la recuerdo. Eres muy guapa, querida.

—Gracias, señora Holland. ¿Le apetece un café?

—Oh, no, gracias. Me hace demasiado efecto. Solía tomar café a todas horas, pero ya no puedo.

—Jess, ¿podrías enviarme un correo con los puntos que hemos concretado en la videoconferencia? —Ahora que ya se había acostumbrado, era muy agradable tener una ayudante.

—Claro. Encantada de verla de nuevo, señora Holland.

—Lamento haber interrumpido, Honor. No me di cuenta de que «estabas al teléfono» —susurró Goggy. Más vale tarde que nunca.

—Tengo muchos recados pendientes, Goggy. ¿Qué puedo hacer por ti?

Su abuela suspiró.

—Vosotros... los jóvenes. Siempre corriendo.

—Tengo que ir a Rushing Creek. ¿Quieres acompañarme? —Aquello la haría candidata a la santidad. Estaba bastante segura de que Goggy sería como un grano en las posaderas, pero adoraba a su abuela.

—¿A Rushing Creek? ¿Ese lugar? Prefiero que me asesinen en mi propia cama a vivir allí —aseguró Goggy, feliz—, pero te acompañaré. ¡Gracias, cariño!

A su abuela le llevó quince minutos ir a la Casa Vieja para recoger un abrigo (por si llovía), aplicarse el pintalabios rubor de melocotón (una no sabía con quién podía encontrarse), ir al baño (no fuera a ser que pillara una enfermedad si tenía que ir en aquel horrible hospital mental) y acomodarse en el automóvil.

Sí, tenía la santidad asegurada.

—¿Cómo está Tom? —preguntó Goggy ya en el vehículo.

—Bien.

—¿Cómo os conocisteis?

Lanzó a su abuela una mirada de preocupación. No, parecía que Goggy hablaba en serio.

—Mmm... tú concertaste una cita, ¿no lo recuerdas?

—Ya lo sé, querida —repuso la anciana—. Me refiero a en dónde lo conociste. Formulé mal la pregunta. No me mires así, que no tengo alzhéimer.

—Nos conocimos en la Taberna de O'Rourke.

—Bien, bien... Me alegro por ti, cielo. Es un alivio que al menos una de nosotras encuentre la felicidad a través de un matrimonio de conveniencia.

—En realidad no es un matrimonio concertado, Goggy —repuso ella con la esperanza de que olvidara esa idea—. Solo se arregló el encuentro. Tienes buenos instintos con la gente. —Esperaba que la adulación la distrajera.

—Eso es cierto —convino Goggy—. Siempre lo he pensado, pero es agradable escucharlo. ¿Cómo funciona este cacharro? No hay llave.

Cuando se detuvieron ante Rushing Creek, Honor deseó por enésima vez que sus abuelos consideraran vivir allí. Era mucho más seguro, más limpio, más luminoso...

—¿Estás segura de que Pops y tú preferís vivir en la Casa Vieja? —preguntó.

—Es nuestra casa, cariño.

—Lo sé, pero ¿no te has planteado vivir en otro lugar?

Goggy se encogió de hombros.

—Lo he pensado. Jamás he vivido en ningún otro sitio que no fuera La Colina.

—Yo tampoco hasta hace un par de semanas. ¿No crees que sería divertido vivir en un lugar diferente?

—Oh, ¿quién sabe? Quizá... —¡Menudo avance! Era la respuesta más positiva que Goggy le hubiera dado nunca—. ¿Qué hacemos aquí?

—Vengo a dejar algunas entradas para el baile Blanco y Negro. Pops y tú asistiréis, ¿verdad?

—Por supuesto, por supuesto... Aunque tendré que arreglarme —Goggy suspiró con frustración—, y seguramente bailar con ese viejo tonto. El pobre es muy torpe.

—No lo sé. Pero hacíais buena pareja en la boda de Faith y Levi.

Goggy esbozó una sonrisa.

—Oh, no me digas.

Honor sacó el móvil y envió un mensaje de texto a Margaret, la directora de Rushing Creek. «¿Hay alguna posibilidad de que podamos ver una unidad? Estoy intentando convencer a mi abuela.»

Margaret respondió.

—El armario es muy espacioso —dijo, mostrándole a Goggy el dormitorio principal de un apartamento muy bonito—, y dispone de una habitación extra para las visitas.

—Ya nadie me visita... —repuso Goggy, lanzándole a Honor una mirada significativa.

—No me mires así. ¿Has visto, Goggy? Esta cocina tiene mucho sitio en la encimera. Mucho más que la Casa Vieja.

—Mmm... ¿Para qué necesito más espacio en la encimera?

—Imagínate lo que sería preparar aquí las galletas de Navidad —la tentó ella—. Sería mucho más fácil que en la mesa de la cocina.

—¿Alguna vez me han salido mal las galletas? —preguntó Goggy.

Honor le puso un brazo sobre los hombros.

—Nunca. Tú lo haces todo bien, y no se lo digas a la señora Johnson o te mato. Solo quería decir que para ti sería bueno disponer de un lugar como este, nuevo, limpio y funcional. Te lo mereces.

—Bueno... —dijo Goggy, bastante apaciguada—. Ese pensamiento es agradable, cariño.

Más progresos.

Después de salir de Rushing Creek se dirigieron al pueblo para hablar con Laura Boothby sobre las flores para el baile.

—Estaba pensando en centros de flores color marfil con cintas de terciopelo negro atadas a los floreros —comentó mientras pasaba las páginas del álbum de fotos de Laura.

—Estupendo —aseguró Laura—. Es una idea fantástica.

—Pero si el baile es Blanco y Negro —protestó Goggy—. No es el baile Marfil y Negro.

—Claro, pero haría el mismo contraste. ¿Recuerdas cuando se hizo en Lyons Den hace dos años? Las flores eran de color rosa.

—A mí me pareció un detalle de mal gusto —dijo Goggy.

—Oh, no, fue un baile maravilloso —aseguró Laura—. Jeremy tiene un gusto exquisito. ¡Y es un médico estupendo!

—No es necesario que me lo digas —intervino Goggy—. Si es casi mi nieto... Y ¿qué me dices de sus manos? Siempre es correcto.

Lo que le recordó que... Tom y ella necesitarían hacerse análisis de sangre. No es que fuera imprescindible, pero quería hacerlo. Solo para asegurarse de que no había ninguna razón por la que preocuparse si querían tener un bebé.

—Honor, ya que estás aquí, ¿qué te parece si echas un vistazo a los ramos de novia? —preguntó Laura astutamente.

—Mmm... no, mejor no. Al menos, todavía no.

—Oh, venga. Solo sería echar un vistazo.

Y, sin darse cuenta, pasó una hora. Primero lo del vestido de novia y ahora dedicándose a estudiar con detenimiento fotos de rosas, lirios y hortensias. Igual que cualquier novia... Cosa que, por supuesto, no era.

Pero estaba enamorándose de Tom. Y lo sabía. ¿Cómo no iba a hacerlo? Para empezar, tenía esa sonrisa. Y su acento. Y aquellos tatuajes, algo que nunca le había llamado la atención y que ahora adoraba.

Además, estaba aquel amor inquebrantable por Charlie, que no era correspondido en absoluto, y por el que Tom estaba dispuesto a reescribir su vida.

Luego estaba el beso. Y aquella noche de sexo desenfrenado en la que ella actuó como una desconocida y, sin embargo, se sintió como pez en el agua. Una noche increíble que parecía rondar en su cabeza a todas horas, haciéndola interrumpirse en mitad de una frase incluso semanas después de los hechos.

Fue muy excitante.

Probablemente era cosa del amor que flotaba en el aire... Ver a su padre acurrucado con la señora Johnson en el sofá, discutiendo amablemente sobre quién debía ganar *Top Chef*. Faith y Levi, que parecían dos imanes cuando estaban en la misma habitación, se pasaban la vida tocándose de alguna manera. Incluso Pru y Carl, con sus tontas sonrisas y la sólida certeza de que el otro estaba allí y podía seguir confiando en él.

Lo suyo con Tom era un acuerdo. Los dos obtendrían algo que necesitaban. Él tendría su visado y ella salvaría las apariencias.

Sí. La gente la trataba con más respeto ahora. Tom Barlow, el británico macizo de la sonrisa demoledora, había elegido a la tranquila, sosa y aburrida Honor Holland.

Y es que no había otra manera de que ella conquistara a un tipo así.

—¿Honor?

Elevó la vista bruscamente.

—Lo siento, Goggy. ¿Qué estabas diciendo?

—Creo que estas están bien. Siempre me han gustado los claveles.

—Son muy bonitos. Lo pensaré. Gracias, señoras. Goggy, tengo que irme. Debo visitar algunas empresas para que hagan donaciones para la rifa.

Fueron a la Taberna de O'Rourke, donde Colleen la felicitó una vez más por haber pillado a Tom y beneficiárselo; a la panadería de Lorelei Sunrise, donde se ofrecieron a hacerle gratis la tarta nupcial como agradecimiento a todo lo que había hecho Blue Heron por ellos; a la tienda de chuches de Mel, donde el señor Stoakes la invitó a comer todos los caramelos que quisiera ahora que estaba fuera del mercado. En Hart's, la joyería donde Tom había comprado el anillo, fue recibida casi con honores y se desvivieron por ella como por un soldado que regresara de la guerra.

—Entonces, ¿te ha gustado de verdad? —preguntó la señora Hart.

—Me encanta —se sinceró. Cada vez que miraba el anillo (a menudo) le encontraba algo nuevo.

—Ese hombre es encantador. Bien hecho, querida —le dijo una radiante señora Hart.

—Yo arreglé su primer encuentro —anunció Goggy—. Sabía que estaban destinados el uno al otro. Son perfectos. La pareja perfecta. Una abuela sabe estas cosas. Tenemos cierta intuición que...

—Ya está bien, Goggy, tenemos que irnos —la interrumpió Honor—. Gracias por su donativo, señora Hart.

—¡Hasta luego! —se despidió la joyera—. Nos veremos pronto, cuando vengáis a elegir las alianzas.

—¡Cierto! Sí. Gracias de nuevo.

—Tengo hambre —apuntó Goggy—. Vamos a comer. ¿Es demasiado pronto para la cena? —Miró el reloj de hombre que le gustaba llevar—. No. Son las cuatro y media. A mí me va bien.

—Una parada más, ¿de acuerdo? —En el gimnasio le habían ofrecido un bono de seis meses.

—¿Por qué va la gente a los gimnasios? —preguntó Goggy.

—No tengo ni idea —contestó ella—. Pero va.

Y el automóvil de Tom estaba en el aparcamiento. Hoy era la clase de defensa personal. ¿Una coincidencia? Seguramente no.

Entraron en el gimnasio. Goggy agarraba su bolso con las dos manos, como si estuviera a punto de encontrarse con una banda de matones que fuera a robarle los cupones. Estaba oscuro (cuanto menos se viera, supuso, menos asco daría). La música resonaba por los altavoces.

—¿En qué puedo ayudarle? —preguntó el joven del mostrador.

—¿Está Carlos? —dijo ella.

—Está allí, con los niños. —El hombre señaló en una dirección y Honor miró donde apuntaba.

Allí estaban Charlie, Helena, Abby y bastantes más jóvenes. La clase parecía haber multiplicado los asistentes.

Tom también estaba allí. Lucía unos *boxers* negros de boxeo y una desteñida camiseta azul que anunciaba *Gulfstream* en el frente. La bandera británica apenas se veía y tenía el pelo húmedo del sudor. La cadena con la medalla de San Cristóbal desaparecía debajo de la camiseta, y el recuerdo de aquella medalla caliente contra sus pechos hizo que sus partes íntimas sufrieran un considerable incremento de calor.

Tragó saliva.

—¡Hola, querida! ¡Hola, Honor! —Tom se acercó y la besó en la mejilla—. Amigos, para los que no la conocéis, es Honor Holland, mi novia, y su encantadora abuela, la señora Holland.

Todas las miradas se clavaron en ella.

—Llámame Elizabeth —murmuró Goggy, haciendo aletear sus escasas pestañas.

—Hola, tía —la saludó Abby.

—Hola, Honor —dijo Charlie como un eco.

Vaya, vaya... Charlie le había hablado. Y de forma voluntaria.

—Honor, no sabía que estabas comprometida con Tom. ¡Enhorabuena! —intervino Carlos.

—Mmm... pffff... —dijo ella por lo bajo, dejando de mirar la boca de Tom.

—Quieres un certificado del bono que dono al baile, ¿verdad? Me voy a ocupar de ello. Volveré enseguida. —Carlos sonrió y se fue rápidamente a su oficina.

—Cariño, ¿te apetece ayudarme? —preguntó Tom, poniéndole el brazo sobre los hombros. El olor a jabón y a sudor limpio hizo que le flaquearan las rodillas. ¿Estaría mal que le lamiera el cuello delante de los niños? Sí, seguramente. Mejor no.

—Bueno, muchachos, así que aquí tenemos a mi encantadora Honor. Como iba diciéndoos, el boxeo es un deporte para todo el mundo, ¿no es así, cariño?

—Eso dicen —dijo ella.

—Honor lo adora, aunque no lo parezca a simple vista. Hemos visto *Rocky* al menos veinte veces, ¿verdad, amor? —Él esbozó aquella sonrisa suya y ella sintió que se le aflojaban las piernas otra vez, pero se las arregló para seguir en pie.

—¡Oh, sí! Veinte por lo menos. Y también *Cinderella Man*.

—Cierto. —Él le apretó los hombros—. Y no te olvides de *Warrior*.

—Ni de *Toro salvaje*.

Él acercó los labios a la oreja.

—No te haces una idea de lo caliente que me está poniendo que conozcas todas esas películas —le susurró al oído con la respiración repentinamente entrecortada antes de volverse hacia los adolescentes—. Y Honor pesa... ¿cuánto, cariño?

—Buen intento —dijo ella.

—Menos que yo, eso seguro. Pero si ella supiera dónde golpear...

—En la ingle —lo interrumpió—. Id directas a las pelotas, muchachas. Lo siento, amigos, pero es lo que hay. —Goggy asintió con la cabeza.

Tom se volvió y la miró.

—Cariño, no sabía que tuvieras esa faceta violenta. Y sí, la ingle es un objetivo excelente. Pero hay más. Existen muchas más opciones. Si Honor supiera dónde y cómo golpear, podría mostrároslo. ¿Me echas una mano, cariño?

—Sí, de acuerdo. —Ojos grises. Qué injusto era, de alguna forma, que sus iris fueran del suave color de un cielo lluvioso en una mañana de invierno y no de otro tono más romántico. Y esa boca. Ella podía hacer maravillas con esa boca. O más bien podría hacerlas él.

«¿A qué estás esperando?», preguntaron sus óvulos.

«¿A no tener delante un público infantil?», contestó ella mentalmente.

«No la tomes con nosotros. Solo intentamos conseguir un poco de acción», dijeron sus óvulos.

—Bien, pues sube al cuadrilátero —dijo él.

¿Cómo? Le dio un vuelco el corazón.

—Oh, no, no lo creo. No estoy vestida para ello. —Era cierto. Una falda tubo y una blusa y los zapatos salón que Faith había catalogado como «no demasiado monjiles» la última vez que almorzaron juntas.

—No lo está, ¿verdad? —Tom se alejó y ella se desequilibró un poco, lo que hizo que se diera cuenta de que había estado apoyada en él. Privada de su calor, sintió un poco de frío al verlo subir los escalones del cuadrilátero de dos en dos—. Pero de eso se trata. De demostrar que podrías defenderte cuando lo necesites, sin importar lo que lleves puesto. Venga, Honor, vamos a enseñar a estos niñitos cómo se hace.

Ella miró a los adolescentes, que esperaban con expectación.

—A por ello —la animó Abby.

—Sí, cariño, hazlo —intervino Goggy—. Quiero verlo.

Ella subió los escalones vacilando.

—¿Qué quieres que haga? —murmuró a Tom, que la acorraló contra las cuerdas. Aquello parecía muy complicado.

—Escápate.

—Ya. —Empezó moviendo un pie y luego el otro, sujetándose la falda para que no se le subiera. Tropezó, cómo no, y Tom la agarró del brazo.

—Ya ves. —Tom esbozó una leve sonrisa.

—¡Hola, Honor! ¡Quién te ha visto y quién te ve!

Mierda. Del pecho comenzó a subirle calor.

—Hola, Brogan.

Su antiguo... esa persona... se acercó con la bolsa de deporte al hombro y la elegancia natural de un atleta nato.

—Y, hola... ¿Tom, verdad? —preguntó Brogan—. Un tipo con suerte. Nos hemos visto antes. En Hugo's, ¿verdad?

—Por supuesto —confirmó Tom, apretándose contra las cuerdas para estrecharle la mano—. Me alegro de verte de nuevo. Honor y yo estamos haciendo una demostración a los muchachos.

—Fantástico. Veo que llego justo a tiempo. —Brogan dejó la bolsa en el suelo y cruzó los brazos al tiempo que le guiñaba un ojo a Honor.

Tras el enfrentamiento en la sala de barricas de los viñedos con Dana, Brogan le había enviado un correo electrónico lleno de sinceras felicitaciones y algunas posibles fechas para ir a cenar los cuatro. Como era de esperar, ella no tenía tiempo libre. Tampoco lo había buscado. Sin embargo, ahora, al ver la cara sonriente de Brogan, no pudo evitar echarlo de menos. Como amigo.

Sí, por primera vez su presencia no la hacía temblar. Le devolvió la sonrisa con alivio.

—¿Estás preparada, cariño? —preguntó Tom.

Ella lo miró a la cara. La tenía triste.

—¿Preparada para qué?

—Para hacer la demostración.

—Pues la verdad es que no —dijo ella—. ¿Alguien puede sustituirme?

—Vas a hacerlo muy bien. Muchachos, atención, comienza la demostración de un gancho —dijo él, subiendo las manos a la altura de su cabeza—. Se trata de doblar las rodillas y girar así... —Se dio la vuelta bajando el hombro—... y golpear con todo el cuerpo. —Hizo una demostración y le tocó la barbilla con el puño—. Dobla las rodillas, de forma que no sea solo el brazo el que haga el trabajo, sino el cuerpo entero... lleva el puño atrás y ¡zas! —Hizo otra vez el movimiento completo a cámara lenta—. Es tu turno, Honor.

Y lo que parecía fácil resultó ser mucho más complicado cuando ella lo intentó. Era difícil no sentirse cohibida e incómoda cuando todo el mundo —incluyendo dos tercios de los hombres con los que se había acostado— la estaba mirando. Si había algo menos sexi que tratar de emular a Mohamed Ali con una falda tubo y zapatos no completamente monjiles, no sabía qué podía ser.

—Eso es todo —dijo Tom—. Practica un poco, Honor. Muchachos, vosotros también. —La dejó en la esquina, meciéndose como una idiota, y fue al otro extremo para ver a los niños—. Puños arriba, no os olvidéis, no hay que dejar huecos. ¡Señora Holland! Es decir, Elizabeth, ¡no se quede ahí! En movimiento, querida. —Goggy se rio y canturreó por lo bajo mientras subía los brazos y comenzaba a golpear el aire enérgicamente. ¡Santo Dios!

—Este golpe es estupendo si estás en un lugar cerrado —continuó Tom—, porque es fuerte y brutal. —Demostró de nuevo el movimiento—. Así que si alguien te tiene contra una pared, o lo que sea, es al que debes recurrir. Y si lo haces bien, es un golpe de gracia. Así, Molly, ya lo tienes. Buen trabajo, Charlie. Pivota un poco más, Abby. Excelente.

Tenía mano con los críos, había que reconocerlo. Y también parecían gustarle. Incluso Charlie parecía un poco más alegre que de costumbre, aunque eso no era decir mucho. El muchacho iba a cenar en casa esa noche. Con un poco de suerte, hablaría un poco.

—Qué bien se te ve, On —dijo Brogan con una sonrisa. Ella puso los ojos en blanco—. En serio. Me recuerdas a Iron Mike.

—Gracias. Nos parecemos mucho.

—Es un buen tipo. Le hice un reportaje hace unos años en Las Vegas. —Hizo una pausa—. ¿Cómo estás?

—Bien. Muy ocupada. Ya sabes. Cosas... de la boda.

—Lo sé. Dana también está loca con eso. Ahora... er... tenemos algo más de prisa. —Su expresión era tímida—. Queremos casarnos antes de que nazca el bebé.

—Claro.

Tom estaba tratando de enseñar a Helena cómo debía mover el brazo. La muchacha se lo comía con los ojos.

—De todas formas, me alegro de verte.

—Igualmente. Mmm... ¿practicas boxeo? —preguntó ella en lugar de seguir machacando el aire.

—Un poco. Ya sabes cómo soy, le doy un poco a todo.

Sí. Le encantaban el atletismo, la escalada en roca, el remo, el fútbol americano, la vela... Era agotador para cualquier persona cuya idea de actividad al aire libre fuera leer un libro en el campo.

—¿Estás lista, Honor? —dijo Tom, dirigiéndose hacia ella.

—¿Para qué? —indagó.

—Para pegarme, cariño. —Los jóvenes se rieron, igual que Brogan.

—Oh, no... de eso nada. Gracias pero no. No quiero golpearte.

Él la arrastró al centro del cuadrilátero.

—Lo siento —se disculpó él en voz baja—. No quería interrumpir tu charla con Brandon.

—Brogan.

—Eso. —Su mirada era inexpresiva.

—No estábamos charlando —aseguró—. Estábamos... No, no era nada.

—Claro que no era nada. Estás enamorada de mí y todo eso. —Tom se volvió hacia los jóvenes—. Prestad atención, niños. Honor, puños arriba.

—No pienso golpearte. —La mera idea la hacía sentirse enferma—. No, gracias.

—Claro que sí. Lo soportaré.

—No, en serio. No me siento cómoda.

—¡Exacto! Amigos, ¿habéis oído eso? No se encuentra cómoda peleando. Y tiene razón. La mayoría de las niñas no maduran peleándose a puñetazo limpio en el patio del cole, ¿verdad? Quizás estén educadas para no herir a nadie, pero sí, se puede ir contracorriente, y esa es la razón por la que tenéis que aprender esto.

Honor no se sentía bien. Tom tenía razón: a su madre le daban ataques de nervios si las veía pelearse. Además, una vez se le fue la mano —el día de la pelea con Dana— y la pilló por sorpresa.

¡Mierda! No era momento para recordar eso. El corazón se le había acelerado y le zumbaban los oídos.

—¡Vamos! —la animó Tom—. Es una buena lección para ellos. —Arqueó la ceja atravesada por la cicatriz—. Y parecerás adorable delante de tu novio.

—Brogan no es...

—Entonces, ¿preparada? —Le puso las manos en los hombros y la giró hacia los muchachos—. Así que confieso que he atrapado a la hermosísima Honor. —La rodeó bruscamente con un brazo y le pegó los brazos a los costados. Ella sintió una subida de adrenalina. Jadeó. ¿Cómo hacía tanto calor de repente?—. Luego la empujó contra la pared y no hay salida. —La acorraló contra el poste de la esquina y se inclinó sobre ella—. Dame el dinero o estás perdida, cariño. Captáis la idea, ¿verdad?

¿Por qué estaba tan nerviosa? Le temblaban las piernas y veía puntitos grises.

—No puede escapar, está totalmente indefensa. Es solo una tierna mujercita desamparada... o eso creo. Está bien, cielo, cuenta hasta tres, lleva el puño hacia atrás, dobla las rodillas e imprime esa magnífica...

Su puño izquierdo pareció surgir de la nada y se lo clavó en el ojo. Tom se tambaleó y se cubrió la zona con una mano. Los muchachos contuvieron el aliento y se taparon la boca con la mano. Gesto que también hizo ella con el brazo que no había movido.

—¡Oh, Dios mío! Le ha golpeado —dijo una de las muchachas—. ¡Qué cruel!

—¿Estás bien? —preguntó él. Ella trató de responder y no pudo hablar, pero asintió con la cabeza.

Él estaba sangrando. La sangre le caía por el rostro. El anillo de compromiso le había hecho un corte debajo del ojo. Goggy chasqueó la lengua, preocupada, y le dio a Tom un pañuelo de papel que, al instante, se puso rojo.

—Supongo que estaba equivocado sobre lo de que eras una tierna mujercita indefensa, ¿verdad? —La voz de Tom era contundente.

Comenzaron a palpitarle los nudillos. Carlos Méndez apareció repentinamente con una toalla. La sangre empezó a gotear en el suelo. Brogan también entró en el cuadrilátero.

—¿Estás bien? —le preguntó, poniéndole una cálida mano en el hombro.

—Lo siento mucho —dijo ella a Tom con la voz temblorosa.

—Estoy bien, amigos —aseguró él a los críos—. Honor logró darme un buen golpe. Es una mujer fuerte si la situación lo requiere, ¿verdad? Me clavó accidentalmente el anillo de compromiso, no hay nada de qué preocuparse. Esto nos demuestra lo importante que es cubrirse bien.

—Tienen que mirarte ese corte, muchacho —dijo Carlos.

Tom la miró. Se le estaba empezando a hinchar el ojo.

—Creo que debo ir al hospital. Muchachos, la clase ha terminado por hoy. Buen trabajo. Abby, ¿te importaría llevar a Charlie a casa?

—Mira, te dije que no quería hacerlo —espetó Honor.

—Y está claro que decías la verdad —soltó él, levantando la gasa que le había dado la enfermera cuando entraron—. Porque eres una experta, ¿verdad?

—¡Sí! ¡Lo soy! Lo cierto es que tú tenías razón —dijo ella, mirando hacia otro lado—. La mayoría de las mujeres no se pelean por diversión. No quería hacerlo, estaba nerviosa. Te pedí que no me obligaras, pero no me escuchaste.

—La culpa es de la víctima y todo eso... ¿«Cuenta hasta tres» no significa nada para ti o había otra razón para darme ese puñetazo?

—¡Estaba nerviosa! Lo siento, ¿de acuerdo? Lo siento, lo siento muchísimo.

Él la miró con un solo ojo porque la carne que rodeaba el otro estaba hinchada y roja.

—Me debes una, querida. Ya se me ocurrirán diez cosas para empezar.

—No seas idiota —dijo ella mientras un calor nervioso le retorcía las entrañas.

—¡Hola! —La puerta de la consulta se abrió y entró una jovencita de origen asiático que no debía llegar al metro cincuenta ni a cincuenta kilos. No aparentaba más de doce años. Honor se sintió al instante como una amazona. Y no en el buen sentido—. Soy la doctora Chu, ¿qué tenemos por aquí?

—Un pequeño corte —informó Tom—. Mi novia, que tiene un gancho criminal.

—Hemos tenido un pequeño accidente —confesó Honor entre dientes.

—Dios, ¡es horrible! —dijo la doctora—. ¡Menudo golpe!

—¿Cuántos años tienes? —preguntó Honor.

—Mmm... Veintitrés —contestó ella—. Comencé la universidad cuando tenía dieciséis. Una cría, pero soy médico de verdad. De las buenas. Ahora estoy como interna. Nunca había dado puntos antes, así que estoy emocionada.

—¡Estupendo! —dijo Tom—. Me pongo en tus manos.

—¡Estupendo! —repitió ella, dándose la vuelta hacia el lavabo—. Me tengo que lavar las manos, y he de mantener una actitud agradable y supercordial. Bien, ¿qué ocurrió señor... mmm... Barlow?

—Mi novia me dio un puñetazo —explicó.

—¡Dios mío! Es horrible. —Se volvió hacia Honor—. ¿Es usted su madre?

—¡No! —«¡Por Dios, mátanos ya!», dijeron los óvulos—. Yo soy su novia.

Tom sonrió. La sensación de culpa por haberlo golpeado se estaba desvaneciendo. Rápidamente.

—¿De verdad? Señor Barlow, ¿le importa que ella esté aquí?

Tom reflexionó sobre la cuestión y Honor suspiró.

—Me va a proteger de ella, ¿verdad? —preguntó a la diminuta médico.

—¡Claro que sí! Además, siempre puedo llamar a seguridad.

—Entonces, estoy a salvo. —Arqueó la ceja buena mirándola a ella mientras la doctora Chu se ponía los guantes para examinarlo—. Así que tenías dieciséis años cuando comenzaste la universidad, ¿eh? Apuesto a que eras muy inteligente.

—No es por presumir, pero fui la primera de mi promoción en Stanford.

—¡Enhorabuena! —dijo—. Eso es increíble.

—¡Gracias! Bueno, ahora déjeme trabajar. Mmm... así que ella le dio un puñetazo, ¿verdad? ¿Eso es todo? Es decir, ¿cómo le hizo el corte?

—Con el anillo de compromiso.

—¡Guau! Menuda ironía, ¿no cree? —comentó la doctora Chu.

—¿Me lo dices o me lo cuentas?

Los dos compartieron una sonrisa encantadora.

—Él estaba impartiendo una clase de boxeo y me pidió que le golpeara —explicó Honor. La doctora Chu ni siquiera la miró, demasiado ocupada levantándole la gasa del ojo.

—¡Guau! ¡Menudo corte! Además, se le va a poner el ojo a la funerala. Es posible que tenga suerte y le haga parecer más sexi.

—Lo que tú digas, doctora —replicó él con una sonrisa que hizo que centelleara uno de sus blancos dientes. Parecía una versión adulta y atractiva de Artful Dodger en *Oliver Twist*.

—¡Guau! Bien, déjeme que se lo cosa, ¿de acuerdo?

Era evidente que aquel estaba resultando ser el mejor día en la corta vida de la doctora Chu.

—Comprobando *kit* de sutura. Esterilizar la zona a tratar. ¡Bien! Qué divertido.

—Me encantan las mujeres a las que disfrutan tanto con su trabajo —dijo Tom.

—¡A mí me chifla! ¿Y usted a qué se dedica, señor Barlow?

—Soy profesor de ingeniería.

—¡Guau! Bueno, le va a picar un poco. Lo lamento. Pero una actitud positiva siempre ayuda.

—Muy positiva, por cierto.

—¡Superguau! —se rio la doctora Chu y levantó la inyección con el analgésico para pinchar debajo del corte.

La culpa no era una emoción que Honor estuviera acostumbrada a gestionar.

Se miró la mano. Estaba un poco hinchada. Supuso que se lo merecía. Era la primera vez que golpeaba a alguien en toda su vida.

Bueno, no. También había golpeado a Dana, ¿verdad? Estaba consiguiendo toda una reputación al respecto.

—¿Tiene médico de cabecera? —preguntó la doctora Chu—. Puede quitarle los puntos dentro de una semana. O también puedo hacerlo yo, solo tiene que venir por aquí. Puedo darle mi número si desea verme cuando no esté de servicio.

Tom miró a Honor.

—Puedes ir a Jeremy —informó ella—. Es amigo de la familia.

—Entonces, haré eso —dijo Tom.

—¡Por supuesto! Basta con mirar esta magnífica sutura, ¿verdad? Bien, encantada de conocerlo —intervino la doctora—. Ahora tengo que pedirle que espere un momento, ¿de acuerdo? Dudo que necesitemos sacar una radiografía, pero prefiero asegurarme.

—Gracias —dijo Tom.

—De nada. ¡Vuelvo enseguida! —Prácticamente salió corriendo.

Honor se obligó a mirar a su novio.

—No está mal —dijo. Los puntos de la doctora Chu eran pequeños y ordenados, como la propia joven había presumido.

—Bien. Odiaría que se viera arruinada mi bonita cara.

—Lo siento mucho. Como creo haber dicho ya al menos quince o veinte veces.

—No te preocupes por eso. Lamento haberte puesto en esa situación. —Se frotó la nuca y miró al suelo.

En el pasillo, se escuchaba el ruido de fondo del hospital, las ruedas de las camillas y el silbido de las puertas automáticas. El llanto de un bebé.

—¿Por qué estabas tan asustada? —preguntó Tom de forma inesperada.

Ella se encogió de hombros y notó una vez más que se le aceleraba el corazón.

—No lo sé. —Empezó a hablar, pero se detuvo—. Me atacaron una vez. El tipo... mmm... me arrinconó en un portal. Igual que hiciste tú en el cuadrilátero.

Él arqueó las cejas.

—¿Estás tomándome el pelo? —preguntó—. Me hubiera venido bien saberlo.

—No me preguntaste. No es algo de lo que me guste hablar.

—¿Por qué? No habría fingido agredirte si hubiera sabido eso. Honor, ¿por qué no me lo dijiste?

—¡No lo sé! Y no me grites. Fue hace mucho tiempo, en Filadelfia, cuando estaba haciendo el posgrado. Me arrinconó, me pidió el bolso, se lo di y se largó. Tenía una pistola, pero no la utilizó. No fue un gran problema.

—¿Te retuvo a punta de pistola, pero no fue un gran problema?

—Puedes dejar de gritar cuando quieras, ya sabes. Pensaba que para los británicos era todo «Mantén la calma y...». No comentes que me asaltaron —añadió con la voz más suave—. No lo sabe nadie.

Él la miraba fijamente con la boca algo abierta.

—Sí, claro, no vaya a permitir Dios que alguien se entere de que eres humana.

—¿Qué quieres decir con eso? —preguntó ella—. ¿De pronto te has convertido en un experto en mí?

Hubo un golpe en la puerta y entró Levi, vestido con el uniforme de policía. Se detuvo en seco al verlos.

—Oh, sois vosotros.

—Hola, Levi —saludó ella, feliz al ver una cara amable—. ¿Qué haces aquí?

Él respiró hondo.

—Eh... tengo que hacerle a Tom algunas preguntas.

—¿Por qué? —preguntó Tom.

—La doctora sospecha que hubo malos tratos —respondió Levi—. Y acabo de oírte gritar.

Primero una pelea y ahora eso.

—Haz tu trabajo —animó ella con cansancio.

—No fue nada —explicó Tom—. Me estaba ayudando en la clase de defensa personal y me pilló por sorpresa.

—Así que en realidad, es culpa tuya —intervino ella—. Puesto que fue idea tuya.

—Debo estar de acuerdo —dijo Tom—. Sin duda, no es culpa de Honor.

A Levi no parecía hacerle gracia.

—Déjame hablar con Tom a solas un segundo. Tengo que seguir el procedimiento incluso aunque seas hermana de Faith. Sobre todo porque eres hermana de Faith.

—Entiendo. —Salió y se detuvo en el pasillo. Así que ahora su cuñado, el superpolicía, la estaba investigando. Suspiró y sonrió a un anciano que tenía el rostro cubierto con una máscara de oxígeno. Él no le devolvió la sonrisa. Pobre tipo. Ella miró hacia otro lado.

Sentía cierto rechazo hacia los hospitales desde que murió su madre. Ese había sido el peor día de su vida, sin duda. El peor de todos. Ella había respondido al teléfono; su padre estaba en el campo y ella estaba esperando a que Faith y su madre regresaran de Corning. Habían salido tarde y ella sentía celos al imaginarlas comiendo en algún lugar o rebuscando en las pequeñas tiendas de Market Street.

—¿Está tu padre, cariño? —había preguntado el jefe Griggs, y ella supo al instante que había ocurrido algo horrible—. Tengo que hablar con él.

—¿Por qué? —había preguntado.

—Porque tengo que hacerlo, cariño.

Un miedo helado la cubrió con su pálido manto. Se le doblaron las rodillas, pero se recuperó.

—¿Están muertas? —susurró.

—Siéntate, ¿de acuerdo? ¿Crees que puedes avisar a tu padre para que vaya a casa?

—Sí.

—Dile que voy de camino —había dicho Griggs, y la terrible amabilidad de su voz confirmó lo que ya sabía. La muerte estaba en la cocina con ella cuando colgaba el teléfono, en la encimera, junto a su libro de química. La siguió hasta la puerta trasera, mientras salía al patio, y sin embargo, permaneció tranquila cuando llamó a su padre.

Faith y su madre se habían ido. Muerto. Así que eso era lo que sentía la gente al decir que estaban insensibles.

Su padre iba a necesitarla. Cuando el jefe Griggs se detuvo en el camino de entrada, rodeó a su padre por la cintura. Oyó que Faith estaba bien pero Constance no.

Sintió cómo se hundía su padre, oyó el horrible sonido que emitió cuando el oficial dijo las palabras. Sostuvo su mano, seca y quebradiza, durante todo el camino hasta el hospital, adonde una ambulancia había llevado a Faith. Otra había llevado también a su madre.

Aquella otra había ido más despacio, pensó mientras permanecía ante la habitación de Faith y su padre entraba. No había encendido las luces ni la sirena. En algún lugar por debajo de ella, en un sótano oscuro, el cuerpo de su madre estaba siendo guardado en un frío cubículo.

«Mamá.»

La magnitud de la terrible pérdida amenazó con tragarla por completo cada vez que respiró. La única que realmente la había entendido, la que la había hecho sentirse especial, se había ido. Todo había acabado. La vida nunca sería la misma, nunca volvería a ser tan buena, tan feliz.

Sin embargo, la negra pena tuvo que verse aplazada. Honor era digna hija de su madre: apaciguadora, lógica y pragmática. En la familia no había nadie como ellas. Reprimiría su pesar, sería la cinta adhesiva que mantendría unido el corazón de la familia para que no se rompiera y haría lo que debía hacerse.

Pero aquellos felices y perfectos días llenos de plenitud... no regresaron.

Solo con Brogan, y muy de vez en cuando, era cierto, pero había vuelto a echarles un pequeño vistazo. No es que hubiera sido desgraciada. Solo que su vida no había sido un tren funcionando a toda máquina. Había estado esperando desde los dieciséis años a disfrutar de esa sensación otra vez y, de vez en cuando, cuando Brogan y ella iban a cenar juntos o cuando él se olvidaba de en qué zona horaria se encontraba y la llamaba en medio de la noche, había vislumbrado una pequeña porción de lo que había perdido.

Eso le hizo preguntarse qué estaba haciendo con Tom. Él seguía siendo un desconocido... Un extraño capaz de coquetear con cualquier cosa con pechos que estuviera viva. Aunque en ocasiones era tan maravilloso que ella empezaba a esperar que fuera la pieza que faltaba, pero unos segundos después lo negaba.

La puerta se abrió y apareció el hombre en cuestión con Levi siguiéndole los pasos.

—He decidido no presentar cargos —bromeó Tom—, siempre y cuando mejores tu comportamiento a partir de ahora.

—Muy gracioso —dijo ella.

—¿Necesitáis algo? —preguntó Levi.

—No —respondió—. Gracias, Levi. Lamentamos haberte hecho venir aquí.

—Es mi trabajo —dijo su cuñado—. Hasta luego. —Empezó a alejarse, pero al poco se volvió para mirarlos con el ceño fruncido—. ¿Estáis seguros de que estáis bien?

—Que sí, amigo —insistió Tom, poniéndole el brazo sobre los hombros—. ¿Verdad, querida?

—¡Sí! Sí, sin duda. Solo ha sido un día muy largo.

Levi los miró un rato más. A ella le dio un vuelco el corazón. Apoyó la cabeza en el hombro de Tom y sonrió.

—Gracias por todo. Dile a Faith que la llamaré después.

Él asintió con la cabeza, levantó la mano y se alejó.

Tom tomó aire y luego lo soltó.

—De acuerdo, muy bien —murmuró. Y dicho eso regresó a la sala a esperar a que le dieran el alta.

Capítulo 17

Ya habían advertido a Tom de que el clima de la zona era impredecible, pero aquello tenía tintes ridículos. Cuatro días atrás, cuando fue a la universidad, la temperatura superaba los dieciocho grados. Incluso habían aparecido yemas en los árboles y todo eso.

Hoy estaba nevando. Y a pesar de llevar cuatro años en el país, seguía odiando conducir sobre nieve. Había derrapado en el camino de acceso al regresar del pueblo y casi se había empotrado contra la parte trasera del Prius de Honor, que estaba aparcado en la calle en vez de en el camino por alguna razón que solo las mujeres podían comprender.

Se bajó del automóvil y se dirigió al interior. Le cayó un trozo de nieve en el cuello al abrir la puerta.

—¡Suéltame, bicho! —dijo al ver que le atacaba la rata.

—No es un bicho —protestó Honor. Ella estaba sirviéndose una copa de vino todavía vestida con aquel horrible traje azul marino y los horrorosos zapatos. Le resultaba un misterio por qué Honor Holland no usaba ropa más bonita que favoreciera sus encantos. Ni que tuviera algo malo.

—¿Qué tal te va el ojo?

—Bien. —No habían hablado demasiado desde hacía dos días salvo para pedirse disculpas el uno al otro en varias ocasiones (de forma muy poco eficaz, pensó), él por haberla puesto en una situación incómoda y ella por hacerle daño.

La habían asaltado a punta de pistola y jamás se lo había dicho a nadie. ¡Dios! Cada vez que lo recordaba, se le nublaba la vista. Quería matar al tipo que lo había hecho, a ese elemento capaz de atacar a una mujer indefensa en las calles. Que era justo lo que los asaltantes busca-ban. Sin embargo, eso no hacía que se le aclararan los ojos. Apenas era capaz de otra cosa que repetir mentalmente las palabras que tenía me-tidas en el pecho. «No vuelvas a arriesgarte de nuevo. No quiero que te hagan daño. No te pongas enferma. No te marches. No te mueras.» Suspiró.

—¿Qué te apetece cenar? —preguntó ella.

—Me da igual. ¿Quieres que cocine yo?

—No me importa hacerlo.

—Ni a mí —dijo él—. Venga, siéntate y relájate. Pareces tensa.

Ella lo miró enfadada.

—No lo estoy —aseguró al tiempo que recogía a *Spike* y la besaba en la cabecita.

—Bien. —Sin duda las conversaciones fluidas no eran su punto fuerte.

Sin embargo, el sexo era otro cantar. Al menos por lo que podía recordar. Había pasado demasiado tiempo. Jodidas semanas. O, mejor dicho, semanas de no joder.

En ese momento sonó el timbre. La rata soltó una ráfaga de ladri-dos afónicos.

—Ya voy yo —dijo Honor con la perrita en brazos.

Él abrió el frigorífico y examinó las opciones. Vivir con Honor im-plicaba que el frigorífico estuviera mucho mejor abastecido que cuan-do vivía solo, aunque siempre trataba de tener productos para hacer sándwiches por Charlie. Sin embargo, en ese momento, estaba bien provisto: pollo, carne, lechuga, tomates, naranjas, espinacas, queso *co-ttage*, parmesano, yogures, *hummus*... Y también un montón de vino.

—¿Tom? Mmm... ¿cari?

Se giró al escuchar aquel odioso término cariñoso. Honor estaba ruborizada y tenía los ojos muy abiertos. Detrás de ella había otra mujer.

—Es Bethany Woods. Trabaja para el servicio de inmigración.

«¡Maldita sea!».

—Hola, ¿qué tal? —preguntó sonriente. Calculó que Bethany tenía unos cuarenta años, morena, robusta, con rizos negros y gafas con la montura de brillantes—. Soy Tom Barlow, un placer conocerla.

—Hola —dijo ella—. Esta es una visita de cortesía no programada del gobierno de los Estados Unidos. Espero que no les importe.

—No, en absoluto —respondió él—. ¿A qué debemos este honor?

Bethany esbozó una tensa sonrisa.

—Hemos tenido un aviso de que la señora Holland y usted podrían estar a punto de cometer fraude matrimonial.

Él miró a Honor, que parecía a punto de vomitar.

—¿Fraude? ¿Por qué? —se interesó—. Siéntese, Bethany, lo siento. ¿Quiere tomar un té o una copa de vino?

—No, gracias —contestó ella, haciéndole un rápido análisis. Eso le hizo pensar en Janice.

—Por favor, en cualquier caso, ¿no desea sentarse? —Él sostuvo una silla para Honor, que vaciló, pero acabó sentándose, rígida.

—Doctor Barlow —dijo Bethany—, nos hemos puesto en contacto con la universidad en la que trabaja y hemos descubierto que no tienen planes para renovarle el visado de residencia.

—Es cierto —confirmó Tom. Honor se mordió el labio. Un segundo más y acabaría haciéndose sangre. Le agarró la mano por debajo de la mesa y se la apretó como advertencia. La rata gruñó, lo que atrajo una mirada significativa de la señora Woods.

—Los registros indican que han presentado una licencia de matrimonio —continuó la funcionaria—, y hace algunos días, alguien se puso en contacto con nuestra oficina de forma anónima y nos chivó que ustedes dos apenas se conocen.

¿Quién demonios habría hecho eso? ¿El padre de Honor, quizás? Ese hombre lo tenía enfilado. ¿Quizás habría sido Droog, celoso de que Honor le hubiera elegido a él en su lugar? No parecía probable. Era un buen tipo.

—Bueno, lo nuestro fue rápido —dijo—, lo reconozco. Pero vamos a casarnos porque nos amamos. ¿Verdad, cariño?

—Nos amamos —repitió ella con la voz aguda. Él le apretó la mano de nuevo y ella lo miró llena de pánico.

—Me alegro de oírlo —repuso Bethany de forma enérgica. Una vez más, lo escaneó con la mirada de arriba abajo—. Sea como sea, son conscientes de que el fraude matrimonial constituye una multa de hasta un cuarto de millón de dólares y una pena de diez años de prisión.

Honor tragó saliva y la pequeña rata gimió al tiempo que movía la cola y se revolvía, tratando de llegar a Bethany. Hasta el momento, aquel animal solo lo odiaba a él.

—Muchas veces, un ciudadano lo hace para ayudar a un amigo —continuó la mujer, extendiendo un dedo hacia *Spike*, que la perrita lamió con rapidez—. ¿Quién es una cosita bonita? ¡Sí, tú! ¿Cómo te llamas? ¿Eh? ¿Cuál es tu nombre?

—*Spike* —susurró Honor.

—Oh, me encanta. ¡Sí, bonita, me gusta mucho! De todas maneras, señorita Holland, que se haga para ayudar a un amigo no hace que el fraude sea menos ilegal.

—Pero no estamos en esa situación —repuso Honor. Tenía la mano fría y húmeda.

—Excelente. Entonces, estoy segura de que ninguno de ustedes dos se opondrá a que les haga algunas preguntas a solas.

—Claro que no —dijo Tom—. ¿Verdad, Honor?

—No —chilló ella.

Bethany sonrió.

—Bien. ¿Les importa que vea el piso de arriba antes de empezar?

—No, en absoluto. —Tom se levantó y sonrió, tendiéndole una mano a la mujer. Ella la aceptó con la cara algo ruborizada.

—Es una casa preciosa —aseguró.

—Sí, nos gusta mucho —convino él.

Gracias a Dios, Honor había llevado algunas de sus cosas y el lugar había mejorado de forma notable a cuando él vivía solo. Había fotos colgadas en las paredes, cojines en el sofá y toallas a juego en el cuarto de baño. Parecía, en otras palabras, una casa de verdad, no solo un lugar donde dormir.

—¿Cuánto tiempo llevan juntos? —preguntó Bethany—. Se llama *Spike*, ¿verdad? *Spike*, ¿cuánto tiempo hace que mamá y papá están juntos, eh? ¿Cosita linda? ¿Mmm?

«¡Santo Dios!»

—Hace un par de meses —repuso Tom—. Fue un flechazo.

—Claro —dijo Honor.

—¡*Spike*! ¿Es esta tu pelota? ¿Es tu pelota? Venga, ¡ve a por ella! —Bethany le tiró la pelota, que rodó debajo de una silla—. ¡Ay, que la recojo yo, cosita! ¡Sí! ¡La recojo, la recojo!

Cuando la mujer se agachó para recoger la pelota de «cosita», Tom miró a Honor y le dio un beso rápido.

—Contrólate un poco —susurró contra sus labios.

—Muy bien —musitó ella, pero sus ojos parecían vagar por todas partes.

La besó de nuevo, ahora más despacio, ahuecando la mano sobre su cabeza y acariciando su suave pelo. Olía a limpio y fresco, a algo bueno. Después de un segundo, ella le puso una mano en el pecho y relajó los labios.

Era posible que tuviera que fingir que estaba enamorado de ella, pero no iba a tener que inventarse que besarla era algo increíble. Parecía fundirse con él, su pequeña y frágil novia, y parecía... no poder resistirse cuando la besaba. Era consciente de su dulzura, de su suavidad y de su sorpresa.

—¿Y el piso de arriba? —preguntó Bethany—. ¡Vamos, *Spike*! ¡Arriba!

—Por aquí, por favor, sígame —dijo Tom, apartándose un poco de Honor. *Spike* ladró con entusiasmo, rendida por completo a Bethany Woods.

Agradeció para sus adentros que Honor fuera la reina de la pulcritud, porque la cama de la habitación de Charlie estaba perfectamente hecha, no había ningún par de zapatillas ni unos pendientes que delataran que ella dormía allí todas las noches. Muy lista. Lo tenía todo previsto. Le debía una... En realidad más de una, eso era seguro.

—¿Quién hace esas maquetas de aviones? —preguntó Bethany, mirando el modelo de Stearman a medio terminar que reposaba en el escritorio.

—Mi hijastro no oficial —observó él—. Mmm... hace unos años estaba comprometido con su madre, pero ella falleció. Sin embargo, Charlie y yo seguimos manteniendo un contacto cercano. —Otra mentira.

—Es precioso —repuso Bethany—. ¡Qué hombre más agradable! ¿No te parece un encanto, *Spike*? ¿Eh? ¿Qué me dices? ¿Mmm? —Cogió a la perrita y la besó.

—Gracias —dijo él, haciendo caso omiso del jadeo de Honor. Tenía que tranquilizarse. Y también Bethany, pensó mientras *Spike* lamía la boca de la mujer. ¡Menudo asco!

Bethany se dirigió a su habitación y abrió el armario. Una vez más, ¡muy bien, Honor! Su ropa parecía pertenecer a este dormitorio.

—¿Cuándo será la boda?

—Pronto —repuso Honor.

—Estábamos pensando en fugarnos —confesó Tom—. Pero su familia quiere asistir y ella desea un vestido vaporoso y todo eso. Y yo solo quiero hacerla feliz, por supuesto. —La miró—. Vas a ser una novia preciosa, querida.

—Me encantan las bodas —comentó Bethany.

—Pues nos encantará que venga a la nuestra —la invitó él. Honor soltó un gemido que transformó en una tos para disimular, mientras Bethany sonreía y caminaba hacia el cuarto de baño. Abrió el armario y asintió con la cabeza.

—Estás pasándote un poco —susurró Honor.

—Está tragándoselo todo —dijo él con un siseo—. ¿Crees que podrías sonreír un poco sin morirte del susto? Se supone que estamos enamorados.

—No se me da bien fingir.

—Ya, es evidente. Sígueme la corriente, querida.

—Honor —dijo Bethany enérgicamente tras regresar del cuarto de baño—. ¿Le importaría quedarse aquí y responder a unas preguntas? —preguntó al tiempo que abría su enorme bolso y sacaba un fajo de documentos.

—No hay problema —dijo ella. Se giró para dirigirse a la habitación de Charlie, pero luego se detuvo y se encaminó al dormitorio principal.

Bethany arqueó una ceja.

«Jolines.»

Bajaron las escaleras de vuelta a la cocina.

—Si no le importa, Tom, esperaremos a que Honor baje con las respuestas —indicó Bethany mientras tomaba a *Spike* en brazos.

—En absoluto. ¿Seguro que no quiere un poco de agua o de vino? —Él sonrió de nuevo—. Imagino que somos la última pareja que entrevista hoy.

—Ya que lo dice de esa manera, claro. ¿Por qué no? Una copa de vino blanco, si tiene.

—Claro que sí. La familia de Honor tiene unos viñedos. Tenemos todo tipo de opciones... ¿Un gewürztraminer? ¿Pinot gris? ¿Chardonnay?

—Un chardonnay me parece bien.

—Estupendo. —Él le sirvió una copa generosa y se la entregó—. ¿Le importa si hago la cena? —preguntó.

—Adelante —dijo ella.

Tom se quitó el suéter y dejó a la vista una ceñida camiseta tipo Henley que usaba de ropa interior. La señora Woods se sonrojó al ver el tatuaje de la bandera británica.

—No voy a olvidar mis orígenes, ¿verdad? —preguntó con un guiño.

—¿Tiene más? —se interesó ella, probando un sorbo de vino antes de señalar el otro brazo.

—Sí, lo tengo. Un error de juventud. —Se levantó la manga y le enseñó el círculo celta que no significaba absolutamente nada para él, pero le había parecido bien cuando tenía diecisiete años. ¿Estaba bien que se prostituyera un poco delante de la señora Woods?

Sí.

—¿Qué le ha pasado en el ojo? —murmuró ella.

—Es una historia divertida —respondió él. Y le habló sobre la clase de defensa personal y lo que le había hecho Honor con el anillo—. Ahora ya estoy bien. Creo que la doctora hizo un buen trabajo de sutura, ¿no cree? —Se inclinó para que pudiera examinarlo y luego sonrió.

—Pobrecito —se compadeció ella con la voz ronca. *Spike* gruñó.

—¿Cuánto tiempo lleva trabajando en inmigración, Bethany? —preguntó.

—Catorce años —contestó ella—. Tiene razón, el vino es increíble.

—Sí, muy bueno. —Cogió un poco de pollo, una rama de perejil y un par de dientes de ajo y empezó a cortarlos—. Debe tener un montón de historias que contar —agregó.

La cocina, según había notado él en los últimos años, era una actividad bastante íntima. Algunas de las mejores conversaciones que había mantenido con Charlie habían transcurrido en la cocina, mientras hacían la cena. También le había ocurrido lo mismo con Melissa, que siempre había agradecido no tener que ponerse a hacer la cena después de un día de trabajo.

También funcionaría con Bethany.

—Vemos todo tipo de situaciones —confesó ella degustando otro sorbo de vino—. Estas visitas las llamamos pruebas de cama y nos informan sobre si una pareja está viviendo junta de verdad. Ya sabe, si hay artículos de los dos en el baño, si se conocen o son unos desconocidos. Le sorprendería saber cuántas personas piensan que pueden fingir este tipo de cosas.

—¿En serio?

—Una vez... —dijo ella, y con eso comenzó a desgranar una historia sobre una pareja que había fingido que llevaba meses saliendo trucando imágenes con Photoshop, y pegando sus cabezas a los cuerpos de otras personas—. En una fotografía ella pesaba cincuenta kilos y en la siguiente, que se suponía que era del mismo viaje, había doblado de tamaño. ¿Se lo puede creer? ¿Y tú, *Spike*?

Tom sonrió.

—Suena divertido —aseguró.

—Fue divertido —convino ella—. Estúpido, pero divertido. Al menos en su caso no se les ha ocurrido mentir sobre el tiempo que llevan juntos. —Vació la copa de vino—. De todas formas, ¿cómo se conocieron?

—Pues nos conocimos en la Taberna de O'Rourke —explicó él mientras limpiaba el pollo—. Es un pequeño *pub* que hay en el pueblo. La vi y pensé: «Esa es, Tommy, amigo. Esa mujer va a ser tu esposa». Sentí como si me hubieran golpeado la cabeza con un martillo. —Sonrió—. Suena muy cursi.

—No. De eso nada. Suena romántico, ¿no es así, *Spikey*, mi cosita?

Honor entró en ese momento en la cocina. Parecía acalorada y estaba despeinada.

—Listo —dijo, y entregó los documentos a Bethany.

—Bien, bien —sostuvo la funcionaria—. Muchacho, eso huele muy bien. Me está entrando hambre.

—¿Le gustaría quedarse a cenar? —preguntó él, con una mirada asesina de Honor.

—¡Me encantaría! —se apuntó al instante Bethany. Detrás de ella, Honor se llevó las manos a la cabeza.

—Estupendo. Cariño, ¿por qué no pones la mesa?

Lo hizo, casi dejando caer el cuscús y consiguiendo que los platos tintinearan. Él le dirigió una mirada de advertencia, pero ella parecía incapaz de relajarse.

—Eres un cocinero magnífico —comentó Bethany, que dio cuenta de la cena como si acabara de regresar de pasar cuarenta días en el desierto. Ahora se dirigía a ellos como si fueran amigos de toda la vida—. Esto está de muerte. ¿Puedo ofrecerle un poco a *Spike*?

Al menos Bethany parecía feliz. Honor, por el contrario, se había dedicado a mover la comida en el plato y guardar silencio hasta que él le dirigió una mirada penetrante. La vio tomar unos bocados. No estaba esforzándose mucho para convencer a Bethany de que estaban enamorados.

—¡Bien! —anunció Bethany, empujando el plato hacia el centro de la mesa—. Lo que tengo que hacer ahora es pedirte que respondas a las mismas preguntas que Honor y ver si coinciden vuestras respuestas.

—Dispara —la animó. Honor le dio una patada por debajo de la mesa como si su perro hubiera sido atropellado en la calle. Y ya puestos, ¿dónde estaba la rata? ¿Meándose en otro de sus zapatos?

—¿Cuál es el color favorito de Honor?

¡Mierda! No tenía ni idea. La mayoría de su ropa era...

—¿Azul? —adivinó.

—¿No puedes ser más concreto?

—Azul oscuro.

—Azul marino. Voy a dártela por válida. —Bethany le sonrió al tiempo que le hacía un pequeño guiño—. ¿Cuándo es su cumpleaños?

—Oh, no, en esa es la que la mayoría de los maridos la caga, ¿verdad? —Le dedicó a Honor una sonrisa. Ella no respondió y se limitó a mirarlo con los ojos muy abiertos—. El cuatro de enero. —«Gracias una vez más, Honor, por haberme obligado a aprenderme de memoria tus informes.»

—¡Buen trabajo! —Bethany se inclinó con los ojos clavados en el tatuaje de la bandera—. ¿Qué orden de nacimiento ocupa entre sus hermanos?

«¡Mierda!». Veamos, estaba la hermana que era adicta al sexo, que parecía la mayor aunque actuara como la más joven; la otra, cuyo esposo era el policía, que era más joven. Pero ¿qué pasaba con el hermano?

—Aunque actúa como si fuera la mayor, ¿no es cierto, cariño?, porque todo el mundo acude a ella con sus problemas y es muy mandona —sonrió, aunque Honor parecía a punto de vomitar—, es la mediana.

—Exacto —confirmó Bethany, sin darse cuenta de que él había trucado un poco la respuesta—. ¿Su programa de televisión favorito?

Él hizo un gesto de desagrado.

—Esos terribles dramas médicos sobre tumores y demás. Son horribles.

Bethany sonrió.

—Estoy de acuerdo. Bien, siguiente pregunta. ¿Cuál diría Honor que es tu mayor vicio?

Él arqueó una ceja. Honor cerró los ojos.

—La bebida. Pero espera a que conozca a mis amigos ingleses.

—Beber es correcto, Tom. —Y Bethany le dio otro pleno—. ¿Qué método anticonceptivo utilizáis?

Él se atragantó con el agua.

—Bien. —Se tomó un segundo para responder—. Tenemos la esperanza de formar muy pronto una familia. Así que ninguno.

—No es eso lo que dice ella.

Miró a su novia.

—¿Cariño? Pensé que esto ya estaba decidido.

—Eh... mmm... sí. Solo que ya sabes... —Ella estaba sudando. Tenía la frente brillante.

Le agarró la mano y tiró de ella para sentarla en su regazo, donde cayó con la gracia de un ladrillo.

—Pensé que querías tener bebés lo antes posible —dijo al tiempo que le apretaba la rodilla para que pillara la idea.

—Sí, bueno... no estoy... mmm... segura todavía. Dame tiempo. Creo que será mejor que estemos casados durante unos meses antes de que deje de tomar... la píldora.

—No puedo esperar —aseguró él. Intentó tirar de ella para darle un beso, pero Honor estaba tan rígida que la hizo apoyar la cabeza contra su hombro al tiempo que sonreía a Bethany—. ¿Alguna otra pregunta?

—No —contestó Bethany—. Creo que formáis una pareja estupenda. ¿Dónde está *Spikey*? ¿Cosita, no crees que son la pareja perfecta?

¡Gracias a Dios! En cuanto pasaran cinco minutos iba a servirse un generoso vaso de *whisky*. Sería uno, sí, pero muy generoso.

Se levantó. Tuvo que quitarse a Honor del regazo, pero le tomó la mano.

—Bueno, me ha encantado conocerte, Bethany. Muchas gracias.

—Gracias a vosotros por la cena —dijo ella, recogiendo el abrigo—. Ha sido una velada muy agradable. La mayoría de la gente está deseando que me vaya.

—¿En serio? —dijo él—. No entiendo por qué.

—Buena suerte a los dos. —Bethany les estrechó la mano con una sonrisa.

—Gracias —dijo Honor, emitiendo un enorme suspiro.

Él le dirigió una rápida mirada antes de volverse hacia Bethany. La acompañó hasta la puerta, arrastrando a Honor con él, y la abrió.

Mierda.

Había al menos treinta centímetros de nieve.

—¡Vaya por Dios! —se quejó Bethany—. No sé si podré llegar a casa en estas condiciones. Tengo las ruedas gastadas y es por lo menos hora y media de trayecto.

Tom cerró los ojos durante un segundo.

—No te preocupes —dijo—. Puedes quedarte aquí esta noche. ¿Verdad, cariño?

Honor se sentía como si tuviera la cabeza a punto de explotar. Se quedó mirándose en el espejo del cuarto de baño. Su cara parecía casi quemada por el sol: jamás había estado ruborizada tanto tiempo.

Esa mujer llevaba allí ¡cuatro horas! Cuatro horas en las que Tom había estado adulándola, ejerciendo de devoto prometido. Cuatro horas durante las cuales había intentado mentir cuando lo único que tenía en mente era «diez años de prisión». Algo que sí, que ya sabía, pero que sonaba diferente cuando lo decía un agente federal.

Por último, Bethany había dado un bostezo (enorme) y deseado las buenas noches a Tom, que parecía dispuesto a abrazarla.

—Nos vemos por la mañana, muchachos —dijo Bethany—. Tratad de no hacer demasiado ruido, ¿de acuerdo? —Un guiño macabro que mató un poco a Honor por dentro.

Y ahora tenía que dormir con Tom.

«Tengo que dormir con Tom.»

En circunstancias normales, la idea ya la habría puesto nerviosa, aunque le gustara. Con un agente federal en la otra habitación, estaba a punto de perder el control de sus intestinos.

¿Cómo había sabido Tom que su color favorito era el azul marino? ¿Y eso de que parecía la mayor... pero no lo era?

—¿Está libre el cuarto de baño? —preguntó Bethany.

—Mmm... espera un segundo —dijo ella. Lástima que no tuviera pastillas para dormir. Podría haberse drogado tomando tres de golpe.

Abrió la puerta, sonrió a Bethany y se dirigió a la habitación. Cerró la puerta una vez que entró.

—¿Crees que podrás comportarte de forma que no parezcas un trozo de madera? —susurró él.

—¿Qué?

—Honor, has estado ahí sentada como si fueras un bulto.

Cuatro horas de estrés habían pasado factura.

—Es mejor que desnudarme para distraerla —dijo ella entre dientes—. ¿Es que crees que no me di cuenta? ¿Acaso pensabas hacer un numerito tipo *Magic Mike* si seguía haciendo preguntas? —El agua dejó de correr en el cuarto de baño.

—Uno de los dos tenía que hablar, querida.

—¿Crees que nos ayudará que ella diga «el novio parece un gigoló»?

—No pensaba acostarme con ella. Solo me quité el jersey. Dado que tú te habías quedado muda, alguien tenía que mantenerla ocupada.

—Mira —susurró ella—, lo siento, me dejó paralizada que hubiera una agente federal en mi casa a cenar, invitada a una fiesta de pijamas.

—Baja la voz, está saliendo del baño.

—¡Buenas noches! —gritó Bethany.

—¡Buenas noches! —replicaron ellos a coro antes de volver a quedarse callados. Al menos *Spike* se había puesto cómoda; había saltado sobre la cama y se había acurrucado sobre un cojín. La vio bostezar y cerrar los ojos.

—Es hora de irse a dormir, querida —dijo Tom.

Ella estaba empezando a odiar aquella palabra en concreto porque hasta el momento nunca la había usado de forma sincera. En lo demás, él tenía razón.

—Claro. —Pero tenía que ponerse el pijama—. Mmm... ¿puedes cerrar los ojos? —susurró.

—¿Eres consciente de que ya te he visto desnuda?

—Sí, ya, pero no lo harás esta noche.

—De acuerdo. —Él se quitó la camiseta por la cabeza con toda la elegancia de un macho depredador y la tiró a un rincón. A continuación, se desabrochó los pantalones.

Bien. Honor pensó que quizá debería darse la vuelta.

Y lo haría. Dentro de un rato. De un momento a otro. Definitivamente por la mañana.

Era un hermoso cuerpo masculino. El cuerpo de un boxeador, con brazos torneados y músculos trabajados, el pecho ancho y ligeramente cubierto de vello, abdominales marcados que la dejaban hipnotizada. Recordó lo que había sentido cuando recorrió con los dedos aquella parte de su anatomía la noche que se comportó como una mujer desinhibida, cuando fue tan diferente a como era en realidad.

Tom arqueó una ceja y ella se dio la vuelta; sabía que tenía la cara ardiendo una vez más esa noche.

Un segundo después, escuchó crujir el somier.

—Está bien —susurró ella—, cierra los ojos.

—Hecho.

—¿De verdad?

—Por el amor de Dios, Honor, ¿podrías limitarte a meterte en la cama, por favor?

Ella lo miró. Estaba sentado en la cama con los ojos cerrados, con aquel hermoso torso musculoso a la vista, como pidiendo un examen a fondo. El ojo morado y los tatuajes le daban un aspecto de tipo malo demasiado atractivo, y la medalla de San Cristóbal conseguía aumentar aquel ridículo *sexappeal*. ¿Quién iba a pensar que la sosa de Honor

Holland tendría a un tipo tan impresionante en su cama, fueran cuales fueran las circunstancias?

Se dio la vuelta y se desnudó de forma metódica: dejó el *blazer*, la falda y la blusa sudada sobre el respaldo de la silla. Por lo menos llevaba ropa interior bonita. Aunque Tom no la iba a ver, ya que tenía los ojos cerrados como un buen muchacho. Se desabrochó el sujetador y se puso el pijama de franela lo más rápido que pudo.

Cuando se dio la vuelta, Tom tenía los ojos abiertos y la miraba fijamente. Sin sonreír.

El aire pareció espesarse de repente, y Honor notó que se le aceleraba el corazón.

Ojalá estuviera más cerca y pudiera leerle la expresión de los ojos. O darle un beso.

—Venga, ven —la invitó él, tirando de las sábanas.

Honor supo que no sería capaz de dormir esa noche.

No había dormido bien desde que se mudó allí, pero en ese momento concreto, el nerviosismo la hacía vibrar, sentía un hormigueo de deseo y, al mismo tiempo, estaba absolutamente aterrorizada de que la enviaran a la cárcel.

«Céntrate en el deseo», gritaron sus óvulos, ajustándose las gafas para echar otro vistazo a Tom.

Se dirigió a la parte no ocupada de la cama y se deslizó en el interior.

—Buenas noches —dijo, alejándose de él.

Tom apagó la luz y se recostó sobre la espalda.

—Vamos a tener que invitarla a desayunar —murmuró—. Creo que no nos moriremos por ser hospitalarios.

Ella se dio la vuelta; la luz de la calle le permitió ver su perfil.

—Tom —susurró—, ¿y si nos pillan?

—No lo harán, cariño. Siempre y cuando seas capaz de dejar de actuar como si fueras un criminal.

—¡No puedo evitarlo!

—Dijiste que ya sabías todo esto —señaló él con tranquilidad—. Aseguraste que no te preocupaban los riesgos.

—Lo sé, pero...

Llamaron a la puerta y ella se acercó más a Tom.

—¿Sí? —dijeron al unísono mientras se rodeaban con los brazos.

Bethany abrió la puerta.

—No quise interrumpir —dijo con poca convicción—. ¡Oh, hola, *Spike*! ¿Estás cómoda ahí?

—¿Necesitas algo, Bethany? —preguntó Tom.

—Mmm... me preguntaba si podría tomar un vaso de agua.

¡Santo Dios!

—Claro —dijo él, empezando a salir de la cama, pero Honor lo retuvo.

—Sírvete tú misma —intervino ella—, los vasos están al lado del fregadero.

Bethany hizo una pausa antes de suspirar.

—De acuerdo. Que durmáis bien.

La puerta se cerró.

—¿Agua? Una mierda —susurró Honor—. Solo quería verte sin camiseta.

—Al menos alguien quiere verme así —murmuró él.

—¿Qué quieres decir?

—Tal vez no te sería tan difícil fingir un poco de cariño si estamos durmiendo juntos.

Ella se dio cuenta en ese momento de que seguía pegada a él de forma muy íntima. De hecho, si no estuviera vestida con el pijama de franela, sus óvulos se sentirían muy felices... por así decirlo.

—Pensaba que estábamos esperando a estar casados —susurró ella.

—Pues eso me parece una actitud muy hipócrita —opinó él en voz baja—, dado que ya lo hemos hecho tres veces.

—Mmm... una noche con tres... eh... sesiones.

Él no respondió.

Si la besara ahora, no ofrecería resistencia. Se sentía agotada por el estrés, por no hablar de su debilitada y lujuriosa voluntad. Y los años contaban. Además, el recuerdo de su peso encima, de su gruesa y dura...

—Háblame del ataque que sufriste. —La voz de Tom era tranquila.

—¿Qué? Oh... Mmm... ¿Por qué?

—Porque me gustaría saber qué pasó.

Ella tragó saliva.

—Ya te lo conté.

—Sí. Pero estaba demasiado ocupado gritándote como para enterarme. —La atrajo hacia él, de modo que apoyó la cabeza en su duro y maravilloso hombro. Solo poner la mano en su pecho y sentir el latido de su corazón fue maravilloso, un placer secreto, la sensación de percibir la maravilla de su cuerpo.

Se escucharon los pasos de Bethany en la escalera. Se abrió y cerró la puerta del otro dormitorio.

—Regresaba a casa de la biblioteca —susurró ella—. Compartía un pequeño apartamento con una compañera a tres manzanas de la universidad, y solo eran las diez, así que pensaba que era seguro. —Mal pensado. ¿Cuántas veces le había dicho su padre que estaba en una gran ciudad? ¿Cuántas veces la había advertido de que no debía regresar sola a casa?

»De pronto, un tipo me agarró por el brazo, me empujó hacia la puerta y me ordenó que le entregara el bolso. Tenía un arma y recuerdo haberlo mirado y pensar que debía acordarme de su cara, pero no pude. Los detalles se escapaban de mi memoria como si mi cerebro no quisiera reconocer lo que estaba ocurriendo. —Hizo una pausa recordando el miedo que había debilitado sus rodillas—. Así que le entregué el dinero, le arrojé el bolso y salí corriendo... a una comisaría de policía.

Tom le cubrió la mano con la suya y ella notó de repente un nudo en la garganta.

—Fue muy inteligente por tu parte —aseguró él con un suave murmullo.

—Gracias —susurró ella.

—¿Por qué no se lo contaste a nadie?

Vaciló.

—Lo hice. Es decir, no se lo conté a nadie de mi familia. Ya había pasado todo y se hubieran preocupado. Pero se lo dije a la policía. Y... mmm... a un amigo —confesó con una mueca.

—¿A Brogan?

Era la primera vez que Tom decía el nombre correcto.

—Sí.

—¿Y él fue... ¿cómo decís los estadounidenses?... de ayuda?

—Claro. Fue muy agradable. —Se interrumpió—. Es un buen tipo.

—Estoy seguro. —La voz de Tom fue suave, pero la hizo sentir repentinamente incómoda allí tendida. Sintió el cuello rígido. El hombro parecía haberse vuelto de granito bajo su cabeza.

—¿Llegaron a atrapar al hombre que te atacó?

—No.

—Lo siento.

—Gracias. Y gracias por preguntarme.

—De acuerdo. Después de todo soy ingeniero. No tenía sentido que me arrearas ese puñetazo tan de repente. Supuse que tenía que tener una explicación.

Un automóvil pasó por la calle.

Ella quiso añadir algo más, abordar los caóticos sentimientos que parecían enturbiarse y cambiar como una tormenta del medio oeste. Pero quizá le ocurriera solo a ella. Quizá Tom no sentía nada, quizá solo era un ingeniero que quería entender el porqué de las cosas.

—Buenas noches, Honor —dijo él.

—Buenas noches.

Ella se apartó a un lado y cerró los ojos, pero pasó mucho tiempo antes de que el sueño la envolviera en su suave abrazo.

Capítulo 18

Desde su despacho, Honor tenía una vista de los viñedos tan espectacular que abarcaba todos los campos y se extendía hasta el bosque. El lago Keuka parecía acero azulado aquel frío día. Pensó en el clima. El frío no había amainado. No esperaba que la primavera comenzara exactamente el veintiuno de marzo. Después de todo, había vivido allí toda su vida. La nieve estaba casi derretida, pero todavía quedaban grandes franjas blancas sobre los campos. Las temperaturas habían bajado de cero las últimas noches, aunque llegaban a superar los siete grados en el momento más cálido del día. Por otra parte, era consciente de que a finales de semana podían alcanzar los veinte grados. El clima no era predecible en abril, que se consideraba el mes más cruel por esa razón.

Se suponía que al día siguiente habría diez grados, o eso habían pronosticado los poco fiables meteorólogos. Ella esperaba que en esa ocasión tuvieran razón: un poco de sol sería suficiente para que los narcisos florecieran a tiempo para el baile Blanco y Negro, que tendría lugar el fin de semana siguiente. El otoño pasado, Faith plantó miles de bulbos alrededor del granero y los más valientes ya habían asomado donde se había derretido la nieve con sus brillantes y esperanzadoras flores amarillas.

La primera boda que se celebraría en El Granero aquella primavera estaba prevista a finales de abril. Faith le había preguntado si Tom y ella se iban a casar también allí; sabía lo mucho que significaría para su hermana que lo hicieran, pero la idea le revolvía el estómago. Tom poseía sin duda cualidades que podían convertirlo en un buen marido: su dedicación a Charlie, el gusto por su trabajo y su maravilloso sentido del humor. Compromiso. Estabilidad. *Sexappeal*, ¡sí, por Dios! Pero ella quería amor, devoción y un compromiso de por vida y aunque podía verse haciendo eso, era muy consciente de que él solo sentía un poco de cariño (sin duda gratitud), no la encontraba demasiado atractiva y... en fin... que la cuestión no estaba equilibrada en absoluto.

Ella podía llegar a enamorarse de él.

Y si Tom sentía lo mismo, lo disimulaba muy bien.

Hablando de bodas, esa mañana había salido en el periódico el compromiso de Brogan y Dana. Todavía le resultaba extraño que ya no fueran sus amigos permanentes. En especial Dana. Brogan seguía intentando mantener el contacto. Continuaba enviándole correos electrónicos con enlaces a artículos o a chistes divertidos. Incluso le había enviado una postal la semana anterior. Lo cierto era que le gustaba. La apreciaba lo suficiente como para hacer un esfuerzo.

De Dana no sabía nada, y le parecía bien. La soledad que sentía en ese momento era casi toda refleja. Además, disfrutaba de la compañía de otras personas. Faith y ella estaban más unidas que nunca, lo cual era maravilloso. Contaba también con Jessica Dunn, que estaba demostrando ser una empleada inteligente y trabajadora para Blue Heron. Colleen y Connor, que siempre había parecido que solo eran amigos de Faith, ahora también lo eran de ella. Y, por supuesto, estaban también su padre, Pru y Jack. Además de seguir viendo a la señora J todos los días a la hora del almuerzo. Tenía amigos.

Y tenía a Tom.

Más o menos.

Hablando de novios, su padre estaba en las viñas merlot, con Pru. Honor sonrió y los saludó, e hizo que *Spike* moviera la pata para devolverles el gesto simultáneamente. Su hermana y su padre parecían gemelos, con sendas camisas a cuadros sin nada encima. Después de todo, eran yanquis. ¿Qué suponían un poco de frío y viento para un agricultor?

—Honor —dijo Ned, asomando la cabeza por la puerta—. Voy a dar una vuelta con algunos clientes. Hacer alguna cata y eso, ya que es la hora adecuada.

—De acuerdo —respondió ella—. ¿Me necesitas para algo?

—No. Me las arreglo solo. —Su sobrino sonrió.

—Sí, lo harás. —Y era cierto; a diferencia de su padre, de Pru o de Jack, que preferían estar solos para atender los viñedos y la fermentación posterior, Ned poseía don de gentes—. Ya eres todo un hombre, querido Neddie. Pero eso no quiere decir que me haya olvidado que te chupaste el pulgar hasta que cumpliste siete años.

—Oh, sigo haciéndolo —dijo él con una sonrisa—. ¿Por qué renunciar a algo bueno? ¿No crees, tía?

Era agradable tener a alguien de la familia representando a Blue Heron. Durante doce años, ella había estado allí sola, arrastrando a su padre de vez en cuando. Pero Ned disfrutaba con eso.

—¡Hola, Tom! —oyó que decía Jessica—. ¿Qué tal todo?

—Hola, Jess. Es un placer verte —respondió Tom.

Ella notó que le ardían las mejillas y no pudo evitar mirar su reflejo en el monitor del ordenador. Había algo en el acento británico de su prometido que iba directo a sus ovarios.

«Puedes jurarlo, hermana. ¿Cuándo estarás lista para que tengamos un poco de acción?», convinieron los óvulos.

Era evidente que ella sabía que el sexo asomaba por el horizonte. De hecho, llegaría esa fase muy pronto. Había estado a punto de asaltarlo la otra noche, cuando él le besó la mano. Estaban preparados, sin duda. Tenían la licencia de matrimonio y todo continuaba adelante. Pero una vez que se lanzara, tenía la fuerte sospecha de que se enamoraría sin remedio y se volvería mucho más vulnerable.

«¿Entonces, qué? ¿Seguirás siendo célibe toda la vida? ¡Muévete ya!», señalaron los óvulos.

—Sí, sí —murmuró ella—. Aguantad. Cuando sea el momento lo sabremos. —Casi podía imaginarlos señalando sus diminutos relojes con un gesto de indignación.

Palabra. Pero Tom poseía esa extraña habilidad para parecer a la vez maravilloso y distante. Como por ejemplo, la conversación que habían mantenido la otra noche sobre el atraco cuando estaban acostados. Se había mostrado íntimo hasta que de pronto hizo clic y se retrajo.

La noche anterior, mientras cenaban tranquilamente, Tom le había preguntado cuál era la finalidad del baile Blanco y Negro, y ella se lo contó y lo invitó a recorrer la propiedad. La granja Ellis lindaba con los campos posteriores de Blue Heron, por lo que había un camino hasta pasado Rose Ridge que atravesaba un campo sin uso desde donde ella esperaba que continuara la pista de tierra y lo hiciera más accesible. Llevaba seis meses hablando con un proyectista por lo del carril bici y había conseguido una subvención estatal para compensar algunos de los costos.

—Hola, Honor —la saludó, asomando la cabeza—. ¿Qué tal el día?

—Estupendo —contestó ella—. ¿Y el tuyo?

—Estuvo bien. —Tom olía a aire fresco y café—. Te he traído un regalo.

Llevaba en la mano una familiar bolsa de la panadería de Lorelei Sunrise.

—Gracias —la abrió y miró dentro al tiempo que *Spike* asomaba la cabeza. Galletitas de azúcar. Mmm... muy agradable.

Tom llevaba unos *jeans* desteñidos y botas de montaña con una americana de cuero marrón bastante gastada. Sin ningún esfuerzo por su parte y estaba para comérselo. Y además la miraba con una sonrisita arrugando las esquinitas de los ojos.

—No vas como un profesor de matemáticas —comentó ella tras aclararse la garganta.

—Es que no doy clase de matemáticas. —Su sonrisa se amplió y dejó a la vista aquel diente algo torcido. La esperanza brilló con rápida intensidad y atravesó su corazón.

Podía llegar a amar a ese hombre.

Se quitó los zapatos tipo salón (que Faith consideraba «trágicamente sensatos», pero que eran muy cómodos a diferencia de los dolorosos, seductores y apretados zapatos de Faith) y se puso las botas para andar por el barro.

—*Spike*, ¿vamos a dar un paseo? —preguntó sonriendo mientras las peludas orejitas de la perrita se ponían alerta ante aquella palabra mágica. Recogió la correa de color rosa chicle que había comprado la semana anterior (y que ya estaba deshilachada donde *Spike* había estado mordisqueándola). Era la cuarta correa que adquiría desde que tenía a la perrita.

En el exterior, el viento era fuerte y el aire se volvía más frío por momentos. Sería una caminata rápida o se le congelarían las orejas. Aun así, los azafranes se habían abierto camino en el césped y las hojas rojizas de los arces se tornaban verdes con la promesa de la primavera. Se dirigieron a la colina que presidía la propiedad, donde los pájaros se llamaban unos a otros entre aleteos.

—Esto es increíble —afirmó Tom, deteniéndose en el cementerio de la familia.

—Sí. Aquí están todos mis antepasados desde el primero que luchó con Washington hasta mi madre. —Se detuvo para abrir la pequeña puerta que cerraba la zona y dejó a *Spike* en el suelo para que la perrita pudiera jugar con las hojas, capturándolas y haciéndolas sus prisioneras. Honor rozó algunas que habían caído sobre la lápida de su madre mientras recordaba los pensamientos que había tenido antes.

Su madre llevaba ausente más de la mitad de su vida. Parecía imposible.

—Los Holland tenéis unas buenas tierras, ¿verdad? —preguntó Tom, rompiendo el silencio mientras seguían subiendo la colina.

—Sí —convino ella.

—Y aquí estoy yo, un muchacho de ciudad que creció en un apartamento de tres habitaciones, a punto de casarse con la realeza estadounidense.

—Sí, claro. Somos campesinos estadounidenses.

Tom sonrió.

—Es casi lo mismo, ¿no?

—Le diré a mi padre que has dicho eso. Sean cuales sean sus recelos, se evaporarán.

—¿Tiene dudas?

Ella recogió a *Spike* de nuevo para que no se le congelaran los diminutos pies y se la metió en el abrigo.

—Bueno, seguro. Es mi padre. Tú y yo hace poco que nos conocemos. Si fuéramos a casarnos dentro de un año, no se preocuparía.

—Imagino que me ocurriría lo mismo si tuviera una hija.

Una hija... Aquella idea hizo que su corazón diera un vuelco.

La furgoneta de Faith apareció por el camino de grava en lo alto de la colina.

—Mi hermana va a trabajar al granero —dijo ella—. ¿Quieres que vayamos a saludarla?

—La verdad es que no —rechazó él agarrándole la mano—. ¿Sabes que das una imagen muy ridícula con la cabeza del perro asomando por el abrigo? Encantadora, por supuesto.

¡Oh! Eso había sido... agradable.

La mano de Tom estaba mucho más caliente que la de ella. Era cálida, firme y... enorme. De pronto, se sintió muy femenina y adorable... y provocativa. Cuándo y qué haría al respecto eran otras cuestiones.

No había tenido problemas para saber qué hacer aquella noche, cuando abrió la camisa de Tom Barlow y le lamió el cuello, besándolo hasta que él la empujó contra la pared y le subió las manos por encima de la cabeza. ¡No señor! Ninguna duda.

Los óvulos se ahuecaron el pelo y se quitaron las bifocales.

—«Tierra de conservación Ellis.» —Tom leyó el letrero—. Muy bien, señorita Holland. ¿Qué significa eso?

—Es tierra. Pero ya no la utilizan.

—¿Así de simple?

—Sí. De hecho, pondremos por aquí un sendero para bicicletas que conectará con la línea ferroviaria. El programa 4-H propone un establo para las vacas y establecer una cooperativa. Habrá una zona de *picnic* y algunas rutas de senderismo.

—Suena muy bien.

—¿Conoces el estanque? En invierno lo utilizaremos como pista de patinaje. —Hizo una pausa—. ¿Sabes patinar?

—No.

—Te enseñaré. Se me da bastante bien.

Tom sonrió.

—Seguro que sí.

Honor vio una escena muy nítida: el cielo gris y pesado, ella sosteniendo la mano de Tom para protegerla del aire frío y, a continuación, regresar a casa para entrar en calor. Desnudos.

—¿Y el baile que ofrecerás este fin de semana podrá financiar todo el proyecto?

—¿Perdón? ¡Oh, bueno, no! Pero el baile cubrirá una gran parte del presupuesto. El resto queda en manos de patrocinadores privados y algunas empresas locales.

—Entre las que está Blue Heron —adivinó él.

—Puedes estar seguro. —*Spike* se retorcía para soltarse, por lo que la dejó en el suelo y le permitió alejarse todo lo que daba de sí la correa.

Tom miró a la colina. La nieve se había derretido del todo y el sol brillaba en el cielo. El estanque continuaba congelado.

Cuando era niña, Honor había patinado allí con los niños de los Ellis, cuando el estanque parecía un país exótico lleno de misterios que nadie había descubierto y del que solo los niños de siete años con patines tenían la llave. Luego regresaban en tropel a la Casa Nueva y su madre hacía cacao y galletas de chocolate. Una escena idílica como ninguna otra.

Y pronto, ese tipo de aventuras estarían disponibles para todos los niños de Manningsport. Los que como Jessica y Levi habían crecido en una caravana y los que como Charlie habían pasado la mayor parte de su infancia en el interior podrían disfrutar de lo que los Holland habían tenido la suerte de disfrutar: tierra, naturaleza, acres y acres de bosques, agua y árboles. El canto de los pájaros y la vida salvaje. Disfrutar al aire libre.

Spike se quejó, lo que significaba que tenía que hacer pis. Y para hacerlo, la perrita necesitaba privacidad, ya que poseía una vejiga tímida.

Tom estaba sentado en la valla que separaba las tierras de la granja Ellis de Blue Heron y contemplaba el panorama.

—Tranquila, *Spike* —dijo, recorriendo la colina—. Vamos a buscar un lugar.

De pronto, *Spike* gimió temblorosa y a continuación tiró de la correa.

—Son ciervos —explicó ella—. Son demasiado grandes para que los ataques, así que céntrate en las hormigas, ¿de acuerdo?

Spike no pareció conforme; tiró de nuevo y la roída correa se rompió. En menos de un segundo, la perrita corría por la hierba.

—¡*Spike*, no! —gritó ella—. ¡Vuelve! ¡Ven aquí! —Después de todo, había coyotes alrededor, aunque todavía hubiera luz. Comenzó a correr torpemente con las botas—. ¡*Spike*! ¡Ven!

El animal no le hizo caso y cargó hacia los venados ladrando con todas sus fuerzas. Los ciervos se dieron a la fuga por el bosque, al otro lado del estanque.

Spike los persiguió.

¡Oh, Dios!

—¡No! ¡No, *Spike*! ¡No!

La perrita estaba en el estanque.

Y el clima había sido frío, pero no tan frío. El estanque estaba alimentado por una corriente y el señor Ellis nunca les había dejado patinar allí a menos que las temperaturas hubieran estado más de diez días seguidos bajo cero. Quizá tuviera seis metros de largo por doce de ancho y como *Spike* se cayera...

—¡*Spike*! ¡*Spike*! —gritó. Creyó que Tom la llamaba a sus espaldas, pero el viento le impedía estar segura.

Luego *Spike* desapareció, plof, así sin más, del camino. Y luego ya no estaba, tragada por el agua negra, donde la corriente era demasiado fuerte para que se formara hielo a menos que helara durante diez días seguidos. Honor apenas reconoció su propia voz mientras gritaba el nombre de su perra.

—¡Honor, no! —gritó Tom desde atrás. Pero ella ya estaba en el hielo. Podía hacerlo, pensó, mientras por su cerebro pasaban imágenes de cómo iba a funcionar eso. Era una buena patinadora y conocía aquel estanque. Permanecería en la orilla, donde la capa de hielo era más gruesa, en el frente de la laguna, y la propia corriente llevaría a *Spike* hasta allí. Podría recogerla...

El hielo se rompió, y sintió el agua helada como un cuchillo. Contuvo el aliento. Pero no había profundidad, lo sabía, no más de un metro, y si pudiera acercarse a donde había estado *Spike*, podría encontrarla.

—¡Ya voy! —gritó—. ¡Ya voy, *Spike*! —Dio dos pasos. Cuatro. Y el resbaladizo barro helado del fondo del estanque le succionó las botas.

Sin las botas, le patinó un pie y el agua se cerró sobre su cabeza. ¡Oh, Dios! Estaba helada. El agua estaba tan fría que cortaba los huesos. Hizo pie de nuevo, pero, apenas capaz de sentir el barro por la insensibilidad, volvió a resbalarse. Tomó aire. Aquello no estaba funcionando. Era mala idea, pero *Spike*, su leal amiga, su...

Trató de subirse al hielo, pero se rompió bajo sus manos entumecidas y sintió los brazos demasiado pesados y que las piernas no le obedecían.

«El trabajo del cuerpo es preservar el corazón y el cerebro», casi escuchó al narrador, porque sí, seguramente estaba a punto de convertirse en una de esas historias médicas que salían en *Regresando de la muerte*.

Ojalá.

¡Oh, *Spike*! Soltó un sollozo. Su perrita había sufrido tanto... No se merecía una muerte sin sentido como esa, sola, en el agua oscura.

Se escurrió de nuevo y, esa vez, el agua no le hizo tanto daño. Ahora sus piernas patalearon más despacio.

Entonces notó que tiraban de ella y se vio sostenida contra Tom. Él se movía, podía andar, y el hielo se rompía cuando se abría paso hacia la orilla. No podía oír, la sangre palpitaba en sus oídos con tanta fuerza que le dolía. En realidad le dolía todo el cuerpo. El abrigo empapado tiraba de ella y el agua le caía del pelo.

La orilla estaba más empinada allí, y Tom la sacó del agua lanzándola. Aterrizó con un golpe de dientes sobre la dura tierra.

Vio que Tom movía los labios y, ¡santo Dios!, estaba tan enfadado que casi la asustó.

—*Spike* —dijo ella, temblando tanto de frío que apenas podía pronunciar—. Por favor.

—¡Mierda! —dijo él. Bueno, su boca dibujó la palabra al menos. Ella temblaba con tanta fuerza como su hermana en una de sus crisis epilépticas. Trató de levantarse para ayudar a Tom, porque sí: regresaba al estanque.

Si Tom había pensado que hacía frío antes de meterse en el estanque, ahora sabía que aquello había sido un paseo por una playa tropical. Estúpida, estúpida Honor, por lanzarse al hielo detrás de aquella rata idiota. Si no había resistido el peso de un animal de cinco kilos, ¿cómo demonios iba a aguantar a una persona?

Sintió una ligera corriente de agua tirando de su ropa e hizo un rápido cálculo de su peso en el agua, de la velocidad, la profundidad, la fuerza, la resistencia y se dirigió hacia donde pensaba que podía estar aquel chucho idiota.

Si era sincero, sabía que las posibilidades eran nulas. Notó que se le contraía el pecho, que su piel se encogía para protegerse del frío. Si tenía un ataque al corazón en ese momento, esperaba que sirviera a Honor de escarmiento, porque lo había asustado tanto que le había dejado las venas sin sangre.

Se agachó, tanteando. Nada.

Aquello no iba a terminar bien, lo tenía bastante claro. Miró a Honor, acurrucada en la orilla. Tenía que olvidarse del perro y hacerla entrar en calor.

Entonces, rozó algo con la mano. Lo agarró. La rata, sin duda, helada y rígida, con los ojos entreabiertos.

El perro estaba muerto.

Sus ojos se encontraron con los de Honor y ella emitió un sonido que no quería volver a escuchar.

—¡Mierda! —exclamó. Puso al perro patas arriba y le presionó la barriguita. Salió un chorro de agua por su boca. Pero no se movió.

Honor sollozaba mientras se arrastraba hasta donde él se encontraba. Tenía las manos llenas de sangre.

Él tomó el pequeño hocico del animal con la mano y le sopló en la nariz. Eso fue la guinda del pastel. Hacer el boca a boca a un bicho que le odiaba, le mordía y le destrozaba los zapatos, que había meado su toalla e intentaba comerse su ordenador.

Resopló de nuevo. Las mejillas del chucho se inflaron, por lo que le agarró el hocico con más fuerza. Lo hizo una vez más, y otra, y otra...

Luego sintió un fuerte dolor en el labio y se retiró. *Spike* empezó a vomitar agua. Lanzó un ladrido acuoso y luego se sacudió, tosiendo y ladrando una vez más. Aquel pequeño cabrón estaba vivo. Bien. Así podría matarlo después.

Se acercó a Honor y le entregó aquella criatura malvada.

—¡*Spike*! ¡*Spike*, cariño! —La vio apretar a la perrita contra su pecho con unas manos que temblaban sin control.

Sin ningún tipo de delicadeza, ya que el frío estaba afectándole a él también, tiró de Honor para levantarla, le agarró el cuello del abrigo y metió al perro contra su piel.

—Agarra bien a esa pequeña rata porque no pienso arriesgar mi vida por ella otra vez —advirtió y luego se giró con Honor en los brazos. Vio que ella había perdido una de sus botas.

Cuando llegó al lugar en el que había aparcado su hermana, Tom respiraba con dificultad y tenía un calambre en la pantorrilla. No recordaba haber estado tan enfadado en su vida.

Lanzó a Honor al asiento del copiloto de la furgoneta de Faith. Buena muchacha, había dejado las llaves puestas y no tenía que perder el tiempo pidiéndoselas. Se sentó al volante y puso en marcha el motor, luego metió la marcha y bajó la cuesta.

Honor seguía temblando, estremeciéndose de forma violenta, encorvada en el asiento con los brazos cerrados alrededor del animal. ¡Qué idiotas! Los dos.

—Gracias —dijo ella.

—No digas ni una palabra —dijo él entre dientes.

Pasaron por delante de la casa de su padre y de la de sus abuelos. Los neumáticos chirriaron mientras tomaba rumbo a Lake Shore Road, y aceleró hacia su casa. Su aliento formaba nubes en el interior del vehículo.

Entró en su calle, en el camino de acceso, y detuvo en seco la furgoneta. Tiró de la puerta de Honor y la tomó en brazos otra vez. Era posible que hubiera sido un poco brusco, porque ella soltó un «¡ay!» cuando lo hizo. ¡Caramba!

Ya en casa, sus zapatos mojados rechinaron sobre el suelo. Subió las escaleras y se dirigió al cuarto de baño. La dejó en el suelo y abrió el grifo antes de desnudarla, porque a ella le temblaban demasiado las manos. Estaban temblorosas, sucias y llenas de sangre.

Debajo de su blusa, el perro se movía. Así que aún estaba vivo. Lástima...

Le quitó la ropa. Tenía la piel casi azul.

¡Caray!

Agarró al animal y lo dejó en la ducha, donde se puso a ladrar. Luego tomó a Honor en brazos y se metió con ella en la ducha, todavía vestido.

Todavía no podía mirarla. Estaba jodidamente furioso.

O algo.

El agua corrió por el cuerpo de Honor, cuya piel comenzó a adquirir un saludable color rosado. Tenía un hematoma en la pierna y varios cortes, y sus ojos parecían demasiado grandes. Tomó en brazos a la perrita y la puso bajo el agua, con ella. Luego la enjabonó con champú, haciendo caso omiso de sus pequeños gruñidos. Cuando se aseguró de que el animal había entrado en calor lo sacó de la bañera y este se sacudió.

—Gracias —repitió Honor.

Había dejado de temblar.

—Podrías haber muerto por culpa de esa rata —protestó él con firmeza—. ¿Te das cuenta de lo que habría supuesto para tu familia?

—Lamento haberte asustado, pero...

—¡No, Honor! —gritó, y su voz rebotó en los azulejos—. ¡Fue una puta estupidez! Un perro no vale la vida de una persona. ¿Te has visto? Estás herida y ensangrentada, y podrías haberte muerto en ese maldito lago. ¡Dios!

—¿Por qué tú no estás frío? —se aventuró a preguntar ella.

—Porque estoy demasiado furioso —ladró—. ¿Qué crees que iba a hacer sin ti?

Él agarró una extraña esponja rosa y vertió en ella un poco de gel.

—Me refiero a con inmigración —murmuró.

Ella no dijo nada y, tras un minuto, él quitó la vista de la espuma de sus hombros. Honor tenía los ojos húmedos.

—No te atrevas a llorar después de lo que acabas de hacerme pasar. Me has robado al menos veinte años de vida. ¿Estás llorando? No llores, por favor.

—No estoy llorando —replicó ella, con la voz un poco acuosa—. Es el agua.

La estrechó bruscamente y la besó. Con fuerza.

—Estaba jodidamente aterrado —murmuró y la volvió a besar, ahora con más suavidad.

Estaba viva. Estaba a salvo. Estaba mojada, desnuda y caliente.

Entonces, antes de que la tomara allí mismo, en la ducha, salió de la bañera, empapado.

Porque lo último que quería era sentir todo esto.

Capítulo 19

Cuando Honor salió de la ducha estaba sonando el teléfono. Vio los zapatos mojados de Tom junto a la cama y que su automóvil no estaba aparcado en el camino de acceso.

Respondió a la llamada.

—¿Sí?

—Hola —dijo Faith—. Estoy en la cocina de la Casa Nueva. ¿Acaso Tom me ha robado la furgoneta? Papá dice que conducía como alma que lleva el diablo. ¿Ha pasado algo?

Spike, con el pelaje húmedo y pegado a la piel, saltó a su lado y comenzó a roerle el pulgar. Ella le acarició la barriguita y la perrita movió la cola. Al menos *Spike* estaba bien. Gracias a Tom.

Se secó los ojos.

—Sí —respondió a su hermana—. Lo siento. Tuve un pequeño accidente. Me caí en el hielo del estanque de los Ellis.

—¡Dios mío! ¿Estás bien? —preguntó Faith.

—Sí. Solo he pillado un poco de frío.

—¿Y Tom está bien?

—Está bien. No... eh... no está aquí ahora mismo —dijo ella, con cierta vergüenza.

Faith se quedó callada durante un segundo.

—Papá me llevará a tu casa. Antes voy a comprar la cena, ¿de acuerdo?

A ella volvieron a llenársele los ojos de lágrimas, esta vez de gratitud.

—Estaría muy bien —contestó.

Una hora después, atiborrada de pollo *tikka masala* de *Taj's India* y después de haber bebido dos vasos de pinot gris, se encontraba sentada en el sofá, envuelta en una manta de lana, con *Spike* roncando con suavidad sobre su regazo.

Su padre y la señora J la habían interrogado sobre lo ocurrido. La señora Johnson había llevado una reconfortante hogaza de pan de arándanos y comprobado la despensa para asegurarse de que tuviera suficiente comida; su padre le había largado un sermón sobre la seguridad en el hielo. Tras media hora, Faith logró echarlos. Luego la arropó en el sofá y le aseguró que tenía buen aspecto. *Blue* se había escondido bajo la mesa de la cocina, donde masticaba una repugnante pelota de tenis, demasiado aterrado por *Spike* para situarse a menos de cinco metros de ella.

—Cuéntame otra vez cómo te lanzó a la orilla —pidió Faith.

—Solo... lo hizo.

—Es muy romántico. Tom es un hombre muy fuerte, ¿verdad? Levi me ha confesado que tiene un gancho de derecha que podría detener un tanque.

—Bueno... estaba furioso.

—Por supuesto. Eso también es muy romántico.

—¿Tú crees?

—Sí, confía en mí. Estaba preocupado por ti. Te salvó. Es una buena señal.

Honor se terminó el vino y dejó la copa en la mesita de café, procurando no molestar a *Spike*.

Faith la miraba pensativa.

—Honor, si no estás segura, no tienes por qué casarte con él, ¿lo sabes, verdad?

—Oh, lo sé. Pero no es eso. Es solo que... estaba de mal humor.

—Es un hombre. Claro que está de mal humor.

—Imagínate lo que dirán de nosotras.

—No hablan de nosotras. Son hombres. —Hizo una pausa—. Creo que Tom y tú hacéis muy buena pareja.

—¿En serio?

—Ajá...

Honor miró a la más guapa de las hermanas. Faith se había enamorado dos veces. La primera del perfecto Jeremy, y luego de Levi, a quien conocía de toda la vida. ¿Sabría reconocer si algo iba mal?

—¡Hola! —La puerta trasera se abrió de golpe y entró Pru—. He oído que te caíste en el hielo. Menuda estupidez.

—Gracias por tu simpatía, Pru —repuso ella—. Faith me ha traído la cena y la señora J el postre. ¿Qué me has traído tú?

—Mis mejores deseos —dijo con descaro—. ¿Tom está en la ducha? ¿Puedo echarle un vistazo?

—Tuvo que salir pitando —explicó ella. Su padre también le había preguntado por el paradero de Tom y le resultó un poco embarazoso porque no sabía dónde estaba (y tampoco lo había querido llamar).

—¡Maldita sea! —Pru se dejó caer en una silla—. ¿Dónde está papá? Pensaba que él y la señora J estarían aquí.

—Se fueron —respondió Faith—. Nos deshicimos de ellos hace apenas media hora. Honor y yo estábamos teniendo una conversación íntima.

—¡Estupendo! Este lugar es una pasada, Honor. ¡Buen trabajo! Ya sabes que no te matará invitarme más.

—Lo siento. —Su hogar era precioso, pensó. Las fotos de la familia estaban esparcidas por todas partes y había algunas colgadas en la pared. Había llenado un estante con libros de bolsillo, junto a los libros de aviones y puentes de Tom. Faith estaba acurrucada en el sillón de cuero que había traído de su salita en la Casa Nueva.

En otras palabras, estaba empezando a sentirse en casa.

—Entonces, ¿cuándo lo convertiréis en algo permanente? —preguntó Pru, tomando un trozo de pan de ajo y llevándoselo a la boca.

—Muy pronto —dijo ella. A menos que Tom regresara a casa y rompiera con ella, que todo podía ser—. Quizás a principios de junio.

—Hablando de eso, ¿vamos a llevar vestidos a juego en la boda de papá? —preguntó Pru—. Porque por mí iría con *jeans*.

—No vas a ponerte *jeans* —aseguró Honor—. Y tampoco mañana en el baile. Tienes que ir de blanco o negro.

—No te pongas tan mandona. Faith me ha hecho comprar un vestido. Sois unas dictadoras. Bueno, me tengo que ir. Solo quería ver cómo estabas, Honor. —Se inclinó y la besó en la cabeza—. Nos vemos mañana. ¡Ah, por cierto! ¿Sabéis lo que hicimos Carl y yo anoche? El pastel de calabaza nunca había resultado tan sexi. ¿Queréis que os lo cuente?

—No —protestó ella.

—Ni en broma —dijo Faith, a la vez.

—Vaya, vaya... Nadie quiere escuchar mis historias. —Se abrió la puerta principal y entró su hermano—. ¡Hola, inútil! ¿Qué tal todo?

—Hola, amigas —saludó Jack, inclinándose para cortar un trozo de pan de arándanos—. He oído que has sido tan idiota como para caerte en el hielo del estanque de los Ellis.

—Sí —dijo ella—. Pero rescaté a tu sobrina perruna, por lo que deberías mostrar un poco de gratitud. —Señaló a *Spike*, que seguía dormida.

—Necesitas tener vida.

Faith, Prudence y ella resoplaron a la vez.

—¿Qué pasa? —se defendió Jack.

—Idiota —respondió ella—. Imbécil. Estoy viviendo con alguien antes de casarme, así que cierra el pico.

—Por lo menos yo no me voy tirando a estanques medio congelados para luego preguntarme por qué se ha roto el hielo.

—Gracias, Jack.

Las palabras de Tom hicieron que todos se giraran.

No sonreía, y paseó la mirada de un hermano a otro.

—Está muy bien que hayáis venido a ver a vuestra hermana, pero espero que no os importe que os pida que os vayáis.

—Personalmente prefiero quedarme —replicó Pru—. He oído que hoy te has comportado como un verdadero héroe, Tommy.

—Sí. —Él se permitió una sonrisita—. Pero me temo que sigues teniendo que irte.

—Lo haré si te quitas la camisa.

—¡Pru, fuera! —gritó Honor.

—¡Oh, venga! Que estoy casada con Carl, déjame verlo. —Lanzó una mirada agradecida a Tom—. Faith ya lo ve cuando boxea con Levi. Es mi turno.

—Vamos —intervino Faith—. No le hagas caso, Tom, está teniendo un sofoco.

—Tengo muchos últimamente —confesó Pru pensativa—. Tuve que pararme hoy en una zona con nieve. Me sentía como si quisiera asesinar a alguien y llorar a la vez.

—¿Por qué siempre nos toca hablar de problemas femeninos? —preguntó Jack.

—Cállate, niño —ordenó Prudence mientras recogía su cazadora—. De acuerdo. Hasta luego, muchachos.

—Ten cuidado —advirtió Jack mientras estrechaba la mano de Tom—. Gracias por salvar a la idiota de nuestra hermana. —Faith también se puso de pie y comenzó a recoger los envases de comida india.

—Yo me encargaré de todo eso, Faith, muchas gracias —dijo Tom.

—De acuerdo —dijo su hermana pequeña, acercándose para besarlo en la mejilla—. Sin ella, estaríamos perdidos, ¿sabes? —Faith abrazó a Honor durante unos segundos y la rozó con su suave mejilla, dejándole su olor inconfundible. Cuando su hermana se incorporó, tenía los ojos húmedos—. Nos vemos mañana —se despidió. Besó a *Spike* en la cabeza, sacó a *Blue* de debajo de la mesa y se marchó.

La casa parecía más grande sin ellos. Tom se sentó en la silla, frente al sofá, y la miró con la cara pálida.

—¿Cómo te sientes?

—Estupenda. Gracias. —Por alguna razón, le resultaba difícil mirarlo. Seguramente porque la había besado en la ducha. Cuando estaba desnuda. Y luego se había marchado.

Faith tenía razón. Los hombres no estaban en contacto con sus emociones.

—¿Por qué has echado a mi familia?

—Quería pedirte perdón.

Aquellas palabras hicieron que se derritiera.

—Lamento haberte besado.

¡Oh, no! Los hombres eran idiotas. Incluso aunque ese espécimen en particular hubiera salvado la vida de su mascota.

—Sí, de acuerdo —replicó.

—Y lamento haber perdido los estribos.

«Nos encanta este hombre», aseguraron los óvulos.

—Silencio —murmuró ella.

—¿Perdón?

—Oh, bueno, nada. No iba por ti. —Se incorporó un poco y recolocó a *Spike*, que suspiró y movió una pata alrededor de su dedo—. No te disculpes, Tom. Nos salvaste y lo agradezco de verdad.

—Sí. —Él hizo una pausa—. Quiero que me prometas algo.

—¿Qué?

—No volverás a poner en peligro tu vida por ningún animal. Ni siquiera por esa rata. No merece la pena, Honor.

La rat... *Spike* estaba, suave, bajo su mano, y pudo sentir cómo la frágil caja torácica del animal se movía arriba y abajo cada vez que respiraba.

—¿Me lo prometes? —insistió él.

—No.

Él se enderezó.

—Honor...

—No. Lo siento pero no. No puedo.

—No seas idiota, Honor.

—Mira, Tom, siento que hayas tenido que ayudarme. De verdad. Pero fue algo que ni siquiera pensé. ¿Sabes? Si *Spike* vuelve a caerse al hielo, volveré a arriesgar mi vida para salvarla. Simplemente actué. No lo planeé, y lamento que te vieras implicado.

—¡Deberías estar agradecida! Sin mí habrías muerto, ¡no lo olvides! —Lo vio respirar hondo. Cuando volvió a hablar su voz era más tranquila—. Pero no puedes arriesgar tu vida por un perro. No es un niño.

—Ya lo sé. Pero significa mucho para mí.

—Es evidente que significa demasiado.

Honor acarició la parte superior de la cabecita huesuda de *Spike*.

—¿Sabes? Yo era como tú. Siempre había pensado que la gente era un poco tonta con sus perros. Pero antes de *Spike* nunca había tenido otro. Es decir, tuvimos perros en casa, pero ninguno era mío.

Tom no dijo nada.

—Pedí en matrimonio a Brogan, ¿te lo había contado? El día de mi cumpleaños. Me dije que al infierno, estaba cansada de esperar, así que me lancé. ¿Sabes lo que me dijo?

—Te rechazó.

—Sí. Dijo que era como un viejo guante de béisbol. Algo a lo que tenía cariño, pero que no necesitaba todos los días.

—Es la peor metáfora que he oído nunca.

—Es un símil, pero gracias. Perdí años con él, diez años de mi vida adulta, esperando a que me viera de verdad. Nunca lo hizo. Si alguien me hubiera descrito una relación como esa, habría dicho que la mujer estaba cerrando los ojos deliberadamente ante la realidad de que la estaban utilizando. Pero cada vez que estábamos juntos, pensaba «este es el momento en que va a decirme lo que estoy esperando oír», estaba segura de que por fin se daría cuenta de que me quería, que era especial y perfecta para él, que querría pasar su vida conmigo.

El recuerdo seguía siendo humillante... todos esos años, todos los hombres que había comparado con otro que realmente no la amaba.

—Jamás dijo esas cosas, como es evidente. —Suspiró—. Así que un día, viendo a Faith y a su perro después de que él me rechazara, llamé al veterinario y le pregunté si sabía de algún perro que pudiera necesitar un hogar. —Notó un nudo en la garganta—. Estaba ocupándose de un animal que quizá no se salvara. Alguien lo había rociado con gasolina y la mayor parte de su piel estaba dañada. Estaba sordo de un oído y tenía una pierna rota.

Tom se frotó la nuca con la mano.

—Honor, yo...

—Cuando fui a recogerla para llevarla a casa, tuvieron que envolverla en una gasa y meterla en una bolsa especial porque le dolía demasiado como para tocarla. Y cuando iba caminando por el aparcamiento, se acercó Gerard, el bombero. Gerard pasa del metro noventa y seguramente pueda levantar un automóvil, ¿y sabes qué hizo *Spike*? Le gruñó. Me estaba protegiendo. Apenas cinco kilos, herida y golpeada, envuelta en una gasa, y me estaba defendiendo de un desconocido de más de cien kilos. Me quiso desde el momento en que me vio. Sin duda.

—Lo entiendo, pero...

—Así que cuando la vi caer al hielo, fui tras ella. Sin pensarlo, porque no podía soportar la idea de que muriera allí, sola.

Spike eligió ese momento para estornudar y despertarse. Ella le dio un beso en el hocico y la perrita le lamió la nariz.

—La próxima vez será mejor que lo pienses —pidió Tom en voz baja—. Por favor, Honor. Eres hija, hermana y tía. Seguramente seas madre algún día. No puedes poner en peligro tu vida por un perro, da igual lo mucho que lo quieras.

Él la miró fijamente hasta que, por fin, ella asintió. No podía imaginar llegar a escuchar que Faith había muerto tratando de salvar a *Blue*, o que Jack había perdido la vida por aquel horrible gato con una oreja. Tom tenía razón, no importaba lo mal que le sentara.

Se dio cuenta de que no había dicho «serás esposa».

Tom se levantó y se inclinó sobre ella.

—Ven, es hora de dormir.

—Puedo caminar, ¿sabes?

—Pero ¿no es así más divertido? —Él le brindó la sonrisa que tanto le gustaba... aunque no pareció reflejarse en sus ojos. No es que estuviera fingiendo, sino que su felicidad y su corazón parecían muy lejos.

—Claro. Venga, realízate como hombre y eso.

Por tercera vez en el día, la tomó en brazos y subió las escaleras con ella, haciendo caso omiso a *Spike* mientras se retorcía y gruñía, tratando de morderle el brazo.

Por un segundo, ella pensó que Tom la llevaría a su cama, y lo deseó tanto que le dolió el pecho y se le puso un nudo en la garganta. Pero no, la llevó a la habitación de Charlie. La dejó en la cama y la tapó con las mantas hasta la barbilla.

—¿Necesitas algo? —preguntó él.

«A ti», pensó.

—No —susurró.

—Entonces, a dormir.

—Lo mismo digo.

Dicho eso, apagó la luz y se dirigió hacia la puerta.

—¿Honor?

Se le aceleró el corazón.

—¿Sí?

Percibió que se pasaba la mano por el pelo y suspiraba.

—Me alegro mucho de que tú y *Spike* estéis bien.

No era lo que esperaba, y la decepción hizo que se hundiera un poco más en el colchón.

—Gracias por todo, Tom.

—Hasta mañana.

Y luego cerró la puerta y se fue a la otra habitación. La dejó sola en la oscuridad, con su perra.

Capítulo 20

Tom pasó la mañana siguiente en el campo de aviación, tras arrancar a su novia la promesa de que no se arreglaría de forma exagerada para el baile de recaudación de fondos.

La noche anterior no había dormido. Cada vez que cerraba los ojos, la imagen de Honor tragada por las aguas lo despertaba de golpe. A lo largo de la noche se había acercado cuatro veces a comprobar cómo estaba, pero ella estaba más allá del mundo de las palabras. Sin embargo, la rata le había gruñido. Pequeño roedor desagradecido, que no obstante parecía encantador acurrucado sobre la almohada de Honor, velando su sueño.

—Casi la matas, bicho —susurró—. Como vuelvas a hacerlo, te mato con mis propias manos.

Pero habiendo o no dormido, tenía trabajo que hacer. El salario de profesor era adecuado, pero nada más. Cuando estaba en la universidad había contactado con un pequeño fabricante de aviones. La compañía tenía una sucursal en Nueva York y, un par de veces al año, lo contrataban para modificar alguno de los aparatos al gusto de un cliente en particular. Esos ingresos triplicaban su sueldo anual y, aunque la enseñanza era su vocación (al menos cuando sus alumnos estaban motivados) era agradable enfrascarse a fondo en el trabajo real de ingeniero aeronáutico.

Jacob Kearns se sintió tan feliz como un perrito recién adoptado cuando lo llamó. En este caso, el trabajo era para un cliente que quería que su Piper Cub tuviera algo más de potencia en vuelo. Tenía que volver a configurar su perfil aerodinámico, dado que un motor más potente tenía más peso, y ajustar el tren de aterrizaje. También habría que modificar el timón.

Jacob era alegre y extravertido, y se mostraba completamente entusiasmado con el trabajo. Hizo los cálculos adecuados mientras escuchaba con atención sus explicaciones sobre cómo la superficie de sustentación crearía un vacío que ayudaría a elevar el aparato. Le divertía recordar que aquel muchacho era un drogadicto rehabilitado.

Durante un instante sintió una oleada de pánico al pensar si el problema de Charlie sería ese, la droga. Al menos eso explicaría su hosquedad y retraimiento, ¿no? Sin embargo, Charlie había actuado así desde que murió su madre y, en segundo lugar, Janice Kellogg había recibido los resultados de sus exámenes físicos anuales, tras los cuales el muchacho estaba furioso por la suposición de que, por llevar los ojos pintados de negro y escuchar ese ruido agudo que él llamaba música, era un adicto.

—¿Podremos hacer todo el trabajo nosotros mismos? —preguntó Jacob.

—Sí. Tiene que pasar una inspección antes de volar, pero no será un problema.

—¿Eres piloto?

—Sí, tengo licencia. Deberías tratar de conseguir una.

—Quizá lo haga. No creo que me haga daño.

—Exacto —repuso Tom con una sonrisa.

Pasaron las horas siguientes trabajando. Jacob salió a buscar unos sándwiches y le trajo de vuelta el cambio con el recibo. El joven se interesó por la educación que había recibido Tom y por su experiencia laboral, y encontró muy divertido que hubiera sido campeón de boxeo *amateur* en Manchester.

—¿Te imaginas lo que ocurriría si se lo contara a todas esas jóvenes que vienen a clase? —preguntó Jacob—. Se volverían locas.

—Ni se te ocurra —repuso él—. Ya me resultan aterradoras como están.

Alrededor de las cuatro, guardó las herramientas.

—Muy bien, amigo, jornada rematada —anunció—. Esta noche tengo un evento.

—¿Qué es? —se interesó Jacob.

—Es un baile para recaudar fondos. Para salvar la vida natural. —Aunque él odiaba aquella vida natural después de lo que había ocurrido el día anterior. O tal vez solo el pequeño estanque.

—Suena horrible —afirmó Jacob—. Yo tengo algunos planes que incluyen a esa nena que estaba sentada a mi lado en clase.

—Seguramente no deba decírtelo, ya sois mayores de edad y todo eso —dijo él—, pero compórtate como un caballero y usa protección.

—Gracias, mamá —se burló Jacob—. Y gracias por dejar que te eche una mano. —El joven le dio la mano y luego corrió hacia su automóvil.

Sí. Sería increíble que pudiera conseguir por parte de Charlie la décima parte de la amabilidad que Jacob mostraba sin esfuerzo. Su hijo adoptivo solo le toleraba en clase de defensa personal, y quizá fuera porque Abby estaba cerca.

Debería sentirse utilizado. Los diez meses en que Charlie se comportaba como un hijo habían quedado muy lejos en el pasado.

De camino a casa, se detuvo en una floristería y, sintiéndose un poco idiota, pidió un ramillete.

—¿Un ramillete? ¿Cuántos años tiene tu cita? —preguntó la florista, frunciendo el ceño.

—Treinta y cinco —repuso.

—¿Qué te parece si le compras una pulsera?

—¿Y eso qué es?

—Se lleva en la muñeca. La mayoría de las mujeres no quieren añadir nada a su vestido.

—Está bien, lo que quieras.

—¿De qué color es su vestido?

—No lo sé. Negro o blanco, supongo.

—¿Eres británico? —preguntó ella, mirándolo.

—Sí, así es. Y estoy comprometido.

—Tenía que intentarlo —dijo ella con una sonrisa—. Bueno, dame diez minutos.

Mientras esperaba, sonó su teléfono, algo que ocurría pocas veces. Quizá Honor necesitaba que le llevara algo.

Se trataba de Janice Kellogg.

—Tom —suspiró la mujer—, Walter y yo necesitamos un descanso. Charlie se ha portado fatal últimamente. —Un eufemismo, sobre todo viniendo de su abuela—. ¿Existe alguna posibilidad de que puedas venir a buscarlo? Si tengo que pasar un solo segundo más con él, me daré a la bebida. —Hubo un ruido de cubitos de hielo. ¿Para qué esperar?

—Claro, Janice. Iré a buscarlo.

—Oh, espera... Seguro que tienes planes. Los Holland dan hoy esa fiesta. —Su voz rezumaba un autocompasivo tono de martirio—. No te preocupes, nos las arreglaremos.

—No, Janice, me encantará ir a buscarlo. Puede acompañarnos.

Otro suspiro.

—Bueno, Tom, no voy a mentirte. Sería fenomenal. Es la historia interminable, ¿sabes a qué me refiero? A esta edad siempre tienen esta actitud.

Había un atisbo de Melissa en su voz, en sus palabras.

—Me encantaría que viniera con nosotros.

—Excelente. Tráelo de vuelta sobre las once, ¿de acuerdo? Mañana tiene que venir a la iglesia. Ya sabes lo importantes que son los oficios para nosotros.

Sí. La mejor manera de recrearse en el martirio. Janice y Walter Kellogg cumpliendo su deber cristiano y cargando con su malvado nieto.

—A las once. Iré a buscarlo dentro de un cuarto de hora.

Cuando llegó, Charlie se metió en el automóvil sin decir nada: pasando de él como era su costumbre.

—Me alegro de verte, amigo —lo saludó él en el silencio del automóvil—. Esta noche tenemos un evento. Espero que no te importe.

Nada.

—Se trata de un baile. Es posible que suframos un poco.

Y todavía nada.

—Charlie, ¿va todo bien? —preguntó.

—Sí —gruñó Charlie.

Él lo miró con atención.

—¿Está intimidándote alguien?

—No.

—Si fuera así, podrías contármelo. Lo sabes, ¿verdad?

—No, no podría.

—Sí, podrías —insistió, quizá con la voz demasiado alta—. Podrías. Y ahora tienes algunos conocimientos. Puedes defenderte.

—¡No se trata de eso! —gritó Charlie—. Es diferente.

—¿Cómo es? Dímelo, amigo.

Charlie se limitó a poner los ojos en blanco.

Cuando llegaron a la casa, Charlie salió del automóvil antes de que se detuviera por completo.

—Cuidado —le dijo Tom a su espalda antes de frotarse la frente con fuerza. Si le pasara algo a ese niño, se moriría. ¿Y qué era eso que no podía decirle? ¡Qué mierda!

Agarró la caja de plástico de la floristería y siguió al muchacho.

Honor estaba allí, envuelta en un albornoz.

—Hola —lo saludó ella.

—Hola, ¿cómo estás? —Todavía era visible el arañazo en su mano derecha.

—Estoy bien. —Su voz era precavida—. Así que has traído a Charlie.

—Sí. Janice me llamó y me preguntó si podía pasar algún tiempo con nosotros. He pensado que no te importaría que nos acompañara al baile.

Ella asintió.

—Por supuesto.

—Si lo prefieres, podemos quedarnos aquí.

—Me encantaría que vinierais. De hecho, estaría mejor que bien. —Su mirada se dirigió a la caja que él sostenía.

—Ah, sí —se explicó—. Es para ti.

Su expresión se suavizó mientras lo miraba.

Honor era increíble y ella ni siquiera era consciente. Por supuesto, cuando la vio por primera vez no había sentido un flechazo instantáneo (bueno, la segunda vez, porque la primera se había quedado muy impresionado por su gancho de derecha). Pero la suya era el tipo de atracción que iba en aumento. Tenía una piel preciosa y se le formaban hoyuelos al sonreír, algo que no hacía con suficiente frecuencia. Y sus ojos castaños eran oscuros y agradables.

Tenía una cara preciosa.

—Gracias —dijo ella, mirándolo.

—De nada —dijo él—. Espero que vaya bien con tu vestido.

—Es perfecta.

—Bien. ¿A qué hora tenemos que estar preparados?

—Un poco antes de las siete.

—Entonces, será mejor que me duche. ¿Estás segura de que no te importa que venga Charlie?

—Claro que no —respondió ella—. Mi sobrina también irá, así tendrá a alguien con quien pasar el rato.

—Se lo diré a Charlie. Quizás eso consiga que le apetezca más. —Eso había sonado muy mal. Iba a explicarlo mejor, pero se dio cuenta de que no sabía cómo hacerlo, así que fue arriba.

Honor se probó el vestido por quinta vez.

Sencillamente no podía estar ocurriendo. Sí, era obligatorio que fuera de negro; el blanco hacía que su piel pareciera un trozo de pan de molde bajo la lluvia. Así que no quedaba otra que ir de negro. Pero ese vestido era... de monja.

Cogió el móvil y marcó el número de Faith.

—¿Tienes algo que pueda usar esta noche? ¿Algo negro?

—¡Claro! ¡Seguro que sí! Espera, déjame revisar el armario. ¿Sabes qué? Es mejor que vengas. Así podré ayudarte con el pelo y esas cosas.

Por eso, diez minutos después, estaba en el dormitorio que Faith compartía con Levi, examinando el guardarropa de su hermana.

—Por el amor de Dios, ¿cuántos vestidos negros tienes? —preguntó asombrada.

—Mmm... ¿seis? No, siete. El problema es que la mitad te quedarán grandes y no has venido desde tu casa para eso.

Cierto. Faith tenía curvas, y ella no.

—¿Este? No. Me queda grande incluso a mí. ¿Qué tal este? No, este no, es de algodón: demasiado informal. ¿Este? Mmm... no. Demasiado escotado para ti. ¡Oh, espera! ¿Y este otro? Lo compré en un momento de baja autoestima en el que pensaba que me gustaría ser más delgada.

—Eres perfecta —aseguró Levi desde la puerta.

—Gracias, cariño. Definitivamente te lo agradeceré esta noche. —Levi sonrió y Faith la miró a ella—. Tampoco es que le prive de nada, ¿sabes?

—Me alegro de oírlo —repuso Honor—. En serio. Hacéis bien, pero no os paséis como Prudence.

—Ya, ya sé. ¿Te contó lo que pensaba hacer con un *sundae* esta noche? En serio, ya me ha arruinado siete postres. Bueno, Levi, cariño, sal un momento. Honor, pruébate este.

El vestido era largo y sin mangas, de cuello alto pero con una lágrima hueca en el frente. La seda negra caía hasta el suelo de forma fluida, rozándole la piel.

—Es perfecto para ti —aseguró Faith—. ¡Soy la leche! ¿Tienes unos zapatos adecuados? Olvídalo. No tienes. Venga, pruébate estos.

Le tendió unas sandalias negras, con tacones de aguja, decoradas con tiras de brillantes.

—¿Me dejas maquillarte? A Tom le va a dar un infarto cuando te vea.

—Espero que no.

Faith le puso un poco de base en la mejilla y la empezó a extender con una esponja.

—Papá me dijo algo el otro día, y no debería decírtelo, pero lo haré.

Ella frunció el ceño ante el espejo.

—¿Qué?

—Teme que estéis apresurándoos demasiado. Le gustaría que esperarais.

—Ya me imagino —dijo ella, manteniendo un tono desenfadado—. Quizá veinte años, como él y la señora J.

—Sí, seguramente se refiera a eso. —Faith se echó a reír antes de abrir una sombra de ojos color melocotón que sostuvo junto a su ojo izquierdo antes de desecharla para elegir otra—. No te lo tomes como algo personal. Tampoco le gustaba que yo saliera con Levi. Cierra los ojos, cariño. No, papá me dijo que no estaba convencido de...

Vaya, qué mal rollo. Su familia parecía percibir la mentira.

—¿Es solo papá? —preguntó con un hilo de voz.

Faith hizo una pausa.

—Como te he dicho, creo que estáis bien juntos. Y también creo que, a veces, el amor surge de repente y hay un flechazo. Pero... ya sabes, papá tiene algo de razón. Acabas de conocerlo.

—Lo sé —convino ella con la voz aguda—. Pero los años cuentan, ¿de acuerdo? Es decir, tengo ya treinta y cinco años.

—¿Y qué?

—Faith, yo no soy como tú —le soltó—. Los hombres no hacen cola para salir conmigo. ¿Sabes cuántos novios he tenido en los últimos cinco años? Ninguno, eso es todo.

—En otoño me sugeriste que salías con alguien.

Ah, sí. En octubre, le había dicho a Faith que había un hombre especial en su vida. Entonces había pensado que la relación con Brogan avanzaba. Debía ser sincera, ¿cómo era posible que hubiera malinterpretado las señales?

—Bueno, pues no era cierto. Así que si Tom quiere casarse conmigo, e intentar tener un bebé antes de que me venga la menopausia, tengo que ponerme en marcha.

«Amén, hermana», dijeron los óvulos.

—Tranquila, querida —pidió Faith, arqueando una ceja—. Sé lo que estás diciendo y...

—No, no lo sabes, Faithie.

—... eso no significa que tengas que conformarte con lo primero que aparezca.

—¿Conformarme? ¡Tom es estupendo! —gritó—. Me gusta, ¿de acuerdo? Me rescató del estanque de los Ellis en tu automóvil. Es maravilloso.

—Lo es —convino Faith, poniendo la mano sobre la suya—. Y me doy cuenta de que te gusta de verdad. Pero no tienes que...

—Mira —la interrumpió Honor—. No todos podemos ser como tú y Levi. Tom y yo somos felices. Estamos... contentos. ¿Entendido? Por favor, ya está bien.

—Sí —aceptó su hermana—. Creía que debía decírtelo. Te quiero, Honor. No te enfades conmigo.

El numerito de su hermana funcionó. Seguramente porque era sincero, y ella se desinfló.

—Lo siento. Sé que tienes buena intención y todo eso.

—Si quieres hablar conmigo, estoy aquí, ¿de acuerdo? Ahora ha llegado el momento de echarte el rímel. Esta marca es fenomenal. Tarda días en irse.

—¿Y eso es fenomenal?

—Créeme. Tus pestañas te lo agradecerán.

Cuando Faith terminó, Honor no parecía la misma.

Tenía muy buen aspecto. Parecía... guapa, guapa de verdad. Fuera lo que fuera lo que tenía Faith en su cesta mágica de cosméticos, le daba un brillo luminoso. Tenía las mejillas rosadas, los ojos ahumados y los labios brillantes.

—Estás guapísima —dijo su hermana—. Te pareces mucho a mamá —aseguró antes de abrazarla—. Ahora vete, porque tengo que prepararme y es posible que Levi quiera echar uno rapidito...

—Pero ¿qué les pasa a mis hermanas? —preguntó—. ¿Por qué no os guardáis estos detalles?

—Eh, lo he oído —dijo Levi, asomando por la puerta con su abrigo para acompañarla a la puerta—. Tienes que largarte. Nos vemos en la fiesta. —Incluso se las arregló para no cerrarle la puerta en las narices.

Tambaleándose sobre los tacones de Faith, se metió en el automóvil y se fue a casa. Ya era casi la hora de ir al Granero y quería llegar un poco antes para comprobarlo todo, aunque no tan temprano como para que Goggy y Pops, que sin duda estarían allí desde las cinco, le hicieran todo tipo de peticiones tales como «¿Puedo tomar un vaso de agua? Que no sea demasiado grande, porque no voy a beberlo entero y no quiero desperdiciarlo», o «¿por qué no vas a servir arenque crudo?».

Tom y Charlie estaban esperándola.

—Hola —gruñó Charlie.

—Hola, Charlie. Estás muy guapo. —Llevaba una americana deportiva con escudo de color azul marino. Sin duda era de Tom, porque le quedaba grande. Se había quitado la pintura de los ojos y puesto unos *jeans* negros que no parecían tres tallas más que la suya. La camiseta mostraba el dibujo de una lápida cubierta de espinas de la que emergía la mano de un esqueleto.

Pero se había arreglado, quizá porque Abby estaría esa noche, o tal vez porque Tom también lo había hecho. Sea cual fuere la razón, hizo que se le hinchara el corazón.

En cuanto a Tom, estaba... para comérselo. En ese momento estaba entretenido con el móvil, por lo que dispuso de un momento para estudiarlo sin que él lo notara. Camisa oscura y elegante, muy europea, con traje negro con cuello mao. Llevaba la americana sin cerrar y había optado por no afeitarse. La barba de dos días le daba un aspecto más sofisticado.

Y olía condenadamente bien, a algo penetrante y limpio. Ella tuvo una repentina necesidad de frotarse contra él como si fuera un gato.

Sin embargo, notó cierta tensión en el aire. Charlie y él debían haber tenido alguna palabra que otra, porque el muchacho miraba al suelo con aire de aburrimiento mortal, y Tom rebosaba energía, y no de la buena. Él la miró y luego abrió mucho los ojos, aunque su expresión no cambió. En la encimera de la cocina, junto a él, había un vaso de *whisky*. Su primera (y última) copa, o eso esperaba. Pero no, él no querría beber demasiado con Charlie en casa. Estaba segura.

Él tomó la caja de la floristería de la mesa.

—Para ti, señorita Holland —dijo, tendiéndole la pulsera con una sonrisa forzada en la cara. Sus dedos le rozaron la piel del brazo y ella sintió que se le aflojaban las rodillas a pesar de mantener la compostura.

—Tú primero —invitó Tom, sosteniendo la puerta para que pasara.

Capítulo 21

El baile Blanco y Negro estaba recaudando dinero. Esa era la parte buena. La razón de que lo hubiera organizado, después de todo. Además de la venta de entradas y rifas, un donante anónimo había entregado diez mil dólares, lo que haría que superaran su objetivo.

Sin embargo, el resto de la fiesta era un fracaso.

Para empezar, a Honor la estaban matando aquellos tacones de infarto, pero aguantaba los pinchazos lo mejor que podía. Presionaba a Marian White, la alcaldesa, y a distintos miembros de la comisión de conservación para que hicieran donaciones. Su padre y la señora Johnson aparecían por primera vez en público como pareja, y la señora J estaba muy guapa con un vestido blanco. Su padre también presentaba muy buen aspecto.

El DJ aceptaba peticiones previo pago de veinte dólares por tema, que serían añadidos a la recaudación. Como resultado, se escuchaban todo tipo de canciones románticas que el DJ dedicaba anunciando quién había pagado.

—Para Harley, de Lana, *Still the One*. A Víctor, de Lorena, *Let's Get It On*. Para Prudence, de Carl, *Love in an Elevator*.

En cuanto a su propia actitud romántica... ¿quién sabía?

Por razones que ella no conocía, Tom parecía no perderla de vista esa noche. Cada vez que lo veía, parecía estar mirándola, o mirando a Charlie, que estaba sentado en una mesa al fondo, jugando con su iPhone.

—Estoy muy aburrida —comentó Abby, sorbiendo su zumo de arándanos con refresco.

—No, de eso nada —aseguró Honor—. Estás guapísima, eres joven y llevas un vestido nuevo.

—Sí, me queda bastante bien —admitió su sobrina.

—Abs, ¿quieres pasar un rato con Charlie Kellogg? —dijo—. Parece muy solo.

—¡Claro! —se animó Abby—. Es un buen muchacho. Un poco ganso, ¿sabes lo que quiero decir?

—Sí, claro, te entiendo —repuso ella, aunque su propia experiencia con Charlie había sido más bien el silencio—. ¿Sabes si tiene amigos en el instituto?

—Sí. Creo que sí. Iré a pasar un rato con él. Podemos jugar a los Angry Birds.

Abby se alejó, y ella se acercó a una mesa para sentarse y dar descanso a sus delicados pies. Para ella era un misterio enorme cómo Faith conseguía soportarlos.

—Para Meghan, de Steve, *One More for Love* —dijo el DJ—. Gran canción, amigos.

—¡Honor! ¡Estás guapísima! —Jeremy Lyon le dio un beso en la mejilla, muy atractivo con su esmoquin.

—Igualmente —dijo ella—. Hola, Patrick. —El novio de Jer le hizo una reverencia. Era adorablemente tímido.

—Así que te vas a casar —comentó Jeremy—. ¿Vas a invitarnos? ¿Por favor? ¿Por favor?

—Sí, claro —aseguró ella—. Claro.

Jeremy le guiñó un ojo.

—Si podemos hacer algo, dínoslo, ¿de acuerdo?

—Gracias, amigo. Ahora id a bailar los dos. Sacad los colores a toda esa gente.

Ellos obedecieron.

—¿Qué tal, jefa? —preguntó Jessica.

—Bien, bien —respondió.

—¿Necesitas algo?

—No. Por cierto, estás muy guapa.

—Gracias. —Jessica llevaba un vestido blanco, corto y sin escote, que en cualquier otra persona parecería soso. Ella, sin embargo, parecía una supermodelo noruega. Zapatos negros. Sin maquillar. Sencilla y espectacular, a pesar de que ella se sintiera demasiado arreglada.

—Estás fuera del trabajo, Jess. Diviértete, ¿de acuerdo? —la animó—. Disfruta de la noche, tómate una copa, come.

—Lo haré. Oye, y tú también, ¿de acuerdo?

—Gracias. Lo haré.

Era agradable que alguien se preocupara por ella. Observó a Jessica mientras se acercaba a hablar con Levi, su viejo amigo. Aquella joven tenía mano para los hombres, era indudable. Quizá debería arreglar un encuentro entre Jack y Jessica. Aunque por otro lado, ¿qué entendía ella?

—Honor. Estás preciosa.

Brogan.

—Hola —lo saludó.

—Para Paul, de Liza, *Someone Like You*, de Adele —anunció el DJ, y la canción que hablaba de la miseria perpetua y la imposibilidad de seguir adelante sonó por los altavoces.

—Parece que la noche es todo un éxito —indicó Brogan, con una agradable sonrisa.

—Sí, sí. Hemos tenido una donación anónima de diez mil dólares —le informó, mirando a su alrededor en busca de alguna de sus hermanas. Nada. Nunca estaban cerca cuando las necesitaba.

—¿En serio? —preguntó él, guiñándole un ojo.

—Sí. ¡Oh, vaya! Fuiste tú, ¿verdad?

—Creo que fue un donante anónimo —dijo con una sonrisa cada vez más amplia.

—Gracias. —Por alguna razón, sintió que se le encogía el corazón. Brogan había donado ese dinero porque se sentía culpable. Brogan había contribuido a su causa porque él...

—¡Cariño, estás aquí! Oh, hola, Honor. Estás maravillosa.

—Dana. Tú también. —Dana llevaba un vestido corto de encaje blanco que podría parecer de novia. Su anillo (que ella había adorado antes de darse cuenta de que las antigüedades eran más su estilo) brillaba a juego con los pendientes.

—¿Dónde está hoy ese novio tuyo? —preguntó Dana—. ¿Ha venido?

—Oh, por supuesto. Está por ahí. Tomando una copa, creo. —Esperaba que no bebiera demasiado o regresaría con otra persona.

—¿Qué tal está su ojo? —preguntó Brogan.

—Bien —contestó ella con la cara ardiendo.

—¡Es cierto! He oído que lo mandaste a urgencias. ¡Guau, Honor! —Dana arqueó una ceja—. Impresionante.

—Honor no es capaz de medir sus fuerzas, ¿verdad, cariño? Aquí tienes tu vino. —Tom, gracias a Dios. Él le puso el brazo alrededor de los hombros, metido de lleno en su papel de novio complaciente.

Bien, ella haría también su parte.

—¿Cuándo pensáis casaros? —preguntó Dana.

—¿Era el dos de junio, cariño? Al final nos decidimos por ese día, ¿verdad? —preguntó Tom.

—Creo que sí.

—¿Es este tu anillo? —preguntó Dana, agarrándole la mano—. ¡Guau! Es muy bonito. Brogan, mira, ¿no te parece precioso?

—Sí, lo es —dijo él. Su mirada era... amable. Luego clavó los ojos en Dana y su expresión cambió, y ella reconoció de inmediato qué la provocaba: lo había visto en su propio rostro durante quince años, cada vez que estaba a punto de ver a Brogan.

Amor. Un poco impotente, con un toque de confusión, una pizca de vulnerabilidad y un montón de felicidad. Brogan no había planeado enamorarse de Dana, era evidente. En realidad, sencillamente había ocurrido... al menos para él.

—Así que hemos reservado el Pierre —estaba diciendo Dana—, porque, por supuesto, Brogan conoce a los Steinbrenner, y están muy cotizados, así que deben ser fabulosos. Tengo que admitir que estoy un poco nerviosa ante la perspectiva de conocer a tantas estrellas del deporte. Es decir... ¿En serio? ¿Robbie Cano en mi boda?

—¿Quién es ese? —preguntó Tom. Quiso besarlo.

—El tercera base de los Yankees —contestó Dana.

—El segunda base —la corrigieron Brogan y ella a la vez.

Tom la miraba. Mostraba una adorable sonrisa, aunque sus ojos estaban tristes.

—He escuchado que eres todo un héroe —dijo una voz.

—¡Colleen! —saludó Tom con cariño—. Mi camarera favorita.

—Mi británico favorito —respondió Colleen—. Hola a todos. ¿Estáis divirtiéndoos?

—Sí, mucho —respondió ella.

—¿Quién tiene la suerte de haberte acompañado? —preguntó Tom.

—Mi hermano.

Tom se rio.

—Ah. Qué incómodo para todos.

Colleen soltó una carcajada.

—Solo somos amigos, como dice el refrán. De todas maneras, Tom, en los pueblos pequeños no hay secretos, como tú ya debes saber. He escuchado que has salvado a Honor de ahogarse. No voy a mentirte... Es muy romántico, Tommy.

—¿Qué? —ladró Brogan. Dana entrecerró los ojos.

—No estaba ahogándome —se defendió ella, haciendo que Tom arqueara una ceja—. Pero sí, fue muy valiente y romántico.

—Voy a suspirar —murmuró Colleen.

—Deja de coquetear con él —intervino Connor, uniéndose al pequeño grupo—. Está pillado.

—¡Lo sé! —dijo Colleen—. Siempre dije que hacían muy buena pareja.

—¿Ah, sí? —se burló Connor.

—Sí. Estoy totalmente segura. ¿No te acuerdas?

—No. —Connor lanzó a Tom una mirada de largo sufrimiento—. Tiendo a ignorar casi todo lo que dice.

—En tu propio perjuicio —contrapuso Colleen—. Lo sé todo.

—¿Cuánto es ocho por siete? —preguntó su hermano.

—Todo salvo de matemáticas —sonrió ella.

—¿Y de nosotros? —preguntó Dana—. ¿Hubieras dicho lo mismo de Brogan y de mí?

Hubo un incómodo silencio.

—No, Dana —repuso Colleen con frialdad—. No lo hubiera dicho.

—Lo sé. A nosotros también nos pilló por sorpresa. —Dana sonrió con demasiada dureza, pensó Honor y, por un segundo, sintió una pizca de lástima. Dana era una extraña. Estaba allí con Brogan pero sin... pandilla, por así decirlo. Llamar la atención sobre sí misma era la forma que tenía de asegurarse de que nadie se olvidara de ella.

Era una mujer insegura. Qué gracioso que no lo hubiera notado antes.

—Espero que seáis muy felices —añadió ella, y Colleen suspiró.

—Gracias —dijo Brogan con suavidad.

—¡Sí, gracias! —dijo Dana—. Cariño, ¿qué te parece si vamos a bailar? —Dicho eso, arrastró a Brogan a la pista de baile y lo rodeó con los brazos.

—La odio —confesó Colleen—. Necesito tomar un trago. Conn, acompáñame. Voy a buscarte una cita que no sea tu hermana gemela. Hasta luego, muchachos.

La dejaron allí, a solas con Tom.

—Hola —le dijo ella.

—Hola. —Tom miró a su alrededor—. ¿Nos sentamos? —preguntó él, y sus pies casi lloraron de gratitud.

Él se preocupaba por ella. Lo sabía. Incluso le gustaba.

Pero no la amaba. Lo que brillaba en los ojos de Brogan cuando miraba a Dana no aparecía en los de Tom. Tom Barlow era una bola de emociones enredadas, y cualquiera que fuera el afecto o la atracción que sintiera por ella, estaba mezclado con la decepción y la angustia que había sufrido en el pasado y, posiblemente, incluso un poco de miedo, que ocultaba detrás de una barricada de cemento de más de metro ochenta. Las emociones más suaves y tiernas estaban enterradas profundamente y asomaban solo cuando se veía coaccionado o solo.

Dado que Tom era un hombre solitario, ese reconocimiento la hizo sentir un poco llorosa.

—Entonces... —comenzó, pero se aproximó Charlie y se puso a dar saltitos al lado de Tom, haciendo que el pelo le cayera sobre los ojos.

—Tom, Abby me ha dicho que le interesa el torneo de boxeo —dijo. los ojos grises de Tom brillaron, y a ella le dolió el corazón de esperanza. Un indefenso y desafortunado amor por un niño que no había llegado a ser su hijastro.

¡Zas!

Estaba enamorada de él.

—Escucha —dijo Abby—, podría estar interesada, pero a lo mejor no. Estoy bastante harta de hacer el idiota con los hombres, ¿de acuerdo? —explicó, dejándose caer en la silla junto a ella.

—Sí, claro —intervino Charlie, sonrojándose.

—Charlie, no tienes ni idea, porque eres guapo —explicó Abby con facilidad—. Pero en serio... Mi tío es jefe de policía. El imbécil de mi hermano enseña fotos de cuando era un bebé gordito y desnudo a todo el que entra en casa. Mi padre mira a todos los muchachos del pueblo y nadie puede olvidar que mi madre se presentó en una función de la escuela vestida de *hobbit*.

—Entonces, ser una boxeadora estrella solo puede ayudarte —aseguró Tom, mirando a Charlie—. ¿De acuerdo, amigo?

—¡Sí! ¡Por supuesto! —dijo Charlie, sentándose al lado de Tom, que la miró.

Por eso estaba con ella, con Honor Holland, la solterona perpetua y guante de béisbol viejo. Por Charlie.

Y allí estaba ella otra vez, enamorada de un hombre que no la correspondía.

—Otra petición —indicó el DJ—. Para Dana, del hombre que está loco por convertirse en su marido, *You're Having My Baby*, de Paul Anka.

—¡Oh, Dios mío! —dijo Abby—. Honor, ¿ese tipo no es amigo tuyo? Dile que pare.

—Sí, cariño, por favor, hazlo —intervino Tom.

Sin duda era de mal gusto. O quizá no, pensó ella, viéndolos bailar, a Dana y a Brogan, como una pareja muy enamorada. Quizás era romántico. Dana tenía la cara roja y sonreía... tal vez nerviosa, tal vez consciente de lo incómodo que era que alguien anunciara su embarazo a través de una canción tan cursi.

Brogan, sin embargo, se comportaba como si fueran las dos únicas personas en la sala.

De repente, la idea de que pudiera quedarse embarazada uno de esos días y que Tom y ella pudieran formar una pareja feliz le pareció tan descabellada como ganar el premio Nobel de física. Ser madre, esposa, tener su propia familia... Nada de eso iba a ocurrir. Se le hizo un nudo en la garganta.

Cuando miró a Tom y a los muchachos, Tom ya no estaba allí. Abby le estaba enseñando algo a Charlie en el teléfono.

Sin embargo, vio que se acercaban su padre y la señora J, así como Goggy y Pops.

—¿Qué tal estás? —preguntó su padre, sentándose a su lado—. ¿Lo estás pasando bien? ¡Estás muy guapa, Petunia!

—Es una fiesta maravillosa —dijo la señora Johnson con seriedad—. Has hecho un magnífico trabajo, Honor, querida.

—No me importa que haya camarones —intervino Goggy—. Pero prefiero el arenque.

—Pues te has zampado siete —observó Pops, ganándose un codazo.

—¿Dónde está Tom? No os he visto bailar juntos —comentó su padre, fingiendo indiferencia—. ¿Todo va bien entre vosotros?

—Oh, ya sabes cómo va esto —explicó ella—. Tengo que ocuparme de todo. —Una pobre excusa. Miró a su alrededor disimuladamente en busca de Tom, rezando para que no estuviera en el bar.

En ese momento, terminó la canción de Paul Anka (gracias a Dios) y hubo algunos débiles aplausos.

—Otra canción dedicada, esta vez para la organizadora de la noche, Honor Holland...

¡Oh!

—... de su prometido. Es una selección un tanto extraña, pero él ha insistido en que es su favorita. *Paint it Black,* de los Rolling Stones.
—Comenzaron a sonar los primeros acordes y Honor cerró la boca.

—¡Me encanta esta canción! —exclamó Abby—. ¡Es magnífica, Honor! No sabía que te gustaban tanto los Stones.

Cuando Mick Jagger comenzó a lamentar el estado sombrío de su alma, todas las miradas se volvieron hacia ella.

—Eh... —dijo.

—¿Por qué quieres pintar la puerta de negro? —preguntó Goggy con el ceño fruncido—. El rojo es un color mucho más agradable.

—Hola, cariño —saludó Tom al regresar—. ¿Bailamos?

Él ya estaba cantando y bailando allí, delante de ella, y guau... lo hacía mal. Se parecía un poco a Faith cuando le daba un ataque epiléptico, aunque transmitía más energía.

—¡Vamos, cariño!

Él le agarró las manos y la obligó a levantarse de la silla para arrastrarla a la pista de baile. ¡Oh, Dios mío! Llegó a ver la risita de Faith y de Colleen, y también cómo Levi sacudía la cabeza, sonriendo. Tom se contoneaba a su alrededor con total abandono, cantando con sus compatriotas con toda la fuerza de sus pulmones, sonriente. Aparecieron arruguitas alrededor de sus ojos, desentonaba y... y... estaba absolutamente encantador.

Entonces, Abby tomó la mano de Charlie y lo llevó a la pista, donde el muchacho comenzó a saltar como un saltimbanqui. Abby se movía con mucha más elegancia. Al mismo tiempo, Tom le agarró la mano y la hizo girar. Mientras Mick se preguntaba con desesperación si volvería a ser feliz de nuevo, Tom la rodeó con los brazos y la besó en la mejilla.

En ese momento, Levi y Faith estaban también en la pista, así como Pru y Carl, Connor y Colleen. Tom la pisó, pero no le importó en lo más mínimo.

La noche se había puesto muy divertida.

Tom estaba sudoroso, ridículo y totalmente irresistible. Su sonrisa ladeada hizo que se le aflojaran las piernas y que se volviera torpe y, con sinceridad, si pensaba sonreírle así todos los días, no pediría nada más.

Salvo su amor. Y un bebé suyo.

Maldito arreglo. Quería su corazón.

Tom casi lamentó que el baile terminara.

—Ha sido muy divertido —dijo Charlie cuando llegaron a la casa de los Kellogg—. Hasta luego.

Tom casi jadeó por la sorpresa. Dos frases enteras, y de forma espontánea. Incluso habían sido corteses.

—Me alegra que vinieras, amigo.

—Gracias por asistir, Charlie —agregó Honor—. Y gracias por bailar con Abby.

Él sonrió. Charlie Kellogg sonrió de verdad. Jolines, hacía mucho tiempo que no veía su sonrisa.

Esperaron hasta estar seguros de que estaba a salvo en el interior, y luego puso el automóvil en marcha para dirigirse a casa.

Ahora que estaban solos, no dijeron nada.

La había hecho sonreír. Incluso se había reído. Le había salvado el día, pensó él, lo cual, en su humilde opinión, era lo mínimo que podía hacer, teniendo en cuenta lo mucho que había trabajado para que todo saliera bien. Apostaría lo que fuera a que al día siguiente la gente hablaría más sobre Honor y su extraño británico que sobre Brogan y su viperina novia, y el bebé que esperaban.

Él había visto la cara de impotencia de Honor cuando la otra pareja se puso a bailar. Conocía esa sensación, esa mirada confusa. Después de todo, la había visto en el espejo con mucha frecuencia cuando estaba con Melissa. Tal vez debería haberse sentido celoso, pero sin pensarlo ni planearlo se puso a hacer algo que cambió su estado de ánimo.

Se detuvo frente a su casa. La casa de los dos, algo extraño. Salió y rodeó el automóvil para abrir la puerta de ella. Otra sonrisa que le hizo sentir como si hubiera ganado la lotería.

—¿Señorita Holland? —dijo, ofreciéndole una mano que ella aceptó. Tampoco hubiera permitido otra cosa. Por otro lado, ella se tambaleaba sobre aquellos altos tacones. Que resultaban muy provocativos. No le importaría verla calzada con ellos y... nada más. Su pálida piel y...

—Gracias —dijo ella—. Por la canción.

—¿Por eso? Oh. Claro, no fue nada. —Le soltó la mano para abrir la puerta, causando que la rata despertara de su coma y se lanzara contra la puerta.

—Honor, por si te sirve de algo —comenzó—, creo que Brogan es un lerdo.

Ella parpadeó.

—¿Qué significa exactamente esa palabra? —preguntó ella, jugueteando con el bolso.

—Imbécil, idiota... Un idiota imbécil.

Ella le brindó una sonrisita.

—Ah, de acuerdo. Ya lo entiendo.

—Esta noche eras la mujer más guapa. —Vaya por Dios. Si seguía así, iba a acabar citando a Nicholas Sparks.

Ella le dirigió una mirada vacilante.

—Gracias.

—Lo digo en serio.

—Mira, no es necesario que...

A continuación, la besó, envueltos por el fresco aire de la noche, mientras la perrita chocaba contra la puerta desde el interior. La boca de Honor era dulce y suave, y apretó la suya contra ella, porque si se retiraba podría arruinarlo todo. Después, bajó los labios por su garganta, arañando la piel con los dientes al tiempo que la aplastaba contra él, y no tenía suficiente. Lo haría en el porche si ella...

—¿Tom?

Él se echó atrás con la respiración entrecortada. Esperó.

—Es que... —Sus ojos eran tiernos y enormes—... no quiero hacer ninguna estupidez.

Le puso un mechón de pelo detrás de la oreja.

—Entonces, ¿eso me descarta?

Ella soltó una risita nerviosa.

Estaba loco por ella. Cada latido de su corazón le decía que la llevara dentro y la desnudara de una vez.

—Ven a la cama conmigo, Honor.

Ella jadeó y apresó su camisa con los puños, pero no respondió.

—Por favor —insistió con un susurro.

Eso fue todo. Ella se puso de puntillas y le rodeó el cuello con los brazos y luego pegó su boca a la de él, ¡gracias a Dios! Sin interrumpir el beso, Tom abrió la puerta y se las arregló para entrar mientras *Spike* le mordía el tobillo. Se dio cuenta de que ni siquiera le importaba.

Ya arriba, en el dormitorio, cayeron sobre la cama y la besó como si su vida dependiera de ello, porque así era como se sentía. Luego le bajó la cremallera del vestido y la despojó de la tela sedosa, siguiendo el camino con la boca.

Dejó la luz encendida.

Y no le quitó los zapatos.

Capítulo 22

Todo había cambiado.

Bueno, en realidad no había cambiado nada, salvo que Tom y ella dormían juntos. Y hacían el amor. Todas las noches. Y a veces, también a primera hora de la mañana.

La vida era buena. De hecho, la vida era extraña, dulce y dolorosamente maravillosa. Ya no estaban fingiendo. Era real.

Había estado quince años —de acuerdo, diecisiete— enamorada de Brogan Cain. No lo negaba. Pero con Brogan siempre había tenido que disimular y mostrar su mejor cara, no parecer impaciente o irascible, solo tranquila. Guardándose todo dentro para tratar de igualar al ser más fascinante, inteligente y posiblemente más divertido del mundo. Siempre un poco aterrada de que Brogan, que viajaba por todas partes y retrataba a algunos de los personajes más famosos del planeta, se diera cuenta de que no era tan interesante como él.

Pero a Tom parecía gustarle tal como era.

Unas noches atrás, cansada por la falta de sueño pero feliz, se había quedado dormida en el sofá; al despertarse con los pies en su regazo y *Spike* sobre su hombro, se lo encontró mirándola desde el otro extremo del sillón. Y la expresión que vio en su rostro, aunque no era sonriente, había sido sin duda... de interés. Al instante, él se arrastró sobre ella, dejó a *Spike,* solo un poco hostil, en el suelo, le desabrochó la blusa y deslizó la mano por debajo de su falda como si fueran adolescentes traviesos llenos de hormonas.

Y mientras tomaban café otro día, ella comenzó a hablarle del nuevo programa que habían puesto en marcha para incentivar las ventas y del concurso para dar nombre a la última cosecha, y Tom le había hecho varias preguntas que demostraban que recordaba lo que le había contado la semana anterior sobre el asunto, sin parecer aburrido. De hecho, parecía muy interesado. Luego la besó y le deseó suerte, le sonrió al marcharse, y se llevó con él su corazón.

Así que sí, todo era diferente.

En cuanto a sus sentimientos, bueno, quizá necesitaría un poco de tiempo para que Tom se enamorara de ella, para que le entregara la llave de la parte más reservada y privada de él.

Por ahora, se sentía feliz. Mucho más de lo que hubiera estado nunca.

El miércoles por la tarde pasó por el gimnasio para ver el club de boxeo de Tom, que había pasado de ser una clase de defensa personal a un curso de boxeo para alumnos de Secundaria, que parecían disfrutar con esa tortura medieval de hacer flexiones y subir y bajar escaleras corriendo. Tom estaba entrenando en el cuadrilátero a un muchacho enorme, los dos provistos de cascos de protección y guantes, pero cuando la vio se acercó de inmediato, rezumando testosterona por cada delicioso y sudoroso músculo de su cuerpo.

—Ni se te ocurra tocarme, Rocky Balboa —le advirtió con la secreta esperanza de que le desobedeciera... y eso hizo. La agarró y la estrechó contra él para besarla en la boca de forma suave pero ardiente hasta que sus pupilos gimieron y comenzaron a quejarse. Luego Tom regresó al cuadrilátero con una sonrisa de oreja a oreja, dejándola envuelta en una sensación mareante que la hacía sentirse débil. Con sus partes íntimas tensas por la lujuria.

—Eres la prometida de Tom, ¿verdad? —preguntó una mujer bastante fornida—. Soy la señora Didier, la directora del instituto.

—Ah, encantada —repuso ella—. Yo soy la tía de Abby Vanderbeek. Ya nos hemos visto antes.

—¿En serio? Estupendo. Ya veo que Charlie está mejor, ¿verdad? Ha recorrido un largo camino.

—Sí —convino ella. Parecía ser así. Durante la cena del martes, Charlie había respondido a algunas preguntas. No se había mostrado hablador, pero ya no parecía enfadado. Y se movía bastante bien, pensó ella, viendo la combinación de golpes y pivotes que hacía ante el saco.

—Muy bien —lo animó Tom—. Así que para este torneo, que es dentro de tres semanas, cuento con Abby, Charlie, Bethany, Michael y Jesse. ¿Alguien más? Que nadie se preocupe por la experiencia que tenga, participan novatos mucho peores. ¿Alguien más? Sí, Devin, buena muchacha. ¡Estupendo! Entonces volvemos a vernos el viernes, ¿verdad? Ahora podéis iros, vuestros padres os esperan.

Tom volvió a acercarse a ella.

—Tengo que llevar a Charlie a casa. ¿Nos vemos cuando vuelva?

—He de pasar por casa de mis abuelos —dijo ella—. Seguimos tratando de deshacernos de trastos inútiles. —Notó que una gota de sudor le bajaba desde la mandíbula, por el cuello, y tuvo que resistir la tentación de lamérsela. ¿Eh? ¿Te imaginas? Ella convertida en una salida.

«Ya era hora», dijeron los óvulos.

—Sin duda —murmuró.

—¿Qué dices, cariño?

—No, nada. Por cierto, se me olvidó decírtelo, pero tenemos una ceremonia esta noche en Blue Heron. Es algo de familia. —Hizo una pausa—. Así que espero que puedas venir. Y cuento también con Charlie.

—Suena divertido. Aunque tenía planes para hacer la cena esta noche.

¡Ah!, suspiró. No solo hacía el amor como un campeón. También cocinaba para ella.

—Todavía puedes hacer la cena... —«Si antes me llevas a la cama, claro está.»

Él sonrió como si le hubiera leído la mente y regresó con sus alumnos mientras ella salía del gimnasio para dirigirse a La Colina.

Su padre estaba en la Casa Vieja, escuchando los miles de argumentos de sus padres para convencerlo de que no necesitaban tener una ducha en la planta baja.

—Cuando yo era niño —explicaba Pops—, ni siquiera teníamos agua corriente. ¡No necesitamos otro cuarto de baño!

—No sé por qué a todo el mundo le importa tanto que suba las escaleras veinte veces al día —añadió Goggy—. Si este viejo tonto muriera, podría ocupar su habitación.

—Llorarías por mí, mujer —aseguró Pops—. Tu vida estaría vacía.

—Ponme a prueba. ¡Oh, Honor! ¿Cómo estás, cariño? Pareces agotada.

«Oh, lo estoy, Goggy. Mmm... mmm... Cierto.»

Se aclaró la garganta.

—¿Cómo estáis, muchachos?

—Tu padre cree que necesitamos una ducha en la planta baja.

—También yo —dijo ella al tiempo que besaba a su abuela en la mejilla.

—Tengo un cuarto de baño en perfecto estado en la planta de arriba —protestó la anciana.

—Ella tiene un cuarto de baño en perfecto estado arriba —repitió Pops.

—No podemos tener uno mejor —aseguró Goggy.

—De hecho, odiamos los baños mejores —añadió Pops.

—Bueno, vosotros dos, ya está bien —les reprendió ella—. Estáis convirtiendo la vida de papá en un infierno. Va a casarse de nuevo y no quiero que tenga que pasar por aquí cinco veces al día para comprobar que ninguno está desangrándose en el suelo.

—¿Sabes qué? Que no venga —contestó Goggy—. Solo soy su madre, no quiero ser una carga. Pensar que estuve tres días completos de parto...

—Y yo también me voy a casar —la interrumpió ella—. Y Jack no sirve para nada, lo sabemos todos. Así que vamos a hablar de lo que podemos hacer para que estéis seguros aquí, o quizá podáis pasar los inviernos en Florida.

—¿En el corredor de la muerte? ¿Estás loca? —farfulló Goggy.

—¿Parece que quiera ir a Disney World? —dijo Pops.

Honor miró a sus abuelos.

—Mirad —les dijo—, os queremos. No queremos que vayáis a ningún sitio. Pero la mejor manera de que os quedéis en esta casa es haciendo algunos cambios.

—¿Crees que somos viejos? —atacó Goggy.

—Mamá —intervino su padre—. Eres vieja. No estás decrépita, pero sí vieja. Incluso yo soy viejo. Tengo ya sesenta y ocho años.

—Lo sé, John. Desde que estuve tres días de parto contigo.

Su padre suspiró y cerró los ojos.

—Está bien. —Honor tomó la palabra—. Tengo una lista...

—Por supuesto... —murmuró Pops.

—... de cosas que deben hacerse. Hay diecisiete puntos. ¿Qué os parece si elegimos cinco para comenzar?

—Dos —regateó Pops.

—Ninguno —dijo Goggy.

Una hora y veintitrés minutos después, tras defender un argumento que se sostendría incluso ante el Tribunal Supremo, había conseguido que sus abuelos aceptaran dos de los diecisiete cambios. Una silla para la escalera y un nuevo horno para que no se intoxicaran con monóxido de carbono.

—Bien —murmuró Goggy—, pero no pienso usar esa silla. Eso es para los viejos.

—Eres vieja, Elizabeth —espetó Pops.

—¡Tú eres más viejo que yo!

Su padre se levantó de donde se había sentado con la cabeza entre las manos.

—Bueno, sigamos adelante. Esta noche tenemos la ceremonia de la siembra. Honor, cariño, ven conmigo a la Casa Nueva. La señora J y yo no te hemos visto mucho esta semana.

—Muy bien. Nos vemos arriba, Goggy. Pops, pórtate bien.

Recorrió la corta distancia entre ambas casas con su padre, con el dulce y estridente sonido de los mirones flotando en el aire desde el estanque. Una hora después sería de noche.

—¿Qué tal va todo con Tom? —preguntó su padre.

—Estupendo, papá.

Su padre la miró pensativo.

—No estaba muy convencido con él —confesó—. Al menos no al principio. Pero parece un buen tipo.

—Lo es —aseguró ella.

—¿Lo amas? ¿Estás segura?

Por fin podía mirar a su padre a los ojos.

—Estoy segura.

Su padre le rodeó los hombros con un brazo.

—Te pareces mucho a tu madre cuando sonríes —dijo bruscamente—. Ahora bien, eso no quiere decir que me muera de ganas de renunciar a ti, lo sabes. Puedes quedarte con la señora Johnson y conmigo siempre. Tú y Tom, si quieres.

—Oh, no creo, papá.

—Deberíais tener una casa en condiciones, y la señora J y yo estaremos bien en su apartamento. Es perfecto para dos, y Tom y tú querréis tener niños pronto, ¿verdad? Me encantaría tener más nietos. Además, perteneces a la Casa Nueva.

Ella sonrió.

—Lo hablaré con él.

Debido a que imaginarse a Tom y a ella con un par de niños era mucho más fácil ahora.

Una hora después, cuando la luna llena asomaba por el horizonte, absolutamente todos los miembros de la familia Holland —además de Tom y Charlie— estaban reunidos cerca del cementerio.

La ceremonia de la siembra se llevaba a cabo el día de la primera luna llena del mes de abril. El origen de la ceremonia no estaba claro, pero la tradición era la tradición.

Tom se puso a su lado. Olía a gel de ducha y la besó en la mejilla. Abby y Charlie se reían, Levi hablaba por teléfono con su hermana y gruñía por algo que le había dicho antes de pasarle el móvil a Ned (lo cual no parecía hacerle demasiado feliz). Pru y Carl estaban abrazados, y Goggy se quejaba por los refrescos, que estaban sobre una manta en la parte trasera de la furgoneta roja de su padre. Vio que su abuela chasqueó la lengua cuando la señora Johnson intentó ayudar, y esta hizo exactamente lo mismo. Jack hablaba con su padre sobre el pH del último lote de riesling, y Faith estaba sentada en el suelo, junto a la lápida de su madre, con una expresión tierna y soñadora.

—Bien, ¿de qué va todo esto? —preguntó Tom.

—Es la bendición de los cultivos —explicó ella—. Lo hacemos desde hace muchas generaciones.

—Venid todos, acercaos —llamó Pops, y la familia formó un semicírculo alrededor del pequeño cementerio. Pops se puso recto y agarró la mano de Goggy—. Muy bien —comenzó—, como padre, abuelo y bisabuelo...

—Y como madre, abuela y bisabuela —añadió Goggy—. Damos la bienvenida esta noche.

—*De liefde van God zij met u* —corearon todos.

—Significa «el amor de Dios sea con vosotros» —explicó ella a Tom y a Charlie.

—Esta noche pedimos la bendición de Dios para el ciclo que comienza. Oremos para que la lluvia caiga mansamente sobre los campos, para que el sol brille con gusto, y para que los alimentos que cultivemos nutran a nuestra familia este año y los venideros.

—Amén —replicaron todos.

Goggy entregó a Pops la primera botella de vino.

—Es un vino que se elabora solo para la familia —indicó Honor mientras Pops utilizaba uno de sus muchos sacacorchos—. Lo llamamos «el vino para la bendición» y solo se usa en bodas, bautizos y en la ceremonia de la siembra.

Tom la miró, y ella sintió que se le calentaban las mejillas. Pronto volverían a beber el vino de la bendición, primero en la boda de su padre y después en la suya.

Y tal vez, un año más tarde, en el bautizo de su hijo.

—Me gusta —dijo Charlie, que miraba embobado cómo Pops descorchaba la botella y luego dos más.

—Primero tomamos un sorbo y luego echamos un poco al suelo —explicó ella mientras su abuelo bebía el primer trago—. De esa manera, honramos a nuestros antepasados y las tierras que nos legaron.

—Es increíble —aseguró Tom—. Me gustaría que mi padre pudiera verlo. Le encantaría.

—Quizás el año que viene —dijo ella, y él le regaló esa sonrisa.

¡Oh, sí! Lo amaba tanto que sintió un dolor maravilloso en el corazón.

Faith le pasó la botella para que diera un sorbo. Era curioso, tanta ceremonia para descorchar y airear el vino, para evaluar el aroma y la textura, para valorar el gusto... y esa noche, no. Esa noche bebían de la botella el vino dulce y ahumado que ella más adoraba. Tragaban un sorbo, escupían otro, una pequeña oración por el bienestar de su familia, y por Tom. Y por Charlie.

Pasó la botella al niño, que sería su hijastro no oficial muy pronto, algo tan real casi como un título. El muchacho lanzó a Tom una mirada inquisitiva y, cuando asintió, Charlie tomó un sorbito, hizo una mueca antes de tragar y luego escupió un poco al suelo.

—Muy bien —aseguró ella. Él le devolvió la sonrisa y luego le pasó la botella a Tom, que hizo lo mismo.

Cuando todos hubieron tomado un sorbo, Pops sacó una caja de cerillas del bolsillo de la camisa y encendió el fuego que Ned había preparado ese mismo día. Cuando la madera comenzó a crepitar y el resplandor de las llamas iluminaba todas las caras, Tom le apretó la mano.

—Estoy muy contento de haberte conocido, señorita Holland —aseguró.

Las palabras no fueron gran cosa. La sensación que produjeron, todo lo contrario.

—Tom, querido —intervino Goggy—, te toca hacer una cosa, puesto que eres el nuevo miembro de la familia.

—¿No sería Charlie? —preguntó Abby con una sonrisa maliciosa.

—Bien, Charlie y Tom —convino Goggy—. Aquí tenéis, queridos. Les pasó un plato.

—¿Qué es eso? —se interesó Charlie—. Oh, venga... debéis de estar de broma.

Honor sonrió.

—Es una tradición, Charlie. Lo hacen todos los nuevos miembros de la familia.

—¿Qué es esto, cariño? —preguntó Tom, inclinando la cabeza para mirar el plato tradicional holandés.

—Es arenque crudo con cebolla —explicó ella—. Comed, amigos.

—Ah, los holandeses... ¿A alguien más le gustaba lo que fundamentalmente era comida para gatos? Ella misma odiaba el arenque, solo con verlos se le revolvía el estómago. Faith compartió la sensación con una náusea.

—¿Sabéis que oficialmente no formaré parte de la familia? —intentó escaquearse Charlie—. Tom se casará con Honor, pero en realidad no soy nada respecto a ella.

—Pero sí en nuestros corazones —replicó Abby muy seria—. Cómetelo.

—No es tan horrible como parece... al menos los primeros veinte años —añadió Ned.

—Pero ¿qué tonterías decís? —exigió Goggy—. Es maravilloso.

—Tú primero, amigo —invitó Tom.

—Es suficiente con un mordisquito, hijo —explicó su padre—. No tienes que comértelo todo.

—Alguien tiene que hacerlo —intervino Faith—. Tom. Sé un hombre.

Charlie levantó el pescado.

—¡Oh, Dios! —dijo. Cerró los ojos y tomó el bocado más pequeño posible, rozándolo solo con los dientes, masticándolo con hombría y obligándose a tragarlo—. Está... bueno —jadeó, con los ojos llenos de lágrimas—. Quizás un poco fuerte.

—¡Buen trabajo! —dijo Pops, dándole una palmada en la espalda—. ¿Tom? Adelante. Termínatelo, hijo.

Él la miró. Ella arqueó las cejas y él sonrió.

—Va por ti, cariño —declaró, y para su horror, tomó el pescado y lo mordió justo en el medio, haciendo crujir las espinas. Se le desencajó el rostro, haciendo reír a todos. Masticó, tragó saliva y luego se tomó el resto. ¡Santo Dios!

—He aquí un hombre —dijo la señora Johnson con aprobación.

—Buen trabajo, cariño —aseguró ella, alejándose de él. Agg... El olor era insoportable. Pobre Tom. Había llegado el momento de dar cuenta de la comida de verdad: el jamón y los pasteles.

—No tan rápido, cariño. —Tom tiró de ella hacia su cuerpo—. ¿No me merezco un besito?

—¡No! ¡No te atrevas! —Se separó de él y corrió a ponerse detrás de Levi—. Oficial, ayuda. A este hombre le huele el aliento a pescado.

—Nada más lejos de mi intención interponerme entre un hombre y su esposa —declaró Levi, alejándose.

—Aún no estamos casados —chilló ella, esquivándolo y riéndose mientras Tom la perseguía. Corrió hacia la fila más cercana de vides—. Y no lo haremos si sigues así. ¡Papá, ayúdame! —Su padre, el muy traidor, se limitó a reírse.

—¡A por ella, Tom! —lo animó Pru y, por supuesto, él la atrapó por el brazo y la hizo darse la vuelta.

—¿Querida? ¿Ya no me quieres? —preguntó con una sonrisa ladeada al tiempo que parpadeaba.

Entonces la besó, con su olor a arenque crudo en el aliento.

Y al final, en realidad no fue para tanto. Su familia se rio y ella no pudo contener una sonrisa. Luego, él la besó de nuevo y la abrazó.

—Es una ceremonia maravillosa —comentó él, con una expresión cada vez más seria. Le puso un mechón de pelo detrás de la oreja—. Gracias por invitarnos.

—Venid a comer algo de verdad, tortolitos —canturreó Goggy—. ¿Os había dicho alguna vez que sabía que seríais la pareja perfecta?

Capítulo 23

El sábado, Tom acorraló a Honor justo después de la ducha. Había pocas cosas más atractivas que una mujer envuelta en una toalla con la piel húmeda y rosa. Si le arrancaba la toalla, la vida sería perfecta.

Pero su hijastro no oficial estaba esperándole.

—¿Quieres venir con Charlie y conmigo? —preguntó.

—Claro —dijo ella, y notó que se le ruborizaban las mejillas—. ¿A dónde vamos?

—Es una sorpresa.

Se detuvieron en la panadería de Lorelei y compraron sándwiches y té helado, luego recogieron al muchacho y se dirigieron al norte. Charlie estaba escuchando música a través del móvil, pero no se mostraba hostil, pensó Tom. Solo un adolescente más. *Spike* iba en el asiento trasero, con él. Al parecer, la rata se reservaba su animosidad para él y parecía feliz tendida sobre las piernas de Charlie para recibir un masaje en el vientre.

El rostro del niño estaba cambiando, pensó mientras lo miraba por el retrovisor. Había perdido la suavidad infantil y su estructura ósea era cada vez más pronunciada. Las pecas se habían desvanecido y sus ojos eran más observadores.

Se parecía mucho a Melissa.

Algún día, Honor y él podrían llevar un bebé en el asiento trasero, junto con Charlie y *Spike*. Una silla de seguridad, una bolsa de pañales, mochila y todo eso.

La imagen hizo que le sudaran las manos de preocupación. Pero ese era el trato, ¿verdad?

Además, le gustaban los niños. Podría ocuparse de un bebé.

Era la parte de la familia lo que le ponía nervioso. Pero tampoco era para tanto.

Hablando de familia, había vuelto a hablar con su padre esa semana. Había invitado a su padre a venir de visita, quería que se quedara un tiempo.

—Muy bien, amigos —dijo, apartándose de la carretera—. Tenéis tres oportunidades para adivinar adónde vamos.

—¿Al aeródromo de Brigham? —preguntó Charlie mientras pasaban junto al letrero.

—Estupendo —dijo él—. He pensado que vamos a dar un pequeño paseo en mi último proyecto. —Tomó la carretera que llevaba al aeropuerto y, diez minutos más tarde, estaban frente a la Piper.

—Bien, ¿qué es lo que le has hecho? —indagó Charlie.

—Le hemos puesto un motor más grande, modificamos las alas y ajustamos los timones. El propietario quiere hacer algunas acrobacias.

—Qué bien.

El avión parecía contento cuando caminaron a su alrededor. Les explicó las comprobaciones previas, señalando las diferentes partes del avión y, para su sorpresa, Charlie parecía escucharle sin auriculares, sin aquella mirada hostil. Cuando terminó, abrió la puerta.

—Charlie, amigo, siéntate aquí. Serás el copiloto.

—¿Tienes licencia de piloto? —preguntó Honor.

—Claro. Aunque no vuelo demasiado, así que sujétate. —Le guiñó un ojo y ella sonrió, mostrando sus hoyuelos.

Ya en la cabina, enseñó a Charlie cómo manejar los controles, comprobando interruptores, válvulas y demás antes de llamar por radio a la torre y poner en marcha los motores.

Fue un ascenso movido, aunque no estuvo mal. Todo se sentía más en un avión pequeño, por supuesto, y Charlie estaba un poco pálido. Sin embargo, una vez que niveló el aparato, el muchacho no apartó los ojos de la panorámica.

—Esto es increíble —dijo Charlie.

Bajo sus pies, las suaves colinas verdes se extendían por el oeste de Nueva York. Campos exuberantes y graneros rojos, bosques espesos y algún ocasional campanario blanco. Ese día el cielo estaba completamente despejado.

—¿Qué pasa si se estrella un ganso contra uno de los motores? —preguntó Charlie.

—Rezaremos —se burló Tom.

—¿Alguna vez te has dedicado a ver películas de desastres aéreos?

—La verdad es que no.

—Hubo una el año pasado que era increíble —afirmó el niño antes de empezar a deleitarles con una explicación bastante detallada de la trama. Tom miró a Honor. Ella sonrió.

Tom sintió algo en el estómago.

—Muy bien, Charles, ¿estás preparado para hacer volar este aparato? —preguntó—. Lo único que tienes que hacer es mantener las manos firmes, ¿sabes? Manos suaves a las diez y diez, igual que cuando conduces un automóvil.

—No voy a pilotar —dijo Charlie con la voz llena de pánico.

—Estaré aquí —aseguró él—. Puedes hacerlo, amigo. Y si te gusta, conseguiremos una licencia de piloto para ti. Puedes volar antes que conducir. ¿Preparado? El control es tuyo.

Por supuesto no iba a dejar que Charlie hiciera una estupidez ni corriera ningún riesgo: el niño tendría menos control del que pensaba, pero la expresión de su rostro no tenía precio. Serio y centrado. Luego, de forma milagrosa, sonrió a Tom.

—¿Estoy haciéndolo bien?

—Estupendo, amigo.

Tom volvió a tomar los controles más o menos diez minutos después, y luego hizo girar el avión para que pudieran ver el lago Canandaigua, el más cercano de los Finger Lakes. El agua era azul cobalto esa mañana.

—Ahí es donde vamos a ir de excursión dentro de un rato —informó, señalando un campo.

—¿Aterrizaremos en el agua? —preguntó Charlie.

—No, no. Esto no es un hidroavión. El motor pesa demasiado. Pero hay otro tipo de aviones, ¿verdad, Honor?

—Sin duda —repuso ella—. En junio, en Keuka, hay un espectáculo fantástico. Tenemos que ir.

Poco después aterrizaron en el campo que él había señalado desde el aire. El lago brillaba, y los pájaros cantaban a su alrededor. Dieron cuenta del almuerzo al aire libre, bajo el sol caliente.

Si alguien le hubiera dicho tan solo dos meses antes que llegaría el día en que se iría de *picnic* con su prometida y con Charlie, y que el niño le dirigiría la palabra, no lo habría creído. Se preguntó qué había hecho para merecer una noche como la ceremonia de la siembra, la camaradería de los Holland, su cercanía, la forma en que habían abierto los brazos para ellos...

Charlie se tumbó y él hizo lo mismo. Honor los imitó. En el cielo flotaban algunas nubes. Oyó a ella decir que esa noche llovería e imaginó que sería verdad. Había pocas cosas que ella no supiera.

La miró, con el pelo rubio y corto agitándose por la brisa. Hoy había estado tranquila, comentando alguna cosa aquí y allá, pero sobre todo los había observado, como si supiera que era un día digno de recordar.

Una fecha en la que estaba de regreso el viejo Charlie. Bueno, en realidad no. No había vuelta atrás, era consciente de ello. Sabía que la muerte de Melissa había cambiado a su hijo de una forma irreversible. Pero había imaginado que el muchacho sería inteligente, amable, centrado, decente, el niño que había sido ese día, incluso sin que quisiera impresionar a Abby.

Y todo gracias a Honor.

Durante todo ese tiempo, no se había quejado ni una sola vez de los modales de Charlie cuando estaba malhumorado, se negaba a comer o cerraba las puertas de un portazo. Jamás había puesto los ojos en blanco, ni expresado nada que no fuera placer cuando estaba cerca, ni una vez había suspirado ni murmurado por lo bajo. Le había ofrecido una familia, incluso una amiga en Abby. Hasta parecía agradecerlo.

Tom se acercó a ella y le agarró la mano. Se la besó y notó que su mirada se enternecía.

Dos horas después, tras uno de los mejores días de su vida, dejó a Honor en casa, la besó en la boca brevemente y le dijo que volvería al cabo de quince minutos.

—Es muy guapa —comentó Charlie mientras se alejaban.

—Sí —convino él. Miró al muchacho—. ¿Quieres ser mi padrino?

—¿Lo dices en serio?

—Sí.

Charlie encogió los hombros.

—Bueno.

Era suficiente. Más que suficiente.

Se detuvo frente a la casa de los Kellogg.

Había un Mustang antiguo de color azul oscuro frente a la puerta, y durante un segundo, sintió como si le hubieran golpeado con un gancho brutal debajo de la barbilla.

Charlie bajó del asiento al instante.

—¡Papá! —gritó—. ¡Hola, papá!

Capítulo 24

Mitchell DeLuca bajó de su automóvil tranquilamente y sonrió cuando Charlie corrió a sus brazos. Miró a Tom mientras despeinaba al muchacho.

Él salió también de su vehículo, con el corazón latiendo con fuerza contra las costillas. Se metió las manos en los bolsillos y se acercó.

—Hola.

—Hola. Soy Mitch DeLuca, el padre de Charlie. Encantado de conocerte —dijo, tendiéndole la mano.

—Nos conocemos —aclaró él.

—¿De veras?

Parecía sincero.

—Estaba comprometido con Melissa.

Charlie los miró a uno y a otro.

—Es Tom, papá. Tom Barlow.

—¡Ah, es cierto! Amigo, lo siento. Me alegro de verte de nuevo. —Mitchell le lanzó una mirada desconcertada en plan «entonces, ¿qué haces aquí?». El parecido con Charlie le resultó un poco chocante. Sí, el niño se parecía a su madre..., pero también tenía muchas cosas de su padre.

—¿Cómo estás, hijo? Ha pasado mucho tiempo, ¿verdad? Me da la impresión de que vas a ser tan alto como yo.

Charlie sonrió con orgullo, y Tom sintió como si le clavaran un cuchillo en el pecho. Le había costado dos años enteros que Charlie le sonriera, pero Mitchell... Mitchell no había tenido que hacer nada. El muchacho no mostraba ningún resentimiento hacia su padre.

—¿Qué hay de nuevo, hijo? —preguntó Mitchell.

—Mmm... quiero obtener una licencia de piloto. Y estoy en un club de boxeo. De hecho, hay un torneo dentro de dos semanas, ¿te apetece venir a verme?

—Es posible. Ya veremos, ¿de acuerdo? Tu abuela no se ha puesto precisamente contenta al verme, ¿sabes lo que quiero decir? ¿Quieres ir a comer algo? Algo improvisado.

—¡Claro! Sí, por supuesto.

Mitchell miró de nuevo a Tom.

—Esto... escucha, voy a pasar un rato con mi hijo, ¿de acuerdo?

Él asintió.

—Hazlo. —Miró a Charlie—. Hasta pronto, amigo.

—¿Amigo? —Mitchell sonrió—. Vaya, creo que esa palabra tiene una connotación diferente por aquí. —Lanzó a Charlie una mirada cómplice—. ¿Tengo razón o no, muchacho?

Durante medio segundo, Charlie pareció vacilar. Luego clavó los ojos en su padre y sonrió.

—Sí, es cierto. —Puso los ojos en blanco—. Es muy gay, Tom.

Ah.

—Bueno, pues ya nos veremos —se despidió, pero Charlie ya estaba hablando con Mitchell, feliz de disponer de su padre. Vio cómo aquel capullo perezoso, negligente y egoísta ponía el brazo sobre sus juveniles hombros para conducirlo al Mustang.

Charlie no miró atrás.

«Esto no quiere decir nada», se dijo Tom.

Por desgracia, sabía que no era cierto.

Honor recibió un mensaje de texto: «He tenido que ir a Wickham. Nos vemos esta noche».

Era... raro. Breve. Por otra parte, los mensajes de texto eran fáciles de malinterpretar. Presionó el botón para llamarlo y esperó. Saltó el mensaje del buzón de voz.

«Has llamado a Tom Barlow. Deja un mensaje y te llamaré cuando esté libre. Gracias.»

—Hola, Tom, soy Honor —dijo, con gesto de dolor. Esperaba que al menos conociera su voz—. Solo quería asegurarme de que todo está bien. Imagino que estarás trabajando. Mmm... avísame si quieres cenar. O quizá sería mejor que fuéramos a la Taberna de O'Rourke o algo así, si tienes ganas. De todas maneras, quería decirte que lo de hoy ha estado muy bien. —Hizo una pausa—. Que tengas una buena tarde. Adiós. Nos vemos luego. Hablamos.

«Cuelga el maldito teléfono», dijeron los óvulos, mirándola por encima de sus gafas de cerca mientras tejían.

Colgó.

«Está esquivándote», observaron con simpática certeza.

—No, no es cierto. No hay pruebas de eso —dijo en voz alta.

Pero a las nueve la evidencia era flagrante.

¿Qué había pasado? Después de diez días perfectos y mágicos, en los que había sentido cómo había cambiado todo, en los que la barrera de cemento se había caído, de repente volvió a toparse con el mismo muro. Tom no la había llamado, solo le había enviado un mensaje: «No creo que regrese a tiempo para cenar».

Repasó el día mentalmente. En las cuatro horas que pasó con Tom y Charlie, ¿habría dicho algo incorrecto? ¿Le habría pasado algo a Charlie? ¿Le habría hecho el muchacho un ultimátum tipo «No te cases con Honor, la odio»? Porque lo cierto era que pensaba que el crío la apreciaba.

A la mierda. Agarró el teléfono y lo encendió. Escribió algunas palabras, pero las borró.

Spike se frotó contra su pantorrilla y ella se inclinó para tomarla en brazos.

—¿Alguna idea? —preguntó a la bolita de pelo. *Spike* se movió para ofrecerle el vientre y ella se lo acarició.

Estuvo una hora viendo la televisión: *El misterioso mundo de la enfermedad que transmiten los cerdos*. Se preguntó si tendría una solitaria, pues, en caso afirmativo, podría comer cantidades ilimitadas de helado de jengibre Ben & Jerry's. Cuando sonó su móvil se abalanzó sobre él y se ganó unas sentidas protestas de *Spike*.

—¿Sí?

—Hola, soy Dana.

Se estremeció, sorprendida.

—Hola.

—¿Cómo estás?

Spike bostezó, ya aburrida.

—Estoy bien. ¿Cómo estás tú?

—Pareces triste —aseguró Dana.

—No. —Los días en que discutían sobre su estado de ánimo habían terminado hacía tiempo—. ¿Puedo hacer algo por ti?

Dana se mantuvo en silencio durante un minuto.

—No lo sé. Te he llamado por impulso.

No todas las amistades estaban destinadas a durar para siempre. Lo sabía. Eso no significaba que no se echaran de menos los viejos tiempos, aun sabiendo que no podían repetirse.

—¿Cómo te van las cosas? —le preguntó ella.

—Bien.

—¿Te encuentras bien? —insistió.

—Por supuesto, ¿por qué me lo preguntas?

Hizo una pausa.

—Mmm... porque estás embarazada.

—Cierto. No, me siento bien. Normal. Quiero decir que estoy como siempre. —Dana se interrumpió—. Así que Tom y tú os lo pasasteis bien en el baile Blanco y Negro.

—Supongo que sí.

—Parece un tipo... estupendo. —Había una extraña tristeza en la voz de Dana.

—Lo es —aseguró ella. Se hizo el silencio—. Bien, entonces ¿para qué me has llamado, Dana?

—No lo sé. —Suspiró—. ¿No te preocupa que Tom pueda averiguar algo sobre ti que no le guste?

Mierda. No quería mantener una charla con Dana sobre su relación. Con Dana, que parecía haberse olvidado de lo mucho que Honor había amado a Brogan. Quien la había cegado e ignorado sus sentimientos.

Pero tal vez Dana tenía razón. Después de todo, ahora se consideraba enamorada de Tom, el hombre detrás del muro, el delicioso y divertido británico.

—Lo cierto es que no —repuso vacilante—. No sé si hay algo que averiguar. Quiero decir algo que no sepa ya.

—Probablemente no debería haberte llamado para hablar de estas cosas —comentó Dana con la voz triste.

—Sí, es un poco raro.

—Siempre fuiste una buena amiga.

Esas palabras le formaron un inesperado nudo en la garganta.

—Gracias.

—Y yo no.

—¿Estás disculpándote?

Dana suspiró.

—Sí.

—Disculpa aceptada.

—Entonces, ¿volvemos a ser amigas?

Pasó la mano por el corto pelo de la cabeza de *Spike*.

—No lo sé.

—Acabas de decir que aceptas mis disculpas. —Había cierto matiz defensivo en la voz de Dana.

—Me gustaba nuestra amistad —confesó ella, midiendo las palabras—, pero no estoy segura de que podamos retomarla sin más.

—Pero ¡me he disculpado! Y creo que sabes que no me ha resultado demasiado fácil.

—Cierto. Pero... —Vaciló—. Dana, tienes que aceptar que...

—Mira, voy a ser sincera, Honor, la gente mete la pata, y yo lo siento. ¿Vas a usar eso en mi contra durante toda la vida?

—No —reconoció ella—. Paso de esas cosas, pero no acabo de ver...

—Puedes perdonarme y, sin embargo, no puedes olvidar que me atreví a salir con el hombre que querías. ¿Sabes qué? Olvídalo.

—Dana... —Nada. Ya había colgado.

Y eso le venía bien. Dana era exigente, egoísta y siempre se las arreglaba para creer que tenía razón cuando se trataba de relaciones con otras personas. Siempre era la parte perjudicada y nunca tenía la culpa de nada.

Aunque sentía que su vida estaba más vacía desde que no eran amigas, también se sentía más limpia. El espacio dejado por Dana y Brogan había sido llenado por otras personas.

Ahora tenía a Tom, ¿verdad?

El silencio que reinaba en la casa resultaba ensordecedor.

¿Dónde se había metido su novio? ¿Qué le pasaba? ¿Debería llamar a Levi por si había tenido un accidente?

Spike bostezó y empezó a mordisquearle el pulgar.

Justo en ese momento, se abrió la puerta y entró Tom. Vacilante.

—Hola —lo saludó, poniéndose en pie.

—Hola, cariño —saludó él.

Lo vio dejar la cartera en la mesa del vestíbulo.

—¿Has estado bebiendo?

—Sí.

—¿Y has venido conduciendo? —le gritó.

—No, cariño. No soy idiota, ¿de acuerdo? No, he conducido sobrio como una piedra desde la universidad hasta O'Rourke y luego he tomado una copa. Bueno, más de una. Luego he venido a pie a nuestra agradable morada y me he encontrado con mi adorablemente preocupada prometida.

—Estaba preocupada. ¿Por qué no me llamaste?

—Lo siento. Debería haberlo hecho. Mirándolo retrospectivamente y todo eso. Pero ya estoy aquí. —*Spike* saltó del sofá y se puso a gruñirle—. Hola, bicho. Ten cuidado, no me gustaría pisarte. —*Spike* tomó los cordones de los zapatos de Tom con los dientes y movió la cabeza de un lado a otro.

El teléfono empezó a sonar y ella respondió.

—Hola, soy Colleen. Solo quería asegurarme de que Tom había llegado sano y salvo. Connor tiene las llaves de su automóvil.

—Está aquí, ha llegado en perfecto estado —informó ella—. Gracias, Coll. Y dale las gracias a Connor de mi parte.

—No hay problema, cariño. Tu Tom es un encanto. ¡Hasta pronto!

Colgó el teléfono.

—Pensaba que ibas a beber menos —dijo ella.

—Y lo he hecho —aseguró—. Apenas me he tomado tres chupitos, mi tierna beatita. No son cuatro.

—Connor O'Rourke tuvo que quitarte las llaves.

—No, cariño, eso no es exacto. Le di mis llaves antes de que me diera un ataque de idiotez y me pusiera a conducir. —Desde luego, parecía sobrio—. Ahora me voy a la cama, ¿vienes conmigo?

Ella no respondió.

—De acuerdo. Pues entonces, buenas noches.

Dicho eso, Tom apartó a *Spike* con suavidad y subió las escaleras. La dejó de pie en medio de la sala, rodeada una vez más por el silencio.

Capítulo 25

Habían pasado ya cinco días desde el regreso de Mitchell DeLuca, y Tom comenzaba a perder la esperanza.

Mitchell se alojaba en un motel, cerca de la lavandería. Salvo cuatro comidas en tres años, Charlie no había visto a su padre desde que Melissa muriera: dos visitas a McDonald's, una a Pizza Hut y otra a Wendy's. Y ahora, por alguna razón desconocida de la que Tom desconfiaba, Mitchel estaba allí, mostrando mucho interés después de catorce años sin hacer caso al muchacho.

Le parecía asqueroso. Honor sospechaba que ocurría algo. Podría haber hablado con ella al respecto, y quería hacerlo, pero no le salían las palabras. Admitir que había perdido a Charlie ahora, después de tanto tiempo era... bueno, ¡caray!... Era como si contarlo fuera a partirle en dos. Quería abrazar a Honor, llevarla a la cama y perderse dentro de ella, pero se sentía frágil, estúpido y jodidamente agotado.

Charlie no había querido verlo el martes, que era el día que solían quedar. Se dijo que era comprensible. El crío solo conseguía ver al idiota de su padre una vez al año más o menos y, naturalmente, quería pasar todo el tiempo que pudiera con él.

—¿Va a venir Charlie? —preguntó Honor.

—Su padre está de visita —contestó él, pasando una página de la revista que leía. ¿Sobre qué versaba la publicación? No lo sabía.

—¿En serio? —Ella frunció el ceño—. ¿Y cómo lo llevas?

Una pregunta muy americana. A ella no le gustaría saber cómo lo llevaba.

—Bien. —La típica respuesta británica.

Ella no insistió.

El jueves hubo reunión del club de boxeo, y durante el tiempo que duró, estuvo que se subía por las paredes. Tenía que ir a Blue Heron cuando acabara para echar un vistazo al sistema de embotellado. John Holland le había pedido que comprobara el funcionamiento, ya que era ingeniero. Y él supo que era la manera que tenía el padre de Honor de mostrar su aprobación, algo que retiraría al instante si supiera la razón por la que iba a casarse con su hija.

Él había aceptado, por supuesto. Se había imaginado llevando a Charlie consigo, quizás una cena familiar con los Holland daría al muchacho la oportunidad de recordar que también formaba parte de ese clan.

Pero Charlie no acudió al club de boxeo. Al parecer, por lo que dijeron los otros niños, no había ido a la escuela.

—Muy bien —dijo—, empezad corriendo unas vueltas. Tengo que hacer una llamada. Diez recorridos completos, muchachos.

Se acercó a los pesados sacos y llamó a Janice. Sí, Charlie se había tomado el día libre para acompañar a Mitchell a una carrera de automóviles.

—¿Crees que ha sido una buena idea, Janice? —preguntó Tom—. ¿Dejar que pase tanto tiempo a solas con su padre?

—Claro que es una buena idea —se defendió Janice—. ¿Por qué no iba a serlo?

—Porque Mitchell tiene la costumbre de desaparecer de la vida del niño, por eso.

—¿Y qué? Quizás esta vez sea diferente. —Se oyó un revelador sonido de cubitos de hielo—. Charlie es más maduro ahora y no da la lata. Quizá quiera llevárselo a vivir con él.

¡Dios! Apretó el móvil con fuerza.

—Janice, no puedes estar hablando en serio.

—¿Por qué? Ya hemos criado a nuestra hija, Tom. No nos hemos ofrecido voluntarios para repetir.

—Te pregunté si querías darme la custodia de Charlie y me dijiste que...

—... que no eres su padre, y es cierto, ¿verdad? Solo eres un tipo con el que mi hija se acostó durante unos meses.

Un golpe certero, justo en los pulmones.

—Gracias, Janice.

—Ya sabes a qué me refiero. Escucha, tengo que irme. Hasta pronto, Tom.

El resto de la clase se le hizo eterno.

Cuando estaba guardando los guantes, oyó un aviso de un mensaje de texto. Era de Charlie.

«No podré asistir al torneo de la semana que viene. Lo siento.»

Apretó al instante el botón de llamada. Gracias a Dios, el muchacho respondió.

—Charlie, soy Tom.

—Sí, lo sé. Tu nombre aparece en la pantalla. —Las palabras fueron pronunciadas con aquel familiar tono de desagrado.

—Oye, amigo, no dejes esto.

Hubo una larga pausa.

—Sí, ya, la cosa es que no es lo mío. Ni el boxeo ni lo que sea.

—Pensaba que te gustaba. —Había un odioso deje de súplica en su voz.

—Pues no.

De fondo se oía música y un montón de voces.

—¿Dónde estás?

—Con mi padre.

—¿Puedo verte? ¿Hablar contigo en persona?

—¿Por qué?

—Porque has dedicado mucho tiempo a esto, Charlie. Y todos te echaremos de menos.

—Lo que sea, lo sigo dejando.

Tom se frotó la nuca.

—¿Puedo hablar con tu padre?

Su respuesta fue un suspiro hastiado.

—Es Tom —le oyó decir, y hubo una risita ahogada de fondo.

Un segundo después, escuchó la voz de Mitchell al aparato.

—Mitch DeLuca.

—Mitchell, escucha... mmm... llevo unos meses entrenando a Charlie para boxear y lo cierto es que ha llegado a ser...

—Sí, me ha dicho que le aburre, y no me parece bien que los niños hagan algo que no les gusta.

Ah, así que ahora tenía una filosofía respecto a criar niños, claro...

—Le gustaba hasta que tú llegaste. Estoy seguro de que si lo animaras un poco...

—Es un adolescente, no un bebé. Puede tomar sus propias decisiones.

Tom se frotó de nuevo la nuca.

—Mira, creo que es fantástico que hayas venido a visitarlo y eso, y sé lo mucho que te quiere Charlie.

—Eso suena gay.

—Mitchell, desde que murió Melissa hemos estado luchando para...

—Mira, amigo, no necesito que un desconocido me diga lo que es mejor para mi hijo, ¿de acuerdo? Puede que no lo visite todo lo que me gustaría, pero entre nosotros existe un vínculo inquebrantable. ¿Estás de acuerdo?

—Claro, papá —escuchó que decía Charlie de fondo, casi podía ver la esperanza reflejándose en el rostro del muchacho.

—¿Y por qué no lo visitas más? —preguntó con dureza—. Siempre me lo he preguntado.

—No es asunto tuyo, y eso ya ha cambiado.

Notó una helada cuchillada en el estómago.

—Mitchell, si vas a ser parte de su...

—Como te he dicho, no es problema tuyo. Voy a colgar. Adiós.

Y eso fue todo.

—Hola. —Levantó la vista del teléfono. Levi Cooper se había parado delante de él—. ¿Va todo bien?

Metió el móvil en la bolsa.

—Estupendo.

—¿Te apetecen unos asaltos?

—Perfecto —dijo él. Se subió al cuadrilátero y procedió a dar una paliza al jefe de policía del pueblo.

Seis asaltos después, Levi levantó los guantes.

—Ya basta. Si seguimos acabarás matándome. Y si me matas, mi mujer te matará a ti.

La rabia seguía bullendo en su interior, pero, ¡caray!, no había querido pasarse tanto con Levi, que parecía un tipo decente.

—Lo siento.

—No, está bien. —Levi le dedicó una larga mirada y él desvió los ojos—. ¿Te apetece tomar una cerveza?

—No, pero gracias.

—De acuerdo. Llámame si cambias de opinión.

—Gracias, Levi.

Ya en el vestuario, Tom se dio una larga ducha de agua ardiendo para aliviar el dolor en la caja torácica. Levi podía pensar que iba a matarlo, pero eso no había impedido que el policía le propinara unos cuantos golpes importantes.

Salió de la ducha y se puso ropa limpia. Eran las seis. El día estaba volviéndose interminable, como si las horas tuvieran que nadar en aguas llenas de lodo.

Sonó su teléfono móvil. «Janice», parpadeó en la pantalla. Respondió al instante.

—Hola, Tom. Escucha, sé que no te va a gustar escuchar esto, pero Charlie acaba de llegar a casa y... adivina... Se va a mudar a Filadelfia con su padre. Walter y yo estamos encantados. Creo que es lo mejor, ¿no crees? ¿Qué es eso, Walter? Oh, Tom, tengo que irme. Supongo que podemos hablar después.

Janice colgó.

Podría seguirlo, por supuesto. Lo había hecho antes.

Pero eso fue antes de que Mitchell hubiera decidido que estaba interesado en su hijo. Una cosa era conseguir que Janice y Walter le dejaran pasar tiempo con Charlie y otra que lo hiciera Mitchell: se negaría. Aunque el muchacho parecía sentirse desgraciado con los Kellogg, sin duda no le pasaba lo mismo con su padre.

No. Él no podía engañarse pensando que Charlie quería que estuviera cerca. Durante unas pocas semanas, quizá lo había parecido. El club de boxeo, los Holland... él mismo... Al parecer nada de eso era comparable al amor de un padre.

Esperaba que fuera lo mejor para el niño. Después de todo, él sabía lo que era tener a uno de sus padres ausente. Pero odiaba al maldito Mitchell DeLuca, y no por lo que le había ocurrido a Melissa, aunque esa fuera parte de la razón, sino porque Mitchell había roto el corazón de Charlie cuando se alejó del muchacho después de morir su madre sin importarle lo que era más conveniente. Lo hundió en la miseria, y justo ahora que había encontrado un poco de felicidad, volvía a aparecer su padre y se iba a vivir con él.

Pero claro, Charlie no lo veía así y, seguramente, había llegado el momento de reconocer que lo había perdido.

Charlie se marchaba.

Su corazón se convirtió en un sucio trozo de hielo en el interior de su pecho. Había hecho todo lo que podía por Charlie Kellogg. Trató de hacer lo correcto por el complicado vástago de la mujer que había amado. Quizás había valido la pena a pesar de todo, pero había un hecho innegable y que debía reconocer con cruda frialdad.

Ya no era necesario.

Se agachó para atarse los zapatos. Cuando acabó se sorprendió sentado con la cabeza entre las manos, y el silencio que reinaba en el vestuario solo acentuó el vacío que sentía en el pecho.

Mitchell iba a destrozar a Charlie. Otra vez. O no. Se llevaría al muchacho muy lejos, a vivir una vida desenfadada llena de carreras de automóviles, bares, absentismo escolar y tatuajes en lugares muy poco higiénicos. Charlie no volvería a comer verduras, no iría a la universidad, no se vería obligado a realizar caminatas ni a participar en clubs deportivos después del colegio. Jugaría a *Soldier of Fortune* y a *Call of*

Duty y se convertiría en un adulto seboso y descuidado que apenas recordaría a un tipo con el que se había acostado su madre.

No era su hijo. Ni siquiera era su hijastro. Solo era un idiota que no sabía cuándo retirarse, que no sabía cuál era su sitio, que había alquilado una casa y daba clases en una universidad de cuarta categoría, que vivía a un océano de su casa y estaba a punto de cometer fraude matrimonial solo para estar cerca de un niño que ni siquiera era suyo.

Y, ¿qué tenía él exactamente?

Nada.

Pero tal vez... quizás... a alguien.

Una persona de suaves ojos castaños que sabía escuchar sin juzgar. Alguien que le estaba esperando para ver lo que le preocupaba.

Con ese pensamiento en mente, agarró la bolsa y salió del edificio.

Capítulo 26

—Este lugar es trágico —pronunció Goggy en voz alta. Una estampida de ceños fruncidos apareció en los rostros de los ancianos que asistían al videoclub Pelis & Vinos—. Toda esta gente hacinada aquí como perros dejados de la mano de Dios.

—Este lugar es precioso. Me encantaría que bajaran el límite de edad para poder mudarme —comentó Honor, sirviendo el vino en la última copa.

—A nosotros nos encantaría tenerte aquí —dijo el señor Tibbetts a sus pechos. Y en fin, que Dios lo bendijera. Podía utilizar eso como un estímulo para su ego, dado que se había convertido en un guante de béisbol para Tom desde la semana anterior.

—Está bien, la película está a punto de empezar —avisó, con una sonrisa forzada—. Os he servido una variedad merlot, que tiene un rojo parecido a la sangre, para que disfrutéis de la obra maestra de Alfred Hitchcock: *Psicosis*.

Que la demandaran. Se había quedado sin películas con temática vinícola. Además, aquella historia se adaptaba perfectamente a su estado de ánimo. Los inquilinos de Rushing Creek no habían protestado. Después de todo, esa película era de su época.

Spike dormitaba sobre el ancho pecho de Emily Gianfredo y parecía demasiado cómoda para retirarla, así que ella se sentó y trató de concentrarse en la trama.

—Es el hijo —anunció Mildred mientras Janet Leigh conducía hasta el motel Bates—. Mató a su propia madre y conservó su cuerpo. Se viste con su ropa.

—Gracias por arruinar la película —protestó su marido.

—¡Ya la has visto! Aunque se te haya olvidado. La vimos en el Merrills cuando se estrenó. ¿No recuerdas el cine que se quemó?

—Prefiero que me apuñalen antes que vivir aquí —afirmó Goggy con la nariz en alto.

«¿Más vino?», preguntó a los óvulos.

«Gracias, nos encantaría», respondió mentalmente, sirviéndose una segunda copa. Era el día indicado para ello.

Una vez más, se había enamorado de alguien que no le correspondía de la misma manera. Una vez más, se había arriesgado a creerse una bonita historia llena de mariposas, trufas de chocolate Lindt y un hombre maravilloso que la adoraba, aunque él no lo supiera.

Y parecía que, una vez más, estaba a punto de recibir una patada.

Sabía que había ocurrido algo con Charlie.

Que los diez días (diez días y medio) que siguieron al baile habían sido... increíbles. Tom le había llevado flores un día (y sí, había sido tan patética como para guardarse un pétalo, porque ¡caramba! nadie le había llevado flores antes, su padre quedaba descartado). La había empujado contra la pared y besado hasta que le habían temblado las rodillas, y lo habían hecho en la mesa de la cocina. ¡En la mesa de la cocina!

¿Había llegado a imaginar alguien alguna vez que sería perseguida durante la ceremonia de la siembra, con toda su familia presente, para robarle un beso? Ella no, desde luego. Después, el día que probaron el avión, fue la culminación de todo. Por un momento, todo había sido tan perfecto que hasta el aire tenía brillo. Habían sido una familia: una pareja y su hijo adolescente, y a la mierda la biología. Y cuando Tom le besó la mano y sonrió, en sus ojos grises hubo algo que no había percibido todavía.

Paz.

Y quizá también un poco de amor.

«Creo que se llama ilusión. ¿No hay palomitas?», dijeron los óvulos con los ojos clavados en Anthony Perkins, que estaba mirando a través de un agujero en la pared.

—¡Oh, no! Va a ducharse —observó Mildred—. ¡Cariño, no lo hagas! ¡Está a punto de matarte! —La verdad es que era como ver una película con Faith.

—No puedo verlo —aseguró Margie Bowman—. Juanita, ¿por qué te has hecho la permanente? Ahora tienes la cabeza demasiado grande. La próxima vez tienes que sentarte atrás.

Ella veía dos posibles escenarios para el futuro. En uno, se casaría con Tom y viviría con la patética esperanza de que él cambiaría de opinión. Si había suerte, tendría un bebé. Desearía que Tom la amara, pero se adaptaría a que no lo hiciera o no pudiera. Tramitarían el divorcio cuando fuera el momento. Entonces, regresaría a la Casa Nueva para criar a su hijo con su padre y la señora Johnson, y se sentiría un poco triste cuando viera que el niño se parecía en esto o aquello a Tom o a ella; siempre deprimida cuando Tom viniera a recoger al crío para llevárselo a cenar cada miércoles por la noche y los fines de semana. Seguiría desplazándose a Rushing Creek para organizar el videoclub Pelis & Vinos, y poco a poco añadiría a la lista de quejas sus propias rodillas doloridas y la intolerancia a la lactosa. Enviaría a su hijo a la universidad y hablaría con sus ovarios arrugados. Los óvulos se habrían suicidado hacía ya mucho tiempo.

Dos: lo mismo, sin el niño.

—Anthony Perkins habría sido una mujer muy atractiva —comentó Frank Peter cuando Norman Bates mató al detective—. Tiene los ojos bonitos.

—Mi madre tenía un vestido igual —murmuró Louise Daly.

Cuando terminó la película, Honor encendió la luz e hizo un gesto extraño al ver a Victor Iskin y Lorena Creech besándose en la última fila. Emily le devolvió a *Spike*.

—Es un ángel —aseguró.

—Gracias, señora Gianfredo —le respondió—. Es cierto —dijo por lo bajo a la perrita—. ¡Eh! ¿A dónde va todo el mundo? Todavía queda el debate. —Era patético, prefería quedarse allí antes que regresar a casa para enfrentarse a la tensión que flotaba en el aire.

—Cielo, las *scouts* han hecho tartas de uva y no queremos perdérnoslas —dijo Goggy.

—¿Tú también? ¿Vas a comer aquí? ¿Y todo eso que dices siempre de la intoxicación alimentaria?

—Esto es diferente —aseguró Goggy—. Se trata de las *scouts*. Nunca me han envenenado. Tu abuelo quedó en encontrarse conmigo aquí, así que apura. Saluda a tu guapísimo Tom de mi parte.

—De acuerdo —respondió. Hizo un gesto mientras los participantes en el videoclub tropezaban entre sí con prisa por llegar a la cena.

Con un suspiro que no pudo reprimir, metió a *Spike* en el bolso, se levantó y empezó a guardar el proyector.

—¿Honor?

Sorprendida, se dio un golpe con el carro y *Spike* ladró... aunque luego gimió.

—¡Brogan! —dijo aclarándose la garganta—. Hola, ¿cómo estás?

—Bien. Te llamé a tu despacho —explicó él—. Ned me dijo que estabas aquí.

—Sí. *Psicosis*. En el videoclub.

Él esbozó una leve sonrisa.

—¿Tienes un segundo?

Tenía la expresión tensa y los dientes apretados. Ella miró a su alrededor, el auditorio estaba vacío, ni siquiera quedaban Victor y Lorena.

—Por supuesto. ¿Qué te pasa?

Brogan se pasó la mano por el espeso cabello. Lo vio agacharse para acariciar a *Spike* —que, ahora que lo pensaba, solo tenía manía a Tom—. Se incorporó de nuevo.

—Lamento mucho hacerte esto, On. Es solo que... —Se le quebró la voz—. Es solo que eres mi mejor amiga... creo. —Tragó saliva.

El vino y el queso todavía no se habían acabado.

—Mmm... ¿Quieres una copa de merlot? Es muy bueno. Textura aterciopelada, matices de grosella y mermelada de mora, chocolate amargo y tabaco en el acabado.

Él sonrió, ahora más sinceramente.

—Gracias, On. Eres la mejor.

Eso era cierto. Le sirvió un vaso y se sentó. Miró el reloj: las seis. Tom saldría ahora del club de boxeo. Se preguntó si las cosas fluirían más en casa esa noche. Lo dudaba mucho.

—Entonces, ¿qué te pasa? —preguntó. Su perra se había acurrucado junto a los zapatos de Brogan.

—Te he llamado —explicó él—. Tenías el móvil apagado.

—Sí. Por la película, ya sabes. Soy de la vieja escuela en eso.

Él la miró con aquellos ojos azul brillante. Para su sorpresa, se llenaron de lágrimas.

—Dana no está embarazada.

Sin pensarlo, ella alargó el brazo y le tomó la mano.

—¡Oh, Brogan! Lo siento mucho.

¡Pobre Dana! Un aborto justo cuando...

—Nunca lo ha estado.

Lo miró boquiabierta.

—¿Cómo?

Brogan se tapó los ojos con una mano.

—Me mintió, Honor. Esta mañana me dijo que pensaba que podía haber tenido un aborto, así que la llevé a la consulta de Jeremy, pero se comportó de una forma muy rara, y luego me dijo que no quería que estuviera presente en la sala de examen. Y eso me volvió loco, ¿sabes? Quería llevarla al hospital, pero Jeremy me pidió que entrara en la habitación, y ella me lo dijo. Jamás estuvo embarazada.

—Pero ¿ella creía que sí?

—No.

—¿Por qué iba a mentir sobre eso?

Brogan agitó la cabeza.

—Me dijo que la presioné mucho al respecto y que un día pensó que estaba embarazada, y luego siguió adelante porque yo parecía muy feliz. Así que hemos tenido una pelea enorme y, sencillamente, no sé qué pensar.

—Guau... —Respiró hondo—. Lo siento mucho. —Hizo una pausa—. ¿En qué ha quedado todo?

—Ni siquiera lo sé —dijo él con la voz temblorosa—. Quiero decir, ¿puedo casarme con alguien que me miente? ¿Debería hacerlo? Y, On, la cosa es que realmente quería ser padre.

Ella le apretó la mano.

—Sé cómo te sientes. —Se mantuvo un rato en silencio—. Yo también quiero tener niños.

—Espero que Tom y tú tengáis un montón —dijo él, tratando de sonreír.

¡Oh, pobre Brogan!

—Creo que necesitáis hablar. Cuando la situación se enfríe un poco —añadió ella.

Brogan asintió con la cabeza. Entonces, de repente, él le cubrió la mano con la suya y se la apretó con fuerza.

—¿Sabes qué me gustaría, On? —dijo—. Ojalá me hubiera enamorado de ti. Me gustaría mucho.

—Vaya. Gracias.

—No, lo digo en serio. —Tenía los ojos llenos de lágrimas. —Tú y yo somos perfectos el uno para el otro. No sé lo que nos falta. Nos gustan las mismas cosas, podemos hablar durante horas, y con Dana... quizás es solo sexo. Una reacción primitiva, física. Lo único que hacemos es el am...

—Bueno, esa es demasiada información para mí —lo interrumpió—. Escucha, lo siento mucho, pero creo que esto deberías hablarlo con Dana.

—Siempre te he querido, On.

Ella respiró hondo.

—Me parece recordar que me comparaste con el viejo guante de Derek Jeter. De todas formas, estás preocupado y...

—Quizá no supe apreciarte...

—Sí, eso quedó bien claro.

—Pero lo haría ahora. Sobre todo después de estar con Dana. No puedo creer que me mintiera. Se lo conté a todos mis conocidos, Honor. ¡A todos! Tú jamás habrías hecho algo así.

Ella suspiró y retiró las manos. Dio una palmada en la rodilla de Brogan.

—Mira, Brogan, has recibido una gran impresión y lo siento mucho. Pero tengo cosas que hacer y debo marcharme.

—Te quiero. Sé que te quiero de verdad. Después de todo, por algo hemos sido amigos durante tanto tiempo. Quizá deberíamos darnos una oportunidad.

—Esto es muy incómodo. Y no estás hablando en serio.

—Ya lo creo que sí. —Dicho eso, se inclinó y, después de vacilar un instante, la besó.

Podría haberlo detenido. Pero quizá quería saber si todavía sentía algo por él. O quizá fuera un acto reflejo aceptar el afecto que Brogan hubiera tenido a bien otorgarle. Quizá su cerebro funcionaba demasiado despacio para reaccionar. Fuera cual fuera el caso, mantuvo la boca bien cerrada y no sintió nada en absoluto. Bueno, no, no era cierto. Cuando estaba en séptimo grado, practicó dando un beso a un trozo de cemento en el sótano de la iglesia. Se sintió igual de fría.

Brogan se retiró.

—¿Ves? —dijo.

—Hola, cariño.

Y entonces sí que sintió algo. Sí, sin duda.

La cara de Tom estaba sospechosamente tranquila. Ese rostro, capaz de expresar mil cosas con una ceja y una leve sonrisa, no mostraba nada, y ella notó que se le congelaba el corazón.

—Hola —respondió—. Eh... ¿Cómo estás? —Buena pregunta.

—No quería interrumpir. Tu teléfono estaba apagado. —Sus ojos eran tan fríos como el lago en diciembre.

—¡Oh, vaya! Lamento que vieras eso... —empezó Brogan.

—No, si ha resultado muy instructivo. —Tom la miró, pero sus ojos estaban vacíos—. De acuerdo. —Entonces, se dio la vuelta para marcharse.

—Tom —lo llamó ella—. No es lo que piensas. —El corazón le dio un vuelco, no supo si de pánico o de frío—. Tom, yo...

Pero él se marchó y cerró la puerta silenciosamente.

—Lo lamento, On —dijo Brogan—. Estoy hecho un lío. No era mi intención crearte problemas. Bueno, supongo que sí, quizá. No lo sé. Quiero decir, que me importas. Quizás es por...

—¡Oh, cállate la boca! —Ella agarró el bolso y se lanzó por el pasillo hacia la puerta.

—On, ¿qué crees que debería hacer con Dana? —preguntó Brogan.

—¡Arréglatelas solo, Brogan! Yo ya tengo mis propios problemas.

Pero cuando llegó al aparcamiento, Tom ya se había ido.

Capítulo 27

Tom no estaba en casa. Honor vertió un poco de comida en el recipiente de *Spike* y volvió a marcharse. Luego lo pensó mejor y regresó de nuevo para dejar una nota: «Por favor, llámame lo antes posible», que pegó a la puerta principal. Lo llamó al móvil, pero no respondió. No podía culparlo.

¿Debía acercarse a Wickham? Quizá sería mejor que llamara a la universidad antes de ir hasta allí.

—Dr. Dragul al habla —dijo una voz—. ¿En qué puedo ayudarle?

—Oh, Droog, hola. Soy Honor Holland. Estoy intentando localizar a Tom. ¿Está ahí por casualidad?

—Ah, Honor, ¡me alegro de oír tu voz! No, me temo que Tom no está aquí, pero si lo veo, le diré que has llamado. Tengo que hablar con él, de hecho, esta noche tengo una cita. Una joven llamada Clarissa, y me siento muy...

—Buena suerte —lo interrumpió ella—. Tengo prisa. Lo siento, Droog, hasta pronto.

Se mordió el labio.

Bueno, todo eso era una tontería, realmente no había besado a Brogan, pero le latía tan fuerte el corazón que pensó que podía llegar a levitar. Tom lo entendería una vez se lo explicara.

Solo tenía que encontrarlo, eso era todo.

En ese momento, sonó el teléfono, y la asustó de tal manera que se le cayó, lo que hizo que *Spike* se abalanzara sobre él.

—Dámelo —dijo, arrancándolo de la pequeña boca de su perro.

—¿Sí? ¿Tom?

—Hola, soy Pru. ¿Cuándo va a ser tu boda?

—Mmm... ya te lo diré.

—Estupendo. Entonces le preguntaré a Tom. Quería hacerlo, pero cuando se quitó la camisa me distraje. Esos tatuajes no sé qué me provocan... Me pregunto si Carl podría hacerse uno.

—Bueno, eh... ¿Qué? ¿Cuándo? ¿Dónde lo has visto?

Prudence se detuvo.

—¿Estás bien? Suenas raro.

—Pru, ¿dónde está Tom?

—En la sala de embotellado, arreglando algo para papá.

—Luego hablamos. Adiós.

Unos minutos después, dejó su automóvil en el aparcamiento de los viñedos. El de Tom estaba allí.

Quizá no estuviera enfadado, después de todo. Estaba allí, ejerciendo de buen hijo político. Seguramente la entendería. ¿Cómo podía estar enfadado?

Pues al parecer, sí, lo estaba.

Se encontraba tendido en el suelo, en *jeans* y camiseta, y Pru tenía razón: era una hermosa vista. Su profesor universitario se había convertido en un encargado de mantenimiento.

—Hola —lo saludó.

Él no la miró. Movió una llave inglesa, aflojó una pieza y se sentó rápidamente.

—Me gustaría explicarte lo que viste —continuó ella mientras él pasaba por su lado. Tom no se detuvo, se dirigió a la sala de barricas, por donde pasaban algunos cables de las máquinas embotelladoras. Ella lo siguió, retorciéndose las manos.

No estaba acostumbrada a tratar con hombres celosos. Era una sensación nueva y no del todo mala, a decir verdad. Diría que solo era mala en un setenta y cinco por ciento. El veinticinco por ciento restante era emocionante a pesar de que la hiciera sentirse culpable.

La sala de barricas estaba tenuemente iluminada, como siempre. Incluso cuando estaban encendidas las luces, las grandes cubas que había a un lado proyectaban sombras. Los muros desprendían un agradable olor a piedra caliza. Tom ya estaba tirando de un cable que venía del suelo de la sala de embotellado y entraba por el techo de la sala de barricas. Sacó una navaja del bolsillo y le quitó el recubrimiento de goma.

—Está bien, la cosa fue así —dijo ella, pensando que al menos así la escucharía—. Mmm... te aseguro que no fue lo que piensas.

—Sí. Eso ya lo has dicho. Es una frase curiosa. La utiliza todo el mundo cuando quiere disculpar un comportamiento inadecuado.

Ella apretó los labios.

—No he hecho nada que pueda interpretarse como inadecuado, Tom.

—Cariño, que tú y yo tengamos un acuerdo no significa que me guste verte besando a un antiguo novio.

—Yo no estaba besa...

—Su boca estaba sobre la tuya, Honor. A mí me pareció un beso.

De forma inesperada, le vino un arrebato de enfado.

—No soy ese tipo de mujer, Tom. Jamás he coqueteado con el novio de otra. Nunca he criticado, ni rebasado el límite de velocidad ni, desde luego, concebido la idea de engañarte.

—De acuerdo. Solo has besado al gran amor de tu vida.

—Tengo que decir que me sorprende un poco que te hayas dado cuenta. Llevas toda la semana haciendo como si yo no existiera.

—¿Eso es motivo para engañarme?

—¡No te he engañado! Jamás haría algo así.

—Pues eso es lo que parecía.

—¿Podrías escucharme?

—¿Para qué? —espetó él, tirando de un cable que colgaba del techo—. ¿Para escuchar que lo besaste por accidente? Porque eso es lo que vas a decir, ¿verdad? Tu mejor amiga te robó a tu novio y ahora se la devuelves.

—¡No! No se trata de eso en absoluto. No quiero a Brogan. Y nunca fue mío... Si te digo la verdad, está muy enfadado por algo y...

—Pobrecito.

—¡Me besó él! Es muy diferente.

—Menuda tontería estás diciendo. —Tiró con fuerza del cable y casi lo arrancó.

Ella respiró hondo.

—No lo entiendes, Tom. Brogan y yo somos amigos desde que teníamos nueve años, y no se puede...

—Ya me conozco toda la historia, cariño, y te aseguro que no quiero escucharla de nuevo. —Su voz era fría y tranquila, y seguía sin mirarla.

—Así que llevas ocho días sin hablar conmigo y ahora no vas a escucharme.

—Creo que te hablé esta misma mañana.

—Para preguntarme si quería café. Sabes a qué me refiero. Te ha pasado algo con Charlie y no quieres contármelo. ¿Qué clase de relación es esta?

—Un negocio. ¿Recuerdas?

Se enfadó todavía más.

—¿Sabes cuál es tu problema, Tom?

—Me encanta cuando las mujeres comienzan una frase de esa manera. Por favor, anda, dímelo.

—Estás completamente encerrado en ti mismo y, de vez en cuando, te abres un poco, pero te bloqueas de nuevo inmediatamente. Así que no tengo ni idea de quién eres en realidad. Y creo que eso es mucho más problemático que el que el idiota de Brogan haya cometido la idiotez de besarme porque estaba enfadado con la idiota de Dana.

Tom tiró la llave inglesa y sonó de forma muy satisfactoria.

—Y yo creo que el problema real es que cada maldita vez que nuestra relación ha avanzado ha sido por algo que ha hecho tu Brogan.

—¿Cómo?

—Quedaste conmigo por primera vez porque estabas desesperada después de que él te rechazara. La primera vez que te acostaste conmigo fue cuando te dijo que Dana estaba embarazada. Accediste a casarte conmigo para demostrarle que no estabas colgada por él, y la noche de ese ridículo baile te volviste a meter en mi cama porque te sentiste desconsolada al verlo bailar. Y ahora, a la primera oportunidad, permites que te bese. Así que sí, tengo un problema. Esto no es lo que acordamos.

—Oh, soy perfectamente consciente de eso. Una ciudadana de los Estados Unidos dispuesta a cometer fraude matrimonial es lo que acordamos. No tenemos testigos, Tom, ¿por qué no te ahorras el numerito de los celos?

Tom cruzó la estancia en dirección a las escaleras.

No. No iba hacia las escaleras.

Iba hacia ella.

La sujetó por los hombros y la besó, su aliento se convirtió en un chillido de sorpresa cuando Tom la empujó contra un barril gigante. Su boca era dura, voraz y exigente... Sí, sí, por fin. Lo envolvió entre sus brazos y al sentir su cuerpo, duro como el roble, toda la frustración acumulada durante la última semana estalló en su interior. Le devolvió el beso con la misma intensidad. Abrió la boca y le ofreció a él tanto como recibía. Él era suyo, maldito fuera. Se pertenecían el uno al otro.

Sintió las manos de Tom en las nalgas justo antes de que la levantara. Luego buceó con una mano bajo su falda y, ¡santo Dios!, era ardiente, inapropiado y maravilloso. Le rodeó la cintura con las piernas y le enterró las manos en el pelo. Lo deseaba con todas sus fuerzas, allí mismo, en ese mismo momento.

Estaba duro, urgente y muy, muy, bueno. La respiración jadeante de Tom, la tensión de los músculos de sus hombros cuando la levantó y... sí, definitivamente, era ese tipo de mujer.

Cuando terminaron, él permaneció contra ella. Una suerte si tenía en cuenta que tenía las piernas como gelatina y estaba segura de que se derrumbaría si él se quitaba.

Sexo en la sala de barricas.

¿Quién iba a pensar que era una salida capaz de mantener relaciones sexuales en un lugar público?

«Nosotros lo sabíamos», dijeron los óvulos con aire de suficiencia.

Le temblaron las piernas alrededor de la cintura de Tom. Lamió el lateral de su sudoroso cuello y eso pareció sacarlo de su ensimismamiento.

La dejó en el suelo y le retiró con suavidad el pelo de la cara con los ojos fijos en su boca, en lugar de en sus ojos. Luego retrocedió, le bajó la falda y se abrochó los *jeans*.

—Lo siento —se disculpó.

Ella no lo sentía en absoluto.

—No es necesario que te disculpes —murmuró, tragando saliva. Daría una bienvenida a una segunda sesión.

Él se giró, frotándose la nuca.

—No, lo siento de verdad, Honor. Tú mereces más.

—No creo que haya nada mejor.

Él no sonreía.

—Yo no te amo.

Esas palabras fueron como una bofetada, y sí, la hicieron contener el aliento. Notó que las lágrimas le picaban en los ojos y tragó saliva.

—Ojalá pudiera. Lo siento. —Abrió la boca para decir algo más..., pero la cerró después de intentarlo dos o tres veces—. Lo siento —repitió. Y se fue al piso de arriba a seguir arreglando la máquina de embotellado.

Tom esperó hasta que escuchó el motor del automóvil de Honor en el aparcamiento. La había oído llorar.

«Estupendo —pensó con rabia—. Jodidamente estupendo.»

Querría haberle dicho lo que ella necesitaba escuchar, pero no había podido. Lo cierto era que no todo el mundo se salvaba. No todos eran buenas personas. Su madre, por ejemplo, no lo era. Jamás regresó, nunca hizo un esfuerzo por él desde que cumplió ocho años. Melissa tampoco: no se había convertido en una esposa cariñosa, no había perdido su inquietud. Ella también lo había dejado para reunirse con Mitchell.

Parecía que Charlie tampoco se salvaría. El hecho era que Tom no iba a llegar a enterarse.

Y ahora, su propio nombre se añadiría a esa lista.

Sabía lo que quería Honor. Solo que no podía dárselo.

Había fallado con su madre, no pudo ganarse su atención y devoción. Lo mismo ocurrió con Melissa... y con Charlie, después de tres largos años intentándolo.

Si fracasaba también con Honor, entonces ¿qué?

Esto no era lo que había convenido con Honor. Con ella sería un tipo agradable, la suya sería una relación cómoda, de amables compañeros. No se suponía que querría golpear a su antiguo novio, ni que perdería el control y se la tiraría contra un barril de madera, ni que sentiría ganas de besarle los pies por habérselo permitido. No se suponía que se preocuparía por que ella pudiera querer regresar con el capullo que la rechazó —algo que empezaba a carcomerlo por dentro—, debido a que, por supuesto, ella estaba conformándose con él. Ese era el jodido quid de la cuestión.

Todo estaba mal. Sencillamente, mal. No la amaba. Todavía no.

E incluso aunque lo hiciera, había aprendido ya que el amor no era suficiente.

¿Y si ella lo dejaba? ¿Y si tenían un hijo y lo dejaba y en lugar de tener solo a Charlie había otro niño en el mundo al que amaría y con el que fracasaría? ¿Y si Honor Grace Holland, que era todo lo que su nombre indicaba, decidía que quería otra cosa? Eso lo destrozaría, lo dejaría más roto de lo que ya estaba.

Dos horas después, cuando estaba sentado en la sala de profesores de Wickham, recibió un correo electrónico de Jacob Kearns en el que le pedía una recomendación para la Universidad de Chicago, donde esperaba poder transferir la matrícula para el semestre de otoño.

El único buen estudiante que tenía. Seguramente no importaba. Lo más seguro era que en esas fechas hubiera regresado ya a Inglaterra, ahora que su única razón para quedarse en el país se mudaba a Filadelfia.

Se abrió la puerta.

—¡Ah! ¡Tom! ¿Qué haces aquí solo? Pensé que estarías ya en casa con la adorable Honor. Te llamó, ¿lo sabías?

—Droog, ¿cómo estás? —Arrancó los ojos de la pantalla del ordenador para mirar al jefe de su departamento.

—Muy bien, gracias, Tom. Creo que he conocido a la elegida, como tú dirías. Es muy guapa.

—Eso es estupendo, amigo. Me alegro por ti.

—Y tengo buenas noticias, Tom. He seguido insistiendo con el consejo de la universidad... y ¡sí! Al final, vas a tener tu visado.

Ah, el irónico destino, siempre sorprendiendo. Conseguía el visado justo en el momento en que no lo necesitaba.

Honor todavía estaba despierta cuando llegó a casa. La rata estaba tendida sobre el sofá, a su lado.

—Hola —lo saludó ella, poniéndose de pie.

En la pantalla del televisor salía la radiografía de una mujer con un gancho de metal en un ojo. Debía ser uno de los mejores empalamientos del mundo o algo por el estilo. Uno de esos desagradables programas que tanto le gustaban. Casi los echaría de menos.

—Tom, me gustaría decirte algo.

—Tengo noticias —dijo él.

—Ah, de acuerdo.

Cogió el mando a distancia y apagó la tele.

—La universidad me ha renovado el visado.

—¡Estupendo! —De pronto, debió asimilar sus palabras, porque la expresión de su rostro cambió—. ¡Oh!

—Exacto. Además, Charlie se ha mudado a Pensilvania con su padre. —Las palabras, atascadas en su pecho durante tanto tiempo, salieron con una rapidez sorprendentemente suave. Miró a su perro—. Así que no... no necesito cometer fraude matrimonial. —Se detuvo, obligándose a mirarla—. Siempre te estaré muy agradecido de que estuvieras dispuesta a hacerlo.

Honor estaba muy pálida.

—¿Estás rompiendo conmigo? —susurró.

—Sí. Lo siento.

La vio tragar saliva.

—Tom... mira... Sé lo que has dicho. Que no me amas y todo eso, y te creo. Pero es posible que tal vez llegues a hacerlo. Y yo ya...

—No lo digas, cariño.

Ella se interrumpió y apretó los labios.

—Pero yo sí te amo. Tienes razón en lo que dijiste antes. Nos íbamos a casar con otras personas y por otras razones, pero ya no son válidas, al menos no para mí. Todavía me gustaría casarme contigo, Tom. Me gustaría ocuparme de ti.

Las palabras golpearon su corazón roto y pareció recuperarse un poco.

—Estoy seguro de ello, cariño —dijo con toda la amabilidad que pudo—, pero no estoy tan convencido de que yo pueda hacerlo.

—Creo que sí —susurró ella—. Creo que sería muy afortunada si nos casáramos.

Se acercó a ella y la besó en la frente.

—Lo cierto es —musitó bajito—, que estoy muy jodido por dentro, cariño.

Vio que dos lagrimones recorrían las mejillas de Honor.

—Yo no lo veo así.

—Lo cual dice más de ti que de mí, cariño. Lo siento.

Y lo hacía.

Después de eso, no quedaba nada por decir.

Capítulo 28

Honor volvía a vivir una vez más en la Casa Nueva.

Por extraño que pareciera, su familia se quedó muy sorprendida con la ruptura. Hasta la señora J y Goggy, que sabían la verdad, parecían dolidas. Su padre quería suspender su propia boda, pero ella no quiso oír hablar del asunto. Faith y Pru se acercaron para consolarla, pero ella se sentía muy tranquila y se limitó a decir que las cosas no habían funcionado y que no, no tenía esperanzas de que se reconciliaran. Jack se ofreció para dar una paliza a Tom (no creía que pudiera, pero no le pareció mala idea de todas formas), y luego se quedó para ver *Amputaciones de emergencia*.

La casa estaba en silencio, porque su padre y la señora J se habían recluido en el apartamento, donde tenían intención de quedarse, a pesar de que disponían de diez veces más espacio en la Casa Nueva. Por primera vez en su vida, estaba viviendo sola, a la madura edad de treinta y cinco años. Tanto en la universidad como en los cursos de posgrado había tenido siempre una compañera de habitación. Pero ahora la soledad le parecía reconfortante.

Una noche, mientras recorría todas las habitaciones, pensó que lo más probable era que ese fuera el lugar donde viviera para siempre. Faith y Levi querían quedarse en el Village; Pru y Carl tenían una casa al otro lado del pueblo, y Jack vivía en una casa que había construido hace años.

Era extraño estar de nuevo allí, rodeada por las pertenencias de sus padres. Había vivido con Tom cinco semanas y, sin embargo, le había resultado difícil salir de la casita. Esperó a que él estuviera en la universidad y fue a su dormitorio una vez más, aspiró su olor y dejó el encantador anillo de compromiso —tan diferente al que pensaba que quería— en el tocador.

Al regresar a la Casa Nueva, le pareció que tenía aspecto de abandono, a pesar de que la señora J seguía pasando el aspirador religiosamente dos veces por semana.

Así que allí estaba, había llegado el momento de aceptar la realidad. Después de hablarlo con su padre, les dijo a sus hermanos que fueran para llevarse cualquier cosa que su padre y la señora J no quisieran. Ned tenía un piso en el edificio de apartamentos Opera House, donde habían vivido también Levi y Faith, por lo que se llevó una buena cantidad de muebles, y Abby reclamó algunas cosas para el futuro, ya que el año siguiente iría a la universidad. Pru y Carl habían terminado el sótano y se llevaron una cama de matrimonio por razones que prefería no saber, pero que ellos no se habían molestado en mantener en secreto.

Luego se puso a pintar. Comenzó por su dormitorio. Lo que antes había sido azul pálido se transformó en rojo fuerte. La colcha de seda fue reemplazada por un esponjoso edredón blanco que parecía una nube y una variada cantidad de almohadas de diferentes tamaños, que *Spike* reclamó al instante. Volvió a tapizar una silla con grandes lunares azules y la puso junto a la ventana, con vistas al enorme arce. Completó el espacio con una mullida alfombra blanca, un cofre de caoba oscuro y, lo mejor de todo, un móvil que encontró en la tienda de regalos del pueblo hecho de coloridos pájaros de papel. Luego fue a la librería de segunda mano y compró dos bolsas de novelas románticas e historias de terror y se hizo el firme propósito de leerlas todas.

Ya no era el dormitorio de una solterona adicta al trabajo. Era la habitación de una mujer que, por fin, estaba cómoda consigo misma. Que sabía relajarse. Que apreciaba las comodidades. A la que no le importaría hacer el amor en esa enorme cama de caoba.

Sin embargo, la idea de acostarse con alguien que no fuera Tom no le atraía lo más mínimo.

Pero esa situación cambiaría. No iba a quedarse sola para siempre.

Sería por poco tiempo. Después, volvería a registrarse en las webs de citas por Internet y encontraría a alguien agradable. O visitaría de nuevo el banco de semen. O llamaría a una agencia de adopción. No le importaría tener un niño mayor, incluso uno con algún problema. Si había podido ganarse la confianza de Charlie, podría conseguir la de cualquiera.

Excepto la de Tom, claro está.

Los óvulos guardaron un ominoso silencio.

Estaban en mayo, el mes de los manzanos florecidos y las lilas. Cuando comenzaba a animarse la temporada turística. El espectáculo de los hidroaviones en el lago Keuka sería pronto, y ese fin de semana habría una degustación. La boda de su padre y la señora J sería la semana siguiente y, después, tenía planeado un viaje de negocios. Mientras tanto, todos los días llegaban autobuses llenos de turistas a Blue Heron, y Ned y ella hacían dos rutas al día cada uno. Cada vez que bajaba a la sala de barricas, el corazón se le aceleraba.

Y, aunque intentaba con todas sus fuerzas ser práctica, echaba tanto de menos a Tom que le dolía. Añoraba su media sonrisa, su risa espontánea, su boca, sus tiernos ojos grises, su inagotable paciencia con Charlie e incluso la forma en que llamaba «bicho» a *Spike*. Echaba de menos su acento, la manera en que le decía «cariño», sus manos grandes y su irreverente sentido del humor. También añoraba dormir con él, no solo por el sexo (aunque por supuesto también por eso). Recordaba también el sonido de su respiración, el calor de su piel, cómo se sentía al despertar con su pesado brazo alrededor, cómo entrecerraba sutilmente los ojos cuando estaba a punto de gastar una broma. Los ronquiditos de *Spike* y su propensión a acaparar la almohada no eran suficiente.

Charlie se había marchado. Abby le dijo que había recibido un mensaje de texto de despedida. Y eso fue todo.

La noche número quince en la Casa Nueva estaba que se subía por las paredes. ¿Debía reorganizar las estanterías de la sala? ¿Cocinar?

¿Hornear? ¿Comer? ¿Ver *Los más graves errores cometidos en cirugía plástica*, del que había una maratón esa noche?

¿Qué le aconsejaría su madre?

Aquellas últimas semanas, cuando su corazón se sentía débil y herido, había echado de menos a su madre de forma casi insoportable. Su madre habría sido rápida y empática, le habría buscado tareas para que estuviera entretenida, habría echado a su padre del sofá para sentarse a su lado y decirle frases sabias que solo sabe una madre. Se esforzó por recordarla todo lo que pudo: la suave curva de su cuello, el olor de su pelo, sus elegantes y capaces manos.

—¿Qué debo hacer, mamá? —preguntó a una foto de su madre.

«Sal y deja que el viento se lleve el mal olor.» Esa era una de las frases favoritas de su madre, y tenía razón.

Había llegado el momento de ir a la Taberna de O'Rourke. Para charlar, no para pelearse. Ahora ya era capaz de responder a la pregunta de «¿Qué pasó, cariño?», con la respuesta correcta: «Lo dejamos porque no éramos adecuados el uno para el otro.»

Que estaría a la altura de «estoy demasiado ocupada para mantener una relación en este momento».

Aunque Tom había resultado ser perfecto para ella. No cada día, no, y no al principio, pero ahora no podía imaginarse amando tanto a alguien como amaba a Tom Barlow. Había querido a Brogan durante años, no cabía duda, pero ese había sido un amor infantil, unilateral y poco realista. Había puesto a Brogan en un altar.

Sin embargo, conocía los defectos y cualidades de Tom. Era un hombre real. Estaba en casa y era suyo. O así había sido. Casi.

¡Estupendo! Ahora estaba llorando. Suspiró, se secó los ojos y se dio una bofetada mental.

—*Spike*, me voy. Como se te ocurra comerte mis zapatos, te lo restaré de tu paga, ¿entiendes? Te quiero, cariño. —*Spike* se movió y a continuación saltó al sofá, donde se acurrucó bajo un cojín y dejó que sobresaliera solo su cabecita, como en una foto de calendario de lindos perritos. Honor la besó, le rascó la barbilla y se dirigió al pueblo.

Abrió la puerta de la Taberna de O'Rourke... y allí estaba él.

Sentado en la barra, hablando con Colleen, y sonriendo, aunque su mirada estaba apenada. ¿Nadie más se daba cuenta de lo triste que podía llegar a estar, incluso cuando estaba sonriendo? ¿No veían que se sentía solo? ¿Que le habían arrancado el corazón al irse Charlie?

Entonces Tom levantó la vista y la vio. Su sonrisa se aflojó. Ella le hizo un pequeño gesto y él respondió moviendo la cabeza.

La taberna estaba ruidosa esa noche, y ella lo agradeció. El partido de los Yankees había empezado y al parecer estaban haciendo un buen partido, a juzgar por los aplausos de los clientes. Además, el departamento de bomberos estaba teniendo una de sus famosas reuniones, que parecían incluir actividades tan importantes como ver a Jessica Dunn echando unos pulsos. Brogan no estaba por allí, menos mal, a pesar de que había visto su automóvil en el aparcamiento del parque de bomberos el otro día. Gerard Chartier susurró algo al oído de Jessica, y ella puso los ojos en blanco y le dio una cariñosa palmada en la cabeza antes de saludarla. Una mujer a la que no le importaba estar sola. ¿Ves? Se podía hacer.

Bien. Había llegado el momento de decirle algo a su antiguo prometido.

Tomó aire y se acercó. Tenía el corazón en un puño.

—Hola, Tom.

—Hola, Honor.

¡Oh, jolines! ¿Alguna vez llegaría a superar la forma en que pronunciaba su nombre, con aquella voz baja y cálida?

«Seguramente no», respondieron los óvulos, que estaban poniéndose pomada contra el reumatismo en las rodillas.

—¿Cómo estás? —le preguntó y, por suerte, su voz sonó firme.

—Bastante bien, ¿y tú?

—Bien, gracias.

«¿Cómo está Charlie? ¿Sabes algo de él? ¿Y tu padre? ¿Vas a quedarte en el pueblo? Por favor, no te marches sin despedirte. Pienso en ti todo el tiempo.»

—Me alegro de verte —añadió ella, y esta vez su voz salió ronca.

Aquello era un error. No debería haber ido, porque parecía a punto de llorar.

—Hola, Honor.

Apartó la vista de Tom para ver quién le hablaba.

—Oh, Dana. Hola.

Dana los miró a los dos.

—Mmm... ¿te apetece tomar algo?

Ella esperó... no sabía por qué. Seguramente para dar tiempo a que Tom dijera «En realidad, cariño, quiero hablar contigo» y luego añadir que había cometido un terrible error.

—Entonces, buenas noches —dijo él, volviendo a concentrarse en su cerveza—. Cuídate, Honor. —Quizás había algo en su voz, pero tenía los ojos clavados en el partido de los Yankees.

—Lo mismo digo. —Siguió a Dana a una mesa y se sentó de espaldas a Tom.

—He oído que habéis roto —comentó Dana, ocupando el asiento frente a ella.

—Sí.

—Lo siento mucho.

Sus palabras parecían sinceras.

—Gracias.

Hannah O'Rourke le llevó un Martini.

—Invita la casa —dijo—, una cortesía de los propietarios del establecimiento.

—Gracias, Hannah. —Se volvió hacia Dana—. Bien, ¿cómo estás? Mmm... hablé con Brogan hace un par de semanas. —Brogan le había enviado un par de correos electrónicos desde el terrible beso, disculpándose profusamente y hablándole de lo confuso que se encontraba sobre Dana, blablablá...

Era un buen tipo, pero estaba un poco cansada de él.

—Creo que todo el mundo lo sabe —dijo Dana con seguridad—. Fingí estar embarazada.

—Sí, me lo contó.

—¿No vas a preguntarme por qué?

—¿Por qué?

Dana suspiró.

—No lo sé.

—Seguro que lo sabes.

Su antigua amiga arqueó sus cejas perfectamente delineadas.

—Sí, lo sé. —Se encogió de hombros y tomó un sorbo de su zinfandel blanco (solo de pensarlo le entraron escalofríos)—. Las cosas son de la siguiente manera, Honor —explicó—: los hombres quieren lo que quieren.

—¿Quieren que las mujeres finjan un embarazo?

—Bueno, de acuerdo, es posible que me merezca un poco de rencor por tu parte. Brogan y yo seguimos separados. Seguramente sea para siempre. Y tú debes saberlo. —Se encogió de hombros, pero el pesar en su rostro desmentía su tono—. Quizá tengas ahora una oportunidad con él, después de todo.

—Creo que paso.

—¿Por qué? ¿Acaso no es esa la razón de que Tom y tú lo dejarais?

—No. —No quería hablar de Tom con Dana, de eso estaba segura—. ¿Llegaste a amar a Brogan o fue solo una... fantasía?

Dana clavó la mirada en la mesa.

—Lo amaba. ¿Quién no lo haría?

—Entonces, ¿por qué le mentiste? —Dana se encogió de hombros y, de repente, ella se sintió cansada—. ¿Qué te parece si te digo lo que pienso? Desde mi punto de vista, solo hay una razón para que una mujer finja estar embarazada, y es porque no esté segura de que el tipo se quede con ella de otra manera.

La lágrima que se deslizó por la cara de Dana cayó sobre la mesa.

—Está bien. Felicidades. Como de costumbre, Honor, tú lo sabes todo.

—¿Qué quieres, Dana?

La joven frunció el ceño.

—Fue tan estúpido... —susurró, sin levantar la vista todavía—. ¿Alguna vez sentiste... no sé, como si estuvieras viéndolo todo desde fuera?

—Todos nos sentimos así a veces.

—Bueno, pues yo también. Desde que te conocí, Brogan y tú teníais algo. Una relación especial, y él era impresionante y todo eso. Y además tienes esa familia tan divertida, y un trabajo maravilloso. Y estaba celosa. Sí, lo estaba. —Tragó saliva—. Y él me gustaba de verdad. Siempre me había gustado. Pero no iba a ir a por él mientras estabais juntos, incluso aunque se tratara de una relación secreta.

—Oh, Dios. Gracias.

—Pero luego rompisteis y tuve vía libre. Así que moví mis fichas. Ya sabes que los tipos solteros no se dan como setas por aquí. E imagina mi sorpresa cuando la cosa funcionó. —Otra lágrima cayó en la mesa—. A los hombres les gusta irse a la cama conmigo, Honor, pero te aman a ti.

Honor resopló.

—Fíjate en Tom, por ejemplo. Llega al pueblo y ¡zas! se enamora de ti.

—No fue exactamente así —murmuró ella.

—Como fuera. No hay un solo hombre por aquí que no te respete, le gustes y piense que eres inteligente. No pasa eso conmigo. Brogan fue uno de los pocos que parecía querer algo más que sexo. Pero tienes razón. Tenía miedo de que cuando pasara más tiempo conmigo le gustara menos, que es lo que suele ocurrir. Así que me inventé un bebé, pensé que podría quedarme embarazada más rápido. No fue otra cosa.

—Pensaba que no querías tener hijos.

—Con él sí. Jamás pensé que diría estas palabras. —Se secó los ojos discretamente.

De pronto, quiso que fuera cierto. Durante mucho tiempo, Brogan había sido una parte importante de su vida, mucho más grande de lo que él pensaba. Y en los últimos meses, Dana también lo había sido.

Había llegado el momento de poner fin a eso.

—Mira, Dana —le dijo—. Es evidente que fue un paso en falso. Así que reconócelo, asume tu responsabilidad y a ver dónde te lleva. Creo que Brogan te ama de verdad. No sé por qué, pero eso parece. Si le cuentas lo que me acabas de decir a mí, podrías tener una oportunidad.

Dana la miró con sus ojos verdes llenos de lágrimas.

—¿De verdad?

—Sí. Ahora voy a marcharme, ¿de acuerdo? Está empezando *El top ten de los tumores*.

Dana soltó una carcajada y le sujetó la mano.

—Lo siento, Honor. Lo siento de verdad.

—De acuerdo. No pienses más en eso. Y buena suerte con Brogan.

Lo más extraño es que se lo decía en serio.

—¿Honor? —la llamó Dana—. Escucha... Llamé a inmigración, hace un tiempo. Solo me preguntaba si te ibas a casar con Tom por el visado y... bueno, espero que no tuvieras problemas.

Ah. Misterio resuelto.

—No. No los tuve.

Mientras sacaba las llaves del bolso, miró hacia donde estaba Tom, pero se había marchado.

El sábado, Honor decidió dar un paseo en bicicleta, porque eso era lo que hacía la gente los fines de semana.

Mayo era muy bonito. Los árboles frutales se habían llenado de flores en el pequeño huerto que todavía conservaba la familia. Vio a Goggy salir a colgar la ropa, y la saludó con la mano cuando pasó por delante de la Casa Vieja. Al día siguiente, si había suerte, podría echar al basurero alguno de esos montones de periódicos que Pops conservaba, pero eso sería al día siguiente. En ese momento había que concentrarse en el ejercicio y el aire fresco.

—Vamos a pasarlo bien —le dijo a *Spike,* que estaba situada en la cesta del manillar envuelta en una manta de lana—. Somos gente alegre, bicho. —*Spike* ladró para mostrar que estaba de acuerdo. Le encantaba montar en bici.

Las vides de las variedades dogwood y crabapple parecían en flor mientras pedaleaba hacia Lake View Road, donde el cerro se volvía llano. Pasó junto a Boby Mcintosh, que cortaba el césped, y el olor a hierba recién segada la hizo sonreír. La vida era buena. No del todo, pero llegaba para ser feliz. Su hermoso pueblo, un trabajo que adoraba, su familia, su perrita fiel... Era suficiente. Por el momento, era suficiente.

Ya traería más el tiempo.

Después de recorrer algunos kilómetros, se detuvo en una zona de aparcamiento junto a la ruta de senderismo que bordeaba el Keuka, bajó del sillín y le puso a *Spike* la correa.

—Venga, nena, vamos a dar un paseo.

Los pájaros trinaban desde los árboles y se escuchaba el agua de un torrente cercano. El sol calentaba y la brisa soplaba.

Había un banco más adelante desde el que se podía disfrutar de una hermosa vista del lago Torcido. Había sentada en él una figura familiar, vestida de negro. *Spike* se volvió loca y comenzó a tirar de la correa, ladrando desde lejos.

—¿Charlie?

El muchacho se giró y luego volvió a mirar al lago.

—Hola. ¿Cómo te va? —preguntó ella, sentándose a su lado. *Spike* se subió al banco de un salto y movió la cola.

Charlie no dijo nada, pero extendió la mano para que *Spike* pudiera olerla, haciendo que la perrita gimiera de felicidad.

—¿Has vuelto de visita? —preguntó ella, sin saber si Tom lo sabría. Si Charlie había ido para verlo, se volvería loco de alegría.

—He vuelto para siempre —murmuró el muchacho, metiendo el dedo por un agujero que tenía en los *jeans*.

¡Oh, mierda! No conocía al padre de Charlie, pero de repente le entraron ganas de estrangularlo.

—Lo siento —dijo.

—¿Por qué? Mi padre no es capaz de hacer que nada funcione. ¡Vaya cosa! No quiere decir nada. ¿Qué significa para ti?

—¿Tom sabe que has vuelto? —preguntó ella vacilando.

Él se encogió de hombros.

—¿Lo has llamado?

—No, ¿de acuerdo? ¡Basta! Déjame en paz.

—Debes llamarlo, Charlie. Está muy preocupado por ti.

—¡No me importa! No me preocupa Tom, ¿de acuerdo? —*Spike* comenzó a ladrar sin pausa—. No es mi padre. Nunca le he pedido nada. ¡No quiero aprender a boxear! Jamás se lo pedí. Me trata como si fuera un bebé con esas estúpidas maquetas de aviones y regalos, ¡como si pudiera comprarme con eso! ¡Como si no pudiera decirme que me odia!

¡Guau! ¡Guau! ¡Guau!

—*Spike*, cállate —ordenó Honor, tomando al animal en brazos. La perrita obedeció. Miró a Charlie y entornó los ojos. Los adolescentes y su actitud pasota... — ¿Quieres decir que no eres un bebé? —preguntó.

—No —espetó él.

—Entonces deja de actuar como si lo fueras —Anda... No era eso lo que pensaba decir.

—¿Qué sabes tú? —dijo el niño dando una patada a la arena.

—Al parecer, mucho más que tú. Tom lleva tres años tratando de formar parte de tu vida.

—Jamás se lo he pedido.

—Cállate. Sé lo duro que es perder a tu madre tan pronto. La mía también murió cuando yo era pequeña.

—Mi madre no se limitó a morir —dijo él—. Se fue.

Ella lo miró con ternura.

—Lo sé, cariño.

—¿Qué más da si no pensaba volver?

—Apuesto lo que quieras que sí lo iba a hacer.

—Ya, bueno, pero no lo sabes.

¿Qué les pasaba a los adolescentes, que les gustaba considerarse las personas más atormentadas de la faz de la tierra?

—Por lo que he oído, te adoraba, y aunque se fue durante el fin de semana, imagino que iba a volver. —Charlie no dijo nada y ella suspiró—. Las madres mueren a veces, y duele, y nunca se supera. Lamento que te haya ocurrido.

—Guau. Gracias, Honor.

¡Oh, vaya actitud!

—Y también lamento que tu padre sea idiota.

—¡No lo es! ¡En absoluto! —*Spike* volvió a ladrar—. Mi padre es estupendo.

—¿Quieres que te traten como a un adulto? Pues crece. Abre los ojos, Charlie. Tu padre entra y sale de tu vida cuando le da la gana, pero te deja con tus abuelos cuando tiene otros planes.

—No es así.

—Es así, y creer otra cosa no te ayudará.

Charlie abrió la boca para protestar, pero la volvió a cerrar. Tenía los ojos llenos de lágrimas. Metió las manos en los bolsillos y miró al suelo. Una lágrima aterrizó en los *jeans* negros. Ella le rodeó los hombros con un brazo.

—Te odio —dijo él.

—Estoy segura de ello, Charlie. En cambio, Tom..., Tom te adora. Desde el momento en que te conoció se volcó en ti, y estaba dispuesto a casarse para poder quedarse cerca de ti.

Vaya... Quizá no debía haber dicho eso. Charlie la miró de reojo.

—¿De qué estás hablando?

Ella se pasó una mano por el pelo y suspiró.

—La universidad de Wickham no iba a renovarle el visado, y para permanecer en este país, cerca de ti, Charlie, tenía que casarse con alguien. Concretamente conmigo.

—No te creo.

—Estupendo, no lo hagas. Puedes pasarte la vida siendo un ser amargado y odiando a todo el mundo porque tu madre se fue y murió, y porque tu padre es idiota, o puedes reconocer que hay una persona que te quiere desde el día que te conoció y movió cielo y tierra, llegando incluso a estar dispuesto a que lo enviaran a la cárcel para estar cerca de ti. Tú decides.

Él no respondió.

Lo había intentado. Quizá no debería de haberle dicho lo que pasaría, pero ya era demasiado tarde para ello.

Recogió la correa de *Spike* y se levantó para irse, aunque luego se detuvo.

—¿Quieres que te acompañe a casa? He venido en la bici, pero puedo llamar a mi padre.

Charlie no la miró.

—Iré andando a casa.

—Llamaré a tu abuela dentro de una hora, prefiero asegurarme de que has llegado.

Él puso los ojos en blanco, aunque no protestó, y después de guiñarle un ojo, Honor se marchó.

Capítulo 29

Cuando Janice Kellogg lo llamó y le dijo bajito que Mitchell DeLuca había devuelto a Charlie, Tom apretó con tanta fuerza la taza de café que se rompió, y los ojos se le ensangrentaron.

—¿Puedes llevártelo unas horas? Está matándonos —pidió Janice—. En serio, ¿cómo hemos llegado a esta situación?

—Claro —dijo él.

—Estará listo dentro de diez minutos.

—Estupendo.

El corazón le latía con tanta fuerza que notaba un zumbido en los oídos. Un fragmento de la taza de café se le había quedado clavado en la palma de la mano y se lo arrancó sin sentir nada.

Ese maldito Mitchell. ¿Tenía tan poco corazón como para volver a llevar a su hijo con los Kellogg como si fuera un perro que no había encajado y fuera devuelto a la perrera? No, no era justo. La perrera tenía unas reglas. No permitirían que una persona como Mitchell DeLuca se llevara un peligroso pitbull, cuanto menos un niño encantador como Charlie. Al menos en el pasado había sido encantador; seguramente ahora estaría destrozado. Después de todo, ¿cuánto podía soportar un crío?

Limpió los trozos de la taza y el café derramado antes de vendarse la mano. Luego se abrió la puerta y entró Charlie.

—Hola, amigo —le dijo con toda la suavidad del mundo.

El muchacho ni siquiera se detuvo, pasó junto a él con aquellos horribles pantalones que arrastraban por el suelo y las cadenas del cinturón tintineando y subió las escaleras. Más de cincuenta kilos de odio y miseria. Tom apenas tardó un segundo en seguirlo.

Charlie estaba en su habitación, mirando a su alrededor como si nunca la hubiera visto.

—Lamento lo de tu padre —le dijo.

El muchacho se volvió y lo miró con una expresión de incredulidad. Luego se dirigió a la mesa donde el Stearman PT-17 esperaba, todavía sin terminar. Lo agarró con las dos manos y lo arrojó al suelo. La maqueta explotó, las piezas volaron por todas partes, y Charlie levantó un pie y la pisó una y otra vez. La destruyó haciendo un ruido ensordecedor y gritando de modo enfermizo. Luego arrancó el póster del Manchester United de la pared y se volvió hacia la mesilla de noche, tomó la foto en la que aparecía con su madre y la arrojó contra la pared.

Agarró el edredón de la cama, lo lanzó al suelo y lo pisoteó antes de ponerse a dar patadas a la mesilla de noche. Después, cuando ya no quedaba nada que romper, se dejó caer de rodillas al tiempo que emitía unos quejidos propios de un alma desgarrada. Un segundo después, Tom se arrodilló a su lado, entre los fragmentos del avión, y lo rodeó con sus brazos.

—¡Suéltame! ¡Te odio! ¡Te odio! —Charlie luchaba contra él, pero Tom no lo soltó.

—Lo siento —susurró—. Lo siento, amigo. Lo siento mucho.

Charlie le dio un puñetazo y trató de zafarse, pero él era más grande y más fuerte, y por una vez importaba. El muchacho volvió a pegarle.

—¡Te odio! ¡Te odio! ¡Te odio! —gritó, pero él último fue más un sollozo.

Se quedó inerte, estremeciéndose con fuertes sollozos entre sus brazos, pegado a su cuerpo, mientras Tom cerraba los ojos y lo sostenía con fuerza.

—¿Por qué sigues queriéndome? —preguntó Charlie con la voz entrecortada. Esas palabras quebraron el corazón de Tom.

—No lo sé —susurró, besándole el cabello—. Simplemente lo hago. Siempre lo haré.

—Él no me quiere —sollozó. Su corazón se rompió por completo.

—Pues él se lo pierde. —Dios, deseó poder hacerlo mejor, encontrar las palabras que sanaran el corazón de ese niño—. Lo siento, Charlie, pero solo me da pena.

El muchacho lloraba sin parar, y él no se atrevió a moverse por temor a que Charlie se encerrara en su habitación, o huyera y nunca lo encontrara. Lo sostuvo apretado contra su pecho y lo hizo callar. Ojalá se le ocurriera algo más. Al cabo de un rato, los sollozos fueron disminuyendo.

—¿No odias a mi madre? —preguntó Charlie, con la cara todavía oculta sobre su hombro—. Te dejó por otro, a cargo de un crío que no quería.

Tom se echó atrás para mirar a Charlie a la cara. El muchacho era desgarradoramente joven.

—Creo que ella amaba a tu padre, Charlie. Quería arreglar las cosas con él para que los tres fuerais una familia. No la odio, la quiero. Y sí, me hizo daño, pero así es la vida, amigo.

—Fue una estúpida por escribir un mensaje de texto mientras cruzaba la calle. No tendría que haber muerto.

—Lo sé. Pero no te dejó a ti, Charlie. Me dejó a mí.

—Sí que me dejó. Se fue con mi padre, sin mí.

—Durante un fin de semana. Jamás te habría dejado para siempre. Eras lo que más quería en el mundo.

—¿Lo sabes o lo dices para hacerme sentir mejor?

—Lo sé. —Miró los ojos de Charlie, con el delineador corrido—. Creo que la razón por la que se quedó conmigo durante tanto tiempo fue porque pensaba que yo era bueno para ti.

Vio que algo brillaba en los ojos del crío.

—¿Es verdad que te ibas a casar con Honor para poder estar más cerca de mí?

—¿Quién te ha dicho eso?

—Ella.

Notó una opresión en el pecho.

—Sí.

Charlie reflexionó durante un largo rato y luego usó la manga para secarse los ojos (y la nariz; a decir verdad, los adolescentes son asquerosos... Él era igual a su edad).

El muchacho se mantuvo en silencio durante un largo minuto antes de hablar.

—¿Tom?

—¿Sí, amigo?

Charlie se frotó los ojos.

—¿Sabes cuando dices que soy tu hijastro?

—Sí.

—Lo odio.

—Está bien. Solo que no sé cómo llamarte. No lo haré más.

—Quizá podrías... —A Charlie se le quebró la voz—. Quizá podrías quitar el «astro».

Tom agachó la cabeza. La sensación era tan abrumadora que hubiera caído de rodillas si no hubiera estado ya así. Envolvió a Charlie entre sus brazos y el muchacho se dejó. No le devolvió el abrazo, pero ya lo haría. Algún día, en un futuro no muy lejano, lo haría. Y a él no le importaba esperar.

En el suelo, el rostro de Melissa sonrió desde el marco roto.

Mirando los destrozos en la habitación, Tom comprendió que durante mucho tiempo había querido quedarse para salvar a Charlie.

Pero era justo lo contrario. Charlie le había dado una familia, un objetivo, un hogar.

De hecho, era Charlie quien lo había salvado a él.

Capítulo 30

John Holland y la señora Johnson se casaron un hermoso día de primavera, frente al viejo arce del que todavía colgaba un columpio. La señora J se convirtió en la señora H.

Jack fue el acompañante de Honor en el acontecimiento.

—Esto me hace sentir asqueroso —comentó Jack—. Como si yo fuera Connor O'Rourke o algo así.

—Lo sé. Y ni siquiera somos gemelos, así que no tenemos excusa —convino Honor.

La recepción sería allí mismo, en el patio, ya que los novios no habían querido nada más bullicioso. Goggy lloró durante toda la ceremonia y repitió una y otra vez a todo el que quiso escucharla que la señora Johnson era como una hija para ella (a pesar de dos decenios de rivalidad por quién hacía mejor el pavo en Acción de Gracias). Pops se olvidó de la boda y tuvieron que ir a buscarlo a los viñedos, donde canturreaba a las uvas. Faith entrelazó flores en los cabellos de la señora J, y Abby tocó la marcha nupcial con el saxofón.

La ceremonia fue breve y hermosa.

Cuando se sentaron a almorzar, Pru —la mayor—, hizo el brindis.

—Papá, señora Joh... bueno, ¿cómo debemos llamarte ahora? Sigamos, espero que seáis felices y que lo paséis muy bien descubriéndoos. Sí, ya sabéis a qué me refiero y, ¡Dios mío!, no sé, supongo que no podemos esperar más hermanitos, porque sería raro. De todas formas, ¿cuántos años tienes, señora J? No importa. Larga vida, sed felices y disfrutad del sexo.

—¡Guau, mamá! —dijo Abby, señalándole los ojos—. ¿Estás llorando?

—¿Qué pasa? No a todos se nos da bien hablar en público —se defendió Prudence, recurriendo a la copa de vino.

—¿Estás diciendo que no lo has hecho bien? —preguntó Ned.

—Honor, di tú algo mejor —ordenó Pru—. Estas medias están llegando a donde ningún hombre ha podido. ¿Se puede contar aquí?

—Dios mío —murmuró Levi mientras Faith contenía la risa.

—Todavía me quedan quince meses para ir a la universidad —intervino Abby—, pero ¿quién lleva la cuenta?

Honor se puso de pie y miró a su padre, que estaba muy apuesto de traje, y a la señora Johnson, con aquel hermoso y elegante vestido.

—Vosotros —comenzó, sintiendo que le sonreía el corazón—, miraos... Todos estos años, la señora Johnson ha cuidado de nosotros. Limpiado, cocinado para nosotros, nos ha gritado también... No recuerdo que se haya perdido un festival del colegio ni una graduación. Durante todos estos años ha cuidado de papá, que hacía todo lo posible para ser feliz. Pero algunas personas no logran serlo a menos que tengan a alguien a quien amar, y creo que papá es una de ellas. —Su padre se secó los ojos y besó a la señora J—. Y, papá, qué valiente fuiste al atreverte a besar a la señora J por primera vez, sin saber si iba a darte con una olla.

—Fui muy valiente —aseguró su padre—. Gracias por darte cuenta.

Ella sonrió.

—Así que gracias, papá, por elegir a una gran mujer, y gracias, señora J, por amar a nuestro padre y ser nuestra segunda madre durante todos estos años.

—Vaya, vaya —dijo Jack. La señora Johnson se apresuró a dar a Honor un beso emocionado. Luego, Abby puso su iPod y la voz de Etta James resonó por el altavoz. *At Last*, «Al fin». Por supuesto.

Los automóviles pasaron por allí e hicieron sonar las bocinas, anunciando la boda. Su padre y la señora J se pusieron a bailar, lo mismo que Faith y Levi, Pru y Carl, Ned y Abby, Goggy y Pops, y por fin Jack suspiró, se levantó y le tendió la mano a Honor, que ella tomó.

—Odio las bodas —dijo él, dando un paso hacia ella.

—Ay... ¿Estás triste porque no vas a seguir siendo el favorito de la señora Johnson?

—¿Por qué iba a dejar de ser su favorito?

—Mmm... ¿porque lo es papá?

—Oh, por favor... Señora J, ¿sigo siendo su favorito? —preguntó.

—Por supuesto, Jackie, querido.

—¿Ves? —se jactó él con aire de suficiencia, acercándose para ocupar el lugar de su padre.

—¿Cómo está mi niña? —dijo su padre, que empezó a bailar con ella con las mejillas pegadas y tarareando.

Durante un segundo recordó, cuando era pequeña, los momentos en que su padre regresaba de los campos y la tomaba en brazos para bailar; se sentía muy alta, y su mano parecía muy pequeña sobre su cuello. ¡Qué adorada y segura se sentía siempre!

—Te quiero, papá.

—Yo también te quiero, Petunia. Mi hermosa niña. —Se echó atrás para mirarla con sus ojos azules—. ¿Cómo estás en realidad?

«¿Qué tal sollozando por dentro?».

—Estoy bien —aseguró.

—Me encantó tu brindis —murmuró él—. Deberías seguir tu propio consejo. La paja en el ojo ajeno y todo eso.

—Acabo de pedir un marido en eBay —le respondió.

—El otro día vi a Tom. Tuve la impresión de que se había mudado.

—No que yo sepa.

—¿No existe ninguna posibilidad de que volváis a estar juntos?

Ella tropezó.

—Lo siento. No lo sé. No creo.

«No te quiero.»

—Pase lo que pase —dijo su padre, casi como si le leyera los pensamientos—, eres el corazón de esta familia.

Sus palabras fueron un regalo y le llenaron los ojos de lágrimas. Apoyó la mejilla en el hombro de su padre y lo abrazó con fuerza.

Más tarde, cuando su padre y la señora J se habían marchado a pasar la noche en la ciudad antes de partir hacia Jamaica, donde pasarían su luna de miel, cuando ya todo el mundo se había ido a casa y el jardín estaba recogido y los platos guardados, Honor se fue a la cama, y a pesar de que creía que estaría atormentada pensando en Tom, se sorprendió a sí misma durmiéndose.

Se despertó bruscamente. Miró el reloj y vio que eran las tres menos cuarto de la mañana, aunque parecían las seis, porque el sol teñía ya de naranja el horizonte. Quizá se había ido la luz y el despertador estaba mal.

Pero entonces escuchó un pequeño estruendo. Antes de que su cerebro procesara el sonido, se levantó y se acercó a la ventana.

A menos de trescientos metros, la Casa Vieja estaba envuelta en llamas.

Unos *jeans*, una sudadera gruesa, zapatos, una manta... Marcó el número de emergencias antes de ser consciente de haber levantado el teléfono.

—Incendio en una casa —dijo a la telefonista mientras corría hacia las escaleras—. La de los Holland, en Lake View Road.

Cada paso, cada pisada, era nítido. El sonido entrecortado de su respiración al entrar y salirle de los pulmones mientras corría, la manta de lana arrugada bajo el brazo como un balón de fútbol. El aire fresco de la primavera.

El fuego era como una criatura viva, rugiendo, chasqueando, entusiasta. El viejo edificio, construido en 1781, era un polvorín, ¿cuántas veces lo había dicho? ¿Por qué había permitido que sus abuelos vivieran allí? Esto tenía que acabar sucediendo.

Pops estaba en el patio lateral, a seis metros de la puerta de la cocina, de rodillas en el suelo, tosiendo y meciéndose mientras trataba de aspirar aire. Había inhalado humo, pero estaba vivo.

—¡Pops! ¿Dónde está Goggy? —le preguntó.

Él señaló la casa, con las mejillas llenas de lágrimas, incapaz de hablar.

Ella miró en esa dirección, evaluando las posibilidades.

«Eres el corazón de esta familia.»

Podía hacerlo. Era tranquila, fría y analítica, ¿verdad? Se puso manos a la obra.

—Quédate aquí. Los bomberos están de camino. Voy a por ella, Pops. La traeré, te lo prometo. —Le lanzó el móvil y luego corrió, ignorando su grito ahogado para que se detuviera.

La Casa Vieja tenía cuatro entradas: la puerta de la cocina, que era la más utilizada y ahora estaba envuelta en llamas; la principal, que Pops había cerrado con clavos el invierno anterior; la de la bodega, y otra lateral por la que se accedía al comedor. Se dirigió a la última, planeando ya lo que iba a hacer.

¿Las escaleras plegables? No. Jack se las había llevado a su casa. Las había visto allí dos noches antes, cuando estaban viendo *Pesadillas dermatológicas*. Las escaleras plegables no eran una opción.

Abrió el grifo de la manguera. Hecho.

«¿Te acuerdas de la doctora que puso los puntos a Tom? —reflexionó su cerebro—. También dijo "hecho". Anda, mira, los tulipanes están floreciendo.»

A pesar de los pensamientos que le venían a la cabeza, se sentía eficiente y tranquila. Empapó la manta con agua y se envolvió en ella.

Miró a la ventana y percibió movimiento detrás del cristal.

Su abuela estaba viva. Y no iba a morir en un incendio.

No entraba en sus planes.

Escuchó las sirenas de los bomberos de Manningsport en la lejanía. Dado que era un cuerpo de voluntarios, habían tenido que ir a la estación de bomberos antes para poder subirse a los camiones. Era evidente que algunos de los hombres vendrían en vehículos particulares, pero no dispondrían de mangueras ni de escaleras. Había visto un montón de veces a los voluntarios esperando a que llegaran los refuerzos con el material adecuado.

Levi también se habría puesto en marcha como jefe de policía. Y Ned. Y Jessica Dunn, Kelly Matthews. Gerard Chartier, debido a su enorme complexión, sus conocimientos como paramédico y años de experiencia como bombero, sería el más indicado para salvar a Goggy.

Y mientras esos pensamientos recorrían su mente con la claridad de un rayo láser, atravesó la estrecha puerta.

No podía permitirse el lujo de esperar.

Nunca había estado en un edificio en llamas. Hizo una micropausa para mirar a su alrededor. El fuego, hermoso y aterrador, devoraba las paredes de la cocina; el espeso humo hacía que la habitación pareciera estar muy lejos de donde se encontraba. El sonido era terrible: el rugido de la voracidad de las llamas, que se filtraba por cualquier grieta, hacía estallar el aire.

«Date prisa, Honor.»

Era la voz de su madre.

Atravesó el comedor hacia el vestíbulo. Esperaba que el fuego no hubiera llegado a las escaleras. El sabor del humo era acre y untuoso cuando el fuego se veía alimentado por las revistas de Pops y las cajas de patrones de Goggy, en los cajones del aparador. En la sala sintió que se calentaba su ropa; ¡Dios!, realmente era como un horno, como decía siempre la gente. El humo era espeso y reducía la visibilidad considerablemente, haciéndola chocar con el lateral del sofá entre toses y luego contra la pared. La foto de boda de sus padres; un calendario de las islas griegas de hacía ya seis años, que Goggy decía que era demasiado bonito para deshacerse de él.

El fuego rugió, y ella no puedo evitar sentirse impresionada.

Como muchas otras edificaciones de la época colonial, la Casa Vieja tenía todas las habitaciones comunicadas entre sí, y las puertas podían contener un poco el humo. Ella avanzó a tientas a la que conducía a las escaleras. Cuando la encontró, el pomo estaba caliente.

«Cierra la puerta cuando pases.»

Buen consejo. Obedeció y subió las escaleras haciendo inspiraciones cortas, con la garganta ardiendo por el humo y los ojos llorosos. La manta desprendía vapor mientras avanzaba... y, ¿por qué Goggy tenía que vivir arriba? Pero no había necesidad de dejarse llevar por el pánico, ¿acaso Kate Winslet no había salvado también a una anciana? Si esa actriz había podido hacerlo, ella también. Aunque la mujer que había rescatado Kate pesaba unos cincuenta kilos y Goggy era mucho más robusta. Pero era su abuela. No iba a permitir que encontrara la muerte abrasada por el fuego. De eso nada.

Atravesó la puerta de la parte superior de las escaleras y tiró de ella para cerrarla. Tenía la garganta seca y tensa, y caliente.

—¡Goggy! —gritó. El graznido en que se había convertido su voz no resultaba tranquilizador.

Las habitaciones de la parte superior también estaban conectadas por puertas en vez de por un pasillo. Fue a la primera habitación, la habitación lila donde dormía con Faith en las raras ocasiones en que sus padres salían. El dormitorio de Goggy estaba al fondo, encima del comedor por el que había entrado, al otro lado de la escalera de servicio que comunicaba con la cocina.

La cocina, que ya estaba en llamas. Y si ella había visto el fuego desde el comedor, significaba que la puerta de la cocina no estaba cerrada… aunque el comedor era su única salida.

No iba bien.

Llegó a la puerta que comunicaba las dos habitaciones. Hacía calor, pero no era agobiante.

—¡Goggy! —Se atragantó y tosió, incapaz de sentir otra cosa que humo en los pulmones. Probó el pomo de la puerta.

Estaba cerrada.

Por primera vez se le pasó por la cabeza que podía morir allí. De hecho, había muchas posibilidades de que ocurriera. Su padre jamás lo superaría. No vería cómo Faith se convertía en madre; no asistiría a la graduación de Abby ni a la boda de Ned. Jack se sentiría destrozado y Pru no volvería ser la misma.

Se agachó. El aire estaba más limpio ahí.

«Te queda alrededor de un minuto.»

—¡Goggy! ¡Estoy aquí!

¡Oh, por favor, Dios! ¡Por favor, mamá!

Entonces, la puerta se abrió y allí estaba su abuela, tosiendo y despeinada.

—Vamos —le dijo. Tiró de la manta y cobijó con ella la cabeza y los hombros de su abuela. La anciana tenía el rostro mojado por las lágrimas y apenas podía respirar—. Saldremos de aquí —jadeó ella—. No vamos a morir aquí. —Agarró la mano de Goggy y tiró de ella para atravesar la habitación lila.

Hubo un desplome en algún lugar cercano. El techo de la cocina estaba cayéndose. Ella lo vio en su cabeza casi como si fuera una película. Los segundos se habían transformado en horas, pero tenía la mente extrañamente lúcida.

Abrió la puerta de la escalera principal.

—Agárrate a mí —le dijo a su abuela.

«Cierra la puerta, cariño.»

Lo hizo. La escalera frente a ella parecía más despejada que la habitación lila, y respirar era un poco más fácil. Goggy seguía tosiendo con fuerza. Bajaron las escaleras; ella iba delante de su abuela, que apoyaba las manos en sus hombros mientras el fuego parecía mofarse de ellas con sus agudas y crujientes carcajadas.

Si su abuelo no hubiera clavado la puerta, ahora mismo podrían salir y correr por el césped, aspirar el limpio y dulce aire primaveral.

Pero lo había hecho. Lo intentó por si acaso: la golpeó, tiró de ella, le dio una patada, pero se abría hacia dentro, y Pops había hecho un buen trabajo para asegurarse de que el viento no la abriera. Otra patada, y otra. La puerta no se movió.

Y había dejado el móvil con Pops.

—¡Ayuda! —gritó ella, aunque dudaba que alguien pudiera escucharla por encima del rugido del fuego.

—Está bien, tendremos que echar una carrera —le dijo a su abuela. Quizá llegaran los bomberos y pudieran ayudarlas. Por favor. A lo mejor podían romper una ventana si no eran capaces de llegar a la puerta del comedor, aunque los cuarterones lo complicarían—. Mantén la manta sobre la cabeza y agarra mi mano.

—Vete sin mí —ordenó Goggy, tosiendo—. Vete, cariño.

Ella la miró a los ojos.

—No. Podemos hacerlo. Somos mujeres Holland, ¿estamos? No te pienso dejar sola. ¿Estás preparada?

Goggy le agarró la mano.

—Sí.

Honor abrió la puerta.

Una pared de humo y llamas la saludó y tiró para cerrarla de nuevo, empujando de nuevo a Goggy hacia las escaleras.

Fue entonces cuando se cayó el techo.

Capítulo 31

Tom no podía dormir. Su cuerpo estaba rebosante de adrenalina.

Charlie iba a estar bien. De hecho, estaba bien. Tom lo había llevado de nuevo a casa de los Kellogg después de la cena.

—Hasta pronto —le había dicho.

—Sí —respondió Charlie—. Me parece bien. —Vaciló, pero luego abrazó a Tom—. Gracias —susurró, y corrió hacia la casa.

Él se quedó allí durante un minuto más y tuvo que secarse los ojos. Quizá Charlie podría ir a vivir con él. O tal vez vivir con sus abuelos fuera bueno para Charlie. Quizá reunirse con él varias veces a la semana sería suficiente.

Iba a tener que esperar y probar. Por ahora, se limitaría a observar.

Charlie estaría bien. No era esa la razón por la que seguía despierto, sino Honor.

La sirena de incendio comenzó a sonar a algunas manzanas. Un sonido aislado.

Y sí, se sentía solo. Bueno, tenía amigos de sobra en aquel pequeño pueblo: Colleen y Connor, Droog..., los muchachos del club de boxeo, la doctora Didier, con quien solía entrenar habitualmente, e incluso Levi Cooper, que lo había invitado a una cerveza la otra noche, a pesar de que era el cuñado de Honor.

Pero la echaba de menos a ella. Su voz suave, cómo pensaba antes de hablar, la sensación de su boca, de sus manos, de su pelo.

Dios, qué mal lo había hecho.

Hacía veintidós días que le había roto el corazón. Ocho que la había visto en la Taberna de O'Rourke. Aproximadamente ciento ochenta y seis horas que la había visto por última vez, quinientas veintiocho que la besó en aquel desgarrador encuentro en la sala de barriles y le dijo que no la amaba. Idiota. Mentiroso.

Sin pensar, se levantó de la cama y se vistió. El padre de Honor lo estrangularía si lo viera, y con razón. Él haría lo mismo si tuviera una hija a la que un extranjero idiota estuviera mareando.

Aunque quizá llamarla fuera mejor idea. Saltó el buzón de voz: después de todo eran las tres menos diez de la madrugada.

—Soy Tom —dijo—. Te echo de menos. Te amo. Voy a ir a verte ahora mismo, así que si tu padre tiene una escopeta, dile que no la use, y también dile al bicho que no me ataque. Te amo, ¿te lo he dicho ya? —Hizo una pausa—. Honor, lo siento.

Luego bajó, cogió las llaves y se dirigió al automóvil.

No pensó nada especial cuando lo adelantó la primera furgoneta: la luz azul intermitente indicaba que era uno de los bomberos voluntarios de Manningsport.

Pero cuando pasaron dos vehículos más, todos en la misma dirección que él, hacia La Colina, un repentino y frío pavor se sentó a su lado, en el asiento del copiloto, firme e inquebrantable.

Honor tenía problemas. Pisó a fondo el acelerador.

El resplandor le mostró lo que le esperaba. Las intermitentes luces rojas apenas se distinguían contra el parpadeo naranja; había un montón de vehículos en el jardín de la Casa Vieja, donde vivían los abuelos de Honor. La gente había formado una cadena y lanzaba agua sobre el tejado de lo que parecía una enorme bola de fuego en lugar de la edificación.

¡Por favor, Dios, que los abuelos hayan logrado salir!

Un anciano con chaleco de emergencias agitó los brazos ante él, pero lo esquivó, haciendo caso omiso de sus gritos. En el camino de entrada, sobre la hierba del jardín, detrás de otros automóviles y camiones, había una patrulla de la policía.

Solo dos vehículos de bomberos. ¡Mierda!

Levi Cooper estaba allí, gritando por la radio. Y también estaba el abuelo de Honor. Faith estaba arrodillada, sollozando.

Tom no fue consciente de que seguía avanzando hasta que alguien intentó retenerlo.

Era Brogan Cain, vestido con el uniforme de protección contra el fuego.

—¿Dónde está? —le preguntó.

—Lo siento mucho —dijo Brogan con los ojos llenos de lágrimas.

—¿Por qué no estáis ahí?

—Es muy peligroso. El jefe de bomberos nos ha indicado que debemos retirarnos.

—¿Honor está dentro?

Brogan arrugó la cara en respuesta. Tom corrió hacia allá, pero Brogan lo interceptó, tirando de él hacia atrás.

—¡No puedes, Tom! Es muy peligroso. Y quizá sea demasiado tarde.

Entonces Brogan pegó un tirón hacia atrás y se cayó, y Tom notó que la mano le escocía un poco. Sus gritos lo siguieron por el césped, y el calor se estrelló contra él cuando se acercó a la casa.

El fuego se retorcía y salía por todas las ventanas de la fachada, rugiendo con ferocidad. La parte trasera de la casa había desaparecido, reducida a un montón de escombros en llamas. Se veía perfectamente el refrigerador.

¡Dios! El calor le tensó la piel, y el aire era como vidrio molido en su garganta, demasiado caliente para poder respirar.

Agarró el pomo de la puerta principal e intentó abrirla. Olió algo extraño. La cerradura hizo clic, pero la madera no se movió. Dio un paso atrás y pateó la puerta una vez... y otra... Cayó sobre él una nube de ascuas y por el rabillo del ojo vio que un bombero se acercaba corriendo, sin duda para apartarle.

Se dio cuenta entonces de que su ropa estaba quemándose.

La tercera patada abrió la puerta.

Morir por inhalación de humo o quemada... ocupaba un puesto muy bajo en la lista de maneras de pasar a mejor vida de Honor. Morir congelada siempre le había sonado más pacífico. Imaginaba que un coma no estaría mal, siempre y cuando el accidente que le precediera no fuera demasiado violento.

Pero no eso. El humo las mataría pronto... si no lo hacían antes las llamas. Hacía más calor, y Goggy comenzaba a desvanecerse.

—¿Goggy? —la llamó—. Quédate conmigo, ¿de acuerdo? Estoy asustada. Te necesito.

«Quédate con nosotras, mamá.»

Goggy le apretó la mano.

Papá. Faith. Pru. Jack. Abby y Ned. La señora J.

Tom.

El corazón le dio un vuelco, y se sintió feliz de haber estado enamorada, de haber llegado a saber lo que era amar a alguien de verdad, de haber disfrutado de ese pequeño momento en que parecía que iba a funcionar. ¡Qué regalo había sido amar a Tom! ¡Sentirse amada!

Entonces, la puerta estalló hacia dentro. Goggy y ella saltaron. Y allí estaba él. Tom, de pie, se acercó a ellas. Tenía las manos pegajosas. Las tomó en brazos y las sacó de allí, al aire, que nunca le había parecido tan fresco y dulce. Quizás acababa de morir y estaba ya en el paraíso, pero de ser así, ¿dónde estaba su madre?

«Lo has conseguido, cariño.»

Empezó a llorar y a toser. Los bomberos pululaban a su alrededor y todo el mundo gritaba. Y luego vio a Pops, que arrancó a Goggy de sus brazos sollozando. Y a Levi. Y a Faith. ¡Oh!, Faithie estaba llorando también, abrazándola, mientras Levi las seguía hasta la ambulancia. Y vio también a Jessica Dunn, preciosa incluso con el horrible uniforme contra el fuego, que le sonrió secándose los ojos.

Kelly Matthews le puso una máscara de oxígeno en la cara, y ella inhaló con gratitud. Se atragantó y respiró un poco más, sintiendo una quemazón en el pecho. Pops le agarró la mano y se la besó.

—Gracias —dijo sin dejar de llorar—. Gracias, ángel mío.

—Tienes que ir al hospital —informó Kelly con una sonrisa—. Eres una mujer increíble.

El resto le pareció borroso: una camilla, Gerard con la cara sonriente y manchada de hollín, su tierno y guapo sobrino Ned, con una sonrisa en los labios y los ojos húmedos, una ambulancia. ¡Dios, estaba muy cansada! Jack estaba esperando en la sala de urgencias, y también Jeremy Lyon, bendito fuera, que le besó la mejilla y la tomó de una mano. El médico, el jefe de bomberos y Levi le soltaron el mismo sermón sobre la tontería que había cometido al entrar en un edificio en llamas y alabaron también su valentía... por lo mismo.

Goggy también estaba bien. Estaba siendo tratada por inhalación de humo y Pops se negaba a alejarse de su esposa.

—¿Dónde está Tom? —preguntó con una voz que no parecía suya.

—Está aquí —explicó Faith, que seguía hipando por los sollozos—. Vino en el automóvil de alguien. —Luego levantó el teléfono—. Es papá. Lo llamé hace cinco minutos y va camino de casa. Salúdalo. No se cree que estés bien.

—Estoy bien, papá —aseguró, y su padre se echó a llorar.

—Mi niña valiente —dijo él entre sollozos.

Y todo lo que ella quería era dormir. Y a Tom.

Pero los médicos no la dejaron en paz, tenía que someterse a unas pruebas y respirar oxígeno, y solo entonces podría dormir.

Cuando se despertó, todo estaba mucho más tranquilo. Estaba en una habitación normal en vez de en urgencias y llevaba una bata de hospital. La luz entraba desde el pasillo.

Y Tom estaba allí, sentado en una silla junto a la cama.

—Hola —la saludó él. Y sus ojos se llenaron de lágrimas.

—Gracias por salvarme —susurró—. Otra vez.

—Gracias por robarme veinte años de vida —repuso él—. Otra vez. Si esto sigue así, dentro de un mes quien estará muerto seré yo. —Se agachó y recogió algo. *Spike*—. Bicho, saluda a Honor.

Spike se retorció en la cama gimoteando de alegría y se le puso encima para lamerle la cara. Concretamente las lágrimas. Honor esbozó una sonrisa acuosa antes de fruncir el ceño.

—¿Qué te ha pasado en las manos? —le preguntó.

—Me las quemé con el pomo de la puerta.

—Lo siento —dijo, haciendo un gesto de dolor.

—¡Oh, por el amor de Dios! Valió la pena. Ahora échate a un lado. —Bajó la barandilla de la cama y se tendió a su lado. El colchón crujió—. Vuelve a ponerte esto y no te lo quites más.

Deslizó el anillo de compromiso por su dedo.

—Tom... —comenzó.

—Shhh... —la interrumpió él. Honor, asombrada, vio que a Tom se le llenaban los ojos de lágrimas—. Vamos a casarnos y no hay nada más que hablar.

Las palabras envolvieron su corazón en una agridulce sensación.

—Esto es muy tierno —susurró—. Y estoy segura de que te he robado años de vida, pero no es necesario que...

—Cuando tengas un rato, escucha el buzón de voz. Me adelanté a todo este drama.

—¿A qué te refieres?

Él le retiró el pelo de la cara con una de sus manos vendadas.

—A que no fue necesario que estuviera a punto de perderte para darme cuenta de que te amo, Honor.

Bicho... eh... *Spike* lamió algunas lágrimas más, que parecían ser de ella, y luego mordió la mano de Tom.

Lo vio sonreír, una sonrisa tierna y de medio lado que hizo que su corazón se parara un instante, y se encontró devolviendo la sonrisa.

—Di que sí, señorita.

—¿Cuál era la pregunta?

La sonrisa se extendió de oreja a oreja.

—¿Quieres casarte conmigo? Por ninguna razón esta vez, salvo que no puedo vivir sin ti y seguramente me moriré de tristeza si no lo haces.

—En ese caso, no me queda otra opción.

Tom se inclinó y la besó.

—Lo tomaré por un sí.

Epílogo

Dieciocho meses despúes

El auditorio estaba repleto, había mucho ruido y no olía demasiado bien. Por otra parte, tampoco es que hubiera mal olor. A esas alturas, Honor ya se había acostumbrado a ello.

—¿Necesitas algo, cariño? ¿Todo bien? ¿Tienes hambre?

—Estoy bien, Tom. Siéntate. Estás poniéndome nerviosa.

—Sí. Buena idea. —No se sentó. Sin embargo, se inclinó para darle un beso antes de seguir moviéndose.

—Me da miedo sentarme —dijo Goggy, que a pesar de eso estaba sentada—. Parece lleno de gérmenes. ¿Limpiarán todos los días? ¿Qué os parece?

—No lo sé, Goggy.

—Deberían haber celebrado este evento en el centro de actividades de Rushing Creek —comentó la anciana—: está mucho más limpio. —El centro de actividades de la residencia no era lo suficientemente grande para un acontecimiento de esas características, pero sí, Goggy y Pops se habían trasladado al «asilo» un mes después del incendio en la Casa Vieja, y estaban encantados. Pops coqueteaba con las pícaras sesentonas, según Goggy, y aun así se presentaba para comprobar las vides todos los días. Goggy nadaba en la piscina olímpica y todavía no se había ahogado, ni ninguno de ellos había sufrido una intoxicación. La anciana seguía acercándose a la Casa Nueva al menos dos veces a la semana para cocinar y discutir con la señora Johnson (a la que seguían llamando así a pesar de su nuevo estado civil).

Esa mañana, todos los miembros del clan Holland habían asistido al gran acontecimiento. Con asientos en primera fila, por supuesto. Incluso Abby había venido desde la Universidad de Nueva York, con un aspecto increíblemente glamuroso con sus nuevas extensiones y la cazadora de cuero. Ned se dedicaba a coquetear con Sarah Cooper, la hermana pequeña de Levi, muy a pesar de Levi. Faith y él tenían las manos entrelazadas y se daban un beso de vez en cuando con su pequeño dormido en el carrito. Incluso estaban allí los Kellogg, y aunque Janice seguía mirando a Tom como si quisiera untarlo con mantequilla, se mostraba agradable con Charlie.

—Bébete esto —dijo la señora Johnson, entregándole un termo al tiempo que acariciaba la cabeza de *Spike*—. Tienes que mantenerte hidratada. Es agua de pepino, saludable y deliciosa.

—¿Cómo está mi nieto? —preguntó su padre, acariciándole la barriga—. ¡Hola, pequeño! Tu abuelito está deseando conocerte.

Sí, Honor estaba embarazada. De cuatro meses y medio, y conquistada por completo por el pequeño boxeador que llevaba dentro. Querían saber si era un niño o una niña, pero preferían esperar para saberlo. Eran de la vieja escuela.

Seis meses después de su boda, Charlie le había pedido a Tom si podía vivir con ellos en la Casa Nueva. Los Kellogg se opusieron en un primer momento (¿qué iban a pensar sus amigos?), pero finalmente cedieron. Todos, incluso Charlie, sabían que ni Janice ni Walter querían la responsabilidad de criarlo y atenderlo para siempre.

Tom, en cambio, sí quería. Y también ella.

Mitchell DeLuca fue quien dio más problemas, desde colgarle a Tom cuando lo llamó hasta escribir un mensaje de texto a Charlie con el único objeto de hacerle sentir culpable. El plan de Tom había sido desplazarse a Filadelfia y pegarle una paliza, pero Honor lo había invitado a cenar en la Casa Nueva. La realidad fue que las patatas a la sal y el jamón de Goggy, además del pastel de piña de la señora Johnson, consiguieron arrancarle a Tom la promesa de que mantendría la calma y dejaría que ella manejara la situación. Honor explicó a Mitchell que, aunque nadie ocuparía su lugar en la vida de Charlie, Tom lo adoraba, y podría darle estabilidad y una gran familia; además, Mitchell sería bien recibido y podría visitar a Charlie en cualquier época del año. Luego lo miró, y esperó a que él dijera que sí.

Y así había sido. A ella se le daban bien ese tipo de cosas.

Y cuando Mitchell se fue, Tom la abrazó con fuerza y le dijo que la amaba más de lo que era posible amar a nadie, y gracias a Dios que se habían casado, porque estaría perdido sin ella.

Así que casi cinco años después de que Tom Barlow conociera a su madre, Charlie fue a vivir a la Casa Nueva. Seguía siendo un ser taciturno y muy descuidado, sus calificaciones eran mediocres y su gusto por la música no había mejorado, pero era evidente que adoraba a Tom. Y también a ella, aunque jamás lo dijera.

Y ahora... un bebé. Apenas podía esperar a ver la cara de su hijo. Apenas podía esperar a verlo en brazos de Tom por primera vez, a ver a Charlie ejercer de hermano mayor.

—Están empezando —informó Tom, sentándose a su lado. Ella le agarró una mano, húmeda de sudor.

—Lo va a hacer muy bien —aseguró.

Tom esbozó una sonrisa triste antes de pasarse la mano por la nuca.

—Creo que me va a dar un ataque al corazón.

—Y a mí.

—¿Cuál es Charlie? —preguntó Goggy, entrecerrando los ojos.

—¿Por qué no te has traído las gafas? —preguntó Pops.

—Porque no las necesito. Eres tú el que está tan ciego como un murciélago.

Su padre se inclinó y dio una palmada a Tom en el hombro.

—Buena suerte —deseó.

Sonó el timbre.

—¡Vamos, Charlie! —gritó Abby—. ¡Puedes hacerlo!

Las reglas del torneo regional del oeste de Nueva York, Guantes Dorados, decían que Charlie tendría que superar tres rondas, cada una con una duración de noventa segundos. Por desgracia, su adversario parecía Oscar de la Hoya y el Increíble Hulk en uno, y debía pesar veinticinco kilos más que Charlie. Tom decía que eso no era posible, pero a ella le parecía que sí.

Honor pasó los doscientos setenta segundos más largos de su vida mordisqueándose la uña del pulgar, apenas capaz de mirar.

Aunque por supuesto lo hizo, y se estremeció cada vez que el muchacho recibía un golpe.

—Vamos, Charlie —gritó Tom casi sin aliento, poniéndose de pie—. Eso es, amigo, vete de ahí. Aléjate. ¡Llévatelo a tu terreno, muchacho!

Ella también se levantó.

—¡Levanta los puños! —gritó—. ¡Dale ahí, Charlie!

Al final, todos los miembros del clan Holland gritaron, y cuando el árbitro levantó el brazo de Charlie para proclamarlo ganador se desató la locura.

Entonces Charlie, que se tambaleaba por el cansancio, se acercó a las cuerdas e hizo señas a Tom para que se acercara.

Tom se mantuvo inmóvil durante un segundo, luego se volvió hacia ella.

—Te amo —le dijo. Era algo que le decía al menos cinco veces al día, pero seguía haciendo que a ella le diera un vuelco el corazón. Sabía que siempre le pasaría. Él se inclinó y le besó la barriga—. Y también te amo a ti, pequeñajo.

Y luego se dirigió al cuadrilátero para reunirse con el hijo de ambos.

Agradecimientos

Gracias a la agencia de María Carvainis; al jefe, a Chelsea Gilmore, a Martha Guzman y a Elizabeth Copps. ¡Qué afortunada soy de teneros!

En Harlequin, gracias a todos los que trabajan tanto en mi nombre, en especial a Margaret O'Neill Marbury, a Susan Swinwood, a Kate Dresser, a Tara Parsons, a Michelle Renaud y a Leonore Waldrip.

Kim Castillo, de *Author's Best Friend*, y Sarah Burningham, de la agencia publicitaria Little Bird, me han ayudado de muchas formas, tantas que sería imposible enumerarlas todas y, además, las dos son de las mejores personas que existen.

Gracias también a Kyle Bennett, alias El macizo entrenador de boxeo, por mantener mi trasero en forma mientras me ilustraba sobre el elegante deporte del boxeo. ¡Agradezco el dolor y el sufrimiento! Gracias también a Jennifer, del servicio de inmigración de los Estados Unidos (no se parece para nada a la agente Bethany, que sale en el libro). Cualquier error o exageración son míos. Gracias a Hank Robinson, mi segundo padre, por asesorarme en cuestiones aeronáuticas y de ingeniería. ¡Te adoro! A mi hermano Mike Higgins, propietario de Litchfield Hills Wine Market: gracias por tu ayuda con todo lo relacionado con los vinos. Gracias a mi madre, que corrige mis escritos y se rio tanto con Droog Dragul, ¡gracias, mamá!

En la región de los Finger Lakes de Nueva York, gracias por su ayuda a toda la gente maravillosa del condado vitícola Finger Lakes, a la del palacio de congresos y exposiciones del condado de Steuben, y en especial a Sayre Fulkerson y John Iszard, de viñedos Fulkerson, y a Kitty Oliver, de viñedos Heron Hill.

En el mundo de la escritura, también he sido bendecida con muchos amigos, un ambiente que parece nutrirse con la gente más hermosa y generosa que existe. Gracias especialmente a Jill Shalvis, Robyn Carr, Susan Andersen, Huntley Fitzpatrick, Shaunee Cole, Karen Pinco, Jennifer Iszkiewicz y Kelly Matthews por su amor, risas y apoyo.

Gracias al amor de mi vida, Terence Keenan, y a nuestros dos hermosos hijos, que me proporcionan alegría sin fin, felicidad y risas..., caray, ¡os amo!, ¿qué más puedo decir?

Y gracias a vosotros, mis lectores, por el privilegio de dedicar vuestro tiempo a mi libro. Ese honor nunca se marchita.

KRISTAN HIGGINS

ENTRE VIÑEDOS

Faith Holland tuvo que marcharse de Maningsport, su hogar, después de que, delante de todo el mundo, su prometido la dejara plantada al pie del altar. Pero años después, con más edad y también más experiencia, cree que ha llegado el momento de regresar, y más después de que su hermana la inste a hacerlo para que su padre no caiga en manos de una cazafortunas añosa que se viste como una fulana.

De vuelta entrará de nuevo en la vida de la empresa de su familia, Viñedos Blue Heron, que su hermana Honor dirige con mano firme. Tendrá que enfrentarse a dramas familiares varios y, sobre todo, reconciliarse con su pasado y, de paso… Por qué no, también tomarse un buen tinto.

Igual que Levi Cooper, el jefe de la policía local —y el mejor amigo de su ex novio—. Ese desgraciado, con sus ojos de color verde intenso, de quien no sabe mucho salvo que fue el responsable de que su boda acabara en un fiasco. Y eso no ha podido olvidarlo. Para colmo, el dichoso jefe de policía parece estar en todas partes… para fastidiar… ¿O tal vez no?

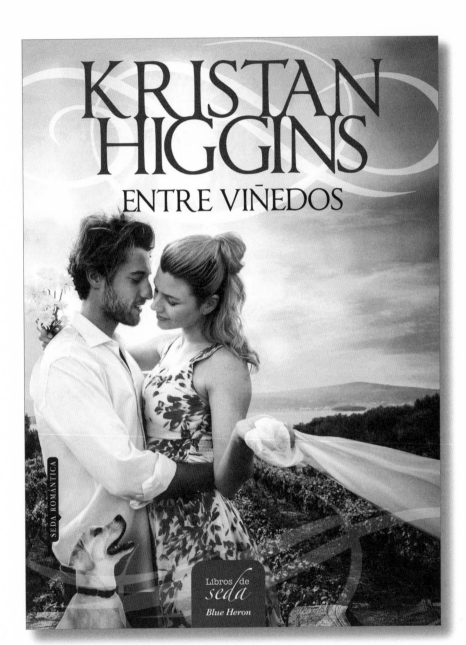

KRISTAN HIGGINS

ENTRE VIÑEDOS

SEDA ROMÁNTICA

LIBROS /de
seda
Blue Heron

KRISTAN HIGGINS

TE ESPERARÉ SOLO A TI

Colleen O'Rourke está enamorada del amor… pero no cuando tiene que ver con ella. La mayoría de las noches las pasa tras la barra del bar de Manningsport, Nueva York, un negocio del que es propietaria junto a su hermano mellizo, dando consejos sobre el amor a los corazones dolientes, preparando martinis y siguiendo soltera y feliz, más o menos. Y es que, hace diez años, Lucas Campbell, su primer amor, le rompió el corazón… Desde entonces, vive feliz picando aquí y allá, y jugando a hacer de casamentera con sus amigos.

Pero una emergencia familiar ha hecho que Lucas regrese a la ciudad. Está tan guapo como siempre y todavía sigue siendo el único hombre capaz de echar abajo sus defensas. Para conseguirlo, Colleen tendrá que bajar la guardia o arriesgarse a perder por segunda vez al único hombre al que ha amado de veras.

KRISTAN HIGGI

TE ESPERARÉ SOLO A TI

SEDA ROMÁNTICA

Libros /de seda

KRISTAN HIGGINS

CONFIARÉ EN TI

Emmaline Neal necesita una cita. Solo una. Alguien que la acompañe a la boda de su ex novio en Malibú. Pero hay poco donde elegir en una localidad como Manningsport, de setecientos quince habitantes. De hecho, opción solo hay una: el rompecorazones del pueblo, Jack Holland. Todo el mundo le conoce, y él no se hará ninguna idea equivocada... Después de todo, Jack nunca se interesaría en una mujer como Em. Y menos cuando su guapísima ex mujer anda por ahí, tratando de repescarlo desde que él se convirtió en un héroe al salvar a un grupo de adolescentes.

Sin embargo, durante la celebración de la boda las cosas dan un giro inesperado —y apasionado—. Aunque, bueno, solo habrá sido una noche loca... Jack es demasiado guapo, demasiado popular, como para acabar con ella. Pero, entonces, ¿por qué es con ella con quien se atreve a hablar de sus sentimientos más profundos y secretos? Si va a ser el hombre de sus sueños, tendrá que empezar por creerle...

KRISTAN
HIGGINS

CONFIARÉ EN TI

SEDA ROMÁNTICA

Libros de
seda

KRISTAN HIGGINS

POR TI, LO QUE SEA

Antes de que te arrodilles para pedírselo…

… deberías estar muy seguro de que la respuesta va a ser sí. Connor O'Rourke lleva diez años esperando para hacer pública la relación de ahora sí ahora no que mantiene con Jessica Dunn y cree que ha llegado el momento de hacerlo. Su restaurante va viento en popa y ella ha conseguido un empleo de ensueño en los viñedos Blue Heron. ¿Por qué no casarse ya?

No obstante, cuando le pide que se case con él, la respuesta es no, aunque no sea un «no» muy contundente. Si no hemos roto, ¿para qué casarnos? Jess está más que ocupada con su hermano pequeño, que ahora vive con ella a tiempo completo, y con la maravillosa carrera que tiene por delante, algo con lo que ha soñado durante los muchos años en que trabajó como camarera. Lo que tienen Connor y ella en este momento es perfecto: son amigos con derecho a roce y tienen un bienestar económico. Todo son ventajas. Además, con un pasado tan complicado (y una reputación de la misma guisa), sabe positivamente que la vida de casada no es para ella.

Pero esta vez, Connor dice que tiene que jugar a todo o nada. Si no quiere casarse con él, entonces se buscará a otra que sí quiera. Algo más fácil de decir que de hacer, ya que nunca ha amado a otra que no fuera ella. Y puede que, tal vez, Jessica no esté tan segura como ella cree…